中公文庫

身もこがれつつ

小倉山の百人一首

周防　柳

中央公論新社

目次

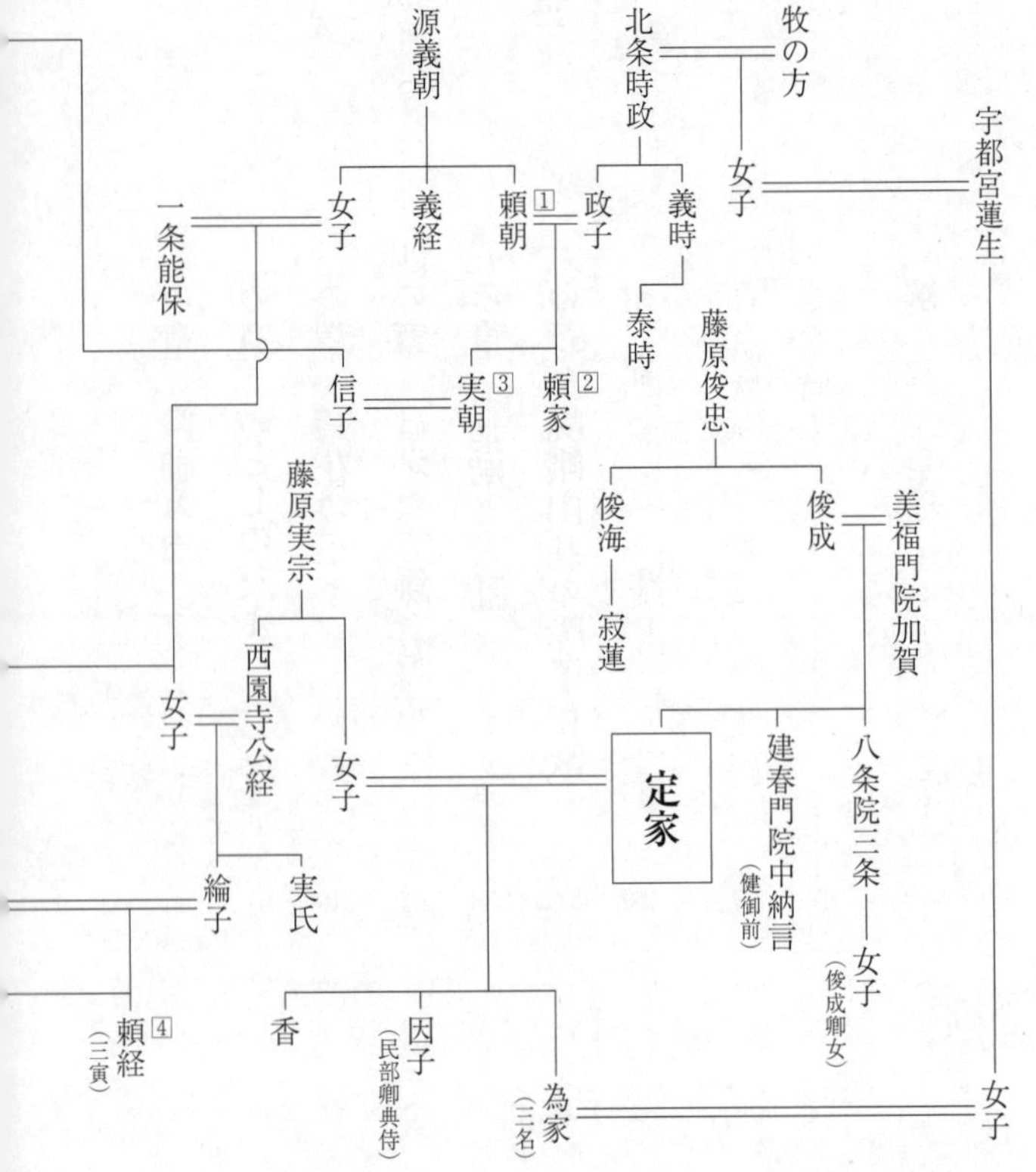
牧の方
北条時政
源義朝
宇都宮蓮生
女子
義時
政子
頼朝 1
義経
女子
一条能保
泰時
藤原俊忠
頼家 2
実朝 3
信子
俊成
俊海
寂蓮
美福門院加賀
藤原実宗
八条院三条
建春門院中納言
（健御前）
定家
女子
西園寺公経
女子
女子
（俊成卿女）
実氏
綸子
頼経 4
（三寅）
香
因子
（民部卿典侍）
為家
（三名）
女子

藤原定家関係系図

㊆～⑧ 天皇
1～4 鎌倉将軍

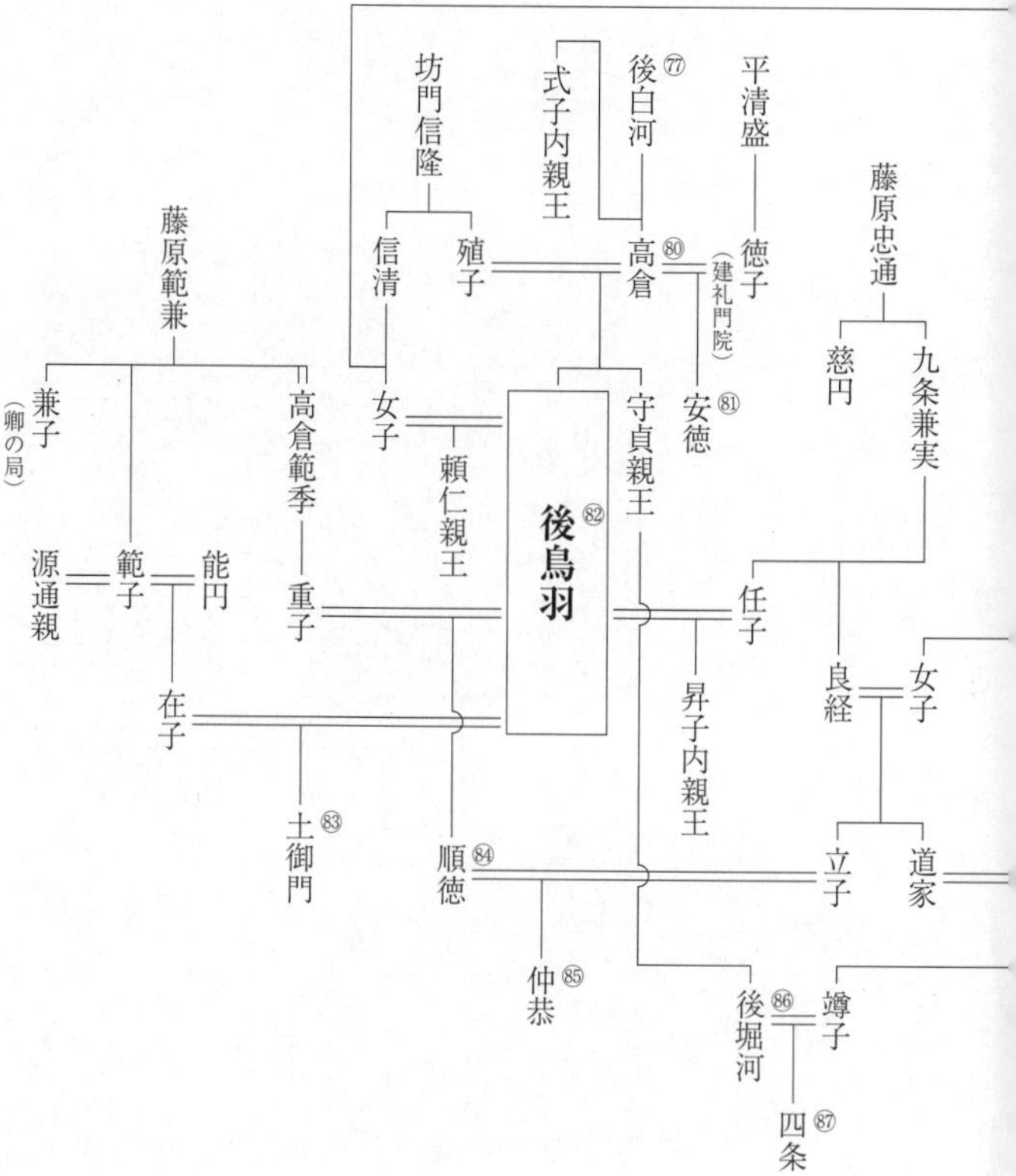

身もこがれつつ　小倉山の百人一首

【百人一首】藤原定家が承久の乱後の晩年に編んだとされる百首の秀歌撰。宇都宮蓮生（嫡男為家の舅）の山荘の障子を飾る色紙和歌として選ばれた。

【百人秀歌】百人一首の原型といわれる。百人一首とは若干和歌の相違があり、末尾の後鳥羽、順徳両院の歌がない。全体的な並びも異なり、総数は百一首である。

一の章　還御の噂

一

文暦《ぶんりやく》二年（一二三五）。
春風駘蕩《しゅんぷうたいとう》の弥生《やよい》のなかば。

「そは、たしかな筋からの話であろうかの」

わが父親が重ねた襟元《えりもと》から皺首《しわくび》を伸ばし、思いきり相手のほうへ乗り出すのを、藤原為家《ふじわらのためいえ》はじゃっかん肩をすくめる思いで眺めた。

小さな奥目が見開かれ、肘《ひじ》まで剝《む》き出《だ》した手が数珠《じゅず》をつかんでわなないている。もともとあばたの皮膚がさらにそそけ立ち、羽をむしった鶏《とり》のようだ。見目《みめ》がようないからお気をつけなされといつもたしなめているのに、興奮するとすぐこうなってしまうのだ。

為家は接している脇のあたりをそっとこづいた。すると、伸びていた首は瞬時に縮み、裸の腕も袖《そで》のうちへ引っ込んだ。そして、とりつくろうように二、三度咳《せき》ばらいをして、貧弱な胸をいっぱいに張った。

為家はくすりと笑った。

世には並びなき和歌の権威として響いている翁《おきな》である。その道ではたれしも異論のない頂《いただき》だ。よわいは七十四にもなる。なのに。

年じゅうなにかに憤《いきどお》っている。一を言えば十の理屈が返る。不平と不満を混ぜて醸《かも》した酢のような。そのくせところどころに穴が開いている。自信家のくせに気にしいでもある。気を惹《ひ》かれると簡単につられてしまう。まさにいまみたいに。

しかし、まあ、そこがかわいげと言えば言えなくもない。それが――、わがおやじ、藤原定《てい》家《か》なのである。

痩《や》せ鶏のおやじ殿はこんどは努めて平静を保ちつつ、向きあっている相手に言葉を返した。

「なんとも蓮生《れんしょう》殿、初耳であったぞよ」

相手は福々しい頰でにこ、とした。

この人物は宇都宮《うつのみや》蓮生といって為家の妻の父、すなわち舅《しゅうと》である。定家よりも十五以上も年下だが、大柄で悠揚《ゆうよう》としており、むしろ落ち着いてみえる。

「耳早《みみばや》な明静《みょうじょう》殿にしてさようあられましたか。ならばお教えした甲斐《かい》があったというもの」

明静というのは、定家が先ごろ授かった法名《ほうみょう》である。相手入道と違って、もとよりたいした信仰心もない。頭を剃《そ》って袈裟《けさ》を着けただけのにわか道心だが、気配りに長《た》けた相手はちゃんとその名で呼んでくれる。定家は蓮生の歌道の師でもある。

三人が対面しているこの場所は、京の西郊嵯峨《さが》なる蓮生の山荘だ。宇都宮氏は富裕な一族だから、中院《ちゅういん》と呼ばれる一帯にそうとうの面積を占め、やたらに豪壮である。

ここから指呼《しこ》の間《かん》の小倉山《おぐらやま》の裾に定家のささやかな別邸があり、為家はこんにち父を訪《と》い、ついでに二人連れだって舅の機嫌伺いにやってきた。そしたらとんでもなく重大な話題が飛び出したのだ。

こんな次第であった。

いまから十四年前の承久《じょうきゅう》の年、治天《ちてん》の君《きみ》であった後鳥羽院《ごとばいん》が鎌倉《かまくら》の専横を憎み、執権北条《しっけんほうじょう》義時《よしとき》に対して討伐の兵を挙げた。が、相手方の圧倒的な武力の前にむざんな敗北を喫した。勝利者義時は加担者をことごとく処刑し、後鳥羽院を隠岐《おき》へ、子の順徳院《じゅんとくいん》を佐渡《さど》へ流した。領地をはじめとするその他もろもろの権益も、根こそぎ没収した。

鳥も通わぬ孤島への遠流《おんる》は死罪に等しい極刑である。曲がりなりにも天子であったお人にそこまでするかと民は震えあがったが、天子であろうが大臣であろうが逆らう者は容赦せぬという態度を、関東の為政者《いせいしゃ》は断固として示したのであった。

その日からこちら、京では両院の話題は禁句となった。かくして十四年間、孤島の旧主はなきがごとくに打ち捨てられてきた。それが赦《ゆる》されて還御《かんぎょ》されそう――、というのだ。

赦免の噂《うわさ》はこれまでにも何度も立ったことがあったが、いずれも根拠のない風評だった。しかし、このたびは信憑性《しんぴょうせい》があるという。

邸《やしき》のあるじはざっくりとことの次第を説明したのち、

「執権殿に対してお働きかけをなされたのは、九条《くじょう》の大殿《おおとの》であられます」

と、これまた重大なせりふを放った。

赦免を求める使者はすでに進発済みという。

鎌倉の執権は当時の義時から代が替わり、いまは子の泰時《やすとき》がつとめている。大殿とは九条家当主で前関白《さきのかんぱく》の道家《みちいえ》のことである。

九条家はいくつもの支流に枝分かれしている藤氏《とうし》の中核たる摂関家《せっかんけ》で、定家の御子《みこ》左《ひだり》家にとっては主家に当たる。道家はいまの京都朝廷の最大実力者にして、現鎌倉将軍頼経《よりつね》の実父でもあり、権勢《けんせい》は並びない。

「なんと、大殿がか」

定家は声を震わせ、問いを続けた。

「蓮生殿はこのこと、いずれからお聞きなすった」

これほどの機密がおいそれと漏れるとも思われない。出元が気になる。

「使者殿の一行のうちに、わが一族の縁者が交じっております」

「なるほど」

「使が発されたのはいつであろう」

「つい一昨日《おとつい》とか」

「なるほど、そこまでわかっておるのか。なれば、たしかであるな。そうか、そうか……」

言葉の尻がしわがれてかすみ、奥目がじわっとにじんだ。と同時に肩から力が抜け、衣の中へ埋もれるみたいにヘタッと虚脱《きょだつ》した。

為家は急に哀れをもよおした。さっきは妙におかしくてたしなめてしまったが、無理からぬことだと反省した。父と院とのあいだには、おのれなどには思いも及ばぬ複雑な因縁《いんねん》があるのだから。

茫然《ぼうぜん》としている父に代わり、為家は舅に一膝《ひとひざ》向かった。肝心なところをしかと確かめておかねばならぬ。

「義父上《ちちうえ》、もうちとお伺いしてもよろしいですか」

「もちろんです、婿殿《むこどの》」

　蓮生入道はにこやかに受ける。

「いま義父上は大殿がお願いの使者をお出しになった、とおっしゃったと思うたのですが、ということはすなわち、ご赦免が成るかどうかはこれから執権殿が検討なさってのちのこと——という理解でよろしいか。うかっと聞きますと、まるですでに本決まりであるかのように覚えてしまうのですが」

　目の前の舅のまなこが、あきらかに澄んだ。

「そのとおり。本決まりではありません。これからです」

が、間髪《かんはつ》を入れず、しかし、と続いた。

「婿殿もご存じであられましょうが、九条の大殿はたいへんおつむりのよいおん方であられます。そして、言うまでもなく隠岐のことは京の大宮の機微《きび》にかかわる重大な案件でございます。なんらの勝算もなく大殿がかような働きかけをされたとは、それがしには思えぬのです」

「と、いうことは——？」

「おそらく執権殿とのあいだにすでにかなりのやりとりがあって、こたびの仕儀になったのでは、と」

「もはや結果は決まっておる、と？」

　舅が目の色で返事をした。

たしかに道家はそういう人物だ。緻密《ちみつ》で、冷静で、隅々まで根まわしをして、狙《ねら》った獲物は逃さない。

ふいに、

「隠岐の院がのう……、そうか、そうか、ついにか……」

小さなつぶやきが脇からこぼれた。会話から取り残されていた歌の翁が、皺めいた口の中で独り言のように繰り返していた。

「ついに……、お還《かえ》りあるか」

邸のあるじも心づいて、じんわりと相槌《あいづち》を打った。

「まことに、さようでありますな」

三人が取り囲む宙に、しん、と沈黙が満ちた。

そのとたん——、戸外のざわめきが室内に流れ込み、普請《ふしん》らしき槌音《つちおと》がトンテン、カン、テン、と高らかに響いた。

為家は思わず音のかたを見やった。すると、撥《は》ねあがった半蔀《はじとみ》の向こうはまばゆいほどの青空で、うらうらの風の中にはらはら、ひら、はら、とほの紅《あか》い雪のようなものが舞っている。

桜の花びらだ。もう散りはじめたか。

そうさな、弥生のなかばだもの。

槌音の合間に、ホーイ、ソレ、ヨシャー、コイ、と、軽快に指示する棟梁《とうりょう》らしき声がする。

京の言葉ではない。武骨な東《あずま》の訛《なま》りだ。

申しわけない、騒がしうありましょう、と入道がきれいに剃った頭を下げる。

「向こうに一棟建てておりましての。例によって暇人の道楽でござる。国元から大工を呼んでおります。幾年京になじみましても、住まいだけはやはり東ぶりが好もしゅうて」

ほほえみながら、肉づきのよい首でぐるり、と周囲を仰ぐようにした。

舅の動きにつられて、為家もなんとなく室内を見まわした。

天井が高い。梁《はり》が剝き出しだ。柱は角柱で柱間《はしらま》の寸法が違う。飾り気がなく、細々とした調度も少ない。几帳《きちょう》だの衝立《ついたて》だのでやたらに隠したり仕切ったりしていないから、なおのことすこん、と抜けた感じがする。香《こう》も焚《た》かれず、土と木と埃《ほこり》の入り混じったようなにおいがする。そして、どこがどう違うのか、半蔀に切り取られた屋外はひときわ明るく、対蹠的《たいせきてき》に室内は小暗い。おのれらの住まいではこれほど明瞭な対比は感じないから、不思議なものである。

この入道は阿弥陀仏《あみだぶつ》への信心ことさらに篤《あつ》く、りっぱな仏堂などもしつらえている。この山荘へ来ると、為家はどこかの山寺にでも座っているような気分になる。

かといって鄙《ひな》びの一方であるわけではない。思わぬところに新奇な意匠があったり、垢抜《あかぬ》けた工夫があったりする。めずらかな彫刻や渡来の品らしき大ぶりな陶器などを見つけることもある。とにもかくにもおのれらとは感覚が違う。

わが舅がまぎれもない関東者であることを、為家は改めて意識した。

そもそもこの入道は三十年前、北条時政《ときまさ》が源氏《げんじ》の貴公子平賀《ひらが》朝雅《ともまさ》をかついで政権奪取を試みたとき、その一味として義時から責められた。嫌疑がかかったのは妻が時政の娘だったためで、じっさいのところは無関係だったのだが、即座に剃髪《ていはつ》して叛意《はんい》なきことを表し、京に隠棲《いんせい》する仕儀となったのである。

彼らの本貫《ほんがん》の宇都宮というのは、定家も為家も想像もつかない坂東《ばんどう》の下野《しもつけ》なる国にある。彼らはその辺土《へんど》の豪族であり、たくさんの一族郎党《いちぞくろうとう》は鎌倉殿の御家人《ごけにん》なのである。

京都朝廷の存在感が薄くなる一方のこんにち、関東の富者《ふしゃ》と結縁《けちえん》して世渡りすることは、京の中小公家《くげ》にとってはあたりまえの処世術となっている。むしろ、あたりまえになりすぎて、為家もことさらに意識しなくなっていた。それを、いま急に思い出した。

隠岐の院、許されて還る——。そんなゆゆしき情報がいち早くこの屋敷にもたらされていることを、なにかそら恐ろしく思った。

ふとかたわらを見やると、いつの間にか正気を取り戻していた父親と顔が合った。ひととき目を交ぜあった。同じ思いであるに違いなかった。

*

一陣の春風が吹き込み、薄紅色の花びらが三、四枚、閑《しず》かな宙に群れ舞った。いくばくか沈黙していた三人は、蝶《ちょう》の羽ばたきのようなものに目を撫《な》でられ、はっと気を取り戻した。

邸のあるじの蓮生が、「そういえば——」と、なめらかに話の接《つ》ぎ穂《ほ》をとらえた。

「こんにちはもひとつ話題がございましての。これまた奇遇にも隠岐の院にかかわるお話でござる」

「ほう」

「どのような」

歌人の親子は揃《そろ》って、相手のふくよかな顔を注視した。

亭主は膝元に落ちた花びらを一枚つまみあげ、おっとりと続けた。

「お二人とも、左京権大夫《さきょうのごんのだいぶ》の信実《のぶざね》殿をご存じであられましょう」

「信実？」

「絵師殿かや」

二人で交互に応えた。

「さようにござります」

藤原信実は定家らの遠からぬ血縁者で、藤氏の中ではやはり傍流に位置する。官位は高からず、うだつもあがらぬけれど、父の隆信《たかのぶ》ともども絵画にぬきんでた才があり、絵巻《えまき》や屏風《びょうぶ》をこしらえるのに引っ張りだこになっている。一種の職人である。交遊の広い蓮生は、さいきんおのれらよりつきあいが深いらしい。

「その絵師殿が、なにか」

「はい、昨日おみえになられまして、ちと相談を受けたのです。なんでも、隠岐の院が新たな労作をものされたらしゅうて、それを絵巻にお仕立てになりたいとか。で、歌仙絵《かせんえ》の上手《じょうず》をお探しになって、信実殿にどうであろうかと打診されたらしいのです」

歌仙絵とは、歌人の肖像のことである。父の隆信は写実克明な似絵《にせえ》が得手で、信実のほうは衣裳《いしょう》や立ち居に凝《こ》った繊細な作風に特徴がある。後鳥羽院は配所におもむく際、なごりの肖像を信実に描かせている。

「ほう！」

定家はまた興奮した老鶏になった。痩せた首がにゅっとせり出す。

絶海の孤島に閉じ込められて十四年、院は無聊《ぶりょう》と孤独の中でひたすら歌のみを友としてきた。その痛ましい噂は都にもいろいろと伝わっている。

「こたびはどのようなものを。歌仙絵を所望《しょもう》されるというからには、秀歌撰であろうかの」

「いえ」

蓮生は手の中の花びらをふわ、ふわ、と愛《め》でた。

「なんでも今昔《こんじゃく》の歌人のうちから百人を選《え》りまして、それぞれよい歌を三首ずつ採りまして、その百人をば新旧混合しつつ左右に分け、紙上の歌合《うたあわせ》をなすったとか。つまり、百人の歌人による、三百首、百五十番の勝負、ということになります」

「時代《じだい》不同《ふどう》の歌合か」

「さようらしゅうございます」

「すりゃ、なかなかのしかけであるな」

いにしえから新旧の歌人を番《つが》えたり、自詠を二首ずつぶつけあわせたり、紙上の歌合にはいろいろな趣向がある。が、三百首の百五十番とは豪勢だ。

定家は双の瞳をらんらんとさせた。

「それほどの試みならば、そう簡単には成らぬであろう。判者《はんじゃ》や添え書きもいろうし。その話はいずこから？」

相手はもてあそんでいた花びらを、そっと手から落とした。

「信実殿は、前宮内卿《さきのくないきょう》からもちかけられたとおっしゃっておられました」

「お……」

その名が出たとたん、定家はひときわ大きくわなないた。

「壬生《みぶ》か」

壬生の前宮内卿――。藤原家隆《ふじわらのいえたか》のことである。定家の父たる藤原俊成《しゅんぜい》の門下で若き日からともに学んだ兄弟弟子であり、親友であり、それ以上の存在だった。けれども院の乱後は疎遠になり、いまはほぼ縁を断っている。

定家はふたたび放心したようにへたり込んだ。

為家はそんな父をさりげなくかばい、その後の質問を引き取った。

「信実殿のそのご相談に、義父上はどうお答えになったのです」

はい――、と、蓮生はややまみえを硬くした。

「ここは適当な言いわけをもってお受けなさらぬのが無難ではありますまいか、と申しあげました。先ほどのお話のように、ご赦免のことも検討されはじめたわけですが、まだまだ用心されたがよい。うかつにかの島とかかわりを持ちますと、どこで揚《あ》げ足《あし》を取られ、どのように勘繰られぬとも限りませぬ。六波羅《ろくはら》の目も光っております。冷淡なようでありますが、触らぬ神に祟《たた》りなしというのはほんとでありますから」

為家は黙ってうなずき返した。

――触らぬ神に祟りなし。

その言葉は、信実よりもむしろ、わが父に向かって発せられたような気がした。

かの大乱のとき、父はいちはやく九条家の陰《かげ》に隠れ、院とは無関係を通した。露骨に言えば、わが身とわが家かわいさのために主君を見限った。そのおかげで無傷ですみ、それどころか、むしろ爾後《じご》は九条家の繁栄に従って思わぬ安泰《あんたい》と栄達《えいたつ》とにあずかることとなった。

一方、家隆は変節《へんせつ》せず主君に寄り添った。ために公職を追われ、尾羽《おは》打ち枯らす仕儀となった。いまなお冷や飯食いの身の上で、孤独な帝王の歌作に力を添えつづけている。

だからこそ、父は二重に後ろめたいのだ。

為家は、肩を丸めて黙り込んだその姿を横目にちらりと見た。

かける言葉がなかった。

先ほどまで輝くようだった春の日もいつしか傾き、室内の空気も墨を含んで冷えびえとしている。表も静かになった。こんにちの仕事は終わったのだろう。

為家は居ずまいを改め、「それでは、われわれはこれにて」と、舅に向かって頭を下げた。うつけたようになっている父の袖を、そっと引いた。

二

「お主《しゅう》様、いかがでございましょう」

簀子縁《すのこえん》の端で小さな姿がかしこまる気配がした。

定家が「う」と「お」の中間のような声を出すと、頰の赤い丸い顔がそっと覗《のぞ》いた。この一音は、定家の「諾《だく》」の意の表明なのである。

若い女は控えめに室内ににじり入り、燈台《とうだい》に灯《あか》りをともし、枕辺に置かれた薬湯《やくとう》の碗《わん》や丸薬の皿を片づけた。

　そうして、

「お休みになれそうでしょうか」

心配そうに小首をかしげた。

　つぶつぶと肥えた、健康そのものの田舎者《いなかもの》である。

　この小女《こおんな》はさよといって、十年ほど前に西国《さいごく》の荘園《しょうえん》からやってきた。年端《としは》もいかぬのに気が利《き》き、偏屈老人に粗相《そそう》もせずよく仕える。じきにいちばんの気に入りとなった。寝所や湯殿《ゆどの》の御用をするうちになんとなく手がついて、子も二人できた。だからといってことさらな扱いになったわけではなく、やっぱり奉公人は奉公人だ。

　定家はこれまでに妻を二人持ち、三男二女に恵まれた。先妻梨子《りこ》とのあいだに光家《みついえ》と定修《さだのり》。この二人はゆえあって外人《うときひと》の扱いとしている。ちゃんとした家族は現妻頼子《よりこ》とのあいだに生まれた為家《ためいえ》と因子《もとこ》と香《こう》。

　このほかにもいくたりか子がいるが、それらはすべてさよと同じように身辺に仕える小女がちょいちょいと生んだものだ。べつだん珍しいことではない。父の俊成などはそういうことがもっとあり、ために、定家には見たこともない、顔も知らない異母兄弟が驚くほどたくさんいる。

「もう一煎《いっせん》、おあつらえいたしますか」

　さよがしおらしく指示を待っている。

癇性《かんしょう》な定家は心配ごとがあったり気分が昂《たかぶ》ったりすると、すぐに眠れなくなる。とりわけこんにちは蓮生の邸で気になる話を聞いたから、案の定である。隠岐の院と、壬生の家隆。おのれにとってはもっとも因縁深い二人だ。その面影が寄せては返し、寄せては返しして、心を乱す。寝返りばかり打っているうちに、瘦せた腰が痛み、首が凝り、足先まで痺《しび》れてきた。

そこで一時《いっとき》前からさよを呼び、衾《ふすま》を重ねさせたり、からだをさすらせたり、灸《きゅう》を据えさせたりしている。さらに温酒を混ぜた薬湯もこしらえさせた。

それでもまだ睡魔《すいま》のお迎えは来ないのだ。

定家は枕からくたびれたつむりを上げ、「いま、なんどきじゃ」と訊《き》いた。

「子二《ねふた》つでございます」

定家はけなげな丸顔に向かって呼びかけた。

「薬湯をもう一杯頼もう」

「かしこまりました」

即座に腰を上げ、灯を消そうとするのを「よい」と制した。

「そのままにしておけ。どうせまたつけるのだろう」

几帳がわずかに揺れ、赤い袴《はかま》の色が視界の外へ消えたのち、定家は目を閉じた。

＊

こと、こと、と夜風が木戸を叩《たた》く。裏の林で梟《ふくろう》が鳴いている。

静かな夜である。市中の本邸である京極《きょうごく》の住まいとはこうも違うか、と改めて思う。

いま、京は喧騒《けんそう》の巷《ちまた》である。繁栄してにぎやかなのではない。盗人《ぬすっと》だの火つけだののせいで、しじゅう騒がしいのだ。

治安が乱れ放題なのは、ひとえにまつりごとの中心が鎌倉へ移ってしまったせいだけれど、そのうえになんの試練であるのか、疫病《えきびょう》だの、旱《ひでり》だの、嵐だの、凶作だのが次々襲ってくる。おかげで賀茂《かも》の河原《かわら》などは打ち捨てられた骸《むくろ》の山である。

　それに引き換えれば、このあたりはまだまだ美しい。山は紫だし、水は明らかだ。

　ふっとため息をつき、寝返りを打った。夜具から手を出し、几帳を少しよけた。ほんのりとともった灯りの下に、文机《ふづくえ》が二つ鎮まっている。右は日記をつづる専用の机。左は仕事をする机。選評をしたり、点校《てんこう》したり、書物を筆写したりする。書見もする。特別に大きめに誂《あつら》えたものだから、水底《みなそこ》に眠る黒い岩のように見える。その手前に分厚く編んだ茅《ちがや》の円座《わろうだ》。かたわらに蒔絵《まきえ》の手あぶりと、脇息《きょうそく》と、囲碁《いご》の四角い盤。

　定家は潔癖だから、室内をいつも同じにしておかなければ落ち着かない。調度だけでなく、細かな道具や文具まで位置が変わると気になる。

　この小倉山荘はささやかな住まいだが、身のまわりのしつらえは京極の住まいとそっくり同じにしてある。間取りも方角もほぼいっしょ。移動のときは書物をともに運び、書架に移し替える。すると、いつなんどきも同じような按配《あんばい》で仕事をし、憩い、眠ることができる。

枕に頭をつけたまま、左の文机の上を見た。きっちりと角を揃えて置かれている二十巻の綴《とじ》本《ほん》がおのずと目に入った。とたん、ああ……と、深い呻《うめ》きが漏れた。

この十日ほど、その書影を見るたびに忸怩《じくじ》たる思いをしてきた。蓮生から仰天の話を聞いた今夜は、さらに身もだえせんばかりだ。

この綴本はおのれが撰者となって完成したばかりの本朝九代目の勅撰和歌集、『新勅撰《しんちょくせん》和歌《わか》集《しゅう》』である。

最初から気乗りのしない仕事だった。やはり引き受けるべきではなかった。

またため息が漏れた。

「京極定家、頼みの向きがある。迅《と》く参れ」

と、関白九条道家から呼び出しを受けたのは、五年前の寛喜《かんぎ》二年（一二三〇）のことだった。

なにごとであろう。取るものもとりあえず参上した。そしたら、若き帝《みかど》（後堀河帝《ごほりかわてい》）のもとで新たなる勅撰和歌集を編むことを考えている、ついてはそなたに撰者をつとめてもらいたい、と切り出された。

いま作るのか？　勅撰集を？

思わずあるじを見返した。

「こたびの撰者は京極、そなた一人である。先の集とは違う。仕事が多ゆうて難儀《なんぎ》でもあろうが、意見が割れぬぶん易《やす》うもあろう。それに、栄誉はそなた一人のものだ。存分に力を発揮するように」

肉の薄い頬をちょっと動かし、ほほえんだ。

自分より三十も年下のこの当主は、いつも微動だにせず落ち着いている。怒ることもなく、猛《たけ》ることもなく、きわめておだやかである。が、内側に鋼《はがね》のように冷たいものがあって、底が知れない。その瞳を見るたびに、定家は冬の裸木《はだかぎ》から覗く細い三日月を思い出す。

定家は二十代のころから九条家の三代の当主――すなわち、兼実《かねざね》、良経《よしつね》、道家――に仕えてきたが、この人がもっとも苦手である。

「異論はなかろうな」

黙してうつむいている冠の上に、低く静かな声が降った。

あったとしても、言えるものか。

「身に余る光栄でございます」

と、低頭した。

声音に抵抗を含ませたつもりだったが、意にも介されなかった。

「詳細は追って沙汰する。ご苦労」

蝶でも除《の》けるように袖先をちょいと振り、追い払われた。ほんの一刻の会見だった。

――先の集とは違う。

と、あるじは言った。

先の集とは、二十五年ほど前に成った『新古今和歌集《しんこきんわかしゅう》』である。後鳥羽院の威勢がもっとも盛んだったころ、その勅命によって編纂《へんさん》された。治天の君たるその人自身が並々ならぬ情熱をもって采配《さいはい》をふるい、定家を含む六人の撰者も負けじと鼻息荒く取り組んだ。凝り性の主君は完璧を目指していっさい妥協せず、完成までに八年になんなんとする月日がかかった。

だが、このたびは。

――栄誉はそなた一人のものだ。

われ一人のもの？

いや、違うだろう。栄誉など得られるはずもない。たしかに撰者は一人だが、むしろ重大な問題をはらんでいるのだから。

それは、後鳥羽、順徳両院の歌をどのように扱うかだ。いまや歴《れっき》とした罪人である両院の歌を、果たして採ってよいものか。二人とも当代を代表する歌人である。採らなければまことに間の抜けたものになるだろう。

とりわけ後鳥羽院は大きい。なにしろ、乱の前までわが邦《ほう》の歌壇はこのおん方によってこそ成り立っていた。もしその歌をはずさねばならぬとしたら、『古今集』から業平《なりひら》の歌を省くようなものである。『拾遺集《しゅういしゅう》』から貫之《つらゆき》の歌を除くようなものである。そんなぬるま湯然とした勅撰集になんの栄誉がある。

まったく窮《きゅう》した。

悶々《もんもん》としていたら、勅命者である後堀河帝からお召しがかかった。

おん年十九の今上《きんじょう》は、幼少のころから定家が歌の指導をしてきたので、心も通じ、深く慕ってもくれている。すくすくと素直に育った正義の若者である。

急ぎ参上すると、御簾《みす》を撥ねあげ、

「苦しゅうない、京極定家師、近《ちこ》う寄れ」

身近に差し招き、ことの核心をズバリと言った。

「こたびの勅撰集に関しては、師は要《い》らぬ忖度《そんたく》はせぬように。師は一筋にすぐれた歌を採ればよい」

ハッとした。すでにすべてを呑《の》み込んで、わが苦衷《くちゅう》を案じてくれているようだった。純情な頰が興奮で赤く染まっていた。

「勅撰集のことを言い出したのは九条の関白である。しかし、作る以上は朕《ちん》の集となる。朕が命《めい》を下し、朕の集として残るのだ。だから後世に恥じぬ歌集にしたい。そのために、定家師には思いきり励んでもらいたい。関白のことは気にせいでよい。朕がついておる」

自分が楯《たて》となって策略家の思惑から守ってやる。澄んだまなこがそう訴えていた。感激して涙が出そうになった。

ならば――と、定家は勇気百倍になった。よろしい。一蓮托生《いちれんたくしょう》じゃ。この帝とともに覚悟を決めよう。

後鳥羽院の御製《ぎょせい》も、順徳院の御製も、無実ながら連座して土佐《とさ》へ流された後鳥羽院の長子土《つち》御門院《みかどいん》の御製も、心おきなく採ろう。これ以上ない味方がついているのだ。恐いものはない。おのれもじき七十である。この集において有終《ゆうしゅう》の美を飾ろう。

決意をかため、魂を込めて編纂に打ち込んだ。

ところが、運命の女神にそっぽを向かれた。

完成まであと一歩——、のところへ来た去年《こぞ》の秋、頼みの綱であった後堀河その人があっけなくみまかったのだ。

目の前が真っ暗になった。このおん方がいなければこの集は成らぬのに。成るわけがないのに。

あまりのことに自棄《やけ》になり、九分どおりできていた草本《そうほん》を庭に持ち出し、焚火《たきび》にくべて焼いてしまった。

やめじゃ。やめじゃ。こんな歌集はやめじゃ。

しかし、あるじ道家は事業の中断を許さなかった。

ほどなく「京極定家、参れ」と、呼び出しを受けた。しぶしぶ参上すると、驚いたことに処分したはずの草本がかたわらにきっちりと積まれていた。ぎょっとした。若き主君が持っていた写しを探し出したらしかった。

「勅命者は亡くなられたが、勅撰和歌集は中止せぬ」

開口一番、厳《げん》として宣言した。

そのうえに、草本は隅から隅まで検閲《けんえつ》されていた。箇所箇所にこよりがはさまれ、遠島《えんとう》の両院をはじめ、関係する者もふくめて百首近い歌が二重線で削除されていた。

「京極の」

気味が悪いほどおだやかに声をかけられた。

「多くを言わいでもわかるな。これらの代わりにしかるべき歌を採り、できるだけ早《はよ》う完成させよ」

あああ……、と絶望した。

やはり最初から引き受けねばよかった。われはみなの物笑いの種となる。

しかし、言うても詮《せん》なかった。

そして、折れた。

できあがった集は思ったとおり気に入らない出来だった。評判も芳しくなかった。「宇治川《うじがわ》集《しゅう》」なんどという不名誉なあだ名までつけられた。宇治川とは武士《もののふ》の隠語である。後鳥羽、順徳両院の歌がなく、代わりに故将軍源実朝《みなもとのさねとも》とか執権北条泰時とか、武門の詠が多く採られているから揶揄《やゆ》されたのだ。よりあからさまに選者としての見識を問う声も少なくなかった。

それらのすべてを、定家は甘んじて受け入れねばならなかった。

＊

燈台の灯がジジッと揺れた。

定家はハッとわれに返った。どこからか隙間《すきま》風が入り込んでいるらしい。首元がうすら寒い。衾をつかんで引きあげ、ぎゅう、と掻き抱いた。それから唇をへの字に結び、文机の上の四角い塊をいま一度にらんだ。

もし、噂のとおり隠岐の院の還御が成ったら。

そして、われと院がふたたびまみえるときが来たら。

まなこを閉じて首を振った。

合わせる顔がない、とはこのことだ。

七十四年の短からぬ人生、おのれは和歌一筋に生きてきた。精進に精進を重ね、艱難辛苦《かんなんしんく》を越え、ようやくその道の権威として名を遂げた。その矜持《きょうじ》はどこへ行った。世俗の圧力に負けて歌集の質をみすみす落とすような真似《まね》をしてしまった。おのれより院のほうがよほど純粋にこの道に尽くしておられるではないか。

絶海の孤島の主君をはるかに思った。

我こそは新島守《にひじまもり》よ隠岐の海の　荒き波風《なみかぜ》心して吹け

いくさに敗れ、島に流されたのちに院が詠《うた》った一首である。

この世の果てのような場所に身を落としてなお、帝王の風格を失わない。この詠に触れるたびに定家は限りなく涙を誘われる。

乱の後しばらくは、おのれに対する悪感情も耳にした。口伝《くでん》としてまとめられた歌論書では、棘《とげ》のある批評もされた。やむをえぬ。乱の前から必ずしも良好な間柄ではなかった。ひりひりするような競《せ》りあいも何度かした。そのうえに、沈みゆく船から逃げるように遠ざかったのだから。

けれども、最近ようやくわだかまりが解ける気配が見えはじめ、おのれとの昔を懐かしんでくれているという話もちらほらと聞くようになった。

昨年秋、定家は院の皇子の仁和寺宮道助法親王《にんなじのみやどうじょほっしんのう》から、八代勅撰和歌集より十首ずつよき歌を選んで八十首の秀歌撰――題して『八代集秀逸《はちだいしゅうしゅういつ》』――を提出してほしいと頼まれた。これは、じつは院からの間接的な依頼であったとあとで知った。

ついに許してくださったか――、と感激した。

それに続くこのたびの時代不同歌合である。あの院のことだ。凝りに凝って素晴らしい紙上歌合をこしらえたのだろう。わが歌を含む『新古今集』の秀歌も存分に採用されたに違いない。

それにひきかえ、自分はどうだ。長いものに巻かれて院の御製をみな捨て去って……。

と――、そこまで考えて、はた、と立ち止まった。

いや、そうとも限らない。院がわが歌を選んでくださったかどうかはまだわからぬではないか。

しかし、またすぐに思い直した。

院はそういう方ではない。歌の前では公平なお方だ。よい歌はよいと言われる。だからきっと。

それからさらに、そういえば……と、別のことに思い至った。

大殿九条道家の行動が、なにやら不可解な気がした。

蓮生入道の言をそのまま受け取れば、このあるじは早くから鎌倉に働きかけ、両院の赦免の運動を行っていたことになる。にもかかわらず、その一方で勅撰集から両院の歌をぜんぶ削らせた。なにか矛盾《むじゅん》してはいまいか。

しばらく考えた。そして思った。

大殿はもしかすると鎌倉への見せ方として、わざとかようなことをしたのではあるまいか。

そもそも勅撰和歌集というのはただの歌集ではない。わが国の天子が編纂を命ずる王朝文化の精髄《せいずい》である。そういう重要な歌集から特定の帝の歌をはずし去ることはなにを意味するか。それは、京都朝廷はこの両院のことをもはや主君として認識しておらぬという意思表示だ。つまり、なんとしてでも赦免を実現させたいがために、あえて両院をないがしろにしてみせたのではなかろうか。

ありうる。おそらくそうだろう。

自分の推測に納得した。

しかし、仮にそうであるにしても、撰者たるおのれの面目が丸つぶれになったことには変わりはない――。

「お主様、お待たせいたしました」

几帳の向こうでさよがかしこまった。

定家は「う」と「お」のまん中の音で答えた。

丸い膝がにじり寄り、どうぞ、と、背を起こしてくれる。

碗を受け取り、ふうふう、と湯気を吹いた。蓬《よもぎ》と鬱金《うこん》のにおいが立ちのぼる。ぐっと飲み干すと、いっとき胸のあたりが焼けるような心地がし、そのあと全身がぬくもってきた。

からだが落ち着くのを待ってから、臥処《ふしど》に身を横たえた。

ゆっくりと枕に頭をつけ、こんどは文机の隣の書架に目を移した。二段目の端に、別の写本が重ねてある。年季が入ってくたびれていて、こたびの勅撰集よりずっと嵩《かさ》がある。『新古今和歌集』である。おそらくわが王朝始まって以来もっとも華麗で、濃密で、繊細で、知的な、最高の和歌集だ。

あの編纂の日々のなんと充実し、なんと輝いていたことか。いまとなってはよいことばかり思い出される。まぶたの裏に真砂《まさご》のようなきらめきが次から次に湧いてくる。

眩《まぶ》しくなって目をつむった。

なんだか急に眠くなった。こんどこそ薬湯が効いたか。

あいまいに濁っていく意識の中で、早いうちにもう一度蓮生の山荘を訪《と》おう、訪うて院の歌合のことを尋ねてみなければ、と思った。

三

ホー、ホケキョ、と、鶯《うぐいす》が鳴く。

その愛らしい声音のあいだにトンテン、カン、テン、と威勢のよい槌音《つちおと》の合の手が入る。

わずか一日あけてやってきた宇都宮蓮生入道の山荘である。

せっかちに貧乏ゆすりしながら、定家は邸のあるじを待っている。

こんにちもとびきりの日和《ひより》である。蔀の向こうは目を射るほどまばゆい。反対に、屋形のうちは薄暗い。だだっ広い部屋に一人で座っていると、なんとなくおのれが小さくなったような気がする。

柔らかな春風に乗って桜吹雪《さくらふぶき》が吹き込んでくる。その行方に見とれていたら、明静殿、と声がして、大柄な姿が現れた。

「お待たせしました」

　にこやかに迎えてくれる。

　定家は照れを隠すために、あえて口をへの字に曲げ、渋面《じゅうめん》を作った。

「たびたび押しかけて、ご迷惑様でござる。しかも朝っぱらから」

　常より深く頭を下げた。

　昨晩もなかなか寝つけなかったうえに、今朝は一番鶏が鳴く前から目が覚めた。起きればまたくだんのことが頭をもたげ、じっとしていられない。そこいらをさんざんいらいらと歩きまわった挙げ句、日が昇るのを待ちかねたように牛車《ぎっしゃ》を出させたのである。

　対手はいっこう動じぬ様子で、なんの、と袖を振り、

「大歓迎でござります。当方暇人でありまするゆえ」

　磊落《らいらく》によい歯を出した。

　それから小隅に控えている童《わらべ》に喫茶の用意を言いつけ、ちょうどよき機《おり》でした、じつのところ——と、円座に尻を据え、きりりと顔を改めた。

「この蓮生も、先日お別れしたあと気になりましてのう。それからそれへとよしなしごとを考えて、昨晩はた、とあることを思いつきました。思いついたというより明静殿にお願いしたきことが一つできました。よって、夜が明けたらこちらから出向かせていただこうと考えておったところです。まことにもって、以心伝心でありますな」

　よどみなく応答した。

　いつもながらうまい男だわい、と定家は思った。この察しのよさ。物事を丸くまとめる才。かといって、わざとらしい小器用さは感じさせない。

　童が熱い茶を捧げてにじり入ってきた。膝元にふわりと湯気が立つ。馥郁《ふくいく》たる香気である。おお、と胸深く吸い込んだ。

　関東者がはやらせたものは気に入らぬものが多いが、茶は好もしい。某《なにがし》とかいう鎌倉の禅坊主が海彼《かいひ》の国から持ち帰って広めたとか。

　亭主は指先をちょっと動かし、どうぞと勧める。

　一口含んだ。味と香りをゆっくりと吟味した。こういうのを滋味《じみ》というのだろう。

「よいでしょう」

「いかさま美味ですな」

　ほほえみ返し、目と目が合った。その空気をとらえ、相手入道がごくさりげなく発話のきっかけを作ってくれた。

「まずは明静殿の御用の向きを伺いとうございます。蓮生めのお願いごとはそのあとで」

数珠のこぶしを膝に揃え、いかにも快い聞き役の相《かお》になる。

　定家はうなずき、皺めいた口を開いた。

「例の隠岐の院のことなのじゃが」

　相手は飲み込み顔で、こくりとする。

「はい。それがしのお願いの件も、そこにかかわっておりまする。どうぞお先へ」

　さらにうながされた。定家は痩せた腹に力を入れ、一気にぶちまけた。

「院が取り組まれておるという時代不同の歌合のことを、もうちと詳しうお教えいただきたいのじゃ。それはどんなおもむきで、院はどのあたりの人と歌をお選びになっておるのだろう。いや、もっとはっきり言うてしまえば、その百人の歌人のうちに、不肖《ふしょう》この明静は加えていただいておるのだろうか。ご存じならば、ぜひ」

いったん言葉を切った。

相手は淡々と聞いている。

「いやさ、誤解のないように願いたい。これは、ねたみやそねみで問うのでない。もっと、そう、赤心《せきしん》からの尋ねである。正直に言うて、むしろわれの歌はおはずしいただいておるほうが心やすいのだ。さかしまに、選んでいただいておると心苦しいのだ」

言いたいことを言い切ったら、肩の力が抜けた。

対手はもともと柔和なおもざしをなお柔和にゆるめた。

「わかります、わかります。おっしゃりたいこと、ようわかります」

童を手招きし、茶のお代わりを申しつけた。

「僭越《せんえつ》ながら、明静殿はさだめしお心を痛めておられるだろうと拝察しておりました。なにしろ、かの勅撰の和歌集ができた矢先でございます。丹精してこしらえた集から土壇場《どたんば》になって隠岐の院と佐渡の院のお歌が除かれたこと、存じあげております。その折も折、両院の還御が成りましたら、撰者たる明静殿はいかでかばつが悪うございましょう」

亭主はさらに続けた。

「一方、隠岐の院のほうにもなんの神様のいたずらか、新たなお作ができあがった。運命の皮肉を感じまする。その内容いかんによっては、明静殿はさらにおつらいことになる」

「そこだ」

定家は身を乗り出した。

「で――、ご存じか」

蓮生はひととき間を置き、深くうなずいた。瞳の色が澄んだ青みを帯びた。

「じつはそれがしも気になりましたので、壬生殿に使いを出して尋ねてみました。そしたら、入っておられるとのことでした。当然でありますな。現今随一の明静殿を措《お》いて、かような歌合が成りましょうや」

「さようか」

よろこびと慙愧《ざんき》が半々にもつれあった。

「どの歌を、たれと番わせておるとかもわかったかや」

相手は薄く首をひねった。

「詳しうには伺いませんでしたが、明静殿の結番《けちばん》のお相手は元良親王《もとよししんのう》ということでした」

「ほう、元良の」

いにしえの陽成帝《ようぜいてい》の皇子である。情熱的な恋多き親王として伝わっている。

「恋歌の名手同士の三番勝負という趣向らしうございます」

亭主がにこりとした。

「それからもう一つ、だいじなことがわかりました」

笑顔が少し改まった。

「なんであろう」

「はい、隠岐の院ご自身の結番のほうでございます。村上《むらかみ》の帝の皇子たる具平親王《ともひらしんのう》と番えておられるのですが、御製は昨年明静殿が『八代集秀逸』とやらにて院の秀歌としてお選びになった三首、そのまんまをお用いになっているそうでございます」

——なんと、なんと。

驚愕《きょうがく》した。

そして、腹の底から歓喜が込みあげた。

これほどの栄誉があろうか。まさにおのれへの信頼のあかしである。

思わず天を仰いだ。

まぶたの裏に三十年以上昔の華やかなりし日々がよみがえった。

あまたの歌人の中に唄《うた》い女《め》や踊《おど》り女《め》、白拍子《しらびょうし》などが入り交じり、花摘みでもするかのように群れをなしている。そのさんざめきの中央に、美しい女官に膝枕《ひざまくら》した院がいる。

赤銅色《しゃくどういろ》に灼《や》けた素肌をあらわにし、漆黒《しっこく》のまなこでこちらを射るように見た。

——定家よ。

その群れのかたえに、白い横顔を見せて座っている男がいる。そよ風に吹かれて舞い散る花びらのような友、壬生家隆。

見ているうちにすらりと立ちあがり、踵《きびす》を返したかと思うと、神の社《やしろ》の細流に歩み入った。

なにを？　と見とれているうちに、ひょいと身を二つに折った——と思う間もなく、両手いっぱいに水を汲《く》み、思いきり宙に放った。きらめく水しぶきの中、弾けるような笑顔で手招きした。

――来よ、定家。


「明静殿？」

はっと顔を上げた。ぶるっと首を振った。白日夢を見ていた。

「こう……っと、失礼つかまつった」

「いいえ、懐かしき方々の話題じゃもの。感慨もひとしおとなりましょう」

情け深く返された。

と――そのとき、裏手で鋭い呼子《よぶこ》の笛が鳴り、続いて、そーれっ、ドォン、と重い地響きがした。

円座の尻にずしん、と振動が伝わった。また、そーれっ、ドォン、そーれっ、ドォン。から
だが三、四度浮き、静かになった。しばしののち、またのどかなトンテン、カン、テンが再開した。

亭主が恐縮の声を出した。

「お騒がせいたします。こんにちは材料を保津《ほづ》の船便にて運んでくると言うておりましたので、おおかたそれでありましょう」

このあたりの普請では、しばしば桂川《かつらがわ》の流れを用いて石材や木材を運ぶのだ。

「さようか」

定家はすっかり冷めた茶の残りをすすり、

「で、蓮生殿のほうの御用の向きとは？」

　と、聞き役を交代した。

　蓮生は「しからば」と、神妙にこちらを見つめ、そのまま視線を引き連れるようにして、いまともに顔を向けていた戸外に、もいちど目をやった。

　トンテン、カン、テン。

　トンテン、カン、テン。

　舞い散る花びらの中に、槌音が鳴っている。

「あれです」

　と、言った。

――え？

　あれ、とは？

　意を解《げ》しかねた。

「普請のことかな？」

　さようです、と目の前の顔がうなずいた。それから薄く顎《あご》を上げ、「ご覧のように」と高い天井を仰いだ。

「広いばかりがとりえの、芸もなき住処《すみか》でございます。やれ花見じゃとか月見じゃとか、一丁前に宴《うたげ》などもよおしておりますが、どうも一味足りませぬ。そこで、ちと奮起してしゃれた対屋《たいのや》をこしらえてみようと取りかかったわけなのですが――」

　にこ、として、大きな袈裟の肩を張った。

「あれに明静殿のお力をお貸しいただきたいのです」

　われが普請に力を貸す？

「どのようにかの」

「ご存じのように、この蓮生、未熟ながら御仏《みほとけ》の道に精進《しょうじん》しております。ゆえに当初はありがたき浄土の花園や群れ飛ぶ天女《てんにょ》なんどを描かせてみようと思うておったのです。しかし、やめました。と、言いますのも、昨晩いろいろ考えておるうちにもっとよき案がひらめいたのです。それは和歌です。お歌をもって母屋《おもや》を飾ってみようぞと」

「ほう、歌で」

「はい」

「また屛風をこしらえるか」

　六年前、国元の寺を名所屛風で飾りたいと、定家は蓮生から詠歌を頼まれたことがあったのだ。屛風に描かれた大和《やまと》の名所にあわせて五首詠んだ。

　いえ――、と相手が首を振った。

「このたびは障子を、と考えております。そこそこの人数《にんず》にお集まりいただける間でございます。その障子をぜんぶお歌尽くしにしてみようかと」

「全面を障子和歌で。そはまた新奇じゃな」

　関東者はわれらの思いつかぬことを考える。

「歌会に用ゆるに最適な場となりましょう。明静殿のおかげでわが一族にもお歌を学ぶ者が増えました。みなよろこびます。いやそれのみでなく、どんな催しに使いましても、おもしろい気がいたします」

　蓮生は悦に入った顔で両手をこすりあわせた。

「なるほどのう。しかし、われはすでに棺桶《かんおけ》に片足を突っ込んでおる。そんなに多くの歌は詠えぬが」

　渋面を返すと、また、いえいえ――、と相手が首を振った。

「明静殿にはこたびは選歌をしていただきたいのです。今昔あまたのお歌の中から、よろしきものを選んでいただきたい。明静殿ほどのおん方、いままで選歌のお仕事は星の数ほどなすったと存じますが、おおむねは公《おおやけ》の事業《ことわざ》としてでありましょう。あるは高貴な方々のご命。あるはまた後進への模範として堅苦しき大義あってのことでしょう。しかし、こたびは違います。この嵯峨の田舎《いなか》の蓮生めのためだけのお遊びでございます。なにはばかることなく、たれの目も気にせず、まったき明静殿のお好みで、楽しき秀歌撰を一揃い作っていただけたらと存じます。もちろんお手間を頂戴《ちょうだい》するのですから、相応のお礼もさせていただきます」

　――なにはばかることなく、たれの目も気にせず。

　やっぱりうまい男じゃ、と定家は思った。

　利きたるはからいをしてくれる。

　この亭主は、おのれがこのたびの勅撰集で失した名誉を、この場で挽回《ばんかい》せよと言っているのだ。もうじき成るであろう旧主の帰還をにらんで、その御製をここで選べと言っているのだ。

　覚えずうるっとした。

「して――、どのくらいの数をお考えかな？　新しき対屋の広さにもよると思うが」

そうですな、と一刹那《いっせつな》の間があった。

「百首、でいかがでしょう」

「ほ、百……か、なるほど」

相手は「はい」と、目を細めた。

「言うまでもありませぬ。隠岐の院がこのたびなすったお試みをちらりと脇見しつつの、百でございます。あえて院のお試みに応じたようにするのが上策かと存じます。ただし、単なる真《ま》似《ね》しいではありませぬ。

院は百人のおん方々を右左に分け、たれとたれとを結番し——と、凝った趣向をなさいました。そこでです。われわれはもちっと直《す》ぐにわかりやすいかたちにいたしませぬか。

歌人は百人。すべて一首ずつ。計百首。で、いかがありましょう。いうなれば百歌仙《ひゃっかせん》であります。百人秀歌《ひゃくにんしゅうか》とでもいうべきものにございます」

「なるほど」

感心した。

「百人秀歌か」

いままでにも秀歌撰はいくつも作ったことがある。が、ぴったり百人は選んだことがない。一人一首の趣向も初めてだ。世にあまたある試みでも聞いたことがない。六歌仙、三十六歌仙はあるけれど、百歌仙はない。新しいし、室礼《しつらい》としても洒落《しゃれ》ている。

「やってみよう」

うなずいた。

「決まりでござりますな」

「だな」

にゅう、にゅう、と笑みあった。

「そうそう、それと――」

蓮生が顎髭に指を当てた。

「信実殿のことも、それがし、ちと気になったのです」

「信実？」

「はい。隠岐の院のお仕事はお引き受けせぬがよいなどと言うてしまいました。が、信実殿にとってはたつきの一つでもありましょうし、むげに妨げた格好になったかと申しわけのうなりました。さすれば、こちらの仕事を信実殿にお願いしたらどうかと。一石三鳥でござります」

「それはよいかもしれぬな」

それからもう一つ、と、蓮生がさらに懇願のかおばせを作った。

「明静殿には、色紙への揮毫《きごう》もぜひお願いしたい」

袖をひらりと泳がせ、扇の先で筆を執《と》る真似をした。

色紙とは六寸ほどの矩形《くけい》の和紙で、一首を三、四行に割ってしたためる。これを、絵の描きあがった障子のしかるべき位置に貼り込むのである。

「造作《ぞうさ》もないが、よいのかな？　こちら、ご存じのとおりの悪筆であるぞ」

ちら、とにらんでみせた。定家はたいへんな癖字なのである。ぎくぎくと骨張って、およそ流麗さというものがない。

「なんの。明静殿のは悪筆とは言いませぬ。味があると申すのです。わが家のような無骨な住まいには、やわやわとした女文字より硬骨な風《ふう》が似合わしうございます。それに、たれが見ましても明静殿の墨蹟《て》と一目瞭然。そこがまた肝《きも》でございます。百首の撰者はどなたと、すぐにわかります」

　納得した。

「色紙には詠者の名も記すのかや？」

「いえ、三十一文字《みそひともじ》のみでけっこうでございます」

　よく頭のまわる亭主は、サテ、と手を打った。

「そうと決まれば、やっぱり茶ではのうて一献まいりたいですな」

　独り決めみたいに、やい太郎《たろう》、と縁に控えている童に支度を言いつけた。

　かしこまりました、と即座に応じる後ろ姿をちらりと見たあと、定家は入道に向き直った。

「対屋はいつごろ完成の予定かな」

「三月《みつき》後くらいを考えておりましたが、ちと急がせたほうがよいかもしれませんな。なにせい、大殿から鎌倉への使者は――」

　みなまで言わぬでもわかった。

「じゃな。もう進発されたのだから」

　大乱の首謀者の宥免《ゆうめん》。容易な案件ではないだろう。けれども、こういうことはいざ手打ちとなれば案外すぐに実行されるものかもしれない。

　であるとすれば、それより先に是が非にも完成させておきたい。両院の還御が成る前に。おのれのささやかな言いわけとなる百人秀歌の間を。

いつの間にか童が膝元に盃《さかずき》と肴《さかな》を並べていた。入道が瓶子《へいじ》をひょい、と取り、どうぞ、と差し出した。

「かたじけなし」

と、受けた。

こちらからも、「貴殿もきこしめされ」と、酌の手を返した。

「して、百首の和歌はどのような選びがよいといったご希望はおありなのかな」

施主は蓮生なのだから、望みに添わねばならぬ。

すると、「いえいえ」と対手は大袈裟ににじり退《さ》がった。

「めっそうもない。おまかせでございます。春夏秋冬でもようございます。春秋のみでもようございます。あるはまた、明静殿のお得意な恋の歌づくしというような趣向でも、よろこんで頂戴いたします」

「さようか」

なみなみとつがれた盃を互いにちょいと上げた。

ともにぐっとあけたのち、槌音の続いている戸外に顔を向けた。

眩しすぎる青空の中に、ホーイ、ソレ、ヨシャー、コイ、と棟梁の威勢のよい掛け声が聞こえた。

四

「父上、ご精が出ますな」

書物の壁に埋もれているちんまいおやじ殿に向かって、為家は声をかけた。

十日ほど前、ともに舅の蓮生のもとへ機嫌伺いに行き、遠島《えんとう》の両院の帰還の話を聞いた。おのれは所用あってそれからすぐ市中の邸へ帰ったのだが、さよによると、父はその後舅からなにやら頼まれごとをしたらしく、以来ずっとこの調子なのだという。

聞けば寝食を忘れるほどの打ち込みようで、夜中でも目覚めるとごそごそ起き出し、灯りをともし、書物の山の中に座り込んでいるそうだ。そして、疲れ果てて次の日はまるまる一日寝ていたりする。けれども不思議なことに顔色は悪くなく、むしろ生き生きしている。ご機嫌も悪くないそうだ。

日ごろから持病が多く、あそこが痛い、こちらが苦しい、薬師《くすし》を呼べ、灸を据えよ、蛭《ひる》をもてと、しじゅう訴えている気難し屋である。夜昼逆転の日々はからだによいはずがないのだが、このたびはいつもと様子が違うので黙って見守っているということだった。

改めて父の姿をまじまじと眺めた。

たしかにもの凄《すご》く熱中しているようだ。

「父上」とまた呼んでみた。ぴくりともしない。

もともと耳が少し遠いのだが、まったく聞こえぬらしい。丸まった背に引っ張られておかしな具合になった襟元から、いつもの痩せ鶏の首が伸びている。

さらに近寄り、もう一度声をかけた。

「父上、不肖の息子《むすこ》が来ましたよ」

「おう――」

三寸ほども飛びあがるようにして、おやじ殿が振り返った。

「為家か」

無邪気にニッとした。

さよの言うとおり、ご機嫌はうるわしいようだ。

「ずいぶん打ち込んでおられるような」

父親は半身をねじった姿勢のまま応じた。

「蓮生入道から、ちと頼まれごとをしてのう」

よく見ると、皺だらけの手の中に四角い札をたくさん重ね持っている。しきりに繰《く》ったり、撫でたりしている。おや――、懐かしいものが出た、と為家は思った。

今昔の名歌を一首ずつ、父みずからつづった手札である。和歌の暗記に使うもので、その昔はしょっちゅう出したり入れたりしていたが、最近はとんと見なかった。どういう風の吹きまわしで引っ張り出したのだろう。

「どんな頼まれごとをなすったんです」

「舅殿の宅で、いま普請をしておろう」

「ええ、建て増しをしておられましたな。トンテン、カン、テン、と」

「その新棟の対屋を歌仙の障子絵で飾りたいそうじゃ。そのために、百の歌人の百の歌を選んでくれと頼まれた。色紙への染筆《せんぴつ》もあわせての。絵は信実殿に依頼するということであった」

垂れたまぶたがぱちぱちっとまたたいた。その奥に小さな眸子《ひとみ》が楽しげに輝いている。

——百の歌人の百の歌？

——舅殿の対屋に、その色紙を押す？

為家は即座になるほどと意図を解した。

気配りのよい舅が、粋なはからいをしてくれたのだ。遠島の両院の還御の前に、歌人藤原定家が汚名を返上できるように。

「完成の暁には、気の置けぬ人たちに声をかけて歌会をもよおすとよろしいですな」

「そうさのう」

いや、歌会でなくてもよい。連歌《れんが》でも、管弦《かんげん》の宴でも。白拍子《しらびょうし》を呼んで今様《いまよう》の宴でも。

このたびの勅撰集はやむをえず宇治川集になってしまったが、真のわが心はここにあるのだと、京の人びとに知らしめることができればこと足りるのだから。

まことに巧みな助け船だ。へたな公家連中よりわが舅のほうがよほど頼みになる。

「楽しみにしておりましょう」

「おう」

歌の翁はこくりとうなずき、また元のとおり、書物の壁の中の虫になった。

為家はその背に向かって、

「くれぐれもご無理をなさいませんように」

と、声をかけた。

だがもう、耳に入っていないようだった。

*

老歌人は夢見るように、虚空《こくう》に向かって笑みを浮かべていた。

百の歌人の百の歌の構想は、すでにおおむね決まっていた。

手のうちの札をひとしきり撫でた。

それから、ばらり、と小石でも撒《ま》くように身のまわりに撒いた。五本の指を広げて敷き並べ、いたずらでもするかのごとく、あなたの札を寄せ、こなたの札を寄せした。並べては崩し、並べては崩しした。

その一枚をぎゅう、と握ったら、白いきれいな指が幻《まぼろし》のように現れ、そっとわが手の上に重ねられた。

二の章　いとしの友よ

一

筆を少し動かすだけで汗がにじみ、襟《えり》の隙間《すきま》から不快な温気《うんき》が立ちのぼる。定家《ていか》は顔をしかめ、開け放した蔀《しとみ》から表をちらりと見やった。

暦の上では秋になったが、うだるような残暑である。

まばゆい中庭で、ばさん、ばさん、と盛大にはねを散らしながら、侍童《じどう》の六弥太《ろくやた》が打ち水に精を出している。光るしぶきがかかるたびに、濃い桃色の木槿《むくげ》の花が揺れ、梔子《くちなし》の葉がみずみずと生き返る。けれどもそれも束の間で、強い日差しに炙《あぶ》られ、すぐ乾いた色に戻ってしまう。

六弥太が視線に気づき、殊勝にぴたりと気をつけした。なにか御用かと直立して待っている。

定家は左の手で、よい、続けよ、の手ぶりをして童《わらべ》を解放した。

建久《けんきゅう》三年（一一九二）七月。

藤原定家、三十一歳。

一昨年、七年ぶりに昇進して従四位下《じゅしいのげ》となった。官職は左近衛権少将《さこんえのごんのしょうしょう》である。

三十一で従四位下。どん底というほどではない。が、遅々たる歩みであることは疑いない。

前途は遼遠《りょうえん》だ。

筆を硯《すずり》に置き、脇息《きょうそく》に頬杖《ほおづえ》をついた。

ここは京都五条《ごじょう》にある父藤原俊成《しゅんぜい》——いまは出家して釈《しゃく》阿《あ》と号している——の邸《やしき》である。独立して九条《くじょう》に宅を構えて八年ほどになるけれど、わが曹司《ぞうし》は幼いころのまんま残してある。居心地がよいのでなにかにつけて立ち寄り、文机《ふづくえ》の虫となる。その昔、手悪戯《てわるさ》して彫りつけた傷の一つ二つも懐かしい。

子煩悩《こぼんのう》な父母は三十過ぎたいまでも顔を見せればよろこぶし、たくさんの姉たちも代わるがわる宿下がりしてくる。屋敷は俊成門下の歌人のたまり場だから、居座っておればたいてい誰かがやってくる。

こんにちも八条院《はちじょういん》暲《しょう》子《し》内親王《ないしんのう》に仕えている五つ上の健御前《けんごぜ》が下がってくると聞いて、ひそかに待ち受けている。定家は偏屈者《へんくつもの》だが、気の置けぬ者たちとのおしゃべりは、じつはかなり楽しい。

ふたたび筆と料紙を構え、あたりを見まわした。

あぐらを組んだ円座《わろうだ》の膝元《ひざもと》から周囲三尺四方に、何百もの白い札がずらりと敷き並べてある。一枚ずつに歌が書かれている。その上を奥目の双眸《そうぼう》ですべるように舐《な》め尽くす。のち、さらさら、と一首書きつけた。いや、さらさら、ではなく、ぎく、ぎく、だ。下腹に力を入れ、一画一画くさびを打ち込むように、ぎく、ぎく、と。

筆を進めるたびにこめかみに汗が湧く。ぎく、ぎく、と、もう一首。さらにもう一首。小さく息をつき、目をつむった。

まわりの札に記されているのは、古来の名歌である。紙の裏に薄板を貼って丈夫にしてある。札は歌集ごとの文箱《ふばこ》に分類してあり、目的に応じて取り出し、身のまわりに歌の花園を作る。

そこに浸ることは定家にとって至福である。繚乱《りょうらん》の言《こと》の葉《は》の香をかぎ、花吹雪《はなふぶき》を身に浴びていると、さらに新しい歌が湧いてくる。それがまた至福である。

初めて見た者は驚くけれど、知る者にはごく目慣れた歌の申し子の情景である。閉じていた目をゆるりと開いたとき、

「あいかわらず励んでおるな、定家の少将」

耳元で柔らかい声がした。鬢《びん》のほつれをそよ風で撫《な》でられた気がした。ふわっとかぎ慣れたにおいが立つ。

振り返ったら、切れの長いまなじりとやさしい唇が目の前にあった。

「壬生《みぶ》か」

藤原家隆《いえたか》だ。この男はいつもこういうふうに顔を近寄せ、ささやくように語りかける。

壬生とは、その住まいのありかからついたあだ名だが、みぶ、というなんとなく華やいだ響きがこの男にはよく似合うと定家はいつも思う。

家隆とは同じ侍従《じじゅう》をつとめていたときから十五年来の仲である。家隆のほうが四つ年かさだが、年の差はほとんど感じない。見た目にはむしろおのれよりずっと若い。家隆は二十代のころからほとんど年をとらない。

「こんにちは、なんぞ」

来訪者に尋ねた。

「暇《いとま》あらば若子《わくご》に教えてやってくれと釈阿師に頼まれてな。ご存じのとおり暇ならたんとある」

家隆の昇進は定家以上にはかばかしくなく、いまだに従五位《じゅごい》の侍従のままなのだ。けれども恬淡《てんたん》としてあせるふうもなく、猟官《りょうかん》に精出す様子もない。

葉裏のそよぎのようににこっとする。笑うと口の端にちょっとえくぼができる。

「ご苦労様だ」

かつて京の歌壇は六条《ろくじょう》家が優勢で、俊成の御子左《みこひだり》家は二番手に甘んじていた。ところが、六条家の当主清輔《きよすけ》が亡くなり、俊成が九条家の歌道師範となってから風向きが変わった。九条家の威勢に引っ張られて御子左が歌壇の首位となり、勅撰集の『千載和歌集《せんざいわかしゅう》』の撰者を俊成がうけたまわったこととあいまって、評判はぐんと上昇した。近ごろは入門の希望者も多く、ほんの幼いうちから手習いのように子をよこす親もいる。

それら赤ん坊に毛が生えたような者たちに対しても、定家は小難しい理屈を垂れ、容赦なく駄目も出す。一方、家隆は加減というものを知っていて、ほどほどに上手《じょうず》も言う。歌道も商売だから人気が落ちては困る。そんなこんなで俊成は新入りの指導は息子《むすこ》にやらせず、家隆に命ずるのだ。

「おぬしこそ、こんにちはなにかある」

家隆に逆に訊《き》き返された。

「うむ、八条女院のところの姉御が下がってくると聞いての。しばらく詣でておらなんだから、話でもしようかと」

「健の前か」

「うん」

八条女院は豊富な財力で知られる故鳥羽《とば》法皇《ほうおう》の皇女で、定家の同母の姉が四人も仕えている。上の三人はおとなしい。下はややかまびすしい。健御前はかまびすしいほうの姉。

「じゃあ、私は早めに退散しよう」

家隆がちょいと肩をすくめた。

「姉御が寂しがるぞ」

健御前は家隆がお気に入りなのだ。

家隆は答えず、かたわらの円座に腰を下ろした。

「暑いな」

扇を広げ、戸外に目を向ける。木槿の花が揺れている。「よう咲いた」とつぶやく。

定家は扇の風を受けている友の横顔を見やった。まばゆく輝く戸外の景色を、まっすぐな鼻《び》梁《りょう》が切り取っている。もともと白い肌が光を受け、もっと白くつややかに見える。

――美しい男じゃな。

いまさらながら思う。うらやまし。

対するおのれは美しくない。色は黒いし、あばたもある。痩せぎすだし、小兵《こひょう》だし。だがしかし、男の価値は見た目ではない。中身の深さが味となり、渋みとなるのだ。自分に言い聞かせ、わざと眉間《みけん》に皺《しわ》を寄せた。

「壬生様、どうぞ」

いつの間にか六弥太が縁《えん》にかしこまり、麻の手ぬぐいと氷水を揃《そろ》えている。この童は母方の親戚の子で、性根がよく利発なので従者として仕込んでいる。なんでも素直に一所けんめい励むところがかわゆい。

家隆はおお、と大仰《おおぎょう》によろこび、絞った布で首筋をぬぐい、冷えた水を一口含んだ。

「そなたのおかげで生き返った」

健康な丸い頰をちょい、とつついた。

六弥太は褒《ほ》められてうれしい。ぱかっと白い歯を見せ、頭を下げた。みな壬生の侍従が好きである。

家隆はあいた器を童に返したあと、部屋のあるじの手元を眺めた。

「で、定家の少将はなんにお取り組みかな」

「うむ」

定家は首を少し伸ばし、見えぬ南の方角を仰いだ。

「このところ、九条の若殿のやまいが膏肓《こうこう》に入っておろう」

筆の尻で横鬢のあたりを掻《か》く。

「速詠《そくえい》か」

「ああ。こんどはなにを仰せらるるかと備えておった。なかなか楽でない」

九条の若殿とは九条の大殿たる関白兼実《かねざね》の子、左大将良経《よしつね》だ。定家より七つ年下のこの主人は和歌歴は浅いけれど才はじけ、上達が早い。ことに最近、凝った言葉遊びに目覚め、あれを詠んでみよ、これを詠《うと》うてみよ、と注文矢継ぎ早なのである。

そもそも和歌というのは五七五七七の単純明快な型からなっているので、いろいろな遊戯《あそび》が可能である。

たとえば、五七五七七のそれぞれの句の頭に、「か、き、つ、ば、た」「を、ぐ、ら、や、ま」といった五文字を織り込んで一首詠むとか。「澪標《みをつくし》」「梅のにほひに」「夜もすがら」といった五文字、七文字をあらかじめ選び出しておき、それを一句、二句、三句……と順々に折込みながら連作するとか。あるはまた、いにしえの名歌を冒頭に一文字ずつ据えながら三十一首の歌を詠むとか。

たとえば、先ごろのお題は「いろはにほへと」四十七字を頭に据えて、ただちに四十七首詠めというものだった。

定家、かく返す。

いつしかもかすめる空のけしきかな　ただ夜のほどの春の曙《あけぼの》
楼《ろふ》の上の秋ののぞみは月のほど　春は千里《ちさと》の日ぐらしの空
春はきて谷の氷はまだとけず　さは思ひわく鳥の音《ね》もがな

………

かと思えば、「南無妙法蓮華経（なもめうほうれむくゑきやう）」十三字を頭に据えて、ただちに十三首詠めという。

定家、かく返す。

夏過ぎぬと思ふばかりの朝明《あさけ》より　やがて乱るる袖の露かな
もとめても秋よりほかの宿もがな　ことぞともなき袖やかはくと
めぐみぬと見れば暮れにし春の草　風におどろく秋は来にけり

…………

若殿のお求めはどんどん高度になる。二人のかけあいに興をそそられ、みなが注目している。おのれの意地にかけても、参りましたとは言いたくない。

と――いうわけで、こんにちも先人の名歌を思うさまひっくり返しているのである。

速詠に機敏に応じるには、言《こと》の葉《は》の大海を泳ぐのがことさらによい。波のしぶきにからだが慣れるから。

「壬生よ、そなたもやらぬか」

友に水を向けた。

定家と違い、家隆は歌の家の育ちではない。和歌歴もさほど長くない。けれども、当世随一の歌僧の西行《さいぎょう》が「末代《まつだい》に貴殿《きでん》ほどの歌詠みはあるまじ」と絶賛したほどの才である。

家隆は、とんでもない――と、大袈裟に身を退《ひ》いた。

「無理だよ。私はからきし駄目だ。知っておろう」

たしかに家隆の身上《しんじょう》はもみもみとこねくりまわさぬ平明な詠みぶりにある。こういう遊戯には向いていない。

「おぬしの独壇場さ。釈阿師だってかなわぬのではなかろうか。なにしろおぬしは匠《たくみ》の歌作りだから」

家隆は扇の先で、ちょいとこちらを指した。

――匠の歌作り。

自分自身、日ごろそう称しているのに、改めて言われるとハッとする。

家隆は歌詠みで、われは歌作り。

そういえば、本年おのれは三十一だ。歌の文字と同じ数の年になったか。

定家はふっとため息をつき、もはや短いともいえないわが来し方を思った。

二

応保《おうほう》二年（一一六二）の春、定家は藤原北家《ほっけ》の傍流、御子左家の俊成の末の男子として生まれた。

ときは二条《にじょう》天皇の御代《みよ》で、まつりごとはことごとく平家《へいけ》の手のうちにあった。その権勢に押されて帝《みかど》の存在感は薄く、摂関《せっかん》もあってなきがごとくだったが、院政の帝王の後白河院《ごしらかわいん》が巧みに向こうを張り、大宮の誇りをからくも保っている状態だった。

父俊成は幽玄深淵《ゆうげんしんえん》な歌風で注目を集め、貴族のみならず平家の公達《きんだち》にも厚遇されたが、いにしえよりの歌人の常で出世には縁遠く、五十路《いそじ》を目の前にしていまだ四位《しい》だった。官職は左《さ》京大夫《きょうのだいぶ》という閑職である。うだつのあがらぬ人生だ。しかし、そのうだつのあがらなさゆえに、その後のすさまじい動乱——平家滅び、源氏《げんじ》興《おこ》り、鎌倉に新都ができ、平安京《へいあんきょう》が斜陽《しゃよう》になりゆく——の下を比較的さらりと乗り切った。もしいたずらに高い位置にあったら、おそらく無傷ではすまなかったろう。その点は皮肉でもあり、さいわいでもあった。

俊成は複数の妻と二十人を超える子に恵まれた艶福家《えんぷくか》であったが、なぜか生まれるのは女子《おなご》ばかりで、たまにぽつぽつと男子《おのこ》ができても、どれも文学の才がなかった。ために、わが積年の艱難辛苦《かんなんしんく》も無駄骨だったかとあきらめていたところ、四十代最後の年に最愛の妻美福門院《びふくもんいんの》加賀《かが》が男子を生んだ。これが定家だった。

　遅く生まれた子はそれでなくともかわいいものだが、この子は親の贔屓目《ひいきめ》ではなく、あきらかに特別な才があった。伝い歩きを始めたころにははやカタコトをしゃべり、七歳で袴着《はかまぎ》の儀式を執《と》り行ったころには筆だの硯だのに興味しんしんで、墨汁を跳ね散らしながら、たらちねの、うばたまの、ちはやぶる、たまきわる、すみのえの、みちのくの……と、歌語と戯れている。そうかと思えば、母や姉たちにうち交じって源氏物語や伊勢《いせ》物語ごっこに興じ、飽きることがない。遊んでいるうちに人の名も土地の名もみな覚えてしまう。幼いながらも凝り性で、没入するとその物語の主人公になりきる。

　これは言の葉に対する感性が並みでない。残りものに福があるとはよう言うた。打ち止めで大当たりを引いた、と、夫婦してよろこんだ。

　ただ肉体の発育はあまりよくなく、同じ年ごろの子にくらべるとあきらかに小粒で、顔色も悪かった。手足がひょろ長く、猿の子みたいである。しょっちゅう熱を出す。腹を下す。夜泣きをし、疳《かん》の虫《むし》を発す。えらく手がかかる。けれども家族の愛情を一身に受け、そこそこ可憐《かれん》な少年に育った。

俊成は息子の興のおもむくところを尊重し、それをさえぎってまでの手ほどきはしなかったが、代わりに一つのことだけうるさく言い聞かせた。

それは――、古歌に学べ、だった。

古歌に学べば、おのずとよい歌ができる。

なんとなれば、連綿と続く本邦歌道一千年――神代《かみよ》からか、平安京からか、どこから数えて一千年なのかはともかくとして――の流れの末に、いま自分らは存在する。であれば、先人が積み重ねてきたうるわしき心をすくい取り、すぐれた言の葉を引き、その上におのれの創意を重ねることにこそ、敷島《しきしま》の道の神髄《しんずい》がある。そうした伝統をなんら踏まえず、新奇な思いつきのみで詠い散らすなぞは、ぽっと出の田舎《いなか》ざむらいのやることだ。そうではなく、たった一首の中にも幾千万の先人の心を込め、重畳《ちょうじょう》たる峰のごとき深みを醸《かも》すことが肝要である。と――、ちと小難しいけれど、これが俊成のこだわった〝本歌取《ほんかど》り〟の要諦《ようたい》であった。

さらに、俊成が古歌に学べと説いたことにはもう一つ意図があった。

歌の道でたつきを立てていきたいならば、自身が歌詠むだけでなく、撰者となり、評者となり、判者となり、他人の詠を評価する力を持たねばならぬ。かの西行法師のようにわれのみ気《き》随《ずい》に詠う場合はそんな気遣いはいらぬが、一段人の上に立って目利きをしたいなら、歌道の博士になる必要がある。

俊成が世に広く敬われたのは、自身がすぐれた歌詠みだったこと以上に、知識と教養に満ちた伯楽《はくらく》であり、たれもが納得する判定をすることができたからだ。

そんな父の薫陶《くんとう》を受け、負けず嫌いな定家は日夜修行に励んだ。

とはいっても、やはり普通の若人《わこうど》ではあり、師範の子として特別扱いもされるから、どこか甘ったれの横着なところがあった。

それが転機を迎えたのは元服の儀式を行った翌年の十四歳のときだった。

その年は天候不順のためひどい不作で、農村のほうから疱瘡《ほうそう》がはやりだし、都に流れ込んできた。人びとは恐れて外出せぬようにしたが、悪い種はどこかしらから紛れ込む。やがて少年定家もその毒に冒されてしまった。

もともと虚弱なこともあってやまいは重篤《じゅうとく》になり、俊成も加賀も涙を呑《の》んであきらめかけた。ところが、ひと月生死の境をさまよった末に、わが子はひょいと峠を越えた。治ったあとにはあばたが残ったけれど、男子だから気にせずともよい、黄泉《よみ》の国から引き返してきた覇気《はき》をこそ讃《たた》えよとよろこんだ。

やがて床《とこ》もあがり、従五位下の侍従として宮づとめを始めた。やれこれで一安心と胸を撫でおろしていたら、その翌々年、またしても疱瘡の魔手につかまった。

このたびは前回よりもさらに烈《はげ》しい熱が出、肌も肉もみな溶けてしまいそうだった。のどの奥まで腫《は》れあがり、食うものが通らぬから枯木のごとく痩せさらばえた。けれども、ここ数日が瀬戸際ですと宣告された山場を定家はまたしても乗り越えた。俊成と加賀は天を讃え、地に伏し、京じゅうの社寺仏閣にお礼をした。

それからは、日いちにちと回復した。細っていた食も徐々に戻り、顔の色、目の光も増し、力も以前の八割ほどになった。薬師《くすし》ももう大丈夫ですろうと太鼓判を押したそのとき、ことが起こった。

世の中は定家が伏しているあいだに梅雨《つゆ》に入っていた。じめじめとうっとうしい長雨が、定家がいよいよ床上げしたその日、からりと晴れた。久方ぶりに蔀を開け放つと、まっ青な空とまばゆい光が差し込んだ。

いつの間にか庭の木々がびっくりするほど濃く茂り、下草の中に青紫の露草が目に沁《し》みるように咲いていた。親子三人縁に出て、初夏の気配を胸いっぱいに吸い込んだ。そのとき俊成が

「おや――」と、耳をそばだてた。

今年初めての稚《おさな》い蟬《せみ》が、かたわらの楠《くすのき》に宿ってほわほわと鳴いた。息子に向かって言った。

「おまえが生まれ直したから、あれらも目覚めたようだぞ」

加賀も「ほんに」と口を揃えた。

「ういういしいこと」

しかし、定家は応じなかった。

「なにがです」

父と母の顔の上を、奥目のまなこが何度か往復した。

いやな空気が流れた。

俊成は棒のように固まった。対照的に加賀は息子に取りすがり、夜着《やぎ》の袖をつかんだ。

「さだいえ、そなた、聞こえぬのですか」

大きく揺さぶった。

両親の恐怖が伝染して、定家の声も震えた。

「だから……、なにがです」

加賀の大きな瞳が、さあっとうるんだ。

「あの蟬の鳴き声が」

その後、薬師は若い患者の耳を仔細《しさい》に診察し、こう告げた。

ひどい熱病を病んだとき、人はときに耳の聞こえを失することがある。しかし、お見受けしたところさしたる喪失ではないようだ。硬く高い鈴の音とか、蚊の鳴き声のようなものとか、人間以外が出す音の中には聞こえぬものがあるかもしれないが、人声は普通に判別できるはずだから、日常にはさほどの難はないだろう。出仕《しゅっし》にも差し支えございますまい。ご安心めされ――。

自分の療治の非を責められまいと思うのか、力強く請けあった。

だが、安心などできるものか。

薬師はわかっていなかった。俊成らが案じているのはそういうことではなかった。彼らは歌人なのだ。歌人にとっては人間の声を聞き取ることより、むしろ森羅万象《しんらばんしょう》の奏でる微細な音を聴き分けることのほうが重要だったりするのに――。

それからしばらく定家は自室にこもり、たれとも口をきこうとしなかった。

息詰まる緊張の中でひと月が過ぎたころ、俊成は息子が傍仕《そばづか》えの者に紙と板切れをしきりに所望《しょもう》しているとの報告を受けた。

なにごとか。幼児でもあるまいに。失意のあまり頭がおかしうなったか。

不審ではあったが、へたに刺激せぬほうがよいと思った。従者にはなんでも求めのとおりにするよう言いつけた。

またいくばくかして、俊成はさらなる注進《ちゅうしん》を受けた。若様は紙と薄板を貼りあわせ、手札のようなものをこさえておられます。それに文字を書きつけ、一日じゅう裏返したり表返したりして、なにかつぶやいておられます。

さすがに不安になった。息子の曹司《ぞうし》に向かい、そっと覗《のぞ》いてみた。

一面に白い札を敷き散らした中に、痩せっぽちの猿猴《えんこう》みたいなわが子がいた。群れ咲く花園に身を埋《うず》め、花摘みに興じているように見えた。渦潮《うずしお》の中心の岩で魚釣りをしているようにも見えた。夢中になってあなたの札を取ったり、こなたに札を返したりしている。まったくこちらに気がつかない。

もしかしたら、足音さえ聞こえぬようになったのか。

歩を進め、「さだいえ」と声をかけた。

「なにしておじゃる」

努めてやさしく訊いた。

すると、息子はくるりと振り返り、

「『古今集』です」

と、手近な札を一枚、差し出した。


花の色は移りにけりないたづらに　我が身世《みよ》にふるながめせしまに

裏返したら、小野小町《おののこまち》とあった。

その隣の札を、また渡された。

　ちはやぶる神代《かみよ》も聞かず竜田川《たつたがわ》　からくれなゐに水くくるとは

裏返した。在原業平《ありわらのなりひら》朝臣《あそん》とあった。

なるほどと思った。これをこしらえるために、紙と板切れが必要であったか。

俊成はいま一度表に返し、まじまじと眺めた。ひどい癖字《くせじ》だ。もともと硬い手蹟《て》ではあったが、これほど極端ではなかった。ぎく、ぎく、と一画一画くさびを打ち込むような文字。

――哀れな。

胸がふさがった。一文字一文字を形として、目に焼きつけようとするからこうなるのだ。言の葉を音として耳で味わうなら、こんなふうにはならない。音の速さに追いつくため、すべるような運びになるはずなのに。

「さだいえ」と、声をかけようとしたら、相手のほうが一瞬早く、「父上」と言った。

俊成は自分の言葉を控え、息子の言葉を待った。

「われはあれからひと月、考えました。夜もほとんど寝ずに考えた。こういうことになって、われはどうすべきなのか。そうして、悟りました」

落ちくぼんだ眼窩《がんか》の奥で、二つの眸子《ひとみ》が異様にギラギラ光っていた。

「われは決めました。われはこの札でこの国の先人が詠《うと》うてきた歌を、みな覚えます。いにしえよりの古歌名歌を、すべてこの頭の中に収めてみせまする」

息子はひとさし指を袖から伸ばし、こめかみのあたりをぴた、とさした。

「古歌に学べとは父上から再三言われてきたことです。わかっておるつもりでしたが、真の効用はわかっておりませなんだ。でも、いまはわかります。われは本邦和歌一千年の伝統の生き字引《じびき》になりまする。それから――」

札の上を少し迷い、また一枚取った。


陸奥《みちのく》のしのぶもぢずり誰《たれ》ゆゑに　乱れむと思ふ我ならなくに

河原左大臣《かわらのさだいじん》源　融《みなもとのとおる》。

「よい歌だ。あでやかなしのぶ草の摺《す》り衣《ごろも》と、その衣でも覆い隠しがたい男女の恋模様が見えます。その向こうには、みちのくのいずくやらを模したという融の大臣《おとど》の邸の景が見えます。そのさらに向こうには、この歌を慕《しと》うたという業平中将の『伊勢物語』の春日野《かすがの》の模様までが浮かびまする」

いったん切った。

「われもまたこのように、三十《みそ》文字《もじ》余《あま》り一《ひと》文字《もじ》の中にあざやかな絵を描くつもりで励みましょう。なぜならば――」

また切った。

「われはもはや、楽の音を奏でるように耳で歌詠むことはできませぬ。自然のうちの音を拾い、そのまんま小鳥のさえずりのように、そのまんま風のそよぎのように、そのまんま水の流れのように詠うことはかないませぬ。しかし、絵を描くように精緻《せいち》に歌を作ることはできます。しからばわれはこの国の歌壇に積み重ねられてきた幾千万の言の葉を縦横に用いて、匠の歌作りになってみせましょう」

傲然《ごうぜん》として言い切った。

そして、海峡で櫂《かい》を操る水主《かこ》のように、ニッと歯を剥《む》き出した。

「よう言うた」

痩せた身のうちに燃ゆるような負けん気をたぎらせている息子が、俊成は誇らしかった。やまいによって夢ついえたかと懸念したが、どっこいめげぬやつだ。むやみに感動した。

明日にでも存じ寄りの職人に頼んで、札の材料をありったけ集めてやろうと決心した。

三

「定家よ」

と、呼ばれ、定家はハッとわれに返った。

「気分でも？」

家隆が小首をかしげ、こちらを見ている。

手に握った筆の先は、墨が乾いて固まりかけている。

「ぼんやりした。いかんな、暑さのせいだ」

うつけたところを見られたと、ばつが悪かった。大袈裟《おおげさ》に肩で息して、ひたいの汗をごしごしぬぐった。

「なんでもないならよいけれど」

家隆の目尻がやさしく下がった。それから手札の海に目を流し、一枚取った。

契《ちぎ》りきなかたみに袖を絞りつつ　末《すゑ》の松山《まつやま》波越さじとは

くるりと裏返した。清原元輔《きよはらのもとすけ》。

「清《せい》の少納言《しょうなごん》のおやじ殿だな」

「うん」

少しく身をかがめ、元の位置に戻そうとした友の背を見て、定家はおやと思った。狩衣《かりぎぬ》の後ろの袖つけがほころびている。できすぎだ。おかしくなった。

「壬生」

と、声をかけた。

「そなた、たれと袖をちぎりあった」

おのれの肩を前にぐっと出し、腕の後ろあたりをちょい、ちょい、とさしてみせた。

「末の松山波を越えておるぞ」

家隆はあっ、と身をよじり、「さっきのだ、まったく」と、舌打ちした。

「ここへ来る途中にやられたのだ。不逞《ふてい》の輩《やから》に」

「え――」

「牛車《ぎっしゃ》を無理やり止められて、物乞《ものご》いさ。哀れな病人にどうぞお恵み、とな」

京の都も物騒になった。すでに徒《かち》では外出できぬほど治安が悪いが、車に乗っても安全ではないらしい。

「哀れな病人どころか、驚くべき手練《てだ》れだったよ。振り切って逃げようとしたら、二手に分かれて一人は牛の背に飛び乗り、残りは御簾《みす》をはがして乗り込んできた。袖をつかんで引きずり出されそうになった。というても恵むものもない。しかたがないから古い扇をくれてやった。あんなものでも持っておってよかった」

家隆はほころびを気にしながら、それにしても牛の扱いがうまかった、あれは京童《きょうわらんべ》ではない、木曽《きそ》の残党かしらん、とひとりごちた。

十年前、源氏と平家が争ったとき、京は一時木曽義仲《よしなか》の占領するところとなった。まもなく源義経《みなもとのよしつね》に駆逐されたが、その折にかの鄙《ひな》の地と通い路ができたのか、いまでも山の民めいた者をちらほら目にすることがある。

「ありうるのう」

「生粋《きっすい》の京童は、悪餓鬼《わるがき》でもものを知っておる。盗るものがあるかどうかくらい、一目で見分ける。なんせいあの牛車だもの」

と、ここからは見えぬ車寄せのほうを仰いだ。

家隆は従五位だから、もっとも質素な網代車《あじろぐるま》だ。飾り一つついていない。そんなことも知らずに襲うのは田舎者の証拠だ。

さらに眉をひそめる。

「さいきんとみにそういうのが多いよ。木曽だけじゃない。西国《さいごく》だか東国《とうごく》だか知らぬけれど、妙な言葉をしゃべる者が増えた。思わぬか」

さいきんとみに、のところに力が入っている。

「思う」

「さかしまに、よき民は減った」

「まさしく」

顔を見合わせた。

京のよき民が減り、悪《あ》しきやつらが増えたのだとしたら、反対に、悪しきやつらが減り、よき民が増えている場所がどこかにあるという理屈になる。

それは――、鎌倉である。

定家はほんの少し前まで、鎌倉などはこの世の果ての荒れ地だと思っていた。けれども、どうやらそうではないらしい。あにはからんや、そこは緑豊かで、海の幸にも山の幸にも恵まれた楽園なのかもしれない。いまごろは真新しい檜《ひのき》の香りが町じゅうに漂い、颯爽《さっそう》たる武人が行き交っているのかもしれない。

嫉妬《しっと》と侮蔑《ぶべつ》と憧憬《しょうけい》が入り混じったむつかしい味が口の中に満ちた。

家隆は袖つけから飛び出している糸を指先に巻きつけ、

「なにしろ、源《げん》の棟梁《とうりょう》はこのたび征夷大将軍《せいいたいしょうぐん》様におなりなすった」

ぶちっと引きぎった。

定家は唇をへの字に歪《ゆが》めたままうなずいた。源頼朝《よりとも》はつい先ごろ京都朝廷から、かねて熱望していたその官職を正式に授かったのである。

そもそも征夷大将軍とはなんたるか。

それはわが国の政治機構に常置されている職ではない。その昔、辺境《へんきょう》の蝦夷《えみし》を攻略する際、征討の司令官に臨時に授けられた称号だ。ではそれをいま源氏の棟梁がことさらに所望する意図は奈辺《なへん》にあるか。

頼朝にとってその称号は一種の自虐《じぎゃく》のようでもあるし、ある意味では、東国の武人としての誇りのようにもみえる。あるいは京に対するとてつもない挑戦なのか？

夷を征する将軍。いまの彼らにとっての夷《えびす》とはたれなのか。

かつて源氏の宿敵だった平清盛《たいらのきよもり》が目指したのは、廟堂《びょうどう》の頂《いただき》たる太政大臣《だいじょうだいじん》だった。平家の者たちは大宮に入り込み、皇室の血縁となり、政事を侵食し、都の覇者《はしゃ》になろうとした。奢《おご》れる平家である。しかし、いま思えばそのあり方は単純だった。

清盛に比較すると、頼朝はものすごくわかりにくい。不気味である。彼らの望むものは結句《けっく》なんなのだ。

家隆がつぶやく。

「光り輝く将軍様に不届き者の夷が蹴散《けち》らされて、この京へなだれ込んできておる——と、そういうことかな」

「そうだな」

東の棟梁頼朝のことを、定家はもう少し考えた。

　平家の一門が西海《さいかい》の藻屑《もくず》と消えたとき、多くの者は思った。平安京はこんどは源氏の都になる。源氏の一族郎党《いちぞくろうとう》が大挙して乗り込んできて、かつての平家のようになる。

しかし、そうではなかった。棟梁頼朝は美しい京には目もくれず、鎌倉に新天地を創った。おのれらの都がむくつけき芋ざむらいに奪われるのはいやである。だからといって、この京をさしおいて他の地に都ができることは、これまた我慢がならぬ。

とはいえ、いま冷静におもんみれば、公家《くげ》にとっても武門にとっても、たしかにこれほどよろしき妥協はなかった。互いの存在を容認し温存するためには、たぶん別々の住まいを持つしかないのだ。

　定家が頼朝その人をじっさいに目にしたのは、たった一度である。それは二年前。頼朝は袂《たもと》を分かった弟義経をみちのくに追いつめ、それをかくまっていた奥州王国もろともに叩《たた》き潰《つぶ》した。のち、凱旋《がいせん》将軍として上洛したのである。

　公家連中はみな賀茂《かも》の河原《かわら》に車を立て、大路をゆくその男を食い入るように眺めた。定家も野次馬の一人に加わった。頼朝は折烏帽子《おりえぼし》に紺青《こんじょう》の水干袴《すいかんばかま》、白の行縢《むかばき》を穿《は》いて駿馬《しゅんめ》にまたがっていた。関東風の乗馬装束をまとっていることを除けば、色白小柄な細面で、自分らの中に立ち交じってもとくに違和感はなかろうと思われた。やや意外だったが、よく考えれば当然だった。清和源氏《せいわげんじ》の父の義朝《よしとも》は平治《へいじ》の乱《らん》で敗れるまで四位の左馬頭《さまのかみ》で、頼朝も京で育った。母はかの熱田神宮《あつたじんぐう》の大宮司の息女である。武門といっても貴族の一種の、いわゆる都の武士なのだ。

　それから頼朝と〝大天狗《おおてんぐ》〟後白河法皇とのあいだで、なにやら駆け引きが行われた。その内容を、定家はよく知らない。噂《うわさ》では、頼朝は征夷大将軍を望み、院は拒み、結果、権大納言《ごんだいなごん》および右近衛大将《うこんえのだいしょう》という、やや中途半端なところで手打ちになったという。頼朝はその場ではうやうやしくその地位を賜ったけれど、十日もたたぬうちに返上し、鎌倉に帰還するや、おのれの政所《まんどころ》で独自の活動を始めたのである。

それから一年半後の今年春、宿敵の後白河法皇が崩御した。とたん、目の上のたんこぶが取れたとばかりに、今回の征夷大将軍就任が成った。

鎌倉の政所の征夷大将軍。

侮《あなど》れぬ。

内裏《だいり》における帝、あるいは仙洞《せんとう》における院。それと比すのも畏《おそ》れ多いが、じっさいのところそれに近いのかもしれない。この国の西と東に二つの頂ができる。そうしたら、この国はどうなるのだろう。じじつ、地頭《じとう》などというあちらの取り立て屋がこちらの領地をおびやかし、すでにわけのわからぬことになりつつある。

さらに言えば、その鎌倉の不気味な動きにわがあるじである九条関白兼実も一枚嚙《か》んでいるから、なおややこしい。

兼実は卓越《たくえつ》した政治家であるけれど、近衛殿《このえどの》（基実《もとざね》）や松殿《まつどの》（基房《もとふさ》）に押され、長らく第一線に立てていなかった。それがいま摂政《せっしょう》になり関白になり、日の出の勢いとなっているのは、水面下で頼朝と結んでいるからだ。

となると、自分も「あずまえびすなにするものぞ」とか、うかつに吠《ほ》えることもできない。御子左家はその九条家を大樹《たいじゅ》として、たつきを得ているのだから。

なんだかいろいろ矛盾《むじゅん》である。

おのれはつねづね敷島の道はすべてに超越すると信じてきた。いくさもまつりごとも歌道には関係ない。紅旗征戎《こうきせいじゅう》わがことにあらずだと気炎《きえん》を吐いてきた。しかし、自分に目隠ししてそう言い聞かせてきただけで、じつのところはやっぱり関係するのだろう。まつりごとを抜きにしたら、おのれもないのだろう。

矛盾である。

気分が悪くなった。

目をつむったら、小さな灯《あか》りが現れた。それはどんどん輝度と大きさを増し、日輪《にちりん》のようになり、やがてその中心に黒い闕点《けってん》ができたと思うや、みるみる広がり日蝕《にっしょく》となった。その穴の中へうるわしい平安京が散り散りになって吸い込まれていく。吸い込まれつくしたら、こんどは穴の裏側から光るしぶきが吐き出され、粉雪のように、綿毛のように、降りはじめた。降りしきり、降り積もり、芥《あくた》の山になる。

——おお、いやだ。

ぶるっと震えて目を開けたら、わが身が芥の山に埋もれている。ぎょっとして目をこすった。見慣れた四角い歌札たちに戻った。

「しかし、ま、よかったよ」

家隆がかたわらでからりと言った。

「袖一枚、扇一つで済んだのだから。怪我《けが》もしておらぬ。さいわいだと思うさ」

ああ、そうだった。ずいぶん遠いところへ想いが飛躍してしまった。家隆の牛車が襲われた話だった。

「そうだな」

定家は仏頂面《ぶっちょうづら》のまま、おい、と、縁《えん》に控えている六弥太に命じた。

「われの狩衣を一着持て。壬生の侍従にお貸しする」

侍童はぴょんと跳ね、合点承知と退《さ》がっていく。

「和歌道の教授殿がその恰好《かっこう》ではいかぬだろう。なんでもいいから着ておけ」

「すまぬ」

六弥太は即刻戻りきたり、藍《あい》の紗《しゃ》の狩衣を客人《まろうど》にうやうやしく捧げた。家隆は、ありがとう、と受け取り、ほころびた衣をためらいもなく脱ぎ捨てた。

薄手の単《ひとえ》になったとたん、頑丈な輪郭《りんかく》があらわになった。色白のやさしげなおももちとはうらはらに、家隆は堂々たる体軀《たいく》の持ち主なのだ。

と、そこへ――。

御簾の端がゆらりと揺れて、六弥太の弟分の小一郎《こいちろう》がかしこまった。

「申しあげます、健《けん》の姉上様、お越し」

お――、と心の準備をする間もなく、

「来ましたよ、さだいえ殿」

見慣れた姉の丸顔が、ひょい、と覗いた。後ろに若い侍女が添うている。

「あいかわらず散らかしておること。赤子でもあるまいに」

と、弟を見、続いてかたわらで着替え中の先客を認めるや、「あらっ」と、大仰《おおぎょう》にのけぞっ

た。しかし、おののきながらもひるまない。即座に扇を広げ、客人にはんぶん背を向けるようにしながら、

「お取り込みのところ、失礼いたします。壬生殿、どうぞお続けになって。わたくしはなんにも見ておりません」

そのまま反対側の際までずいと進み、

「ほんに間《ま》の悪いこと。わたくしとしたことが、あらあら」

常のおのれのしゃべり場にしっかり陣取った。

それから侍女をかえりみ、「ソレ、早《はよ》うここんとこに几帳《きちょう》を置きゃれ」と、前を覆うよう命じ、そのくせ用意ができたら半分以上も脇へずらし、けっきょく美男の着替えをぜんぶ拝んでしまった。

騒々しいが、定家にとってはたくさんの姉の中でいちばん親しい存在である。横にばかりふくふくと肥え、お世辞にも美女とはいえないけれど、やけに直観が鋭く侮れぬ眼力も持っている。

家隆は身支度を終えると、年かさの女房に向かって折り目正しく辞儀《じぎ》をした。

「お見苦しきところを」

健御前も辞儀を返し、

「こちらこそ、押し入りまして」

と顔を上げ、「あらっ」。扇の陰でぶるぶると口元を震わせた。美丈夫のなりがひどいことに。

家隆と定家とでは一尺も背丈が違う。狭い身頃《みごろ》から幅広な肩が剝き出し、赤子の前掛けのよ

うである。袖先からも手首が覗き、はしょりを少なくしているのに丈はつんつるてんだ。それに、定家好みの渋い色は家隆には地味すぎて似合わない。

「そんなにおかしゅうございますか」

家隆は両袖の端を両手でつかんで翼に広げ、大らかに笑った。

それからしゅうっと真顔に戻り、

「では、私は釈阿師より御命を賜っておりますので」

さらりと身を返した。

健御前はその後ろ姿をうっとりと見送ったあと、

「ほんに、よい男子《おのこ》」

ため息をついた。

こってりと塗り込んだ白粉《おしろい》の下に上気した頬が透けている。鼻の穴が広がっている。

「わたくしがあと十《とお》若かったら」

本気のように聞こえた。

かたわらで六弥太が家隆の脱ぎ捨てた狩衣を一所けんめいたたんでいる。定家が「早う奥へ持て、女どもに繕《つくろ》わせい」と命ずると、頬を染めた年増《としま》が「待ちゃ」と押しとどめた。

「私が繕うてしんぜます。六弥太、道具を揃えてここへ持っておいで」

童の手からお宝を奪い、ひし、と胸に抱きしめた。

＊

「なかなかみごとなものですな」

定家は感心した。

ときおり侍女にあれをよこせ、これをよこせと指示しながら、姉はせっせと針を動かしている。

縫殿寮《ぬいどのりょう》の女嬬《にょじゅ》でもあるまいに、裁縫などどこで習《なろ》うたか。

「捨てたものじゃないでしょう。女院には器用ものの健と呼ばれております。宴《うたげ》のときのお衣《い》裳《しょう》の相談なんかも承《うけたまわ》るのよ」

「姉上は巷《ちまた》の耳袋《みみぶくろ》専門かと思うておった」

「まっ」

チロリとこちらをにらんだ。小さな奥目がおのれに似ている。母は美しいのに、残念ながら二人とも父に似た。唇をちょっと突き出し頬をふくらませるが、かわいくもない。

この姉はかつて平清盛の義妹で後白河法皇の妃の建春門院《けんしゅんもんいん》滋子《じし》に仕えていたのだが、滋子がみまかり、のち、法皇の妹である八条院暲子《しょうし》内親王《ないしんのう》に仕えることになった。明るい性格で機転が利き、当意即妙《とういそくみょう》にまわりを笑わせるから、女院にもずいぶん気に入られていると聞く。

定家はなんとなく左右を見やったのち、本題に入った。

「姉上」

「なんです」

「龍寿《りゅうじゅ》の姉上と、さいきんおつきあいはありますか」

「龍寿と？　もちろんありますよ」

姉は縫い代に真剣に目を当てたまま答える。

龍寿御前は後白河法皇の皇女の元賀茂斎院《かものさいいん》、式子《しょくし》内親王《ないしんのう》の宮にて女房づとめをしている。定家は龍寿御前とはさほど親しくなく、またこの姉は健御前と違って品行《ひんこう》方正《ほうせい》なので、うかつなことは聞きづらい。が、健御前は一つ違いの同母の姉妹として仲がよいのである。

「えっと、十日ほど前に会ったかしら」

「おお――」

定家は身を乗り出した。

「会わぬまでも、近況は文にていつも知らせあってます」

「さようですか」

ますます乗り出した。

姉は縫い物の手を休め、不審のまなこを上げた。

「なんなんです」

「いえ、あの……」

定家は口ごもった。じつのところ、これを聞きたいがために、わざわざこんにち姉の宿下がりに合わせてここへやってきたのだ。

なるたけ表情を抑えつつ、勇気をふるって尋ねた。

「その……、われのことを式子内親王様がなにか言うておられなんだか、姉上がご存じでないかと」

「え？」

姉は頬を固くして向き直った。

「どういうことです」

「いえ、あの、だから……、内親王様がわれのことをなにか言うておられなんだかと」

しどろもどろになった。

「それはいま聞きました。だからなに？」

じれったさが眉間の皺に表れている。

覚悟を決めて説明した。

「姉上もご存じのように、われらが父上は内親王様のお歌の指導をしておられます。で、われもときおり相伴《しょうばん》して宮へあがっておるのですが、さいきん内親王様がわれのことを格別近しう思うてくださっているのではないかと感じるのです。最初は気のせいかと思うたのですが、どうもそうではないような……。で、そのおもむきというか……、お心の在りどころは奈辺にあられるのか、知りたいと思うたのです。

こんなことは龍寿の姉上には尋ねにくい。で……、もしかしたら健の姉上がなにかお聞き及びではないかと思うて、こうして待ち構えておったわけです」

「ふうん」

またチロリ、とにらまれた。

定家が父の俊成に伴われ、式子内親王の三条《さんじょう》の宮を初めて訪れたのは二十の年だった。父によると内親王は当代の女流の中でもことのほか才能豊かで、創作意欲も高く、きわめて指導の甲斐《かい》があるということだった。そして、父を介してわが詠にも目を通し、おもしろやと興味を示してくださったそうだ。

十ほども上と聞いていたから、なんとなく母のような、あるいは年の離れた姉に抱くような感じを想像していた。けれども、いざ伺候したらまったく違った。

侍女に導かれて御座所《ござしょ》の縁にひざまずくと、それまでにかいだことのない馥郁《ふくいく》たる香りが鼻を打った。唐土《もろこし》、あるいはそれより遠い南洋から取り寄せた希少な香木を手ずから配合なさるという。皇女というものはかくお暮らしになるかと、眩暈《めまい》がするような心地だった。

御簾を隔ててではあるけれど、その向こうに透き見る気配はけっして姥《うば》めいてはおらず、胸を射《い》貫《ぬ》かれた。父と交わすいくばくかの会話さえ侍女を介してやり取りされるが、いよいよ退出する間際、薄桃色の帳《とばり》がゆらり、と揺れた。ハッと身を固くしたら、「釈阿師の総領《そうりょう》の定家殿、よろしうに」と、のたもうた。鈴を振るような声だった。高貴というはこのことかと思った。

内親王は十一歳で賀茂斎院に卜定《ぼくじょう》され、それから十年の年月を紫《むらさき》野《の》の斎院御所で過ごした。役を終えてからはこの住まいに退がり、独り身で清浄な日々を過ごされている。定家は神の花嫁として選ばれた女性のいかに穢《けが》れなく、いかに年齢を超越して気高いものであるかを知った。

内親王の傍には龍寿御前のほか、女別当《にょべっとう》と呼ばれる異腹の姉も仕えている。男手のない宮だから、定家は父の歌の御用に従うのみでなく、二人の姉から雑仕事を頼まれれば飛ぶようにして参上し、ささやかなお役に立ちながらこんにちまでの年月を過ごしてきたのである。

それが、ここのところ内親王の態度の中に以前より濃いものを感じるのだ。

最初におや、と心づいたのは香りだった。

内親王の御座《おまし》にはいつも妙《たえ》なる香りが漂っているのだが、そのにおいがさいきん変わった。えもいわれぬ、蕩《とろ》けるような香りである。それはどうもわが来訪時に限って焚《た》かれるらしい。

それから、箏《そう》や琴《きん》の音がしきりに聴こえるようになった。自分は耳がよくないからみずから管弦はたしなまぬし、人の演奏のよしあしを聴き分けることもできないが、内親王の奏でる響きはどうしてもこちらに向けて発されているとしか思えない。

そして、極めつきは歌——である。

内親王は作品ができると父の俊成に評を依頼するのだが、先ごろ父に新作の綴本《とじほん》を渡す際、「定家の少将にも」と、写しを同時に賜った。

感動にうち震えつつ、美しい女手蹟《おんなで》の詠歌に読みふけった。すると、ある歌のところに桜色の美しい栞《しおり》がはさんであり、開いたとたん、はらっと落ちた。

玉《たま》の緒《を》よ絶えなば絶えね長《なが》らへば　忍ぶることの弱りもぞする

——これは……。

なんとも切ない、秘めたる恋の歌だった。見るなりぱたりと本を閉じた。たれかに見られなかったか、きょろきょろあたりを見まわした。

これはただならぬ。もしかすると、もしかする。

内親王は十も年上で、俗界の男と交わってはならぬおん身の上だ。自分は若輩の公家である。どう考えてもつりあわない。

けれども、恋というのはつりあわぬからこそ燃えあがり、人目を忍ぶからこそ想いが募るのではなかろうか。そう――、『源氏物語』の、かの六条《ろくじょうの》御息所《みやすんどころ》のように。年下のやんちゃな男を愛してしまった、あの哀《かな》しき貴婦人のように。

「……と、いうことで」

ことの次第をかいつまみ、自分に都合のよい脚色もかなり加えて説明した。

姉はしばし沈黙した。頰に指先を当て、こちらを見つめた。

それからきわめて冷静に、

「そなたは馬鹿ですか」

と、言った。

「内親王様は、六条御息所ではありませんよ」

図星を指された。

「姉上、どうして――」

「三つ子の魂《たましい》百までと言うじゃありませんか。そなたとは幼いときから光《ひかる》の君《きみ》ごっこを死ぬほどやりました。ちっとも変わってないのね」

唇を歪めて苦笑した。

母の加賀は『源氏物語』のたいへんな愛読者だった。定家をはじめとする子らはみなその影響をたっぷりと受けて育ったのである。

「あれは夢です。この現《うつつ》には六条御息所も藤壺《ふじつぼ》も浮舟《うきふね》もいやしません。しっかりなさい。そんなことだから、そなたの紫《むらさき》の上《うえ》にも逃げられたんです」

やぶへびだ。もっと痛いところを突かれた。

そなたの紫の上とは、二年前に別れた妻のことである。

その妻は二十二のときに縁者に紹介され、添うことになった。藤原季能《ふじわらのすえよし》の娘で、名は梨子《りこ》といった。年は十六だが見た目にはもっと幼く、ものの知識はあまりなかった。だから、なおさら光源氏の気分になってあれこれ教育をほどこした。

光源氏と違ったのは、こちらの住まいに梨子を迎えるのでなく、梨子の住まいのほうにおのれが通った点である。小金のある季能は「娘と婿殿《むこどの》のために」と、さっそく新婚の宅を造ってくれ、ために通い婚のかたちが続くことになったのだ。

初めのうちはよかった。梨子はこちらが教える歌だの有職故実《ゆうそくこじつ》だのに目を輝かせ、憧れのまなざしで見てくれた。が、成長するに従ってうるさげな顔をするようになった。自分のやることなすことにケチをつけられているように感じたらしい。やがて二人の男子が生まれたが、仲はどんどん冷え、笑顔一つ見せぬようになった。

そうして七年が過ぎたとき、とんでもないことが起きた。さいきんなにやら装いが派手だし、態度もそわそわしているなと思ったら、男ができていた。こともあろうに訪ねていったとき鉢合わせた。しかも同衾《どうきん》のまっ最中だった。最悪である。

見知らぬ男に抱かれた妻は、これが同じ女かと疑うほど淫靡《いんび》だった。最悪である。

その日を限りに絶縁した。二人の子は引き取ったが、梨子がその後どうなったかは知らない。

「さだいえ殿」

ハッとした。

姉の渋面が、こちらを見ていた。

「おかしな夢を見ていると、また同じ目に遭いますよ。二度と物笑いになりたくないでしょう。早う身をお固めなさい。そなた、いくつになるのです」

まったくだ。

じつのところ、このおのれにもその後恋の機会がなかったわけではない。けれども駄目なのだ。歌を贈りあっているうちはよいが、いざとなると気が萎《な》えてしまう。

ふふん、と鼻息が聞こえた。

「ま、折あらば龍寿に聞いておいてあげます」

姉はまた膝元の衣に目を戻し、縫い止まりのところに三、四度針を往復させ、堅牢《けんろう》さを確認してから糸の端を切った。

のち、肩口をつまんで目の高さでぴんと広げた。

驚くほど大きい。わが衣の二まわりほどはあるだろう。すがすがしい、浅縹色《あさはなだいろ》の狩衣。

「ほんに、頼もしいお方」

姉は広げた身頃に頬ずりするように顔を近づけ、深く息を吸い込んだ。

「よいにおい。薫《かおる》の君《きみ》様」

たしかに、家隆は香など焚きしめずともよいにおいがするのだ。

「姉上」

と、定家は呼びかけた。

「なんです」

反撃だ。

「人のことばかり言うて、姉上こそ三つ子の魂じゃありませんか。早うよい男をお見つけなさい」

この姉は五年くらい前に夫と死に別れ、以来決まった者はいないはずである。この面相に寄ってくる男がいるのかどうか知らないが、ともあれ同じ母のふところで育った姉弟《きょうだい》だ。同じように鏡も見ずにさんざん選《え》り好みしているに違いない。

「おっしゃること」

よく似た奥目をぶつけあった。

「わたくしはいいのよ。おつとめに命を捧げております」

「それはわれもおんなじです」

二人してにらみあい、同時にぶーっ、と吹き出した。

「楽しそうですな。なんのお話です」

背後でさわやかな声がした。

つんつるてんの狩衣をまとった美男が立っていた。

「あらっ」

光源氏病の年増がまっ赤になった。

バッとうつ伏すようにして、縫い終えた衣を美男の足元に押し進めた。

「どうぞ」

「おお、恐れ入ります。健の前、なんとお礼を申したらよいやら」

家隆は深く一礼し、「また失礼をば」と、ためらいもなく着替えはじめた。

姉弟して、ふたたび阿呆《あほう》みたいに逞《たくま》しい背中に見とれた。姉はもはや扇も広げず、几帳にも隠れず、露骨な熱視線を注いでいる。

ほどなく薫の君は、「ああ、さっぱりした」と、振り返った。

そして、

「ではまた」

ほのかな残り香を置き土産《みやげ》に去っていった。

「わたくしがあと十若かったら」

姉がもう一度よだれを垂らすように言った。

四

がたん、と牛車が揺れ、定家はつんのめって床に倒れた。かたわらに積んであった書物と、母が持たせてくれた菓子の包みがあたりに散らばった。

先ほど家隆が不逞の者どもに襲われた話を聞いたばかりである。すわや出たかとこうべを抱えてつくばった。

木曽か、いや鎌倉のやつばらか。

と思った瞬間、お主様お怪我はありませぬか、と六弥太が御簾をはぐって丸顔を覗かせた。

「申しわけもございませぬ。道が悪うて、車輪に石が噛みました」

敵襲じゃなかった。胸を撫で下ろした。われながら小心である。

へいちゃらを装い、かたづけい、と、散乱した荷を顎《あご》で示した。

はい――と、四つん這《ば》いになって作業にいそしむ童を横目に見ながら、

「どこじゃ」

と、訊いた。

「亭子院《ていじのいん》の辻《つじ》を過ぎたところであります」

物見《ものみ》の窓を細く開けた。夕暮れの風が吹き抜ける。

だしぬけに、朗らかな笑い声が斜め前方から聞こえた。

顔を向けると、どこぞの邸の厨番《くりやばん》だろう、筒袖《つつそで》と短袴《たんこ》の若者が掘割《ほりわり》に入り、しだれ柳の岸から笊《ざる》を持った若者がもう一人覗き込んでいる。小魚でも捕まえようとしているのか、はたまた野菜を洗《あろ》うているのか。見ているうちに堀の若者がなにかをつかみ、岸の一人に渡した、と思う間もなく、その袖をつかんで、水中に引っ張り込んだ。

きゃっと悲鳴があがり、ざぶん、と飛沫《ひまつ》が散った。

ハハハ……。

ハハハ……。

やけくそみたいに、水をかけあっている。

堀端の無邪気な情景の中に、きらめくような思い出がよみがえった。

——そうだ、われがふさぎ込んでいたとき……。

——楢《なら》の小川で、壬生と……。


二年前の夏。

妻に手ひどく裏切られ、しばらく邸に引きこもっていた。やまいですと偽って出仕もせず、夜具をかぶって不貞腐《ふてくさ》れていた。そしたら家隆がやってきた。

なんだ定家、息災ではないかと、おかしそうに笑った。

「どんな大病を患《わずろ》うたのかと思うた」

たれに対してもうるさい、放っておけと噛みついていたのに、家隆には怒る気がしなかった。

友はちょっと首をかしげ、こちらを見つめ、

「私はおぬしが好きだよ」

唐突に言った。

どこが好きとか、なぜ好きとか、だから元気を出せだとか、そんなことはなにも言わず、ただ好きだよと、それだけ言った。そうか、とそのまま納得した。なんだか気分がよくなった。

こちらの表情の変化を見てとったか、いきなり腕を取られた。

「行こう」

——え？

「どこへ？」

「どこへでもさ」

有無を言わせず車に導かれ、尻を落ち着けたとたん、家隆は「北へ行け」と牛童《うしわらべ》に命じた。

そして直後に、いや――と、改めた。

「都を一めぐりしてもらおう」

ばかばかしい。なんの酔狂でいまさら京見物など。

しかし、その小さな旅は案《あん》の外《ほか》に悪くなかった。小さな箱の中で二人してコトコト揺られていたら、さっきまでの憂鬱《ゆううつ》は錆《さび》でも落ちるみたいに少しずつ剝《は》がれ落ち、去った女のことなどどうでもよくなった。

家隆が「どうだ」と、自慢げに言った。

それから物見窓をちょっと覗き、「止めよ」と牛童に命じた。

「定家、降りよう」

車を止めた場所は上賀茂《かみがも》の社《やしろ》の裏手で、細流のかたわらで氏子《うじこ》らしき人たちが注連縄《しめなわ》や紙垂《しで》をかたづけていた。そうだ、一昨日は夏越《なごし》の祓《はらえ》だったと思った。儀式の日には大きな茅《ち》の輪《わ》が造られ、無病息災《むびょうそくさい》を願ってくぐったり、禊《みそぎ》の白木綿《しらゆう》や形代《かたしろ》を流したりする。

「二日ほど間に合わなかったな」

「そうだな」

でも、静かでかえってよかった。

足元の流れは境内から流れきたる楢の小川だ。傾きはじめた日差しが透きとおった水底《みなそこ》をきらきらと照らす。びっしりと茂った水草が生き物のように揺れている。

吸い込まれる心地で覗き込んだら——。

ばしゃん！　としぶきを立てて家隆が清流に飛び下りた。

あっけにとられた。

「気持ちがよいぞ」

たくしあげた袴の裾から白い脛《はぎ》が剝き出している。ばっしゃん、ばっしゃんと、水を跳ねあげる。うるさそうに烏帽子《えぼし》をはずし、預かってくれ、とこちらへよこした。

なかばあきれつつ受け取ろうとしたら、その手をつかまれ、逆にぐい、と引っ張り込まれた。

「あっ」

ばっしゃん！

勢いよく水中に落ちた。

家隆はハハハ、と笑い転げる。

「なにをする」

「禊だよ」

「え？」

「禊をしにきたのだ。いやなことはきれいさっぱり流してしまえ。賀茂の明神《みょうじん》にご祈願」

と、言うや、からだを二つに折って両手いっぱいに水を汲《く》んだ。ほれ！　と、ぶちまけた。

「やったな」

こちらもむきになって、やけくそに水を掻いて反撃した。

ばっしゃん、ばっしゃん。必死になりすぎてつんのめり、こんどは顔から川へ突っ込んだ。大丈夫か、と駆け寄ってきた脛《すね》をつかんで、思いきり引いた。わあっと叫びをあげ、敵が盛大に尻餅をついた。ともに濡《ぬ》れねずみになって抱きあい、弾けるように笑った。

ハハハ……。

アハハハハ……。

それから岸に這いあがり、道行く人の奇異のまなこもお構いなしに牛車の轅《ながえ》に衣を干し、柳の下に並んで座った。

「せいせいしたろう」

家隆がにこっとした。

「うむ」

ほんとに、せいせいした。

「……お主様？」

気がつくと、六弥太がかたづけを終えて両手をつき、不審の顔で見上げていた。川辺で戯れていた厨番の少年たちも、もういない。蒸し暑い街路ははや菫色《すみれいろ》に暮れはじめている。

「お待たせいたしました。車をお出しします」

六弥太はにじり退がり、また、がた、ごと、と牛車が揺れはじめた。

——そうだった。

と、ほほえんだ。

あのとき、一生分くらいの禊をした。

思い出しながら、四角い箱の中の薄闇で目をつむった。

＊

開け放した蔀から、中途半端な十日余りの月が覗いている。

蚊やりのいがらっぽい煙がしめった夜気と混じりあい、なんとなく部屋の空気をぼやけさせる。

五条の家から持ち帰った書物を書架に整理したのち、定家は二つ並んでいる文机のうちの右側に腰を下ろした。指物師《さしものし》と塗師《ぬし》にうるさく注文をつけて特別に誂《あつら》えた机である。右側は日記をつづる専用の机。日々のよしなしごとを吐き出す場所だ。左側は仕事をする机。たった三尺の移動だが、公と私の気持ちを切り替えることは重要である。

しばし脇息に頬杖をついて考え、筆を執《と》った。

「七月十一日。天晴《てんは》る。巳《み》の刻《こく》ばかり五条へ参る。健の姉八条院より下がると聞きしゆえなり。午《うま》の刻《こく》、壬生の侍従参る。途次、不明の輩に車を打たれしと云々《うんぬん》。……」

壬生の侍従——。

白い横顔がそよそよ、と糸柳《いとやなぎ》の風に吹かれた。すう、とこちらを向き、一筆書きのような横目を流した。

——禊だよ。

――せいせいしたろう。
目尻が下がり、端正な顔が崩れた。
蚊やりの煙がほよほよと寄ってくるのを袖先で払い、定家は深く腕を組んだ。

家隆と初めて出会ったのはいまから十五年前、十六のときだった。宮仕えを始めた翌々年、新入りの侍従としてやってきたのだ。

知らぬ顔だった。父親の光隆《みつたか》のこともよく知らない。同じ藤原北家の筋ではあるが御子左家より家格は低く、歌道にも縁がないからかかわることがなかったらしい。位は従五位下で、年は四つ上の二十歳《はたち》といった。

聞けば父母ともにやまいがちで、父親はこのほど治部卿《じぶきょう》を辞し、かわりに息子の出仕を許されたということだった。

ぱっとしない境遇である。自分も弱小だが、父俊成が歌の道でそこそこ名をなしているからていねいに扱ってくれる者もいる。それにくらべたらこの男のほうがよっぽど心許《こころもと》ないだろう。

その代わり天は一物は与えるらしく、とびきりの美男だった。まわりよりすらりと上背が抜きんで、その割につむりが小さい。冠《かんむり》をつけて裾《きょ》を長く引いた正装が絵に描いたように似合う。それだけでも目立つのに、小ぶりな顔がまた秀麗である。涼やかな目元に、木賊《とくさ》で磨いたごとくなめらかな肌。この男ぶりで二十歳までいったいどこに隠れていたかと疑問であった。在原業平的な何者かに思えた。

ふーん、と見入っていたら、そばに来て折り目正しく挨拶された。

「新参でなにもわかりませぬ。よろしくお引き立てのほどお願い申します」

長身を動かした拍子によい香りがした。なんの香り？　麝香《じゃこう》か？　没薬《もつやく》か？　いやもっと柔らかく親しみがあった。おそらくからだから自然ににおうのだろう。世の中にはそういう者がまれにいると聞いたことはあったが、実際に会うのは初めてだった。

よい香りのする男。では、業平ではなく薫の君か。いや二人を足して二で割るか。

精いっぱい先輩面してうなずき返しながら、どぎまぎした。

だが同時に、ちらりと反発も感じた。

これほどの好男子なら、さぞかし女が寄ってくるだろう。どうせすぐこの掃《は》き溜《だ》めの常連になって、くだらぬ色話にうつつを抜かすようになるんだろう——。

かねて、定家は同輩の侍従たちを心の中で軽蔑していた。

その昔、侍従という職掌は帝の側近として特別な価値を持っていた。だがいまは違う。現今、この国の王は院である。まつりごとを仕切っているのは平家である。数少ない帝の御用は蔵人《くろうど》がやる。よいところはみな他に持っていかれ、いまの侍従には従五位下に叙爵《じょしゃく》された者をとりあえず配置するところというほどの意味しかない。

そんなことだから詰所《つめしょ》にはうだつのあがらぬ者がたむろして、ごろ寝をしたり、鼻くそを掘ったり、締まりがないことこのうえない。定家はこの雰囲気が耐えがたい。

しかし、いかにいやでも、参内して出勤簿だけはつけておかねばならない。

阿呆どもとかかわりたくないので、漢書や歌論書を持参して、晴れた日は中庭の大楠《おおぐす》の下で読書する。雨の日は季節外の調度などを寄せておく小暗い隅に陣取り、瞑目《めいもく》して歌の世界に浸る。そのうちに、俊成卿の秘蔵《ひぞ》っ子定家はお高くとまった鼻持ちならぬやつと噂になった。

一方の家隆は年かさの功もあるのかすぐに先輩連と調和し、上役からもかわいがられるようになった。

しかし、仔細に観察すると、思いのほか淡々として、媚《こ》びへつらっているふうでもない。役のある日は姿を現すが、用がなければさっさと消える。群れもせず、かといって角も立てない。口数も多くない。

ちょっと見直した。

そのうちに、こちらへ近づいてくるようになった。

「ごきげんよう、定家の侍従」

きれいな頬でにこっ、とする。

定家は目的がわからぬから黙っている。

「お隣よろしいか」

さっさと座ってしまう。

変わっている。でも悪い気はしない。

書見に没頭するおのれの隣で花を眺める。草むらに横になる。ゆったりと空を仰ぎ、「あのひばりになりたいなあ」などと言う。とくになにも話さなくても気まずくない。

やがて、「ではまた」と去っていく。

そんなことが続くうちに、いっしょにいるのが当たり前になった。

いったん心を許したら、定家のほうがぜん能弁《のうべん》になった。いままで訴える相手がいなかったぶんを取り戻そうとするのかもしれなかった。家隆はもっぱら聞き役である。とりわけ歌道についての思いを語りはじめると、とめどがなかった。青臭く熱弁をふるった。まず、「人麻呂《ひとまろ》を見よ、貫之《つらゆき》を見よ」で始まるのがお決まりだった。

「歌聖と言われ、歌仙と言われ、神のごとく語り継がれている名人ですら、五位六位の卑官に甘んじて一生を終えた」

痩せたこぶしに力が入る。

「そもそも和歌とはなんぞや。敷島のやまとの国、という枕詞《まくらことば》があるけれど、単に敷島の道と言えば歌道のことをさすくらい、和歌はこの国の文化そのものだ。歌がなければわれらは美を語ることも、愛を語ることも、恋を語ることも、悲しみを語ることもできぬ。すなわち和歌はわれらの心であり、糧《かて》であり、命であり、人生である。にもかかわらず、それをなりわいとする者の価値は正当に評価されない。人麻呂や貫之が嘗《な》めた屈辱はいまなお続いておる」

「そうだな」

家隆はまじめに相槌《あいづち》を打つ。

父俊成も歌会が催されたり勅撰集が編まれたりするときは、みなにあがめられるが、そのときだけである。歌によって官位が上がるわけでもない。いかに努力しても所詮は一代限りの上手《じょうず》でしかなく、師範の待遇が世襲《せしゅう》されていく保証もない。そもそもこの国の官制の中に、歌人という職掌はないのだ。

長い歴史を顧みれば、藤原公任《ふじわらのきんとう》とか、源経信《みなもとのつねのぶ》とか、高位高官かつ指導的な立場にあった歌人もおらぬではない。しかしそれは偉い人がたまたま歌も巧みであったというだけで、歌が巧みだから偉い人になれたわけではない。つまり、紀貫之のころとたいして変わりはないのだ。そこにどうしても納得がゆかない。

「われは歌道に命を捧げる。粉骨砕身《ふんこつさいしん》する。だが同時に、高位高官を得ることにも粉骨砕身する。歌才によって位置を授かることができぬのだからしかたがない。そんなら位置を得てから歌を詠めという道理だ。われとてそんな俗事に心を砕きとうはない。けれどもそこをなおざりにしたら、永遠に地べたを這うことになるのだから心を砕かざるを得ぬ。

なんだかんだと言うても、この国における人間の価値は官位によって決まる。それは厳然たる事実じゃ。西行法師のように家を捨て妻子を捨て、おのれ一人のみ飄然《ひょうぜん》と生きていくなら話は別だが、普通はそうはいかぬ。であろう？

われはまつりごとには興味はないし、その才もない。けれども、まつりごとに関わる資格のあるほどの歌人にはなりたい。少なくとも三位《さんみ》以上の公卿《くぎょう》にはなんとしてもならねばならぬ。ひとたび高位高官の道筋に乗れば、おのずと子々孫々の道も開けていく。そのためにはなりふり構わぬでよい。見苦しうてもよい。われはわが御子左家が重代の歌道師範として、永劫《えいごう》高い家格で受け継がれていくよう改新したいのだ。それを実現してこそ、不遇に終わった幾百幾千の貫之が報われる。

これは私利私欲ではない。たれもがなしえておらぬ歴史への挑戦だ。歌人の地位を向上させるために、おのれは戦いをやめぬ。壬生よ、わかるか」

家隆は熱心に耳を傾ける。そして激励してくれる。

「ああ、ようわかるよ。そのとおりだと思う。おおいに励むがよい」

しかし、自分自身は半歩退いている。

「それほどな熱情を抱けるおぬしが、私はうらやましい。私はたれのために何事をなそうとか、何者になろうとか、そんなことは考えることもできぬ性分だ。そもそもおぬしのように守り継ぎたい家もないし」

果てしないまなざしで彼方《かなた》を見やる。

「私はおぬしと違《ちご》うて、すべてに対してたぶん、あきらめているのだ。自分に対しても、家に対しても、まつりごとに対しても、この世の中に対しても」

家隆はときおりものすごい無常《むじょう》の人になるのである。

そうして、そのあとすぐいつものあたたかな調子に戻り、にこりとする。

「私はおぬしのそういうところが好きだよ」

*

コン——と、音がした。

振り返ると、六弥太が歪んだ几帳の位置を直し、頭を撫でている。頑張って主人の番人をしていたのに、眠気に耐えられぬようになって頭をぶつけたらしい。

「もうよい、退がって寝よ」

はい、と目をこすりながら退出していく童を見やったあと、定家はまたぼんやりと友のことを考えた。

家隆とは同じ侍従として三年ともに働いたが、親のやまいの事情とかでしばらく姿を消した。そして、再び五条の邸に現れたのは四年後だった。

「壬生――」

久しぶりに見た家隆は相変わらず美しかった。苦労したのか以前より少し痩せたが、かえって端麗《たんれい》になったように思えた。

家隆を連れてきたのは従兄《いとこ》の寂蓮《じゃくれん》だった。醍醐寺《だいごじ》の阿闍梨《あじゃり》俊海《しゅんかい》の子で、俊成門下の中心的歌人である。

鈍色《にびいろ》の袈裟《けさ》をまとった歌僧はよく肥えた首を二重にして、むにゅっと笑った。

「定家よ、わしの婿だ」

――婿？

驚いた。思わず家隆をかえりみた。

「それだけではない。有望な新弟子だ。わが一門では将来、そなたと双璧《そうへき》の詠い手になるだろうと、わしはにらんでおる」

――新弟子？

――双璧の詠い手？

ますます驚いた。家隆は一時六条一門に師事したのだが、寂蓮が家隆の才能を見込んで婿としたうえで、引き抜いてきたという。

家隆ははにかんだように首をすくめた。

聞けば家隆は幼いころ醍醐寺に預けられていたことがあり、このたびの親の療治でも俊海の世話になった。寂蓮とはそのかかわりで意気投合したそうだ。

「まあ、目を通してみよ」と、寂蓮に家隆の習作を渡され、さらに驚いた。初心の拙《つたな》さはあるが、非凡であることは一目瞭然だった。

春雨
春はまづ風をのみとぞおもひしを　雨のけしきもしづかなりけり
荻《をぎ》
寝ざめするまくらの下に聞こゆなり　夜やふけぬらん荻の上風《うはかぜ》
月
さらしなや姨捨山《をばすてやま》のたかねより　あらしをわけていづる月影
神楽《かぐら》
風さえて空にすみゆく榊葉《さかきば》の　声さへにほふ雲のうへ人

澄明に流れる清水のような。さらさらと風になびく若葉のような。流麗な家隆自身の感じが、そのまんまそこにあった。

その才能に対して、嫉妬のようなものはほとんど感じなかった。なぜならば、自分とはまるきり個性が違ったから。

おそらくその天稟《てんぴん》は音への鋭敏さによるのだろうと推測した。たぶん家隆は卓越して耳がよいのだ。

一方の自分はやまいによりその感度を失った。歌人としては片翼《かたよく》をもがれる思いだったが、おのれなりに欠点を撥《は》ね返す方途を見つけ、精進してきた。そこにいま、自分に足らぬ部分をもって羽ばたかんとする同門が現れた。むしろ天の配剤だ。

おのれは匠の歌作りで、家隆は天性の歌詠みで、ともに補いあって高みを目指していけばよい。

たくさんの門人に対してこうべを垂れている友に歩み寄り、肘をこづいた。

「よろしく。壬生の相棒」

*

すう、と表から夜風が入り込み、燈台の灯りをはたはたとまたたかせた。定家はその炎の形をしばし見守り、まっすぐに戻るのを見定めてから、ふたたび日記の筆を進めた。

「未《ひつじ》の刻ばかり、健御前参る。八条院の御沙汰および龍寿御前の消息など聞く。……」

くりくりと肥えた姉が、縫いあがった家隆の狩衣を目の前に広げ、

——ほんに、頼もしいお方。

と言った。

たしかに、家隆は頼もしい。やさしいだけでなく、思いのほかの勇者である。おかげで助けられたことが何度もある。

——あのときも。

七年前にやらかしたゆゆしき事件を思い出した。

それは、家隆が戻ってきて、ふたたびともに侍従をつとめはじめた翌年のことだった。その日は豊明節会《とよのあかりのせちえ》の前夜で、陰気な雨が降っていて、家隆とともに灯りをともして書見をしていた。すると、暇な同僚たちがいつものごとく馬鹿話を始めた。『源氏物語』の「雨夜《あまよ》の品定め」になぞらえて自分が抱いた女を評するという、破廉恥《はれんち》きわまりない猥談《わいだん》だった。

いったん耳に障りはじめると、どんなに聞くまいと思っても耳に入ってしまう。しばらく我慢を続けたが、やがて堪忍袋《かんにんぶくろ》の緒が切れた。ぬっと立ちあがり、だらしなく寝そべっている連中に向かって気炎《きえん》を吐いた。

「お静かになされ。紫のおん方はかような下品な話はお書きになっておられぬわ」

すると、たまたま知己《ちき》を訪ねてきていた源雅行《みなもとのまさゆき》という血気盛んな少将が「なにを！」と、いきり立った。

「達磨《だるま》殿は耳がないと思うていたに、よう聞こえておるではないか。これは驚いた」

耳がないだと？

カッとなった。

わが歌が新味を狙って凝りすぎているため、さいきん達磨歌――禅の教えのように意味のわからぬ歌――と揶揄《やゆ》されていることは知っていた。相手はそこに、しばしば頭から衣をかずいて耳が見えぬ姿で描かれる達磨大師の絵姿をひっかけたのである。

あとから思えばただのつまらぬ駄洒落《だじゃれ》だったのだが、そのときは頭に血がのぼっていたので、おのれの肉体的欠点を指摘されたかと勘違いしてしまった。

　発作的にかたわらの脂燭《しそく》をつかんで歩み寄り、相手の頭を思いきり殴りつけた。冠が飛び、顔が煤《すす》でまっ黒になった。まぶたが切れたらしく、あっ、と片目を覆った指のあいだからまっ赤なしずくがぼとぼと垂れた。

「きさま――、何様じゃ」

　手のひらで顔を押さえたまま、敵が立ちあがった。太りじしのからだが怒りで震え、隻眼《せきがん》の悪鬼《あっき》になっている。

　鼻を突きあわせると、一まわり相手のほうが大きかった。だが負けられぬ。つばきを散らし、さらに噛みついた。

「もう一度、言うてみよ」

「ああ、何度でも言うてやる。この小賢《こざか》しい達磨野郎！」

「なにを、この盛りのついた下司《げす》野郎！」

　相手はあたりを見まわし、あいているほうの手で近くの火桶《ひおけ》の火箸《ひばし》をつかんだ。ギラリ、と鋭い光が宙を泳いだ。

　あっ――、と思った次の瞬間、凶器をつかんだその腕は、あいだに割って入った家隆によって後ろに捩《ね》じあげられていた。

「お……、う……、う……」

　敵は顔を紫色にして手足をばたつかせる。そして、「降参《こうさん》」の合図とともに、家隆はストン、と獲物を解放した。

　それから二人して一目散に詰所を脱出した。

畏《おそ》れ多くも宮中で流血事件を起こした咎《とが》めは厳しかった。伏して沙汰を待つ身に伝えられた処分は、除籍《じょせき》であった。除籍とは簡《ふだ》（殿上人《てんじょうびと》としての籍を示す札）を除かれることで、もはや六位七位の地下人《じげにん》と変わらない。父俊成は腰を抜かし、母の加賀は悲しみのあまり寝込んでしまった。

その父に、家隆が誠心誠意訴えた。非はふまじめな相手らにあり、子息はつねに勤勉であった。もっとも誇りを持っている歌を馬鹿にされ、加えて耳のことを言われたから逆上したのだ。無理からぬところであった——。

俊成はその旨嘆願書にしたため、せつせつたる歌を添えて後白河法皇に陳情した。その甲斐あって、おのれは半年のちになんとか元の位置に復することができたのだ。

それにしても、自邸で謹慎を続けた半年はつらかった。

もはや人生は終わった、つまらぬ短気を起こしたせいでこれまでの努力を棒に振ってしまった、と地獄に落ちたように暗くなった。そんなわが身を、家隆が三日にあげず見舞ってくれた。かたわらの円座にひょいと座り、大丈夫、死にはせんと、おかしそうに笑った。

そして、言った。

「私はそういうおぬしが好きだよ」

そうだった、とひとりごちた。あのときも家隆はそう言ってくれた。

——おぬしが好きだよ。

筆を置いた。

一つ伸びをしたら、急に疲れを感じた。そのままごろりと床に横になり、肘枕した。

蔀の右端に月が引っかかっていた。なんとなく、罠《わな》にかかっていつもじたばたしている自分のような気がした。

五

牛車の揺れが伝わるたびにむかむかして、酸い液体が逆流しそうになる。全身に冷や汗が流れる。暑いのか寒いのかよくわからない。目を開けていられぬけれど、目を閉じるとこんどは渦巻きのようなものがまぶたの裏に現れ、どちらにしてもひどい心地である。

「定家よ、もうじきだ。辛抱せい」

揺れが伝わらぬよう頭を抱えてくれている友の膝にひしとしがみつく。

「このところ眠りを削って励んでおったからな。疲れが重なったのだよ」

家隆が言う。

が、そうではないと思う。さっき宴席にいた浮かれ女のどれかが悪だくみして、へんなものを飲ますか食わすかしたのだ――。

定家三十二歳となった建久《けんきゅう》四年（一一九三）の九月。

主家である九条家で、盛大な歌合が行われた。

主催者はここ数年和歌のとりこになっている若殿の良経で、いまを代表する精鋭十二人が集められた。それぞれ百首ずつ提出し、合計千二百首を左右に番《つが》えての六百番の大勝負である。

判者は釈阿俊成。参加者は九条家からは左大将良経、その叔父《おじ》の天台《てんだい》座主《ざす》慈円《じえん》。俊成一門からは定家、家隆、寂蓮。長年の好敵手の六条一門からは藤原季経《ふじわらのすえつね》、顕昭《けんしょう》ら。ぜったいに恥ずかしいものは出せぬもよおしであった。

近来になく打ち込んだおかげで、定家はさすがは御子左家の星よとみなに褒めそやされた。

だが、そのあとが悪かった。

歌会がはねると唄《うた》い女《め》、踊《おど》り女《め》、白拍子《しらびょうし》、酌婦《しゃくふ》と、綺羅《きら》を張った女たちが盛大になだれ込んできた。こういう場合の常として、宴は一番鶏が鳴くまでえんえんと続けられる。そしてまたこういう宴の常として、その気になった者は女とどこぞの暗がりへ消え、またいつの間にか戻ってきて――、というようなことが行われる。

定家は歌にはいくらでも命を懸けるが、宴席は苦手である。できることならさっさと帰りたかった。しかし、九条家のしもべだからそういうわけにもいかない。

そのうえに、悪のりをした大殿の兼実が、「定家の少将は恋の名手である。われも嵐のような恋がしてみたい」とちゃかしたため、嵐の恋、嵐の恋、と遊女がいっせいに群がってくるはめになった。

こんにちの「旅の恋」の題に、

ふるさとを出でしにまさる涙かな　嵐の枕夢にわかれて

と、いやに力みすぎた歌を出したのをからかわれたのだ。

まわりの男たちも、やいのやいのと口を出す。

「定家殿はいま、さみしき女ひでりなのじゃ」

「嵐のように激しう面倒みてやってたもれ」

みなに煽《あお》り立てられ、しこたま飲まされ、これはたまらぬと手水《ちょうず》へ逃げたら、長い渡廊《わたろう》を曲がったところで御簾のうちへ引っ張り込まれた。

たれぞと間違えたのだろうと、「違う違う」と拒否すると、「定家の少将様、お慕いしております」と言う。たじたじとなったところにまといつかれ、半裸のからだを押しつけられた。そむけた顔に赤い唇が吸いつき、はだけた乳房から脂粉《しふん》のにおいが立ちのぼった。

とたん、三年前におのれを裏切った妻の痴態《ちたい》がよみがえった。ぞっとして突き飛ばした。定家は不潔な女は大嫌いなのだ。

眩暈がするほど気分が悪くなった。ほうほうのていで席に逃げ帰り、顔色の悪さに驚いた家隆に支えられて帰路についたのである。

「もうじきだ」

肩を温め、背をさすってくれる。ああもう限界だと思ったとき、わが家についた。

「六弥太、小一郎！　早《はよ》う来《こ》」

飛ぶようにまろび出てきた童らに抱えられ、臥処《ふしど》に横たえられた。家隆があれ、これ、これ、と生薬《しょうやく》だとか、盥《たらい》だとか、いろいろなものを指示している。

ばたばたと行ったり来たりする気配のあと、

「さあ、薬だ」

と、膝の上にふたたび抱えられた。

「飲め」

温かい煎じ薬が鼻先ににおった。命ぜられるままに唇をつけた。苦酸っぱい味がする。思わず顔をしかめると、「我慢して飲め」。顎を押さえつけられ、「しまいまで」と、ぜんぶ飲まされた。

「よろしい」

ほっとして枕に頭をつけようとしたとたん、溶岩が込みあげるごとく猛烈な吐き気に襲われた。

跳ね起きると、待ち構えたように盥をあてがわれた。があっと思いきり嘔吐《おうと》した。

「悪いものは、みな出してしまえ。そのための薬だ」

聞き終わらぬうちに、ふたたび吐き気が襲ってきた。また嘔吐した。ほっとする間もなく、みたび吐き気が襲ってきた。また盥の縁をつかんだが、もう吐くものもなく、裏返した袋から絞り出されるように苦い液体だけが出た。

脱力して、褥《しとね》の上へあおのけに倒れた。

長い距離を疾走したあとのようだった。が、先ほどまでの苦痛は嘘《うそ》のように消えていた。

「大丈夫か」

うん、と顎先でうなずいた。

目をつむると、ふわ、ふわ、と雲の上に横たわっているようである。

「楽になったろう」

そっと指先がひたいに触れ、汗をぬぐい、乱れた鬢《びん》を梳《す》いてくれる。魂が抜け出していくほど心地よい。糊《のり》で貼りつけられたように、まぶたがあかない。目を閉じたまま手を伸ばし、やさしい介抱者の手を握った。

「女はいやじゃ」

と、訴えた。

くすっと笑う声がした。

「女はいやか」

「いやだ」

そのまま夢の世界に落ちていこうとしたら、いやだと答えた唇を、指ですう、すう、と撫でられた。続いて、柔らかい唇が重なった。え――？　と思ったが、抗《あらが》う力はなく、開かされ、ねっとりと甘い液体が口の中に満ちた。ごくり、と飲み込んだ。ふっと離れ、またかぶさった。しびれるように甘く、口の中が溶けそうだった。薬？　いや、この蕩《とろ》けるような味は薬の味ではなく、舌の味？　であろうか。

などと考えているうちに、全身が麝香のようなにおいに包まれた。

――薫の君……。

これは、家隆のにおい。

えもいわれぬ快感が、全身を走った。

汚い遊女になぶられたときとは対の極で、なんであろう、この快さは。

手早く衣を開かれ、下帯を解かれ、ほっと腹が楽になり、肌が空気に触れた、と思った瞬間、あたたかい相手の肌とぴたりと密着して、温《ぬく》い香油《こうゆ》のようなものがすべった。なめらかに、強く、弱く、激しく、柔らかく探られて、どこかの先へ、先へ、と運ばれていく。茜色《あかねいろ》の暈《かさ》のようなものにねっとりと包まれ、これはなんだ、われはどこへ行く、どこへ運ばれる。

いや、これはいかぬやつではなかろうかと疑っているうちに、からだを開かれ、両の手の五本の指をぎゅうっと組みあわされ。

激しく熱い塊が、足先から頭の先まで、いきなり一本通った。

　まっ赤な火花が散った。

「さだいえ」

　と、声がした。

　ていかではなく、さだいえと言った。父母と姉にしか呼ばれぬ名を。

　仰臥《ぎょうが》していたはずが激しい感覚に耐えかねて、もがいて、逃げて、いつの間にか身を起こしてなにかにつかまり、どさり、がしゃん、と、いろいろなものを撥ねのけ、ぶちまけた気がする。なお追われ、抱かれ、咆哮《ほうこう》して、見知らぬ世界の涯《はて》に魂が飛んでいった。


　次にはっと気づいたときは、世の中はすっかり朝だった。

　戸外で鳥が、ちゅちゅちゅちゅ、ぴちゅぴちゅと鳴いている。

　がば、と起きあがった。

「お目覚めかな、定家の少将」

　円座に座り、脇息にもたれた家隆が白い頬でにこっ、とした。

　うん、と答えようとして、急に昨晩のことを思い出した。

ぎょっとして、おのが身を見下ろした。ちゃんと夜着を着けている。いつもと同じだ。

なんだったのだ、あれは。

「気分はどうだ」

と、訊かれた。

「うむ……、よいようだ」

「そうか」

家隆も袍《ほう》と冠ははずしているが、身じまいはきちんとしている。つややかな衵《あこめ》の深紅《しんく》が眩《まぶ》しい。狐《きつね》につままれたようだ。

夢だったのか。

そうか。昨日はひどく酔っぱらっていたから。

安堵《あんど》のような、残念のような。

家隆に尋ねることもできない。

上目づかいにそろり、と相手が片肘をついている姿を盗み見、その膝元を眺め、ふたたびぎょっとした。文箱《ふばこ》が三つほど投げ出され、歌札がいちめんに散らばっている。さざ波のように、波しぶきのように。

その瞬間、からだの芯に激しいものがよみがえった。あっ、となにかにつかまり、なにかを倒した。のではなかったっけ。あれが、これか？

家隆は脇息にもたれたまま、長い指先ですー、すーと、もてあそぶように札を右へ、左へ、動かしている。

いや、おのれは昨日半病人だったのだ。そんな凄《すさ》まじいことができたはずが。あるのだろうか。

恐るおそる目を上げたら、こちらを見つめている涼しい瞳とぴたりと合った。

家隆は少しく首をかしげ、いちばん手近な札を取った。お——と、片方の眉を上げ、すっとこちら側へ向けた。

逢《あ》ひ見《み》ての後《のち》の心に比ぶれば　昔は物も思はざりけり　（中納言《ちゅうなごん》敦忠《あつただ》）

目が釘づけになった。なんという意味深長《いみしんちょう》な札を出すのだ。じゃあ……、やっぱり、なのか？

「おぬしは恋の歌が巧みだ」

家隆がだしぬけに言った。

「みながそう言う。私もそう思う」

なにが言いたい？

「しかし、おぬしはほんとの恋を知っているの、かな？」

ドキリとした。痛いところを突かれた。のではなく、からだの奥のどこかを突かれた。

では——、やっぱり、なのか？

唐突に、

「大丈夫だよ」

家隆はほほえんだ。

なにが大丈夫？

「困るようなことはない」

風に吹かれるように、そよ、と笑った。

なんなのだ。ますます混乱する。

その膝元に目をやった。歌札の渦だ。とたん、瞳が百の言葉をとらえた。ああ、こちらのほうが早い。

臥処を抜けて四つん這いでざざっと寄り、す、す、す、と、札を三枚、いや四枚、即時に引き寄せた。

風をいたみ岩《いは》打《う》つ波のおのれのみ　砕けて物を思ふころかな（源《みなもとの》　重之《しげゆき》）
立《た》ち別《わか》れいなばの山の峰に生《お》ふる　まつとし聞かば今帰り来む（中納言《ちゅうなごん》行平《ゆきひら》）
忍ぶれど色に出でにけり我が恋は　物や思ふと人の問ふまで（平《たいらの》　兼盛《かねもり》）
君がため春の野に出でて若菜《わかな》摘む　我が衣手《ころもで》に雪は降りつつ（光孝天皇御製《こうこうてんのうぎょせい》）

このところ若殿良経に求められ、さんざん言葉遊びをやってきた。家隆ならすぐにわかるはずだ。

家隆がちら、と四枚の札を見た。ぞくっとするほど美しいまなじり。

頭の文字を読め。「か」「た」「し」「き」。片敷き。

――われは一人寝したのだよな？

唇の脇にえくぼができた。と、思う間もなく長い指が動き、「君がため」の札を奪われた。

さらに、す、す、す、と三枚の札をまわりから拾ってきた。

天《あま》つ風《かぜ》雲の通《かよ》ひ路《ぢ》吹き閉ぢよ　をとめの姿しばしとどめむ　（僧正遍昭《そうじょうへんじょう》）

久方《ひさかた》の光のどけき春の日に　静心《しづこころ》なく花の散るらむ　（紀友則《きのとものり》）

御垣守《みかきもり》衛士《ゑじ》のたく火の夜は燃え　昼は消えつつ物をこそ思へ　（大中臣能宣《おおなかとみのよしのぶ》朝臣《あそん》）

君がため春の野に出でて若菜摘む　我が衣手に雪は降りつつ　（光孝天皇御製）

かあっと頰に血がのぼった。

「あ」「ひ」「み」「き」。逢い見き。

――愛しあったじゃないか。

なんてこった。

うつむいたつむじの上に、また同じ言葉が降った。

「大丈夫だよ」

大丈夫って、なにが大丈夫。どう大丈夫。

「われらはなにも変わらぬよ。それが男と女の恋とは違うところさ」

どういうことだ。一夜の遊びだったということか？　それならそれで、なにやら傷つく。

罪深い相手はちらりとこちらを見たのち、先ほどの四枚の中からもう一枚取り、さらに新しい一枚を加え、こんどは見えにくい膝元に揃えた。

それから立ちあがり、「六弥太、小一郎」と呼んだ。

飛んできた二人の童に、「手伝ってくれ」とかたわらの衣裳箱をさした。

冠をかぶり、下襲《したがさね》をつけ、緋《ひ》の袍をまとい、石帯《せきたい》を締め、太刀《たち》を佩《は》き、あっという間に昨日と同じ姿になった。家隆がもっとも似合う、かちりとした束帯《そくたい》姿。

みごとな体格に端正な顔が映える。おそらく今日ほどこの姿に見《み》惚《ほ》れたことはない。

美しい男は「ではまた」と、片手を挙げて去っていった。

腰が抜けたように寝床に戻り、くたりと横になった。

困った。でも、心の声の三割ほどはよいではないかと言っていた。

いや、困る。

なぜ困る？

われは普通に女子《おなご》と恋がしたいのだ。こういう特殊なのではなく、普通の恋が。そう、普通に美しい恋。あのやんごとなき式子内親王との恋のような。

いや、それはそれ、これはこれ、ということでよくないか？

いや、駄目だ。

なぜ？

だって、われは恋歌の名手である。そこはかなり重要ではないか。

光源氏も在《ざい》の中将業平も色好みだったが、そのたぐいではなかった。だから駄目。わが求める敷島の道にかけて違うと思う。

そもそも、男色《なんしょく》の歌は幽玄妖艶《ゆうげんようえん》たりうるか？　いままで考えたこともなかった。たいそうな難題だ。いっそ父上に尋ねてみるか。訊けるか、そんなこと。

おのれは今日の今日まで、やけに女歌《おんなうた》のうまいなまぐさ坊主なぞを気色悪いと思ってきた。それと同じになれというか。

夜具を引っかぶった。

ふと先ほど家隆が並べた二枚が気になった。またソロソロと這い出し、膝でにじり寄った。

小倉山《をぐらやま》峰のもみぢ葉心あらば　今一度《いまひとたび》のみゆき待たなむ　（貞信公《ていしんこう》）
忍ぶれど色に出でにけり我が恋は　物や思ふと人の問ふまで　（平兼盛）

「を」「し」。愛し。

困った。

なぜ困る？

ちょっとうれしいのが困った。

三の章　菊花の王

一

「して、通具《みちとも》殿には――」

先ほどから手あぶりにだらしなくもたれ、美男の寄人《よりうど》の藤原秀能《ふじわらのひでよし》に戯れつづけている源通具に、定家《ていか》はギロリと横目をくれた。

「院よりご下命の件はすでに万端《ばんたん》であられるようだの」

よく肥えた亥首《いくび》がゆっくりと振り向いた。

権門のぼんくら息子《むすこ》である。多少のことは屁《へ》とも思わぬげな分厚い面《つら》の皮が、きつきつの襟《えり》の上に載っている。父親の逝去によりひと月忌籠《いみごも》りして、ようやく今日顔を出したと思ったらこれだ。

「お求めの期限はすぐ目の前ぞ。この定家などは悩みに悩んで、さいきん夜も眠れぬというに、貴殿はずいぶん余裕のご様子。さすがは別当《べっとう》殿じゃ」

通具の小鼻がぴくっと動いた。通具は別当と呼ばれることが嫌いである。

「万端かと問われたらやや心許《こころもと》ないけれど、わが家《け》なりにいちおう納得のゆく選歌はできており申すゆえ」

憮然《ぶぜん》として言い返した。

「ほう！　貴家のとな」

定家がすかさず食いつく。

相手はハッとした顔色になった。

鬱憤《うっぷん》晴らしの種を見つけて、定家はにわかにいきいきする。

「これはこれは、通具殿はよっぽど頼もしきご家族をお持ちとみゆる。おおそうか、おん父君か。なるほど弥陀《みだ》の浄土に逝《ゆ》かれる前にお手伝いくだすったか。さもあらん、大臣《おとど》は子煩悩《こぼんのう》であられたもんのう。お若き子息のこたびの大役、無事に果たしおおせるか、さぞかしご懸念であられたのだろう」

通具の父とは、後鳥羽院《ごとばいん》の宰相《さいしょう》として随一の権勢を誇り、先の月に急逝した内大臣《ないだいじん》の源《みなもとの》通親《みちちか》である。

ちっ、と小さな舌打ちが聞こえた。

定家は無視して一方的にまくしたてる。

「大臣のお墨つきとあらば貴殿も勇気百倍だの。われらも心強きことこのうえなしじゃ。否、われらだけでない。院におかれてもおよろこび間違いなし。ほほ、三方に徳があった。ほっほほ祝着至極《しゅうちゃくしごく》」

やけくそのように甲高《かんだか》い笑い声を立てた。

この痩せ歌人はさいきん虫の居所が悪いのである。

ときは建仁《けんにん》二年（一二〇二）閏《うるう》十月。

ところは二条殿《にじょうどの》の弘御所《ひろごしょ》北面《ほくめん》に設けられた和歌所《わかどころ》。

本朝八代目となる勅撰和歌集の編纂《へんさん》が、たけなわに行われている。

当今《とうぎん》土御門《つちみかど》の父にして治天《ちてん》の君《きみ》である後鳥羽院《ごとばいん》がこの歴史的事業の号令をかけたのは、いまから一年前だった。世の中が万事むくつけき坂東《ばんどう》風に染まっていくなかで、久方ぶりに王朝のみやびの風が吹いた。そして、栄《は》えある撰者が任命された。すなわち源通具、藤原有家《ありいえ》、藤原定家、藤原家隆《いえたか》、藤原雅経《まさつね》、寂蓮《じゃくれん》の六人である。

うち、定家、家隆、寂蓮の三人は御子《みこ》左《ひだり》俊成《しゅんぜい》（釈阿《しゃくあ》）の門弟。有家は名門六条家からの選抜。雅経は和歌に加えて蹴鞠《けまり》の異能を評されての特別指名。残る通具はさしたる能もなく年若でもあるけれど、父たる内府《ないふ》通親に花を持たせてのご祝儀的人事であった。

かたちのうえでは通具が和歌所別当とされたが、若輩《じゃくはい》のこの男に束ねの役などつとまるはずもない。実質の筆頭は実力第一とたれもが認める定家だった。

最年長の寂蓮は約半年にしてやまいで世を去り、以降は五人体制でこんにちに至っている。

まがりなりにも歌人と呼ばれる者にとって、勅撰集の撰者になることは最高の栄誉である。ことに定家にとっては父俊成に続く親子二代の拝命だ。おかげをもって御子左の家名はぐんと上がった。同じ歌道の家として長らく六条一派と張りあってきたが、これで明暗あきらかになった。巷《ちまた》には、この先勅撰和歌集の撰者は御子左の当主が世襲することになるのではないかという憶測すら飛び交った。定家は面《おも》映《は》ゆくもまた誇らしかった。

このとき、定家はよわい四十。

六年前に策謀家の源通親が政変を起こし、九条関白兼実《くじょうかんぱくかねざね》を失脚させた。以来、九条家の家《けい》司《し》たる定家も巻き添えを食ってぱっとしない日々を送ってきた。だが、二年前に後鳥羽院に才を見出《みいだ》され、正四位下《しょうしいのげ》に昇進した。そして、憧れのこの事業が始まった。ようやくわが身にも転機が訪れたかと、らんまんの春の心地になった。

しかし、世の中はそう甘くない。一気に未来が開けていきそうな気がしたのはほんのいっときで、その後はなしくずし的に期待ははずれた。おかげで、いまやむしろ元の性に輪をかけた不満居士《ふまんこじ》になっているのである。

では、定家にかくも失望を味わわせたのはなんであったか。

そこには大きく三つのわけがあって、まず一つは出世の停滞である。ちかごろ定家の名は世に響き、そうとうの耳目を集めている。貴紳《きしん》から詠歌の依頼も多く、弟子入りの希望も格段に増えた。だからといって慢心することなく、公のつとめにも余人以上に粉骨《ふんこつ》してきた。にもかかわらず位は二年前の昇進以降やっぱり進まず、官職に至っては十三年も左近衛権少将《さこんえのごんのしょうしょう》のままなのだ。

いまの世で立身を望むなら、人事を一手に掌握している内大臣の通親に頼むに如《し》くはない。そこで、ない袖を無理に振ってつけ届けに精を出し、ご機嫌伺いに励みつづけた。加うるに、和歌所の同僚として働くことになった息子の通具の面倒もずいぶん見てやった。また通具の妻の公子《こうこ》はわが姉八条院三条の娘なので――俊成が苦労して縁づけたのである――、そちらからの働きかけにも努めた。

ところが、いっかな効がない。

それどころか、苛立《いらだ》つおのれを尻目に通具は除目《じもく》あるごとに昇進し、十ほども年下なのにさっさと追い抜かれてしまった。わが子かわゆしとはいえ、あんまりな依怙贔屓《えこひいき》である。さらに、望みをかけていた姪《めい》の公子は通具にかえりみられず、新たな室を迎えたとかで離縁される始末。憤懣《ふんまん》やるかたないとはこのことだ。それでも威勢の大臣に歯向かうわけにはいかぬので、ならぬ堪忍を続けていたら、先月、ご当人が鬼の霍乱《かくらん》でぽっくりと死んだ。拍子抜けして、心の中でたたらを踏んだ。おのれはなんのためにこれほど我慢してきたか。かくしてこんにち、久しぶりに顔を合わせた通具にさっそくつっかかったわけである。もはやおもねる必要もないのだから。

院よりご下命の件とは、勅撰和歌集の第一次の粗選《あらえら》びである。開始から一カ年をめどにおのおの提出すべしと求められており、この月末がその期限に当たるのだ。

粗くとはいっても、二千首近くの秀歌を選《え》り出すことはかなり難しい。さしたる訓練も受けていない素人《しろうと》にできるはずがないと思っていたら、案の定しっぽを出した。父親がせいぜい袖の下を使ってたれぞに手伝わせたのだろう。

ぼんくら息子に向けて、定家はさらに嫌味を放った。

「通具殿がいかなるお歌を選ばれるか、かねてより楽しみであった。亡き大臣のお好みも映しておるならなおさらわくわくする。早《はよ》う拝見したいのう」

通具が気色《けしき》ばんだ。ぽっと出の歌人にもいちおうの誇りがある。

「いちいち聞き捨てならぬ。定家殿はなにをもってかく面妖《めんよう》なことを申される。父とは死ぬまで勅撰集の話など一度もしたことがないわ」

「よいよい、通具殿」

定家は薄あばたの頬をにゅっとゆるめた。

「石頭の定家でもわかっておる。敷島《しきしま》の道は神聖なものなれど、いつもいつもそこに敷島の花が咲くわけではない。ときにはまつりごとの花も咲かねばならぬ。六輪のうちの一輪くらいは、そうでなければならぬようじゃ。いまさらきれいごとを言われな」

通具が、なにを、と弾かれたように立ちあがった。

定家も負けず、なんぞ、と薄い胸を張って対抗する。

とたん、いままで背を向けていた有家が、「まあまあ」と割って入った。

「期限が迫りきたっておるゆえ、みな苛立っておられる」

目尻を皺《しわ》めて、にこ、とした。

「それもこれもよいものを作りたいという願いゆえでありますな。尊いことじゃ。その心を合わせてますます励んでゆきましょうぞ」

寂蓮がいないいま、有家が最年長の撰者である。年かさらしく巧みに説いた。

定家はなおも口の中で御託《ごたく》を並べながらわが席に尻を据えたが、内心、有家に感謝していた。じつのところ、自分からふっかけた喧嘩《けんか》ながら、そろそろ矛《ほこ》の収めどころが欲しいと思っていたのである。

そして、

――壬生《みぶ》はどこじゃ。

と、ふくれっ面した。

家隆は先ほど席をはずしてから、いずこへ行ったのかまだ戻ってこない。

おのれはこういう性格だからしばしばことを荒立てる。が、いつも家隆が側にいて、なんとなく紛らわしてくれるのである。いまも当然、ほどよい間合いで「待った」が入るはずだった。それがないから子供の喧嘩みたいになってしまった。

加えて、こんにちは剽軽《ひょうきん》に茶々をはさむ係の雅経も非番なので、なおのことおかしな具合になった。

えいくそ、と気を取り直して文机《ふづくえ》に向かい直したところへ、

「ごきげんよう、お歌の聖《ひじり》の方々」

陽気な声がした。

振り返った几帳《きちょう》の後ろに、磊落《らいらく》な恵比須顔《えびすがお》がひょいと出た。

「お邪魔してよろしいか」

「おお、公経《きんつね》殿」

有家が歓迎する。

わが妻頼子《よりこ》の弟、藤原公経だった。従者も従えず、恰幅《かっぷく》のよい胸を張ってずんずん入ってくる。

「義兄上《あにうえ》がこちらへおいでと聞きましたので、参院のついでにご機嫌伺い」

こちらが勿体《もったい》ぶって口の中でぐにゅぐにゅ唸《うな》っているあいだに、さっさと隣の円座にあぐらをかいてしまった。

ぬくそうに火鉢を抱いて、

「こんにちは、めっぽう冷えますな」

とか、無邪気に笑う。

それでいて、おのれと敵のあいだを塩梅《あんばい》よく隔てている。もしかしたら先のやり取りを几帳の後ろで聞いていて、登場すべき間合いをはかっていたのかもしれない。公経はそういう男だ。

気の利く義弟は首を転じ、こんどは通具に話しかけた。

「通具殿、ちと見ぬうちにすっかり宗匠《そうしょう》の風格になられましたな。ぜひ一度、身どもに歌道をご教授いただきたい」

通具の機嫌がみるみるよくなる。

「いや、ま、うん」

臆《おく》さず、動じず、頭も切れる。どこへ網を張っているのか情報通でもある。ゆえに亡き内府通親にも九条関白兼実にも目をかけられていた。そのうえ、鎌倉の頼朝《よりとも》の姪を妻としている。頼朝とは曽祖父のころからつながりがあったといい、ふところ事情もかなりよい。いまの地位は正三位の権中納言で、昇進ものぼり調子である。

公経は楽しげなおももちであたりを見まわした。

「あいかわらず凄《すさ》まじき量の文草《ふみぐさ》でありますな。こないだ伺《うかご》うたときには、たしかまだこのあたりだったと思うたが」

おのれの胸のあたりに扇を水平に示しながら、目の高さを越えんとしている書架の文書類に目を丸くした。

「いかにも」

有家がおだやかに相槌《あいづち》を打つ。

勅撰和歌集も本朝はや八代目である。歌は真砂《まさご》の数ほどあるうえ、歴代の勅撰集と重ならぬように選ぶのだから難儀である。単純に言えば、初代の『古今和歌集』の八倍の手間がかかる。資料も八倍に増える道理となる。

この二条殿の和歌所も開設当初はこぢんまりとしていたのだが、すぐに手狭となって半年足らずで二倍に拡張された。それもすぐに満杯になり、あふれた資料はそこかしこに置かれ、日に日に撰者の身動きを封じつつある。

「いまいちど広うしていただかねばどうにもならぬ」

通具がふてくされぎみに編纂室の一角にまなこを投げた。

「七人目の撰者様のために、あれだけの場を割いておる。われらももちっとのびのびしたいもの」

定家、有家、公経がつられ、四つの視線が同時に同じところへ注がれた。

細長く間取りされた室のいちばん上《かみ》に、繧繝縁《うんげんべり》の畳を重ねた空間がある。垂れた御簾《みす》の向こうに金泥《きんでい》の屏風《びょうぶ》と螺鈿蒔絵《らでんまきえ》の燈台《とうだい》と脇息《きょうそく》とがけざやかに鎮まっている。むさくろしい作業場のそこだけが豪華絢爛《ごうかけんらん》で、馥郁《ふくいく》たる香りが漂っている。

勅撰集の命令者、後鳥羽院の御座《おまし》である。

定家の口の中に複雑な味が満ちた。尊敬と、辟易《へきえき》と、憂鬱と、その他もろもろがないまぜになったような。

一瞬空気が重くなったのを、公経がハハハと如才なく打ち破った。

「しかしまあ、前代未聞のお打ち込みじゃ。まさか院がここまでなさるとは」

そのとおり。この集にかける院の意欲は並々でない。正直なところ、物珍しいのは最初だけですぐに飽きるだろうとたかをくくっていたら、とんでもなかった。飽きるどころか情熱は日々にいや増し、連日のようにやってくるようになり、果てには自分の席までこしらえてしまったのだから。

そう――。定家のさいきんの苛立ちの二つ目の理由が、これである。

たしかに勅撰和歌集の命令者は帝《みかど》（院）だ。しかし、編纂はあくまでも撰者の仕事で、命令者はできあがったものの奏上を受けるのみ。これが伝統であった。ところが、このたびの命令者は一から十までくちばしをはさみ、気に入らなければ駄目も出す。主張が通るまで一歩も譲らぬ。まさに七人目の撰者である。否、筆頭撰者である。

となると、いきおいおのれの存在感がかすむ。

じっさい、当初は痛いほどわが身に注がれていた賞賛が、最近は院のほうに流れている。

不満である。

勅撰和歌集は、歌人にとっては一生に一度あるかないかの晴れ舞台だ。何十年もかけて培《つちか》ってきた知性と感性とを十二分に発揮し、これぞおのれの最高傑作といえるものを生み出したい。なのに。

もうちと控えていただけぬか。

それだけではない。あの院は――。

さらにもう一つのことを考えつつこうべを上げると、有家がこちらを向いたのと目が合った。

「そういえば」と、有家が思案顔した。

「壬生殿はどうされたかな。先ほどから姿が見えぬような」

「それよ」

定家はわざと荒々しく返答した。

「なにを怠けておるやら。仕事に慣れてくるとかくもたるみが出る。悪《あ》しきことじゃ」

公経が横合いから首を伸ばした。

「壬生殿なら、院とごいっしょにおられたぞよ」

——え……。

定家は一挙に不快になった。

「先ほど御前《おまえ》に参ったらば、むつまじう話し込んでおられた」

「ほう、なにか問題でも出来《しゅったい》しましたかな」

有家がまじめに問う。

公経が火鉢の上でぶんぶんと袖を振った。

「いやあ、ずいぶん御酒《ごしゅ》もきこしめされて、ご機嫌の模様であられた。そう堅苦しい話題でもありますまい」

定家はますます不快になった。

昼のひなかに、いったいなにをしておるのじゃ。

くるりと背を向け、文机に向かった。手元に積まれた文草をがしゃがしゃとかきまわし、一枚引っ張り出した。秋の歌の配置をどうするか迷った試し書きだった。この際なんでもよい。もう一枚白紙を取り出し、表書きをしたためはじめた。

胸の中にいやな光景が広がっていた。しどけなく襟元を崩し、脇息にもたれかかった院が、頬を茜色《あかねいろ》に染めて盃《さかずき》を口に運んでいる。家隆がかたわらで酌《しゃく》をしている。やがて院が家隆の手を取って引き寄せる。酒器が転がり、二つのからだが重なって……。

ばかな。ここは二条の正殿ぞ。水無瀬《みなせ》ではない。日の高いうちから、そんなお戯れがあるものか。

いや、塗籠《ぬりごめ》へでも籠ればなんでもできるさ。あの院のことだもの。

握った筆に力がこもり、紙面が黒い折れ釘《くぎ》の行列みたいになった。

院と家隆はできているのだ。

これが定家のさいきんの苛立ちの、三つ目にして最大の理由である。

「秀能殿、頼みたい」

定家は書き終えた料紙をやけくそみたいに巻いて、小隅に向かって首を伸ばした。先ほどの喧嘩以来小さくなっていた秀能が、弾かれたように顔を上げた。

小腰をかがめて寄ってくる。

「なんでありましょう」

緊張の残ったまなこがこちらを見つめている。美しい顔だ。当然である。この男も院のご寵愛の一人なのだから。

「院にお伺いしたき件ができた。これをお渡しくだされ」

相手の胸元に押しつけた。

「急ぎである。必ずお返事がほしい。お返事いただくまで戻ってこぬように」

一礼して退《さ》がっていく寄人の背中に、心の中で猛烈にはっぱをかけた。

――しっかり邪魔してこい。

――なんだったら、そなたが代わりにお相手せよ。

二

ぎ、ぎ、ぐらーり、と車が常より大まわりして止まった。おや、と覗《のぞ》いたら、従者が「申しわけございませぬ、ご来客でございます」と片膝をついて言う。

門の脇に見たような乗り物が一台、停まっている。小ぶりながら屋形と袖に八葉《はちよう》の文様がくっきりとほどこされ、瀟洒《しょうしゃ》なおもむきである。車輪も轅《ながえ》も黒々と磨きあげられ、泥はね一つない。

――健《けん》の姉上か。

いつもながら、よいものを使《つこ》うておること。

健御前のあるじの八条女院は名に負う富裕なおん方だから、下賜品《くだされもの》もいちいち上等なのである。

車の陰に随伴《ずいはん》の若人《わこうど》が四人、うずくまって居眠りしている。

またずいぶん引き連れて、と首を振り振り、定家はわが邸《やしき》のうちへ踏み入った——とたん、ちちうえっ、と甲高く叫ぶ声がして、仔犬《こいぬ》のような童子《わらし》がまろび出てきた。とこ、とこ、とんとん、毬《まり》のごとく突進してくるからだを、おお、おお、と大仰に抱きあげる。

今年五つになる嫡男の三名《みな》（為家《ためいえ》）である。よく肥えて腕にずしりとこたえる。

「吾子《あこ》よ、よい子にしておったか」

「うんっ」

わんぱく盛りのかわいい盛りだ。思わず知らず目尻が下がる。万年渋皮面《しぶかわづら》の歌詠みも、子に向かうときだけは甘々になる。

キャッ、キャッ、とはしゃぐ気配を聞きつけて、小女《こおんな》が小走りに駆けてくる。恐縮しつつ、さ、若様こちらへと幼児を受け取り、「八条院の姉上様がおいででございます」と、奥のほうを仰ぐ。示されたあたりから談笑の気配がする。妻の頼子の曹司《ぞうし》である。

いざなわれてあとに従い、御簾をくぐると、几帳の後ろからなじみの顔が出た。

「またお邪魔しておりますよ、さだいえ殿」

ニッと鼻に皺が寄った。

「姉上、ようお越し」

いちばん親しいこの姉も、すでに四十代なかばである。地位ものぼって比較的自由のきく身になったらしい。さいきんよくやってくる。

昔にくらべると生え際があがり、白いものもちらちらしている。が、もともと年増みたいな面相だからさして変わりもない。むしろ古参らしい貫禄《かんろく》が増して、見目よくなったくらいだ。蘇芳《すおう》の襲《かさね》の衣裳《いしょう》はともあれ豪華である。

姉に続いて妻の頼子が、

「おかえりあそばせ」

ぽそ、と唱和する。とくに笑顔も作らぬが、いつものことだ。

「さっき弟《おとと》君に会《お》うたぞ」

公経のことを伝えた。

「さようですか」

反応が淡いのもいつものこと。

いたずら小僧のわが子が伯母《おば》のふところにもぐり込む。肉厚な年増の腹はふくふくとして、母親より抱きつき心地がよいらしい。

姉は童子をあやしながら、しゃべりつづける。

「わが君様もついこないだまでおんなじくらいのお小ささで、弾けるように腕白であられたのだけど、いまではすっかりおしとやかな姫宮じゃ。おかげでわたくしも楽にはなったのですが、なんだかものたらなくてね。で、このやんちゃな王子様に会いとうなるわけ。ね、三名よ」

くねくねとうねる甥《おい》を抱きしめ、おお元気だことと餅《もち》でもこねるように撫《な》でまわす。童子はけんのおば、けんのおば、と歓喜の叫びをあげる。

八条女院は独り身ゆえ、後鳥羽院の皇女昇子《しょうし》内親王を猶子《ゆうし》とし、健御前が扶育《ふいく》にあたってきた。健御前は世話上手の遊ばせ上手で、子供にめっぽう好かれるのである。

また、この姉はわが妻頼子とも妙に気が合う。

頼子は大納言《だいなごん》藤原《ふじわらの》実宗《さねむね》の娘で、八年前に縁を結んだ。器量はよいのだが万事に恬淡《てんたん》としていて、愛想がなさすぎるくらいの、ちと変わり者である。だが、その昔やけに可愛らしい猫みたいな妻に痛い目に遭わされた身としては、このくらいのほうが安心できる。じじつ、長く添うていても不快にならない。頭も悪くない。

頼子はこの三名のほか、因子《もとこ》と香《こう》という二女ももうけている。

ふと気づくと、頼子と姉はまたよもやま話に花を咲かせている。童子ははしゃぎ疲れたのか、伯母の膝に突っ伏して眠り込んでいる。

「では、姉上ごゆっくり」

定家が去ろうとすると、「お待ちなさい」と引き留められた。

「つれないじゃありませんか。もっとおつきあいなさい」

かたわらの円座をととん、と示す。

いや、そんな気分ではない。こんにちはいろいろあって疲れたのだ。

心の中でつぶやいたら、昼間の不快な出来事がいっせいによみがえり、唇がおのずとへの字になった。通具とくだらぬ諍《いさか》いをしたこと。有家に助け船を出されたこと。そして、後鳥羽院と家隆のこと。せっかく秀能に横槍《よこやり》を入れさせたのに、結局家隆は戻ってこなかったのである。

院と二人でなにしておったのやら。

姉がたたみかけてくる。

「おや、さだいえ殿、どうしたの。お顔の色が冴《さ》えませんね」

一言で答えられるほど単純ではない。

「仕事のほうが大わらわで、たいへんなのですよ」

まあ――と、興味しんしんの顔になった。おのれとよく似た奥目が輝いている。

「院のお求めがきびしいの？」

「まあ、そうです」

「噂《うわさ》には聞いております。ことのほかお歌にお打ち込みなんですってね」

頼子と顔を見合わせ、意味ありげにうなずきあう。

なんだ、知っておるではないか。

「水無瀬のほうも、ずいぶんお盛んだとか」

もっと意味ありげにうなずきあう。ますます知っておるではないか。

「ええ、ええ、お盛んですとも」

なかばやけくそに言い返した。

水無瀬とは京の南、摂津《せっつ》との国境あたりに造営された離宮である。大山崎《おおやまざき》の山稜《さんりょう》のふもとに木津《きづ》、桂《かつら》、宇治《うじ》の三つの川が集い、茫洋《ぼうよう》と広がる葦《あし》の水辺にたくさんの鳥や獣《けもの》が群れなす、山紫水明《さんしすいめい》の水郷である。院はこの鄙《ひな》の住まいがことのほかお気に入りで、暇さえあれば気に入りの側近を連れ、狩りだの酒宴だのの遊びに興じているのだ。

だが、交際下手で酒も苦手な定家にとっては、この宮への随伴は苦痛でしかない。

「おかげで疲れ果てております。顔色も悪うなります」

健御前はそれはお気の毒さまとつむりを下げた。そして一呼吸ののち、おお、そうじゃ、と手を打った。

「よき渡来の鍼師《はりし》がおるゆえ、さしむけましょうか。あ、いや、いかぬ、あれは女子《おなご》だわ、さだいえ殿はますますお肩が凝っちゃう」

女二人はホホホ、といっせいに笑み崩れた。

ばかにして。野次馬は気楽でよいわ。

「では、われはこれにて」

再度いとまを告げて立ち去ろうとすると、「さだいえ殿」と、また呼び止められた。

姉は笑いをおさめて真顔に戻っている。

「悪洒落《わるじゃれ》を言うてすまなんだですね。じつはそなたが苦労しておると聞いて、こんにちは激励にやってきたのです。これを持って」

膝の上で眠りこけている幼児を侍女に託したのち、半身をよじって背後から平たい包みを引き出した。

「そなたに土産《みやげ》です」

と言うなり、包みを、さら、さら、と開いた。

「私が縫いました」

――あ……。

水干《すいかん》だった。瀟洒な襷《たすき》文様の地に、色は黄みの強い朽葉《くちば》の色。

「水無瀬へ詣でるときは、水干を着用せねばならぬのでしょう」

そのとおりだ。院がそう決めたのである。

「そなたにお似合いじゃと思うけれど」

こちらを覗き込むようにして、姉は小首をかしげた。

定家は問いには答えず、会釈だけ返した。

「少し休みます。姉上はどうぞごゆっくり」

こんどこそ踵《きびす》を返した。

まぶたの裏に、水干の胸元をくつろげて抱きあう二人の男の姿が浮かんでいた。

まあ、愛想のない、とぶうぶう言いあう女たちの声を背中で聞きながら、頭をむやみに振っていやな想像を払い落とした。

*

「閏十月十五日、天曇る。ときおり小雨降る。午《うま》の刻《こく》ばかり二条殿和歌所に参ず。予、有家、通具、三名なり。……」

と、そこまで書いて手が止まった。

おのずと眉が曇る。唇がへの字になる。えいくそ。

すか、すか、すか、と省略し、「権中納言(公経)の来訪あり。申《さる》の刻に退出す」とだけ記して筆を置いた。「す」の字の末が、やけっぱちに撥《は》ねあがっている。

だいじなことは書かぬものじゃ、と、定家はいまさらながら思った。たれがなにを着ていたとか、どこそこの町小路《まちこうじ》に盗人《ぬすっと》が現れたとか、どうでもよいことは詳しく書くくせに。日記とは妙なものだ。

しかし、まあ、疲れた。

からだを引き、脇息にどさりともたれた。

手狭になった九条の家からここ冷泉《れいぜい》の邸に移ってきて半年ほどになる。住まいを替えても身のまわりはまったく同じようにしつらえる。日記を書く机と仕事用の机を並べて二台。左の奥に書架。その前に蒔絵の手あぶりと囲碁《いご》の盤。

頬杖《ほおづえ》をついて、見るともなくまなこをめぐらせると、いやがうえにも隣の机が目に入る。勅撰和歌集のために調べたり集めたりしたものが、あたりに積みあげられている。がんらい几《き》帳面《ちょうめん》なたちだから、いやに落ち着かぬ気分にさせられる。かたわらの棚にも、真新しい装丁の巻子《かんす》が小山をなしている。さいきんかかわった歌会の写しを作らせたのが、昨日まとまって届いたのだ。

勅撰集だけでも忙しいのに、あちらからもこちらからもお呼びがかかる。この半年だけでいくつ歌会があったろう。判者を頼まれることも多い。作歌も楽ではないが、点つけ役はもっと荷が重い。請われるたびに勝ち負けに悩み、判詞《はんし》に呻吟《しんぎん》する。作者の顔をつぶしてもいかぬが、おのれの鑑識眼も知らしめたい。その兼ねあいがなかなかむつかしい。

世の中はいま、かつてない和歌ばやりである。猫も杓子《しゃくし》も三十一文字に執心し、いっぱしの詠い手を気取っている。愛だの恋だののためだけでない。挨拶にも、見舞いにも、哀訴にも。皮肉や、恨み言や、仕返しにも。少し前まで歌の「う」の字も知らなかった田舎者《いなかもの》までヘタクソな家集もどきをこしらえ、ご高評賜りたくとか押しかけてくるからびっくりする。

これまで四十年生きてきて、いまほどこの道に追い風を感じたことはない。聞くところによると、かの紀貫之《きのつらゆき》のころに一度たいへんな流行があったそうだが、それにもまさるのではなかろうか。その割には昇進にも実入りにもつながらぬのが不満だが、よろこばしい事態ではある。

そして――、とまた思う。

この空前の流行は、治天の君である後鳥羽院が創った。残念ながらおのれの力ではない。光り輝くようなあの帝王が和歌に惚《ほ》れ込んだために、みなが右へ倣《なら》えを始めたのだ。

骨ばったおとがいのあたりをむやみにこすった。手のひらに当たる伸びかけの鬚《ひげ》がちくちくと痛い。

正直なところ、定家はこれまで和歌道というものにそれほど明るい未来を抱いていたわけではなかった。むろん、家業に対する誇りはあふれるほどあるし、人一倍の努力もする。けれども、なにぶんこのご時世だ。このまま天下の勢いが武のほうに押されていくなら、貴族の心である和歌も廃《すた》れていくかもしれぬ――と、やや悲観していたのだ。それは恐ろしすぎることだから思っても口にしなかったが、その危惧《きぐ》はよいほうに裏切られた。

若い鷹《たか》に似た、黒々と光る主君のまなこを思った。

――すべては、あの院によって始まった。

脇息から身を起こし、深く腕を組んだ。

その人の登場によって、歌人としてのわが運命は開かれた。だが同時に、生身《なまみ》の人間としての苦悩も始まった。

一つため息をついて隣の小山ににじり寄った。いちばん上の綴本《とじほん》を手に取り、はらり、とめくった。数日後に主君に提出するべくまとめたわが選歌である。

頁を閉じ、まぶたを閉じた。その人とのなれそめのことを、つらつらと思った。

*

「おい、さだいえよ。事件であるぞ」

父の俊成が小鼻をふくらませてやってきたのは、二年前の七月だった。使いをやろうと思うたのだが、会《お》うて話したほうがよかろうと出張《でば》ってきた、と、前のめりにむせ込んでいる。もともとせっかちな父親だが、年を取ってさらに拍車がかかった。

霜柱《しもばしら》のように飛び出した眉の下に、小さな奥目が熱を帯びて光っていた。

「どうされたんです」

海老《えび》めいた背に手を添え、上《かみ》の座にいざなった。表は季節らしからぬ肌寒い雨降りで、悪天を押してまでお出ましとはよほどのことに違いない。

まあ落ち着かれませと侍女に白湯《さゆ》を命じたが、その到着も待ちきれず、カサついた唇から言葉があふれた。

「例の院がの――」

後鳥羽院のことである。

「はい」

「お歌にえらくご執心だそうな」

「えっ」

　驚いた。

「初耳です」

「わしもじゃ。そういうことにはトンとご興《きょう》のあられぬお方と思うておったがのう」

で——、と、老父は枯木のような半身を乗り出した。これは公経殿に聞いた話だがの、と上目づかいにこちらをにらむようにした。

「百首歌《ひゃくしゅうた》をしかるべき歌人にお命じになるとの噂だわ」

「なんと」

　百首歌とは、四季、恋、別離などの題に沿ってまとめて百の歌を詠むもので、単独歌とは違ったおもしろみが出るとして、近ごろ関心が集まっている。初心者が修業の目的で取り組むことも多く、お披露目《ひろめ》にもしばしば使われる。

　推測するに、おそらく院も見よう見まねで初の百首歌を試みたのだろう。そして、発表に際して華を添えるため、しかるべき相伴《しょうばん》者を求めているのだろう。

　だとするなら、われらも歌の家の者として座視できぬ。

　老父が飛んできたのもむべなるかなだった。

　後鳥羽院——。

　院政の帝王後白河院《ごしらかわいん》の孫にして、高倉帝《たかくらてい》の第四皇子である。よわい四歳にして帝となり、位にあること十五年。四年前、二十歳《はたち》に満たぬ若さで長子の為仁親王《ためひとしんのう》（土御門帝）に譲位して、悠々自適《ゆうゆうじてき》の身となった。

　このおん方のことは、定家はじつのところあまりよく知らなかった。主家九条家の失脚のせいで宮中から縁遠くなり、直接かかわりを持つことがなかったためだ。むろん噂はいろいろと聞こえていたが、あまり芳《かんば》しくないものばかりだった。

　大の学問嫌いであること。傲岸不遜《ごうがんふそん》で極度に負けん気が強いこと。そして、無類の遊び人であること。好きなものは乗馬、蹴鞠、水練、弓射《きゅうしゃ》、相撲《すもう》、賭けごと、酒宴、白拍子《しらびょうし》、歌舞音曲。片時もじっとしておられぬたちなので、御座《おまし》にとどめておきたいときは精いっぱいの美味美酒を並べるか、よほどの美女美童を侍《はべ》らせるかしかないこと……、などなど。

　強者《つわもの》である。

　しかし、それもやむなしと同情すべきところもあった。なんとなれば、この君は常ならぬいわくをもって帝となったおん方であるから。

　後鳥羽院が生まれたとき、世は源平の争乱のまっただ中であった。ほどなく劣勢に陥った平家は、六歳の幼帝安徳《あんとく》と三種《さんしゅ》の神器《じんぎ》を擁《よう》して西海へ落ちた。安徳は平清盛《たいらのきよもり》の娘建礼門院《けんれいもんいん》の所生で、故高倉帝の鍾愛《しょうあい》随一であったから、平家にとってはこれ以上ない切り札だったのだ。出し抜かれた後白河法皇は憤懣《ふんまん》やるかたなく、対抗手段として安徳の弟を新たなる帝として立てることにした。これが当時四歳の尊成親王《たかなりしんのう》——後鳥羽帝だった。

　一つ天《あめ》の下に二帝が並び立つ。前代未聞の事態である。しかも、天子の象徴たる神器を欠いて立てられたため、正式の即位と認めうるかどうか侃々諤々《かんかんがくがく》の議論となった。その後安徳は壇ノ浦《うら》の水底へ消え、二帝並立の状態は解消されたが、一度ついた瑕瑾《きず》はなかなか消えなかった。

いくさのときに海に沈んだ三種の神器のうち、鏡と玉は見つかったが、宝剣はついに見つからなかったのである。

加えて、この帝は出生があまりよろしくなかった。母の坊門殖子《ぼうもんしょくし》は後宮の女房づとめをするうちに帝の御目に留まった女人であり、建礼門院のように華麗な入内《じゅだい》によったわけではない。その点がどうしても見劣りした。後鳥羽の度を越したやんちゃぶりは、これらの差別的なまなざしに対する精いっぱいの抵抗なのかもしれなかった。

堅苦しいことを極度に嫌い、政道の教育においてもまじめな関白の九条兼実を遠ざけ、気のおけぬ乳母《めのと》の一党ばかりを重用した。彼らは若い帝の遊惰《ゆうだ》な嗜好《しこう》におもねったから、ますますその流れが加速し、ついには乳母夫《めのとぶ》の源通親が政変を起こすに至ったのである。

――といった次第なので、この主君がまさか和歌に興味を持つとは、定家も俊成も思っていなかったのだ。

内大臣通親のまわりには、自分らと競合している六条家の歌人がついている。ここ二十年ほど、歌壇の勢力は九条家抱えの御子左一派が一歩優勢を保ってきたが、この先、院の周囲に舞台が移っていくなら六条一派に巻き返されるかもしれない。座していては後《おく》れを取る。

親子してうなずきあった。

そして、翌月。

定家の身の上に、瑞兆《ずいちょう》がどっと来た。

父俊成の必死の働きかけがかない、院から百首歌への参加を命じられたのである。

定家はいまこそ励みどきと寝食を忘れて創作に励んだ。その甲斐《かい》あって早くも提出の翌日、院からお褒《ほ》めの言葉を賜り、内昇殿《ないしょうでん》を許された。

先の後白河法皇が和歌に無関心だったこともあり、定家は四十近い年まで、雲上人《うんじょうびと》の傍《そば》に仕え、詠歌の御用に応える経験をしたことがなかった。その栄誉がいま目の前にやってきた。

来たるべきおのれの未来を想像して、くらくらとのぼせるようだった。

＊

「定家の少将、迅《と》く参れ」

とのお召しを受け、定家が後鳥羽院の御前《おまえ》へ参上したのは、昇殿許可の下りた数日後だった。

涼風が吹きはじめた八月の午後、期待に胸ふくらませて二条殿にまかると、改装間もない殿舎は檜《ひのき》の香りも消えやらず、こちらの身まですがすがしくなるようだった。

一つ深呼吸して居ずまいを正し、御座所《ござしょ》の縁《えん》に伏した。

「来たか」

張りのある美声が、ぬかずいたつむじの上に降った。

定家はびりりと緊張した。

「近《ちこ》う寄れ」

同時に、邪魔じゃ、これ除《の》けい、早《はよ》うせぬか、とせわしなく御簾を上げさせる気配がして、おずおずとこうべを上げると、なんの隔てもない目の先にすくすくと大柄な君主が座していた。

恐れを知らぬたたずまいである。

「寄れ」

もう一度言われた。

気後れして身がすくんだ。

「遠慮せずと寄れというのじゃ」

ひらっ、と手合図がひらめくとともに侍童《じどう》が脇へ、後ろへ、わらわらと寄ってきて、腕を取られ、尻を押されるようにしてあからさまな面前に据えられた。

精悍《せいかん》に日焼けしたひたいの下に、猛禽《もうきん》のような双眸《そうぼう》が輝いていた。黒曜石《こくようせき》にも似て深く濃く、まなじりは勝ち気に切れあがり、まじろぎもせずこちらを見つめている。定家は狙《ねら》われた獲物の心地になった。

「よう来た。待ちかねておった」

胡桃《くるみ》でも割れるようにカパッと笑った。

とたん、年相応のあどけなさがほとばしり、急に呪縛がとけた。あわてて、このたびは御目通りかないまして栄誉の極みにございます、院にはご機嫌ななめならず……と、口上を述べはじめると、

「よい。挨拶など、時の無駄じゃ」

ばっさ、ばっさ、と袖をまくり、立膝《たてひざ》に片肘をついた。暑い、あおげ、と侍童に命じ、うるさそうに襟元をゆるめる。

「それよりも、そなたには訊《き》きたいことがたんとある」

扇の風にあおられ、赤銅色《しゃくどういろ》の肌があらわになった。ほれぼれするような筋骨である。飼い

慣らされていない美しい悍馬《かんば》、とでもいうような。

そもそも深窓の玉座にある人がこれほど天日に灼《や》け、これほど隆々たる肉体を持っていることが驚きだった。目のやり場に困りつつ、なおかつ目を離せず見惚《みほ》れていると、

「定家よ」

はっし、とおのが名に打たれた。

「はい」

口をへの字に結び、あえてしかめ面を主君へ向けた。

「そなたの百首歌、さそくに見た」

いきなり本題が飛んできた。定家は天下の分かれ目みたいに身構えた。

「二十人以上に出させたが、そなたのがいちばんよかった。さすがは現今和歌界の旗手である。釈阿師が息子に詠わせいとガシガシ食い下がるだけのことはある。とりわけ――」

一呼吸の間があった。

「佐野《さの》のわたりの……、というのが興であった」

眉間《みけん》のあたりをぱちん、と弾《はじ》かれた気がした。

よく通る低い声が、いんいんと御座所の天にこだました。


駒《こま》とめて袖うちはらふかげもなし　佐野のわたりの雪の夕暮

自分としては、百首のうちでもっとも気に添うた歌だった。会心の出来と言ってよい。けれ

ども父には褒めてもらえず、不満だった。その一首をいま、この初対面の主君にずばりと挙げられた。ざっと鳥肌が立った。

「佐野のわたりなる場所がどこにあるのか、朕《ちん》は知らん。が、そんなことはよい。ただ、わびしきさみしき人影もなき狭野《さの》に降りしきる、颯々《さっさつ》のささめ雪——と、思い描けば十分じゃ。だろ？」

　そのとおりだ。

「いかにもそなたが得手《えて》とするおもむきよの。そうそう、あの秋の歌……、うらぶれた秋の苫《とま》屋《や》の、あれと似たものが透いて見ゆる。よう記憶しておる」

　ふたたび美声が耳朶《じだ》を打った。


見渡せば花も紅葉《もみぢ》もなかりけり　浦《うら》の苫屋の秋の夕暮

　定家はぶるぶるとからだが震えた。歓喜の極みとはこれである。

　十年以上も前に西行法師《さいぎょうほうし》の勧進《かんじん》に応じた歌だが、自分としてはこれまた会心の作だった。いまなお十指に入れている。その歌をいまここで賞されようとは。

「お褒めにあずかり、恐悦至極《きょうえつしごく》でございます。古びた愚詠《ぐえい》を院がご記憶あらせらるるとは、まことにもって光栄の至り」

　平伏《ひれふ》した。

「畏《おそ》れながら、院におかれましてはお歌を始められて間もないと伺《うかご》うております。にもかかわらずこれほどのご慧眼《けいがん》。驚き入りました」

大袈裟《おおげさ》ではなく、本気で賞賛した。勉強嫌いと聞いていたが、なかなかどうしてうつけでない。むしろ端倪《たんげい》すべからざる識眼の持ち主である。

主君はふふん、とまんざらでもないまなこになった。鷹か隼《はやぶさ》かの鋭さが、雉《きじ》くらいには和らいだ。

「まあ、一献いけ」

ひらりと袂《たもと》をひるがえして合図すると、先ほどの童が寄ってきた。盃を捧げられる。桜色の爪先が動いて、銀の片口《かたくち》からとろ、とろ、と白い酒が満たされる。

院は自分にもなみなみとつがせた。

「なにしろ後白河のじじが不調法《ぶちょうほう》ゆえ、朕は幼きころより歌なんど勧められもせずにきた。よっぽど退屈なものかと思うていた。しかし、やってみれば案《あん》の外《ほか》におもしろや。これからせいぜい励んでみよう。こたびの百首歌もそなたらのを一通り見終えたら朕の詠を渡すゆえ意見を言え」

「うけたまわってございます」

叩頭《こうとう》しながら、定家はちょっと困った。

じつは院の百首にはすでに目を通している。親交のある院側近の源家長《みなもとのいえなが》が、昨日ひそかに届けてくれたのである。しかし、そうとも言えない。

時間不足でしかとは鑑賞できなかったが、一見しただけで非凡な才能であることはわかった。いつの間に習得したのか基礎はすでにできていて、粗《あら》くはあるが、ところどころに目を見張るような詠もあった。そこらにうようよしている自称名人よりよほど優れている。

ただし、全体を見ればまだ浅かった。感性が浅いのではなく、知識が浅い。現今の歌作の要は本歌取《ほんかど》りにあるが、『古今和歌集《こきんわかしゅう》』の名歌を小器用に拾ってくるにとどまっている。より高みを目指すためにはもっと非凡な本歌を、もっと新たな着眼をもって取り込まねばならない。とはいえ、日数《ひかず》の浅さを思えば驚嘆に値する。

院はこちらの歌を絶賛してくれたから、こちらも高く評したい。しかし、まだ見ていないことになっているのでそれもできない。

進退きわまってもじもじしていると、すこん、と薪《まき》を断ち割るように呼ばれた。

「定家の少将」

「はっ」

「そなたに尋ねたきことがある」

「なんなりと」

「では、二つほど、訊く」

定家はにわかに緊張した。

若い君主は盃を片手にしたまま、ゆらり、と身を乗り出した。

「聞くならく、そなたは和歌において心ということを高唱しておるそうな。よき歌は有心《うしん》の体《てい》であると」

いったん和らいだ瞳が、また獲物を狙う猛禽のごとく光った。

「いかにもさようでございます」

「朕はちと腑《ふ》に落ちぬ。幽玄《ゆうげん》とか妖艶《ようえん》とかいうものはわかりやすい。が、心はわかりにくい。そもそも、有心を説くそなた自身の歌に、朕は心というものをあんまり感じない。むしろそなたの歌は、心からもっとも遠いところにあるようにすら思ゆる。そなたの歌はわけのわからぬ達磨歌《だるまうた》なぞと揶揄《やゆ》されておるようだが、それこそがその証左ではないか。いや、悪口を言うておるのでない。朕はそなたの歌がおもしろい。おもしろいと思うゆえに尋ねる。如何《いかん》」

ひやっとした。有心の体。それは、おのれが歌の道においてもっともこだわっていることだ。初手から核心をついてきた。これは素人扱いせず本気の論破をせぬと、侮《あなど》られてしまう。

「もっともなお尋ねでございます。しかれば、なるたけ簡便にお答え申しあげます」

神妙に両手をついた。

「思いますに、院が仰せられた心というは、実《まこと》のことかと存じます。実も心と似たものでございます。けれど、同一ではございません。実は心の一部と申しましょうか。

一方、不肖《ふしょう》定家が説いております心とは、もっと本質的な意味における心でございます。言うてみれば、この敷島のやまとの国に連綿《れんめん》と続いてきた歌の道の心そのもの、でございます」

「ほう、歌の道の心そのもの」

はい――と、返した。

「さようでございます。歌における心というは、あれが悲しい、これがつらい、あれが好き、これが憎い、というような、単純な叫びではございませぬ。そういうちっぽけなものではありませぬ。もしそれが和歌の神髄《しんずい》であるならば、どんなぽっと出の田舎者でも三十一文字の決まりさえ知っておれば簡単に詠えてしまう道理となります。そんなはずはないのです。輝かしきわれら平安王朝の歌道の底がそんなに浅いはずがないのです。

歌の心とは、この国に一千年積もり積もったみやび男《お》みやび女《め》の思いの重畳《ちょうじょう》でございます。その幾千万の思いを水底から拾いあげ、そのいちばん上におのれの思いを載せて、そっと水面《みなも》に浮かべる。逆の言い方をすれば、ひとひらの言葉の下に、幾千万のみやび男みやび女の思いを踏みしめる。これが有心の体の神髄でございます。ゆえにこそ本歌取りが肝要なのであり、これぞ王朝の貴族の心を脈々と受け継いでいく方法なのでございます」

鷹の目がさらにらんらんとした。こちらに視線を当てたまま、盃をぐい、とあけた。

「ほう、それが有心の神髄か」

「さようにございます」

後鳥羽院は、ソレ少将にもっと盃を勧めよと侍童を叱咤《しった》したのち、ふたたび半身を乗り出した。

「では、もう一つじゃ」

「はっ、なんなりと」

「その神髄とやらを体得するため、朕はどのような習練をしたらよいか」

また畏れ多い問いが来た。のどがからからに渇いている。いけ、と命じられるままに一杯ぐっと飲み干した。

「そのお答えはただ一つ。ひたすら古歌に学ぶことでございます。これが九割でございます。古歌に親しみ古歌を誦《ず》するうちに、おのずとおのれの風《ふう》というものもできあがってまいります。ついついこの順序を逆にしてしまう者が少なくないのですが、よからぬことでございます。和歌の伝統を知らぬゆえでございます。歌人たるもの、一つの題を与えられたら、即座に十や二十の名歌が頭に浮かぶようでなければなりませぬ。

加えてもひとつ言うならば、詞《ことば》は古きを慕い、心は新しきを求めるとお心得くださいませ。この場合の心とは、作歌の工夫というほどの意でございます。本歌を取る場合は、春の歌は秋の歌に詠み替え、花の歌は月の歌に詠み替え、というふうにひねります」

「なるほど銘じておこう」

酔いがまわったのか、昂《たかぶ》った精神のしわざか、なにかに押し出されるようにさらにとうとうと言葉がついて出た。

「かまえて古歌にお親しみください。そして、たくさんの故人の心を一首の底におなぞらえください。『古今集』だけでなく、もっと古き『万葉集《まんようしゅう》』も肝要にございます。中古の『後撰《ごせん》集《しゅう》』『拾遺集《しゅういしゅう》』『金葉集《きんようしゅう》』などにも、すぐれたものがございます」

「さようか」

主君の声音の中に急に冷たいものが、ぽとりと一滴、混じったような気がした。

ハッとした。

調子に乗ってしゃべりすぎたか。いまだ『古今集』にしか通じていない院への嫌味ととられたかもしれなかった。うかつに一言多いのがおのれの難である。もう退《ひ》いたほうがよい。

これ以上うんちくを述べる気がないことを示すため、じりっとにじり退《さ》がり、失礼をばいたしましたとこうべを垂れた。

「ご苦労であった」

その一言を待ってそそくさと退出しようとした刹那《せつな》、「そうじゃ、定家の少将」と、止められた。

「水無瀬へ――」

無造作に土地の名前が投げられた。

来た、と思った。

主君がことのほか気に入っている離宮である。そこでの派手な遊興のことは、さんざん噂に聞いていた。不得手な場所であることは、行く前から容易に想像がついた。しかし、そこへの参加を許されることは重用《ちょうよう》の証《あかし》なので、避けては通れない。

「そなたも来い。水がよい。空気がよい。光がよい。京のように狭苦しうない。そなたの同門たちも漸次《ぜんじ》目通り許していく。揃《そろ》って伴《とも》せよ。いろいろ達者な者が集まっておるが、歌の上手は少ない。そなたらが新しい華を添えてくれ」

ふふっ、と隠微な笑声が耳をかすった。

複雑な思いでぬかずいた。

深く垂れたうなじのあたりに、もう一声降った。

「一つだけ決まりがある。水干を着てまいれ」

ようやく退出して車に乗り込んだときには、小袖が肌に張りつくほど汗びっしょりになっていた。魂が抜けたように屋形の壁に寄りかかった。

*

さらさら、と空気が動く気配がした。

「お主様、失礼いたします」

灯火を携え、従僕の忠弘《ただひろ》がにじり入ってきた。お手元ご不便でございましょう、と、頭を下げる。

言われて見下ろすと、日記の手元が薄暗い。はや秉燭《へいそく》か。半蔀《はじとみ》の向こうは藍色《あいいろ》に暮れている。冬の日は早い。

遠くのほうで、弾けるような三名の声がする。ところどころにさざ波のように笑い声がはさまれる。女たちが総出で相手をしているらしい。切れ切れに伝わる団欒《だんらん》の気配がなぜだか妙にもの悲しい。

定家はいつの間にか乾ききった筆を硯《すずり》に置いた。

「ずいぶんお楽しそうでございますね」

灯芯《とうしん》を按配《あんばい》しながら忠弘がほほえむ。ついでに神経質な主人のために火鉢の灰も整え、おあとの御用はございませぬか、とまなこを改めた。

「そうじゃの」

定家は少し考えてから、明朝贈答品を届けるべき相手を数件言いつけ、荘園《しょうえん》におかしな動きが起こっていないか調べておくよう命じた。

「かしこまりました」

この忠実な若者は、童のころから仕えている六弥太《ろくやた》である。いまや一人前の男だが、ついつい六弥太と呼んでしまう。律儀一途な心根と肉体の壮健を兼ね備えていて、役に立つ。弟分の小一郎《こいちろう》――こちらは道弘《みちひろ》という――と二人して、けっこう荒い仕事もこなす。

鎌倉殿の代理人たる地頭《じとう》なるものが全国の荘園に蟠踞《ばんきょ》してから、公家《くげ》の多くが苦境に陥っている。わが所領においても同断で、とくに近江《おうみ》と伊勢《いせ》の私領で難儀している。うかっとしているとあがりをみな取られてしまうから、しょうことなく荒法師などを雇って対抗し、ますます悶着《もんちゃく》が起こる。ほとんどの荘園は目の届かぬ遠国にあるので、よほどうまく采配せねばならない。

蔀をぎい、ぎい、と順に下ろし、では――と退がっていく忠弘を、ふと思いついて「おい」と呼び止めた。

「暮れる前に道弘と表を見まわれ。裏手のほうもねんごろに改めるのだ。築地《ついじ》を破られたりしておらぬか注意するのだぞ」

さいきんの京は物騒で、しょっちゅう物取りだの人さらいだのが起こる。数日前には三軒隣の小役人の邸が荒らされた。その少し前には鷹司小路《たかつかさこうじ》のあたりでつけ火があった。すわや類焼かと肝をつぶしたが、あやうく北十間のところで消し止められた。この界隈《かいわい》は公家の邸が多く、なにかと狙われやすい。火《ひ》除《よ》け地《ち》もあまりないため用心が必要である。

「承知でございます」

従僕はぺこりと一礼して、廊《ろう》の奥へ消えていった。

灯《あか》りが室内にともると調度の影が四方から立ちのぼり、急に穴倉にこもったような気分になる。

隙間風に炎が揺られ、自分の影も長く伸びる。その示す先は変形の違い棚で、朱塗りの文箱《ふばこ》がずらりと積まれている。手作りの歌札の定位置である。定家はいざなわれるように身を起こし、箱を一つ手に取った。

感傷が立ちのぼる。この箱を開けるたびに去来する想いがある。

円座に腰を下ろし、ガサリとつかんだ。はらはら、と撒《ま》く。ほの暗い床に四角い札がなにかを訴えるように浮きあがる。見つめているとそれらの上に火影《ほかげ》がまたたき、幻のように白い手が現れた。

――あ……。

四本の指が軽く結ばれ、残ったひとさし指が一枚札をとらえ、つーっ、と端へよけた。

小倉山《をぐらやま》峰のもみぢ葉心あらば　今一度《いまひとたび》のみゆき待たなむ　(貞信公《ていしんこう》)

さらにもう一枚とらえ、つーっ、と隣に並べた。

忍ぶれど色に出でにけり我が恋は　物や思ふと人の問ふまで　(平 兼盛《たいらのかねもり》)

それぞれの頭の文字。「を」「し」。愛し。

美しい指の主が面《おもて》を上げた。手と同じくらい白い肌。切れの長いまなじりがこちらを流し見、「さだいえ」と、ほほえんだ。

——壬生。

切なさが込みあげる。


九年前。

九条家で大歌会が開かれた夜、家隆との秘密の関係が始まった。

濁流《だくりゅう》に呑まれ、流され、見知らぬ異国の浜辺に打ちあげられたようだった。うろたえた。心の中に嵐が吹き荒れ、赤くなったり青くなったりした。

それでいて、人生の中でこれほど満ち足りたこともなかった。恐れおののきながら、眩暈《めまい》にも似た心地に耽溺《たんでき》した。

もともと同門の友として親しく過ごしてきた仲である。二人きりの時間が多少増えたからといって、あやしむ者もない。まして自分は独り身である。気遣いもいらない。貪欲に求めあう年月が一年ほども続いた。

しかし、熱に浮かされたような一時期を過ぎると、はた、とわれに返った。柄にもないことに夢中になっているようで、急にばつが悪くなった。冷静にわが身をかえりみれば、どうにも見苦しかった。美しい相方はなにをしても美しいが、貧相なおのれは滑稽《こっけい》なだけな気がした。

意識すればするほど居心地が悪くなった。

世の中を見渡せば、男色などはさほど珍しいものではない。公家にも多いし、武家にも多い。坊主などはそれ一択と言ってもよい。だから恥じらう必要もないのだろうが、おのれは生まれつき石頭だった。加うるに、歌人としての美意識にしつこく邪魔された。

歌の世界の恋は、必ず男と女の恋である。男と男の恋では断じてない。わが全人生の目的は三十文字《みそもじ》余《あま》り一文字《ひともじ》の中に究極にうるわしい男女の姿を描くことである。そこがどうしても越えられぬ壁となった。

それはそれ、これはこれ、と割り切ればよいではないか。そんな声も頭のどこかに聞こえたけれど、二つをうまく行き来できるほど器用ではなかった。

もし『源氏物語』に男と男のさやあてが描かれ、『古今和歌集』に男色の歌があふれていたら、おそらくことは違ったろう。だが、残念なことにそのお手本がなかった。

歌人定家は夢の恋は得意だが、現《うつつ》の恋は苦手だった。別の言い方をすれば、恋の器が生まれつき小さかった。

こちらに迷いが生じると、琴の糸が振れるようにすぐ相手に伝わった。

誘いの合図はいつも後ろからで、肩にあたたかな掌《たなごころ》が乗せられた。応であればそのまま蕩《とろ》け、唇が首に降ってきた。だが、疑念を感じてからは、触れられるとびくりと身が固まるようになった。すると、かかった手は進むのをやめ、そのますう、と離れた。

家隆は驚くほど察しがよかった。こちらが求めているときは大胆すぎるくらい攻めてくるのに、求めぬときには何事もなかったように退《ひ》く。ある意味では恋の達人なのかもしれなかった。

その察しのよさに、こちらも甘えた。

そうしてなんとなく接触を避けている折も折、これ以上ない助け船が現れた。縁談が舞い込んできたのである。

よい話だった。大納言藤原実宗の娘、頼子。公経の姉。

格式も申し分なかった。公家連中のうちではふところ具合のよさでも知られていた。早《はよ》う身を固めて跡取りを作れと顔を合わすたびにわめいていた父俊成は、これぞ良縁と雀躍《こおどり》した。

胸を撫で下ろした。正当な言い訳ができたと思った。こうするしかないのだ、とわが身に強く言い聞かせた。

それに、自分ばかりが後ろめたさを感じることもない。家隆にだって妻もあり子もあるのだ。みながしあわせになるためには、これがいちばんよい。

話がある、と家隆を呼び出し、婚姻のことを告げた。

おのれは御子左俊成の後継者である。お家のことを第一義に考え、繁栄させていかねばならない。そうして、歌道の未来のために粉骨砕身《ふんこつさいしん》せねばならぬ。これはどうしても譲れぬわが責務である——。

だから自分らはどうしようとか、これからどうなろうとか、そんなことは一言も言わなかった。しかし十分にこと足りた。家隆の白いのどがわずかに上下し、沈黙した。

永遠の間に思えたが、ほんの一瞬だったかもしれない。

「それはめでたい」

と、祝福され、われに返った。

「そなたは、わが一門の行く手を背負っておる」

切れの長いまなじりが、いつものように柔らかく細まった。

木の下でそよ風に吹かれる風情になった。

「励んでくれ。応援するよ」

ほっとした。わかってくれたと思った。

しかし同時に、責められもせず、留められもせぬことに物足りなさも感じた。なぜ家隆はこんなに引き際がよいのだろう。われへの想いなど、しょせんその程度だったのか。

自分の勝手は棚に上げ、恨みに思った。なんだか無暗《むやみ》に混乱した。

「じゃ——」

と、踵《きびす》を返し、去っていこうとする背の高い後ろ姿に、思わず「壬生」と呼びかけた。

白い顔が振り返った。

声をかけておいて、二の句が継げなかった。

すると、

「大丈夫だよ」

と、端麗《たんれい》な唇の脇に小さなえくぼができた。

——え……。

——なにが大丈夫？

「われらはなにも変わらぬよ。これまでも、これからも。それが、男と女の恋とは違うところ——、だろ？」

どきりとした。いつか同じようなせりふを聞いたことがあったと思った。ただし、反対の意味だったけれど。

　そののち家隆は髪の毛一筋ずつほどのかすかさで遠のいていった。顔を合わせるたびに、薄皮一枚剝《は》がれるような痛みがあった。けれども、その痛みは新しくできた家庭の忙しさで相殺《そうさい》された。さらに時がたつうちにほとんど感じなくなった。

　平和ななりゆきだった。そのままいけばきわめておだやかに、なんのわだかまりもなく、もとの無邪気な関係に戻ることができそうだった。

　しかし――。

　ふいに、ハタ、ハタ、とかすかな音がした。目を上げると、どこから紛れ込んだのか、小さな羽虫がともし火にまとわりついている。捕えようと腰を浮かしかけ、手の中に一枚の札を握ったままになっているのに気がついた。

　凡河内《おおしこうちの》躬恒《みつね》、と角張った文字が目に入った。

　くるり、と裏返した。

心《こころ》当《あ》てに折らばや折らむ初霜《はつしも》の　置きまどはせる白菊《しらぎく》の花

　まぶたの裏に初霜とまごう白菊の花弁が映し出された。それはみるみる大きく開花し、吹雪《ふぶき》のように広がり、みごとな地紋の衣になった。その襞《ひだ》の隙間から漆黒《しっこく》の瞳がぎらり、と、挑発するように覗いた。

――菊花の王。

華麗な君主の後鳥羽院は菊の花をことのほか好み、しばしばその紋様の衣裳を身に着けるのだ。

羽虫がまた飛んで、花の蕊《しべ》に寄り添うように止まった。

定家は思わず札を手放し、はっし、と虫を捕えた。

――家隆を……。

忌々《いまいま》しい思いが込みあげた。

家隆を、あのとき院の傍に近づけなければよかったのだ。

*

非凡な百首歌で和歌界に登場して以来、後鳥羽院の歌道への情熱はとどまるところを知らなかった。ひんぴんと歌会をもよおし、数カ月後には二度目の百首歌を詠出。翌年には二条殿に和歌所を設置し、十一人の歌上手を寄人に任命した。さらに数カ月後、そのうちから選《え》りすぐりの六人を撰者として、勅撰和歌集の編纂開始とあいなったのである。

この矢継ぎ早な流れの中で、御子左家には院から毎日のように使者がやってくるようになった。用向きは和歌についてのあれこれの問いあわせだ。

せっかちな主君は思いついたら即吐き出さねば気が済まぬらしく、微細な質問でも昼夜問わず伝令が飛んでくる。この歌の本歌はなんぞ。この言葉の意味はいかなるぞ。いついつの歌合の記録をよこせ。煩瑣《はんさ》このうえない。しかし、それもこれも和歌道への向上心ゆえだから、できる限り尊重せねばならぬ。

これらの伝達は、当初和歌所の開闔《かいこう》（事務官）の源家長がつとめていた。だが、どうもうまくない。家長は人物としては誠実なのだが仕事の運びはいまひとつで、中継ぎをするなかでどうしても齟齬《そご》が生じる。こちらの落ち度と解され、お咎《とが》めをもらうのも困る。はてさてどうしたものかと首をひねるうち、一門から一人、院専属の御用番《ごようばん》を置いてはどうかという話が持ちあがった。その任を家隆が負うことになったのである。

父の俊成からその決定を聞いたとき、定家はちらりと不満だった。なぜ家隆なのか。なぜ自分でないのだろう。

ふくれっ面をすると、父が理由を説いた。

このたびのお役目は歌道の師ではなく、御用の取り継ぎである。誇り高い院は人からものを教わることを好まない。そなたの性分ではいちいち角が立つおそれがあるので、柔和な家隆を選んだ。人選したのは九条家の若殿である――。

ならば、と矛《ほこ》を収めた。面倒な仕事をやらずに済んでさいわいだったと思おう。

しかし、さいわいなどではぜんぜんなかった。

それからのち御所に参ると、しばしば院と家隆が談笑しているのに出くわした。はっとした。驚くほどなごやかな雰囲気だった。おのれと相対しているときの院はどこか臨戦態勢なのに、家隆とはまるで隔《へだ》てがない。軽い衝撃を受けた。

家隆の態度にも引っかかった。こちらの到来に気づくと、いんぎんなほほえみを浮かべる。

よそよそしい会釈などする。なんだその他人行儀は。

あきらかに嫉妬《しっと》していた。そんな心持ちになる自分がいやだった。

改めて離れて眺めると、家隆はしみじみよい男だった。四十を超えているとは思えぬ張りのある容姿。それでいて年なりの円熟もある。荒々しい悍馬《かんば》のような院と並ぶと、端正な白馬《はくば》のおもむきでますます好もしい。

胸がざわついた。

やっぱり反対すればよかった。自分が無理にでも買って出ればよかった。

かけがえのない相棒が急に遠いところへ行ってしまった気がした。

それからしばらくして、家隆がふらりと訪ねてきた。

いまと同じような薄暮《はくぼ》の刻限で、同じように札を広げ、歌を考えている最中だった。ふいに懐かしいにおいの風が吹き、振り返ったらいつもの笑顔があった。

「壬生か」

「邪魔するぞ」

家隆はこだわらぬ様子で対面に座った。

「おぬしに頼みがあって来た」

切れの長いまなじりを流し、床の札を見た。すっと指を伸ばし、「これ――」と言った。

どきっとした。初めての日のことを思い出した。札を並べて頭文字で会話をした、あの後朝《きぬぎぬ》。

もしかしたら、またなにか伝えようとしてくれているのか。胸が鳴った。

家隆はしばしもてあそぶように札を二枚、三枚、くるくるとまわし、つ、と止めた。

「この札を院にさしあげたい」

「え？」

白い細面がこくりとした。

院はいま歌の修練に猛烈に取り組んでおられる。が、何万とある歌をそらんずることはなまなかでなく、たいへんお苦しみだ。そこでこの歌札のことを教えたら、ぜひ欲しいとのたもうた。

「院のお力になってさしあげたい。おぬし、一揃い作ってくれぬか」

なんだ、とがっかりした。むしろ、家隆の口から院への真摯《しんし》な思いやりの言葉が出たことに苛《いら》ついた。

しかし、院に古歌の重要性を説いたのは自分である。応えぬわけにはいかない。

「あいわかった。ただいま少々忙しいが、七代集よりよき歌を選んで、なるたけ早く献上しよう」

勿体《もったい》つけてうなずいた。

「頼んだ」

家隆は夕顔《ゆうがお》の花のようにほほえみ、立ちあがった。

また膝元を見下ろした。

夜の気配に沈んだ部屋の中で、白い札が静かに波立っている。それはしだいに乱れ、ぼやけ、まぶたのうちで水無瀬の離宮の水面《みなも》へと変じた。

釣殿《つりどの》から手を差し入れ、波を乱すようにかき混ぜた。歌の文字たちがいっせいに崩れ、奏楽の試し弾きのようにかしましく弾けた。

歌の札を院に献上したのちに起こったできごとを、定家はつらつらと思い返した。

*

「定家殿、定家殿」

肩をつかんで揺り起こされた。

真上から源家長のきまじめな顔が覗き込んでいる。

「釣殿で院がお呼びです。なにやら趣向がおありとか」

一瞬、どこにいるのかわからなかった。ぱちぱち、とまばたきしたとたん、烏帽子《えぼし》が片側にずり落ち、まぬけに首からぶら下がった。

純白の几帳《きちょう》が微風に揺れている。花鳥の縫い取りの帷子《かたびら》に金糸を織り込んだ幅筋《のすじ》がからみ、真砂《まさご》を散らしたようにきらきらと光る。定家はがば、と、跳ね起きた。

水無瀬だ。離宮の控えの間だった。

「いま、なんどきであろうか」

「おおかた未《ひつじ》の正刻《せいこく》になります」

見まわせば、自分だけでない。そこかしこの几帳の陰に寝くたれて動かぬ者がいる。引きかずいた衣の端からなまめかしい川魚みたいな女の手足が覗いている。昼のひなかにふしだらきわまりないが、この離宮では珍しくもなんともない眺めである。

いっしょにいたはずの連れは見当たらない。家隆は？　寂蓮は？

「みなは？」

「すでに釣殿へおいでです。歌人ども集まれとのことでございます」

「なぜに」

「わかりませぬ」

家長のまみえにも困惑の色が浮かんでいる。不得要領に目を交ぜあった。ともあれ急がねば。ひととき待たれよ、と股立《ももだ》ちを引っつかみ、脛《すね》丸出しで手水《ちょうず》へ走った。

水無瀬へは、院からのお召しを受けて三日前に来た。使者はとくに名目も言わず、迅《と》く迅《と》くとせきたてる。こういうときは九分九厘《くぶくりん》、遊宴の相伴である。いやいやながらも押っ取り刀で邸を飛び出した。

水無瀬までは鳥羽《とば》から船路を一時《いっとき》、その後騎馬で半時の道のりである。船頭をせかし、馬を駆り、やきもきしながら到着してみれば、怪しげな小舟が湊《みなと》にたくさん停泊している。予想に違《たが》わず、都の白拍子と江口神崎《えぐちかんざき》の遊女を揃えて盛大なお遊びのただ中だった。

まばゆい初夏の空の下、やあ、おう、ありっ、と、掛け声が飛ぶ。合の手のように女たちの嬌声《きょうせい》が差しはさまれる。院お気に入りの名手を集めての蹴鞠の競演である。汗にまみれ、砂にまみれ、白球を追ったあとは水干を脱ぎ捨て前庭の池で水遊び。そのあとは濡《ぬ》れた甲羅《こうら》を天日で乾かせとばかりに、半裸で射的《しゃてき》の大会。夜は琴《こと》、琵琶《びわ》、笛《ふえ》の巧者による管弦の宴《うたげ》。翌日は一転、雨もよいとなったため室内に場が移され、今様合《いまようあわせ》が始まった。目もあやな白拍子が妍《けん》を競い、男たちがヤレソレとはやしたてる。艶姿《あですがた》を肴《さかな》にして朝っぱらから酒盛りである。続いて賭け碁《ご》、賭け双六《すごろく》。果ては得体のしれぬ軽業《かるわざ》の一座がどこからかなだれ込んできて、上を下への大騒ぎとなった。

そもそも遊び好きの院だから、まわりには芸達者が揃っている。彼らは主君の時どきの興に即して得意技を披露し、目をよろこばせ、無聊《ぶりょう》をなぐさめる。これに比して歌人は不器用で、身の置き所がない。それでも見物だけで済むならよい。困るのは院に名指しされ、衆目のまん中へ引っ張り出されることだ。だからひたすら目立たぬよう、奥まった隅のあたりに固まって座るようになり、いつの間にか〝歌詠みの眺め桟敷《さじき》〟などと揶揄《やゆ》されるようになってしまった。

軽業交じりの宴はえんえんと続き、お開きになったのは夜が白んだあとだった。やれやれとようやく眠りについたらわずか二時《ふたとき》で叩《たた》き起こされ、院が狩りにお出かけになるので幸先《さいさき》のよい歌を詠めと言う。あわてて二首ほどひねり出し、威勢のよい出立を見送った。

側近によると、院の帰着と同時に散会になるという。ならばあと少しの辛抱と控えの間で脇息に寄りかかったら、いつしか前後不覚に眠り込んでしまったのである。

「定家殿、急がれい」

また家長の声がした。

なんだろう。抜き打ちで歌合か？　乱れた髪を撫でつけ、くたびれた鈍色《にびいろ》の水干をパンパンとはたき、同僚のもとへ取って返した。

まろぶように渡殿《わたどの》を走り、正殿《せいでん》の角を曲がると、目の前がぱあっと開け、池の上を澄んだ風が渡った。昨日とは打って変わってうららかな晴天である。鏡のような池の表《おもて》に、高い青空とあざやかな濃緑の山稜《さんりょう》が映じている。なるほど本日は狩《か》り日和《びより》じゃと思いつつ、もう一度南の角を曲がると、ざわざわとざわめきが聞こえ、釣殿に人だかりができている。船溜《ふなだ》まりに笹舟が十艘《そう》ほど浮かび、遊女の派手な衣裳が唐《から》くれないに水面を染めている。

勾欄《こうらん》にもたれて歓談したり、景色を眺めたりしている者の中に、見慣れた顔をいくつか見つけた。寂蓮と家隆、蹴鞠の名手の雅経。陽気な雅経はこちらに気づくと、早《はよ》う早うと、飛びあがるようにして袖を振った。

定家は応――と手合図して釣殿に至り、目を見張った。

この離宮の釣殿は院のお気に入りの場所で、あれこれの催しができるよう、通常の倍ほどの幅をとって造られている。その広やかな場の中央に緋《ひ》の毛氈《もうせん》が敷かれ、向かい合うように三つずつ、合計六の円座が設けられてあった。六席を見渡す釣殿の最奥には、分厚い畳と几帳を用いて院の御座《おまし》が美麗にしつらえられている。

眺め入っていると、

「定家よ、遅かったな」

声をかけられた。家隆が心配そうに小首をかしげている。

「ちと寝込んだ」

「そうか。無理もない」

澄んだ縹色《はなだいろ》の水干が頬に映り、肌が青白いほどに見えた。三日もつきあわされているのだ。家隆も疲れているに違いない。互いにちらちらと同情のまなこを交わしあった。

そして、「いかなる趣向かや」と問うたとき、ざわっと空気が動き、主役が登場した。

一同、いっせいに左右に割れた。そのあいだを主君が悠々と進んでいく。半歩遅れて内大臣通親が続き、そのあとに妖艶《ようえん》な白拍子が従う。よほどの気に入りの妓《おんな》らしく、この三日間ずっと院の傍に添うている。

主君は昂然《こうぜん》と胸を張り、御座に至ると、どしん、と音を立てるように座った。

水干はおなじみの菊花の地紋で、灼けた肌と冷たい銀白の色が水と油が弾きあうような対比をなしている。襟元は垂頸《たりくび》にまとうのが院の好みである。菊綴《きくとじ》は深紅。襟紐《えりひも》も深紅。単純明快な色彩が自信に満ちた風情に似つかわしい。

主君は広い肩をそびやかし、釣殿の端から舐《な》めるようにこうべをめぐらし、こちらの端に視線が至ると、ピタリと止まった。

「来たのう、眺め桟敷の面々」

高らかに笑った。そして一瞬ののち笑いを収めると、朗々と呼ばわった。

「定家、家隆、雅経」

定家は飛びあがるような心地がした。

「あれへ」

主君は扇の先でちょい、ちょい、ちょい、と、向かって左手の三つの円座をさした。

また首が少しく動き、

「有家、家長」

やや離れたところにいた二人を呼んだ。

向かって右手の奥の席二つをちょい、ちょい、とさした。

「あれへ」

指名された者が緊張のおももちで着座すると、かたわらの通親に向かって残る右手の上座を示した。

「内府《ないふ》、それに入られい。そなたは箔《はく》づけじゃ。華を添えてくれ」

ニッとした。

大兵《だいひょう》の大臣《おとど》が鷹揚《おうよう》に腰をゆすって空席についた。どうやら御子左派、六条派、その他という配分らしい。

続いて主君は背後にちら、と合図した。控えていた六人の侍童が歩み出た。それぞれ腕に文箱を抱いている。その先頭の童の箱を開け、無造作に中身を一つかみして高く掲げた。

アッ、と定家は仰天した。

手の中に見慣れたものが握られていた。ついこのあいだおのれが作成した秀歌の札だった。

隣の家隆と顔を見合わせた。

——あれを、なんに？

と、いぶかる間もなく、六人の童がこちらのたもとにそれぞれ座り、文箱を進めて身を乗り出した。そして、呼吸をあわせて蓋《ふた》を取るや、いっせいに札を撒きはじめた。

一瞬にして、赤い地の上が白い花びらの渦になった。どっとどよめきが起こる。

その空気をよそに、院は「さて――」と言った。瞳にいたずらめいた色が宿っている。

あたりがしん、とした。

「みなよう集まった。本日の狩猟はまれにみる豊猟で、朕はおおいに満足じゃ。よって、よい心持ちのまま散会しようかと思うたのだが、一つだけ気がかりがあってのう。それを思いはじめたら果たさずに終われぬようになった。それというのはほかでもない、これら歌詠みたちのことじゃ」

定家は思わず背筋が引き締まった。

「みなも知っておろうが、歌人というものはきまじめなものである。いかに誘うても、そそのかしても乗ってこぬ。日がないちにち高尚な雅語《がご》の世界を逍遥《しょうよう》しおるゆえ、凡人の宴などはおもしろうもないそうな」

くすくす、くすくす、笑いが起こる。歌人連は顔があげられない。膝元に目を落としてかしこまるばかり。

「そこでじゃ」

主君の声音が新たになった。

「この面々が本領を発揮できる遊びがないか、朕はない知恵を絞って考えた。そうして思いついた。これである。歌札取り――とでも呼んでもらおう」

扇の先で赤い海をつ、とさした。

「ここに並んでおる札はいにしえの名歌である。いずれも歴代の勅撰集に選ばれしものじゃ。

これから朕が題を出すゆえ、六人はそれに適《かの》うた歌の札取れ。
歌の名手というものは、一つ題を与えられたら、即座に十や二十の古歌が頭に浮かばねばならぬそうな。ここにおる六人はいずれも当代精選の歌人ゆえ、勅撰集の歌などみなそらんじておろう。さあ、いかなる勝負になるか見ものである」

それはそれは……、なるほどおもしろげな……、さすがは院よ、よう思いつかれる……と、期待の声が四方から立ちのぼった。

しかし、楽しげなざわめきとはうらはらに、定家はギョッと恐怖で固まった。

——一つ題を与えられたら、即座に十や二十の古歌が浮かばねばならぬ？

それは、いつぞや院に召されて言上したわがせりふ、そのまんまではないか。

あのときわれがさんざん熱弁をふるったことが、院はお気に召さなんだのか？　だからいま意趣返《いしゅがえ》しをしようとしているのか？　そんなに古歌古歌と叫ぶなら、自分が古歌にいかに通《つう》暁《ぎょう》しているか、みなの前で証明してみよ——と、そういう挑戦か？

まさか……。

いや、ありうる。これほど勝気な方だもの。

衣の下に冷や汗がたらたらと流れた。

さらに主君が高らかに宣言した。

「勝者にはとっておきの褒美《ほうび》をつかわす。たれが勝つか、たれが負けるか。サアみなの者、大いに賭けたまえ」

こちらの思いなど気にも留めぬていで、主君は見物の衆をけしかける。

心の臓がバクバクと鳴る。手足が冷えてきた。気持ちがうわずる。これはいかぬ。落ち着かねば。

「では、始めよう」

準備の整わぬ心の上に、パンッ、と一つ扇が鋭く打ち鳴らされた。

「まずは手慣らしじゃ。最初の題は――」

池の光を反射して、白い札がきらきらと輝いた。

「秋の愁い。さあ取れ、眺め桟敷の面々」

*

「はっ！」

しん、とあたりが息詰まるなか、最初の袖をひるがえらせたのは、意外にも内大臣の通親だった。

脇の小姓が即座に札を受け取り、高い声で歌と作者を読みあげる。

奥山《おくやま》にもみぢ踏み分け鳴く鹿の　声聞く時ぞ秋は悲しき　猿丸《さるまる》大夫《だゆう》

おお、と、観衆が湧く。にぎやかしの参加者に先を越され、定家は覚えずムッとする。

大臣は笑壺《えつぼ》に入っている。野次馬の中によく似た息子の通具が見えた。阿呆《あほう》みたいにはしゃいでいる。ますます腹が立つ。

さしてむつかしい題ではない。秋枯れ、秋の恋、秋の野辺、秋の寂蒔《じゃくまく》。歌はいくつでも思いつく。だが、それをこの大海のうちから探し出すのが至難である。

たまたま手近に札があっただけ。まぐれあたりじゃ――と、身構え直すが、目はいたずらに泳ぐばかり。

しばし沈黙が支配したのち、「おりゃっ」。別の場所で威勢のよい声がした。

雅経。蹴鞠で鍛えた俊敏なからだが中腰のまま弧を描き、対面の家長に近い札を射止めた。

どっとどよめきが起こる。

夕されば門田《かどた》の稲葉《いなば》おとづれて　葦《あし》のまろ屋に秋風ぞ吹く　大納言経信《だいなごんつねのぶ》

いかぬ、これは難儀な遊びじゃ。

院の視線が自分にばかり注がれている気がする。けれども、こんなときに限って見つからない。

さらに、「はいっ」と小さな掛け声とともに、斜め向かいが動いた。有家。熟練らしい静かな動きで、経典でも扱うように一つ拝んで侍童に渡した。

契《ちぎ》り置《お》きしさせもが露《つゆ》を命にて　あはれ今年の秋もいぬめり　藤原基俊《ふじわらのもととし》

心の中で地《じ》団《だん》駄《だ》を踏んだ。そしてふと、隣の家隆もおのれと同様、まったく動かないのに気がついた。

そっと様子を窺《うかが》い見ると、先ほどよりずっと顔色が悪い。冷や汗がにじみ、乱れたおくれ毛が耳の脇に張りついている。つねに冷静な男なのにどうした。

ハッとした。もしかしたらこの友も同じことを考えているのではなかろうか。誇り高い院の意趣返し。そうだ、そもそもこの歌札のことを院に教えたのは家隆である。出過ぎた真似《まね》をして主君の不興を買ったかと動揺しているのではなかろうか。

だとしたら、なお困る。俊成一門が揃ってこのざまでどうする。

また有家が控えめに動き、「はいっ」と札を挙げた。

八《や》重《へ》葎《むぐら》茂れる宿の寂しきに　人こそ見えね秋は来にけり　恵《え》慶《ぎょう》法《ほう》師《し》

どんどん先を越される。のどをかきむしりたい。

さらに、「取ったっ」。家長がいまにもつんのめりそうな姿勢で、一枚の札の上に必死に手をついた。童が駆け寄って助け起こす。

寂しさに宿を立ち出でながむれば　いづくも同じ秋の夕暮　良《りょう》暹《ぜん》法《ほう》師《し》

日ごろから愛唱している一首である。よりによってこれを不器用な家長に渡すとは情けなし。

歎息《たんそく》した瞬間、

「定家の少将」

主君に鋭く呼ばれた。飛びあがりそうになった。

「いかがした。具合でも悪しきか」

火のように頰がほてった。

「いえ、なんでもござりません」

「さようか。なら励め。壬生もな」

愕然《がくぜん》とした。

衆人環視《しゅうじんかんし》の場で不覚を名指しされた。いかにお遊びであろうと、こんな不名誉はあってはならぬ。藤原定家の名折れである。許されぬことだ。

しっかりせい！　と、おのれを一喝した。もう一発、ガツンと入れた。すべての迷いを振り払うように、ぶるる、と首を振った。

とたん、のどにつかえていた小骨のようなものがほろり、と落ちた。のぼせていた血が下がった。

向かいの大臣が無遠慮にこちらを見ている。定家はその太った首に向かって、「御免」と小さく断り、ずず、と腰を後ろへ退いた。逆に胴から上は前方へ大きく乗り出し、毛氈《もうせん》のすぐ手前に両手をついた。くすくす、と笑いが起こった。が、なりふり構っておられぬ。

ふたたびちらり、と隣の友を窺った。

取りに行くぞ相棒、と、気を送った。

ちらり、と視線が返された。伝わったらしい。その腰も同じく後ろへ退がった。そして同じく上半身は伏せ、前のめりに両手をついた。きらっ、と切れ長のまなじりが光った。

間合いをはかったように、帝王の鋭い声が響いた。

「次なる題は――」

しん、とした。

「波に寄する恋」

波……、さざなみ……、水面《みなも》、川面《かわも》、汀《みぎわ》、わたつうみ、わたの原。寄せては返し、ひたひたと募る恋心。

定家は水面を狙う鳥のように精いっぱいに首を伸ばし、札の海を目で舐《な》めた。先ほどとは打って変わって、見慣れた癖字がそこかしこから呼びかけてくる。一つ一つ磨《す》りたての墨で書いたように、くっきりと浮かびあがって見える。

よし、反撃じゃ。

獲物をくちばしでついばむがごとく、「はっ」と攫《さら》った。


わびぬれば今はた同じ難波《なには》なる　みをつくしても逢はむとぞ思ふ　元良親王《もとよししんのう》

一枚取ったら次から次へ、歌の札がここじゃ、ここじゃ、と知らせはじめた。そうだ、これだ、これでないと。おのれは耳は鈍いが、目はがんらい鋭敏なのだ。

難波つながりでもう一首。

難波江《なにはえ》の葦《あし》のかりねのひとよゆゑ　みをつくしてや恋ひわたるべき　皇嘉門院別当《こうかもんいんのべっとう》

津の国つながりでもう一丁。

住《すみ》の江《え》の岸に寄る波よるさへや　夢の通《かよ》ひ路《ぢ》人目よくらむ　藤原敏行朝臣《ふじわらのとしゆきあそん》

終わらぬぞ。「はっ」

四たび乗り出しかけたとき、家隆がまったく同じ札を狙っているのを感じた。定家は瞬時に身を退いた。

——壬生、取れ。

「ほっ」

阿吽《あうん》の呼吸で、家隆が札を攫った。縹色の水干と、おのれの鈍色の水干が十字に交錯する。

わっと歓声が湧く。


筑波嶺《つくばね》の峰より落つるみなの川　恋ぞ積もりて淵《ふち》となりける　陽成院御製《ようぜいいんぎょせい》

調子を戻した相方が、さらに一瞬の隙を狙って、すぐ目の前の一枚を撥ねあげた。

あわてて小姓が駆け寄り、彼方へ落ちた札を捕まえる。

風をいたみ岩《いは》打《う》つ波のおのれのみ　砕けて物を思ふころかな　源《みなもとの》　重之《しげゆき》

おもむきの違う激しい波。これもよき。

――やるな、壬生。

――応。

思いを通わせたところへ、院の一声がびしりと割り込んだ。

「しからば次じゃ。月にかこつ。さあ取れ、眺め桟敷の面々」

有家が「はいっ」と正しい姿勢のまま札を挙げた。

有明《ありあけ》のつれなく見えし別れより　暁《あかつき》ばかり憂きものはなし　壬生忠岑《みぶのただみね》

油断大敵。すぐ取り返される。

鳥の目になって獲物を探す。あるある、女流の名歌。「はっ」

やすらはで寝なましものをさ夜《よ》更《ふ》けて　かたぶくまでの月を見しかな　赤染《あかぞめ》右衛《え》門《もん》

童の読みあげが終わるか終わらぬかで、「おりゃっ」と雅経のからだが弧を描いた。

心にもあらで憂き世に長らへば　恋しかるべき夜半《よは》の月かな　　三条院御製《さんじょういんぎょせい》

鞠足《まりあし》の、ついてきやるな。負けるか。

それ見つけた。「はっ」。月にかこつといえば、歌の聖《ひじり》西行。

嘆けとて月やは物を思はする　かこち顔なる我が涙かな　　西行法師

間髪《かんはつ》を入れず、家隆の縹色が舞う。「ほっ」

今来《いまこ》むと言ひしばかりに長月《ながつき》の　有明の月を待ち出でつるかな　　素性法師《そせいほうし》

なまぐさ坊主の有明の月。

よしっと、院のくさびが打ち込まれた。

「さて次なる題は、袖の涙。じゃっかん難儀か。如何《いかん》」

造作《ぞうさ》もない。ほれ、獲物見つけた——と思うより一息早く、家隆に攫われた。

見せばやな雄島《をじま》の海人《あま》の袖だにも　ぬれにぞぬれし色は変らず　　殷富門院大輔《いんぷもんいんのたいふ》

なんの、負けじと彼方の札を弾きあげる。

音に聞く高師《たかし》の浜のあだ波は　かけじや袖のぬれもこそすれ　祐子内親王家紀伊《ゆうしないしんのうけのきい》

いまやありありと見える。歌のほうから呼んでくる。

契《ちぎ》りきなかたみに袖を絞りつつ　末《すゑ》の松山《まつやま》波越さじとは　清原元輔《きよはらのもとすけ》

家隆もぴたりとついてくる。「ほっ」。もう一枚。「ほっ」

恨みわび干さぬ袖だにあるものを　恋に朽ちなむ名こそ惜しけれ　相模《さがみ》

我が袖は潮干《しほひ》に見えぬ沖の石の　人こそ知らね乾く間《ま》もなし　二条院讃岐《にじょういんのさぬき》

いつしか家隆と二人だけの掛けあいになっていた。札の海に没入し、それ以外のものはなにも見えない、聞こえない。

歌の申し子のように、ただただ札と戯れる。ひたひたと歓びが心を満たす。躍る文字と、美しい言の葉と、家隆への親愛と、それだけである。

はっ、ほっ、はっ、ほっ……。

はっ、ほっ、はっ、ほっ……。

「よしっ」

だしぬけに、主君の鋭い制止が入った。

頬をはたかれたように、定家はわれに返った。

見渡すと、従者が廊を行き交い、篝火《かがりび》を箇所箇所に据えている。いつの間にか日は山《やま》の端《は》近くに傾き、青い帳《とばり》が下りている。手元が薄暗い。池の表を渡る風がひやりとする。ぴーん、よろよろ、と、鳶《とんび》がねぐらへ帰っていく。

火が入ると四囲《しい》が急にあかあかと輝き、池庭《ちてい》は逆に群青《ぐんじょう》に落ちた。

「では――」

ゆらゆらと火影《ほかげ》に照らされ、院の肌が美しく照り映える。

「最後の題じゃ」

なごりおしいのう、と、視線がこちらへ向いた。

観衆の形はいつしか崩れ、あからさまにおのれら二人のまわりに高垣ができている。鼻の穴がふくらみ、目の色が変わっている。みな賭けているのだ。

枚数は？　ほぼ互角か？　多くてもおのれのほうが一、二枚？

「題は――」

院の声が高らかに響いた。

「わりなき恋。よう探せ。道理《あやめ》もわかず悶《もだ》える心を」

また奇妙な題を。しかし、たしかにあまたある。裏腹《うらうえ》の、相反した、ぐねぐねともつれるあやなき心。

と、思った刹那《せつな》、家隆が「ほっ」と下手《しもて》へ飛んだ。

あらざらむこの世のほかの思ひいでに　今一度《いまひとたび》の逢ふこともがな　和泉式部《いずみしきぶ》

あの世へ逝こうとする者が、なぜ今一度の執念か。
家隆は続けて反対側に鋭く返し、ほとんど通親の手元の一枚を払った。大兵の大臣が驚いてのけぞった。

忘らるる身をば思はず誓《ちか》ひてし　人の命の惜しくもあるかな　右近《うこん》

おのれを捨てた恋人を、呪っているのかこがれているのか。
やるな相棒。負けぬぞ。「はっ」

今はただ思ひ絶えなむとばかりを　人づてならで言ふよしもがな　左京《さきょうの》　大夫《だいぶ》道雅《みちまさ》

思い切ったと伝えるために、また会いたいという矛盾《むじゅん》。
まだまだある。

逢ふことの絶えてしなくはなかなかに　人をも身をも恨みざらまし　中納言《ちゅうなごん》朝忠《あさただ》

かなわぬほうがよかったと、愛憎もつれてもはや奇っ怪。

もう一丁、と乗り出した身の下を、家隆が意表を突いて低くくぐった。

「そこまでっ」

と、院がくさびを打ち込んだのと、童が横飛びして家隆の弾いた札を捕えたのが同時だった。


君がため惜しからざりし命さへ　長くもがなと思ひぬるかな　藤原義孝《ふじわらのよしたか》

死にたいの、生きたいの、何方《いずち》。


脱力した。汗だくだ。

定家は、同じように膝に両手をついて荒い息をしている家隆とまなこを交わした。ふっ、ふっ、とほほえみあった。

負けたか、と思った。でも家隆にならば譲ってもよい。若干のくやしさはあるが、さすがの相棒だ。

「みごとなものじゃ、眺め桟敷の面々」

後鳥羽院の朗々たる声が響いた。

「この三日のうちで、もっとも興な遊戯《あそび》であった」

大仰に袖を広げた。満悦の笑みが頬に浮かんでいる。

そして、童から文箱を受け取ると、まなじりを引き締めた。

「しからば、発表する」

みながしん、として、その手元に注目した。集計した紙片が中に入っているらしい。主君はちらりと目をやり、ふたたびまっすぐ顔を上げた。

「内府一枚。家長二枚。有家三枚。雅経三枚」

一呼吸、切った。

「定家十二枚、家隆十三枚」

負けたか。やっぱり。

「しかし――」

と、続いた。

主君は箱の中の札をつかみ、落とし、つかみ、落とし、しばしはらはらともてあそんだ。

「数のみではなく、内容も勘案《かんあん》せねばならぬ。吟味《ぎんみ》したところ、少将定家の獲物がもっともおもしろかった。よって、定家の勝ちとする」

四方から微妙な声があがった。おやまあ……、なぜじゃ……、なにゆえに……。

光栄ではあるが、取った札にそれほどの優劣があったろうかと、定家も疑問を感じた。だが、主君が決めたことである。

「有難きしあわせ」

と、平伏《ひれふ》した。

うつむいた頭の上に、よく通る美声が降った。

「定家よ、そなたにはとっておきの褒美をつかわす」

「はっ」

「受け取れ」

ワッと拍手が起こった。若干の野次と哄笑《こうしょう》が混じっている。なんぞ——と、恐るおそる顔を上げ、絶句した。

それまで院の後ろに控えていた妓が手首をつかまれ、物品のように面前に引き出されていた。

「福寿《ふくじゅ》だ。京いちばんの白拍子より、至福のもてなしを受けよ。朕の船を一夜貸しつける。存分に楽しめ」

——また、とんでもないものを。

迷惑千万である。

「童ども、勝者様を案内《あない》せよ」

勘弁してくれ。

即座に侍童に前後左右を固められ、なかば引きずられるように御座船《ござぶね》へ導かれた。

なぜにこんなしうちを、とうらめしく連行されながら、主君が「壬生」と、友を呼ばう声を背中で聞いた。

「そなたにも褒美をつかわす。あとで朕が許《もと》へ参れ」

宴は散会となり、いっせいに場がざわつきだした。

*

チチ、チチ、と朝の鳥が鳴いている。水郷の朝はうるおいに満ち、前方の男山《おとこやま》がゆるやかな稜線《りょうせん》を描いて薄青い空気の中に鎮まっている。

定家は御座船の舳先《へさき》から釣殿に上がり、両手で大きく伸びをした。

目の奥がちかちかする。頭も割れるように痛い。昨晩、酒を飲みすぎた。

白拍子と同衾《どうきん》するなど、天地が返っても御免である。しかし、主君からの下賜《かし》であるから、無下に退けるわけにもいかぬ。ぞんざいに扱ってあとで告げ口などされたら困る。となれば、酔っぱらって寝てしまうしかない。

ということで、女にはひたすら唄い踊らせ、自分はやけくそに飲み、へべれけになって臥処《ふしど》に倒れ込んだ。そうして夜明けとともに脱出してきたのである。

さっき出がけに見たら、白拍子は御簾の陰で婢《はしため》といっしょに寝くたれていた。枕辺に瓶子《へいじ》や盃が散乱していた。女たちもすることがなく、飲みあかしたらしい。

朝の空気をいっぱいに吸い込んだのち、定家はあたりを見まわした。

昨日、札取り合戦が繰り広げられた釣殿には人影もなく、常の倍ほどもだだっぴろく見える。釣殿だけでなく御殿全体が森閑《しんかん》としている。すでに引き揚げた者も多いだろうし、宿泊する者はおおむね山際の別殿を寝所に使うのである。

おのれもさっさと帰京すべし。だが、主君に退出の挨拶をせねばならない。

橋桁《はしげた》の下を覗くと、随伴《ずいはん》の童が正体なく眠っている。小者にも長い夜だったろう。不憫《ふびん》だが「おい」と起こし、馬の支度をしておくように言いつけ、院の御座所へ向かった。

行く手を仰ぐと、正殿はほんの一、二カ所蔀が上がっているだけで、まだ眠りの中にあるらしい。利きたる女官でもおればよいがと思いながら曲がり角に踏み込もうとして、歩を止めた。

ぎい、と妻戸《つまど》の開く音がして、人が出てきた。びくっとした。白っぽい袖が見えた。とっさに柱の陰に身を隠した。

――たれ？

ふたたび覗き見した。見覚えのある、美しい銀白色の水干。

――院か？

遠目にもくっきりと地紋が浮きあがって見える。豊かな花弁が幾重にも重なった菊花の紋様だ。そして、深紅の菊綴と、深紅の括《くく》り緒《お》。院だ。間違いない。

こんな時間にどうして？　一人でどこへ行かれる？

さらに気取られぬように様子を窺い――、わが目を疑った。

家隆だった。

すらりと背の高い、小ぶりな頭に立烏帽子のきりりと映える、見惚れるほど姿のよいわが相棒。

しかし、なぜ家隆が院の水干をまとっている？　昨日着ていた縹色の衣は？　それに、なぜここにいる？

次の瞬間、ガン、と後頭部を殴られたような気がした。ぐらりと早朝の池庭が傾き、目の前が昏《くら》くなった。

まぶたの裏に昨日の札取り合戦が浮かんだ。あの去り際に聞いた言葉。

——壬生、そなたにも褒美をつかわす。あとで朕が許へ参れ。

朕が許へ参れ？

ああ……、そういうことであったか。

だから、院は順位を入れ替えたのか。おのれを公然と厄介払いして、家隆を寝所へ召すために。

だしぬけにパキッと鋭い音が立ち、飛びあがりそうになった。いつの間にか手の中で扇をまっぷたつに折っていた。ささくれた骨が肌に刺さり、血がにじんでいる。気づかれたかと目を上げたときには、家隆の姿はもうなかった。

手のひらを口に当て、血を吸った。傷の痛みは感じなかった。やり場のない思いに胸を占領されていた。嫉妬というより怒りに近かった。たれに対して？　家隆を奪った院に？　違う。家隆に対して？　それも違う。自分自身に対してだ。家隆を他の男に取られて怒り狂っているおのれに対して。

なんと間抜けなのだろう。いまごろになって自分の気持ちに気づくとは。こんな思いをするくらいなら、なぜあのとき家隆を手放したか。

われは、馬鹿だ。

血のにじんだ手で無《ぶ》精髭《しょうひげ》の伸びた顎をやけくそにごしごしこすった。

＊

「さだいえ殿」

定家は驚いて二、三度まばたきした。

健御前が頬をふくらませて、目の前に座っていた。

「あ……姉上か」

「なんです、ぼんやりして。先ほどから呼んでいるのに」

いつ姉がやってきたのか、まったく気づかなかった。

膝元に散った札をざっと文箱に投げ込み、「失礼した」と頭を下げた。

「ずいぶんお悩みなのね」

姉は苦笑し、かたわらの包みを膝前に寄せた。

先ほどの水干だ。

「せっかく持ってきたのに、受け取らぬから追いかけてきたのです。そなたを激励するために縫ったのですよ。まったく幾夜よなべしたと思っているの。作り甲斐のない」

包みをほどきながら、こちらをチロリとにらんだ。

そのとおりである。わが懊悩《おうのう》など、姉には知らぬ存ぜぬところだ。厚意を無にするただの無礼な弟でしかない。

「さ、しんき臭い顔をせず、お召しあれ。着姿を拝むまで帰りませんよ」

衣を押しつけるようにした。降参だ。

「しからば」

照れ隠しにわざと苦虫を嚙《か》みつぶしつつ、あざやかな黄色の水干と揃いの袴《はかま》を受け取った。

手に取ってまじまじと見つめた。なるほどうまくこしらえてある。くたびれた狩衣《かりぎぬ》を脱ぎ、身に着けた。柔らかいが張りがあり、寸法もぴったりだ。

即座に、

「あらまあ、よいじゃありませんか」

喜悦《きえつ》の声があがった。

「そなたは総体にじじむさいのです。まだ若いのですから、ふだんからこのくらい華やかなのをお召しなさい。どんどん老け込んでしまいますよ」

おもむろに立ちあがり、そうきまじめにしょい込まず、もちっとゆったりと襟を抜いて、袴はもちっと下腹に、と、あちらこちらを撫でたりさすったりして身に添わせてくれる。のち、ちょっと退いて全身を眺めわたし、むずがゆいような顔をした。

「なんです」

「いえ」

「だから、なんです」

「よいはよい。けれどやっぱり、なんの力仕事をおっぱじめるのかという風情ではありますな」

そのとおりだ。水干というのはがんらい作業着なのだから。上衣《うわぎ》の裾《すそ》を袴に着籠《きこ》めるところといい、脛が見えるほど短い丈といい、よい絹を使ったからよそゆきになるというものではない。

　フン、と荒く鼻息を返した。

「水干なぞはもともとあずまえびすの野良着《のらぎ》か、悪餓鬼《わるがき》の汚れ着かという代物なんですよ。それをおもしろがって着たがる院が酔狂《すいきょう》なんです。院はあのように秀でたお姿ゆえなにを着てもさまになるが、おおむねの者はひどいものじゃ。われも貧相《ひんそう》ゆえ似合わぬけれど、もっとんでもない田吾作《たごさく》になっている輩《やから》がたくさんおる」

「まっ」

　姉は身を折って肩のあたりを波打たせた。姿勢を直してまた折り、また折りを二、三度繰り返した。笑いのつぼにはまったらしい。

　そして、ごめんなさい、想像したらおかしゅうて、と袖先で涙をぬぐった。のち、背や肩の縫い目を確認しながら、不審げにつぶやいた。

「だけど、院はなぜに水無瀬では水干着用などとお決めになったのでしょう」

　主君の銀白の水干が脳裡《のうり》に浮かんだ。水無瀬の釣殿の薄靄《うすもや》の中で、家隆の縹色と混じりあい、ぼうっとぼやけた。

　定家はいやな画《え》を振り払い、むやみに声を張って解説した。

「それには三つ、理由があるのです」

「ほう。なんでしょう」

　姉が興味しんしんのまなこを張る。

「まずは――」

定家はひとさし指を一本立てた。

「姉上はご存じなかろうが、水無瀬というのはとんでもない田舎なのです。風雅だののどかだのとはやし立てるが、しょせんは未開の鄙《ひな》にすぎません。ちと雨が降れば洪水になる。泥田のごときぬかるみになる。晴れればカンカンの炎天。風が吹けば砂嵐です。その中を、やれ乗馬だの狩りだの花見だのとやるのですから、こういう恰好《かっこう》でないと務まらぬ」

なるほど、と目の前の顔がうなずく。

「二つ目は――」

中指を立てて二本にした。

「院はとかく白拍子がお好みでありましてね。江口神崎の妓もお召しになるが、やっぱり白拍子です。どこがそんなにお気に入りかというと、結句あれらの水干姿がお好きなのです。美しい女が烏帽子をつけて太刀《たち》を佩《は》いて男のなりをして、たしかに奇態になまめかしい。それが高じて、おのれらが逆にあやかろうというお考えになった。高きも低きも隔てなく、同じ衣裳で愉《たの》しもうぞというわけです」

姉のふくよかな顎《あご》が、さらにこくこくと二重になる。

さらに「三つ目は――」と、薬指を立てた。

「口にするのが、ちとはばかられることなれど」

襟元の紐をほどき、前合わせを割って、肩から後ろへスルリと落としてみせた。

「水干は、脱ぎやすい」

「え？」

「だから、そういうことですよ」

定家は卑《いや》しむようにぶっ、と下唇を突き出した。

「水無瀬は無礼講《ぶれいこう》の花園なのです。昼間っから酒びたりで、酔えば色情の巷になる。院は興が乗ると、すぐ裸になれだのまぐわえだのとお命じになる。命じられたら即応せねばご機嫌が悪い。その点、この衣裳は利便です」

するり、と肩を戻し、居ずまいを正した。

「まあ」

姉がまん丸に目を剝《む》いた。

「そなたもまさか、そのような」

いえ、と扇の先を振り、否定した。

「幸運なことにまだです。でもそのうち白羽の矢が立つかもしれませんよ」

「なるほど、そなたも悩むわけね」

姉は深くうなずき、「あら」と袖つけの一カ所をつまんだ。

「いやだ、ここも。こちらも」

御簾の裾をかえりみ、侍女に針道具を準備するよう言いつけた。

「私としたことが、菊綴が仮止めのままでした。三つも」

さあ脱いで、と衣を受け取り、元の座に戻った。

「ついでだから、直していきます」

そんなことはたれかにやらせればと言うのを制し、さっそく糸の端を口にくわえ、きゅ、きゅ、としごいている。

　続いて燈台を手近に引き寄せ、衣を膝に広げ、繕《つくろ》いものを開始した。

　ひととき室内に静寂が満ちた。さらさらと心地よい衣鳴《きぬな》りの音がする。

　少時ののち、姉は急に思い出したように、「そういえば」と、顔を上げた。

「いつぞや、こんなふうに縫物をしながら、そなたとおしゃべりをしたことがあったわね」

　夢見るように、ほわん、と宙を仰いだ。

「壬生殿の狩衣がほころびて、直してさしあげたのだった」

　考えまいとしているのに、なぜだか家隆の話題になる。

「そうでしたね」

「もう十年にもなりますか」

　姉は繕いかけの水干を両手でつかみ、おもむろに鼻先に押しあてた。目をつむり、すう、すう、と吸い込んだ。

「よいにおいだった」

　なつかしい恋人の肌の香りが鼻腔《びくう》によみがえる。からだの底にむずがゆいようなものが湧く。

「壬生殿は、お元気？」

「だと思いますよ」

　定家はわざとそっけなく返した。

「今年はまだ一度もお見かけしてないの。寂しいこと」

さいきんは門人たちが寄ると触ると父の家にたむろするようなことも少なくなった。姉もめったに会えぬのだろう。あのころはよかった、と思ったら、胸がしくっとした。

「薫《かおる》の君《きみ》のようだったわね。お年を召してますます素敵になられた。いまはむしろ光源氏《ひかるげんじ》に近いかしら。女官たちにはあいかわらず人気ですよ」

衣をぎゅう、と胸に抱いた。

なにも知らぬ姉を、ちらりと哀れに思った。

――いまは院の思われ人さ。

「私の恋も叶《かな》いませなんだなあ」

玉止めの端を糸切り歯で切りながら、姉がくしゃっとほほえんだ。

「そなたもね」

ぎょっとした。

「内親王様は、ほんにお気の毒でした」

ああ……、そちらか、と胸を撫で下ろした。そういえば、家隆の狩衣を修繕したあの日、式子内親王への恋の相談を、この姉にしたのだった。

あのころはまだ見ぬ深窓の姫君に本気でこがれていた。あの高貴の女性は昨年、やまいで亡くなったのである。近年は多事多難で心労の重なる日々だったと聞いている。姉は薄幸の内親王に弟がずっと恋していたと思い込んでいるらしい。

「さ、できた」

健御前はせいせいした顔で十本の指を揉《も》みほぐした。それから、みごとな手さばきで衣裳をたたみ、うやうやしくこちらの膝元へ寄越《よこ》した。

「水無瀬のおつとめ、かまえて励まれませ。そなたのお働きにわれら一門の将来がかかっております」

丸顔を崩し、莞爾《かんじ》とした。

「かたじけない」

深々と礼をしたところへ、遠くからわが子のけたたましい歓声が聞こえた。

「では、私はあちらの王子様のお相手をするとしましょう」

姉が立ちあがった。

そして、踵を返しかけ、

「壬生殿に会《お》うたら、健がよろしゅう言うておったと、伝えてくださいね」

片目をつぶって廊の奥へ消えた。

一人になったら、なんだか気分が漠然とした。すかすかと隙間ができた心に、家隆の面影がいやおうなく入り込んでくる。

——いまは院の思われ人さ。

定家は書きかけの日記をうっちゃり、かたわらの文箱を引き寄せた。歌札をつかんで、ばらばら、と撒いた。

われらは昔もいまも友である。親友である。だから、家隆と院がどのようなことになろうと、もう気にするのはやめよう。われらの信頼関係にはなんら変わりはないのだから。

いや——、無理だ。

ため息をついた。

目の先にある二枚の札が、呼びかけてきた。

これやこの行くも帰るも別れつつ　知るも知らぬも逢坂《あふさか》の関　（蟬丸《せみまる》）
人はいさ心も知らず古里《ふるさと》は　花ぞ昔の香《か》ににほひける　（紀貫之《きのつらゆき》）

頭の文字。「こ」「ひ」。

両手で撞着《どうちゃく》した頭を抱えた。友情ではない。恋。

指の隙間から、さらに札が見える。点、点と訴えてくる。

指を伸ばして、引いた。一、二、三枚。

淡路島《あはぢしま》通ふ千鳥《ちどり》の鳴く声に　幾夜《いくよ》目覚めぬ須磨《すま》の関守《せきもり》　（源《みなもとの》　兼昌《かねまさ》）
花の色は移りにけりないたづらに　我が身世《みよ》にふるながめせしまに　（小野小町《おののこまち》）
君がため惜しからざりし命さへ　長くもがなと思ひぬるかな　（藤原《ふじわらの》　義孝《よしたか》）

「あ」「は」「き」。

こひの上に並べた。——淡き恋。

どうにもならぬ。

五枚の札をくしゃくしゃに乱した。

三

しん、と静まり返った夜のしじまの中で、冊子の薄紙をめくる風だけが御帳台《みちょうだい》の薄絹《うすぎぬ》をかすかに揺らす。

　ふと彼方のほうで木を擦《す》るような音がした。後鳥羽院は腹這《はらば》いの姿勢から首をねじり、背後を仰いだ。時の杭《くい》を挿《さ》すらしい。いまなんどきじゃ——と思ったのと、あでやかな年増《としま》が帳《とばり》のうちへ顔を覗かせたのが同時だった。

「院」

　こってりと紅を塗った唇が、にこ、とした。

「おんばか」

　酒器の載った折敷《おしき》を捧げている。

　乳母《めのと》の兼子《かねこ》だった。おんばとは御乳母《おんうば》のことである。

　一般には卿《きょう》の局《つぼね》と呼ばれているが、後鳥羽はその名は用いない。兼子とも呼ばない。ただのおんば。

「お勉強ですか」

　主君の手の中の冊子を、兼子はちらりと見た。かたわらにも数冊、投げ散らかしてある。

　後鳥羽は、ふん、と答えのような鼻息のような音を返した。

兼子は提《ひさげ》の柄《え》を指先でつまんでみせた。

「こよいは珍しうどなたもお召しになっておられぬと聞いたので、おなぐさめにやってまいりましたのよ」

後鳥羽は柔《やわ》い目つきで諾《だく》の応答をし、かたわらを顎先で指した。

兼子は身を折り、主君の足元に寄り添った。裾が褥《しとね》に重く広がり、芳香が立った。伽羅《きゃら》とも沈香《じんこう》とも違う、ねっとりと甘い刺激を含んでいる。

「よいにおいだな。衣もよい」

後鳥羽は冊子を伏せ、指先で乳母の椿襲《つばきがさね》の袿《うちき》をもてあそんだ。

「異国のよいものが手に入りました。香は暹羅《シャム》の練り。絹は宋《そう》から。扇は高麗《こうらい》わたりの材を用いております」

問われもせぬ衵扇《あこめおうぎ》をはらっと開いた。

「威勢のよいこと」

異国の練香に、絹、扇……。任官の嘆願の窓口であるこの乳母のふところには、賄賂《わいろ》がひっきりなしに入るのである。

少し前までは内大臣の通親がその位置にあったが、逝去によって縁者の兼子が受け継いだ。いまや宮中一の長者である。乳母というより女宰相というに近い。

少々肥え過ぎの感はあるけれど、頬は白くつややかに光り、皺一つない。白粉《おしろい》も香油も特別なものを惜し気もなく使っているのだろう。まぶたの肉が厚いためにやや眠たげに見える細い目が、かえって謎めいた巫女《みこ》のようだ。よわいは五十路《いそじ》に近いはずなのに、四十前といっても通る。驚くべき若さと美貌である。

「なんですの、人のことをじろじろと。いやなお方」

「おんばはいつも美しいなと、見とれておったのさ」

「ま、年寄りに向かって」

大仰に顔をしかめてみせる。

後鳥羽は口の端でにゅっと笑った。ふん、自分でも美しいと思うているくせに。この乳母とはいつも狐《きつね》と狸《たぬき》の化かしあいだ。

そんなことより、さ、と、兼子が提を示した。

「どうぞ、一献いかれませ」

あふれるほどなみなみとつぐ。後鳥羽は揺れる甘酒《うまざけ》を一息に飲み干した。「さ、もうおひとつ」。重ねて勧める。とろり、と白いさざ波が揺れる。また一息にあおる。急に気が大きくなる。

「それ、おんばもいけ」

空の盃を乳母に返し、縁までついでやる。

「では、遠慮なく」

白いのどがこく、こく、と動く。赤い唇がともし火を映してぬめぬめと光る。

妖艶な姥桜《うばざくら》の横顔を片肘ついて眺めながら、後鳥羽は遠い日のことを考えた。

皇子のならいとして、後鳥羽には生誕のときから五人以上の乳《ち》の人《ひと》や湯坐《ゆえ》がついていた。兼子がやってきたのは、そのいちばん最後だった。ときに後鳥羽は十歳。

十ともなれば乳母の仕事はさほど忙しくもなく、むしろ役目を終えて退出する者すらあった。その期《ご》に及んでなにゆえ増員されたかというと、この皇子が間近に元服《げんぷく》を控え、それに伴う婚姻が射程に入ったからである。すなわち童が一人前の男になるための、あけすけに言えば閨《ねや》の手ほどきのために呼ばれたのだ。

本来なら、その役は兼子の姉で後鳥羽のもっとも気に入りの乳母範子《のりこ》――通親の妻――がつとむるべきだったが、範子は折悪しくやまいに臥《ふ》せっていた。他の乳母は気の荒い若君をうまく扱うことができない。どうしたものかと紛糾していたところへ、範子がわが妹をばお召しいただきたいと推挙したのである。ばつぐんに気がまわり、ゆえあって独《ひと》り身《み》であり、また年を問わずむやみに男をとりこにする兼子の才能に期待してのことだった。

初めて夜《よん》の御殿《おとど》に添い伏しにきたときの兼子のまなこを、後鳥羽はいまでも忘れない。ふつつかながら藤原兼子、今宵のお世話をさせていただきます、と、こうべを上げたとき、はらりとかかった黒髪の隙間から覗いたそれは眠るように細く、仏の笑みのように柔らかく、底なしの沼に引きずり込まれるようだった。

それまでにやってきた女たちは、羞恥《しゅうち》と恐れと自尊心のため、みな一指《いっし》も触れさせず撃退していた。が、兼子にだけはそれができなかった。

見つめられると呪文でもかけられたように身動きできなくなり、気がついたら丈なす黒髪にまとわりつかれていた。この女は妖怪か、とふりほどく間もなく夜着のうちに侵入され、ねっとりとした内腿《うちもも》に下腹をからめとられた、と思った瞬間、悶絶《もんぜつ》して果てていた。

妖しの生きものは満足げにスルスルと退き、「まことにごりっぱでございました。心より祝福申しあげます」と、いんぎんに平伏《ひれふ》した。

それからしばらく、後鳥羽は二まわり以上も年上の大年増に溺《おぼ》れた。飽くことなく毎晩呼んだ。兼子が巧みなのは閨の技だけでなかった。機転がきき、頭がよく、寝物語《ねものがたり》も楽しかった。

やがて九条兼実の娘任子《にんし》との婚儀がなり、兼子の役目は終わった。が、その後も後鳥羽はこの女の股から生まれてきたかのような肉のつながりを感じつづけた。

「院、どうかなすって」

顔を上げると、兼子が怪訝《けげん》な色を浮かべている。

「なんでもない」

「やっぱりお寂しいんでしょう」

意味深長に流し目する。

「たれぞお呼びしましょうか。抜群によい白拍子がおりますよ。それとも、好男《えおとこ》がよろしいか」

この不埒《ふらち》な乳母は、いったいどのような手づるがあるのか、美麗な女子《おなご》や男子《おのこ》をじつに巧みに見繕《みつくろ》ってくるのである。そして、必ずお気に召したでしょうと手柄顔をする。

「いらぬ」

後鳥羽はわざと吐き捨てた。

兼子はおお、まじめだこと、と大袈裟《おおげさ》に驚く。

「いっそ中宮《ちゅうぐう》様を見舞っておあげになったら。あんまりほったらかしはいけませんことよ」

「なおさらいらぬ」

任子は出がよいばかりのひよわな奥方で、ほぼお飾りといってよい。なによりも堅苦しい九条家の者たちが背後に透けて見え、気持ちが萎《な》える。最初のうちこそ物珍しさも手伝ってむつまじくして、皇女（昇子内親王《しょうしないしんのう》）もひとたりもうけたが、以後はほとんど顧みていない。

後鳥羽の后妃《こうひ》には、その他に範子と通親の娘の在子《ざいし》、兼子の義兄範季《のりすえ》の娘の重子《じゅうし》がいる。兼子はさいきん範季と組んで重子にわが寵愛が偏重するよう仕組んでいる。にもかかわらず、ふとどきな遊びもたんと勧めるのだから、たいした玉だ。

「そなたもようまあ、朝餉《あさげ》夕餉《ゆうげ》がきちんと揃うておるところへ、甘い菓子を持ち込んでくることよ」

褒め言葉である。

「どんなに美味の菓子でも過ぐれば飽きます。飽きればまっとうな食膳が恋しうなる。院がそこへお気づきになるのを、わたくしはひたすら待っております」

「へりくつを。どの口が言うか」

「この口が」

二人して、ぷっ、ぷっ、と吹き出した。

笑いがおさまると、後鳥羽は倦《う》んだように反対側へ向きを変えた。まっとうな食膳など食いとうもない。しかし、甘すぎる菓子もいやじゃ。

食傷《しょくしょう》ぎみの顔をあれこれ払いのけたのち、まるでその対極にある情人のことを、ふと思った。

手元を探り、綴本《とじほん》を一冊、拾いあげた。

――壬生。

流れるような手蹟《て》が現れた。胸の中にそよ風が吹いた。

指を伸ばし、墨の跡をそっと撫でた。

背後から兼子が覗き込み、「なんですの」と訊いた。

「例の勅撰集さ。撰者らにそれぞれよしとする歌を選ばせた」

兼子もかたわらの一冊を取り、一枚めくった。枯れ枝がぎく、ぎく、と折れ曲がったような癖字が現れた。

「ひどい悪筆」

まろやかなひたいに皺を寄せた。

——定家か。

後鳥羽はくっ、と笑った。

*

「院」

さ、どうぞと主君の盃を満たしながら、兼子が声音を改めた。

「勅撰集のほうは、平らかにお進みですの」

後鳥羽の脳裡に、資料が山をなした編纂室で四苦八苦している撰者たちが浮かんだ。

「ああ、盛大にやりよる。歌にかけては曲者《くせもの》ばかりで、みな一家言《いっかげん》も二家言もあるからの。毎日侃々諤々《かんかんがくがく》じゃ」

あら、と、兼子が返す。

「いちばんの曲者は七人目の撰者様じゃありませんの」

まあ、そうだ。凝りに凝って駄々をこね、思いつく限りの注文をし、しかも朝令暮改《ちょうれいぼかい》して困らせているのは自分である。しかし、単なるわがままではない。よき集を作るための熱情だ。

いまの後鳥羽にとっては、どんな遊びよりも和歌がおもしろいのである。二年前にこの世界を知り、すぐとりこになった。興は増すばかりだ。やまい膏肓《こうこう》に入った。

「それにしても、院がお歌にこれほどお熱を入れられるとは、思いもしませんでしたわ」

兼子にとっても、意外であった。

もともと後鳥羽には、内大臣の通親が和歌のたしなみを勧めた。しかし、通親が是《ぜ》としていたのは古典的な六条派の歌風だったから、若いみそらにはただ古臭いものとしか映らなかった。歌などどれも同じじゃと思った。

そこへ、たまたま兼子が九条家で行われた歌合の記録を持ってきた。兼子自身は歌にはさしたる関心もない。けれども、はやりものにはたれよりも敏感なのだ。

後鳥羽はなにげなく乳母の土産を手に取り、これは……と、刮目《かつもく》した。

新鮮奇抜な表現。裏の裏を尽くした隠喩《いんゆ》。凝りに凝った技巧。俊成、定家、慈円、良経、寂蓮、家隆。それぞれ個性的だった。歌などどれも同じ——、ではなかった。

なかでも定家が際立っていた。ひとしきり見入った。なんじゃこいつは。なんじゃこの一人よがりは。なんじゃこの小難しさは。腕組みして首をひねった。三度読み直さねば意味がとれぬ。耳触りもあんまりよくない。しかし独創的である。こってりと濃密な物語絵巻に見入っている心地になる。一挙に興味がふくらんだ。なるほど、これは捨てたものではない。おのれも詠ってみたくなった。

やるとなったら本格的にやらねば気がすまない。この者たちと互角に戦えるくらいにはなってやる。

持ち前の負けん気に火がついた。

「で――」

定家の選歌に見入っていた兼子が、ふくよかな頰を上げた。

「定家の少将、いえ中将は少しはお上手におなりあそばして？　お歌じゃなくて、いろいろとおつきあいのほう」

つい先ごろの除目《じもく》で、定家は左近衛権少将から権中将に昇進したのである。

後鳥羽は即座にひとこと返した。

「なるものか」

ほほ、と高い笑い声があがった。

「院も罪作りな。不器用なお人をさんざんからかって」

定家という男は歌人としては随一だが、それ以外のことはどこかへ置き忘れたようなところがある。

貴族たるもの社交も仕事のうちなのに、まるで遊びが下手くそだ。ときどきわざと意地悪してやるのだが、目を白黒させて四苦八苦しているさまには、笑いを通り越して涙すら出る。

そのくせ昇進願望が強く、暇さえあれば摂関だの女院だののところへ詣でている。兼子のところにもしばしば嘆願を入れてくるが、そのやりようがまたうまくない。もうちとけなげに可愛らしうすればよいものを、気位が高いのか、妙にしゃくに障る態度を取る。

そもそも歌を詠むことは余技であり、職能ではない。むろん貴族にとって歌は必須のたしなみであるから、師として尊重するし仰ぎもする。重用《ちょうよう》もしてやろう。だが官位とは切り離して考えねばならない。わが邦の歴史の中で歌道によって立身出世を遂げた例はない。そのあたりのけじめは肝要だ。

また、この男は完全主義のくせに妙に隙《すき》があり、ときにとんでもない失敗をやらかす。

昨年、熊《くま》野《の》詣《もうで》に随行させたときなどは、旅路の先導を命じたのに足弱《あしよわ》で疲れ果て、大寝坊して一行から取り残された。まぬけである。

「濡れたとか冷えたとかいうて、ずるずるの洟水《はなみず》を垂らしておった」

「ま、いやだ」

ともに吹き出した。

ひとしきり笑ったあと、兼子はふたたび冊子に見入った。

「と——、悪口を言いはしましたけれど、やっぱり定家殿のお歌はおもしろうありますな」

「ああ」

ほんとである。

後鳥羽は兼子の膝の上に頭を置き、大の字になった。

兼子はあるじの鬢《びん》のほつれを撫でつけながら、ようまあ……、とつぶやいた。

「いったいどこをどう押せば、あの不粋なお方からこんな艶っぽい歌が湧いて出るのでありましょう。よっぽど想像の力が逞《たくま》しいのね」

赤い唇で一首読みあげた。


春の夜の夢の浮橋《うきはし》とだえして　峰にわかるる横雲《よこぐも》の空

「『源氏物語』ですわね。うるわしいこと。まるで絵のよう」

後鳥羽が膝から乳母を見上げた。

「目が高いな、おんば。それやあやつの歌のうちでも、もっともすぐれた一首であるわ」

「さようですか」

乳母の白い顎の肉がうっとりと二重三重になった。

そして、あら、と隣の一首に首をかしげた。

霞《かすみ》立《た》つ末《すゑ》の松山《まつやま》ほのぼのと　波にはなるる横雲の空

「こちらは壬生殿の？　よう似ておりますこと」

「壬生のが元歌だ。よい歌だから定家が引いたのだ」

「真似ではありませんの」

「真似とはいわず、心を重ねるとかいうのだ。当世の作歌の神髄は本歌取《ほんかど》りにあるからの。壬生の歌にしてからが、すでに十やそこらの古歌を下敷きにしておる」

兼子はなるほど、とうなずいた。

「壬生殿のお歌は、流れるような耳触り」

なかなかわかっておる、と、後鳥羽は感心した。定家の歌は目を凝らして見入る歌。家隆の歌は目を閉じて耳を澄ます歌。

「壬生はほんのかすかな風の音をも聴き分ける。かの西行法師にも激賞されておる」

その端正な白い顔が、また脳裡をかすめた。共寝したときのひそやかな気配を思い出した。

兼子から冊子を奪い、はらはら、とめくった。もう一首、詠みあげた。


世の中を思ひつづけてみるときは　散るこそ花の盛りなりけれ

西行の歌に少し似ている。

もう一首。


あはれなる花と春との契《ちぎり》かな　逢ひ見ることもかへる別れも

「それも壬生殿の？」

「ああ」

定家と違って家隆にはがむしゃらなところがまるでない。こういう間柄になったら求めるものもあるだろうに、望みを聞いてもなにも言わず、いつも静かにほほえんでいる。

落花のころの夜に召したことがあった。どこからか花びらが紛れ込み、ふわりふわりと寝所の宙を舞っていた。それを見て、私もただに咲いて、ただに散るのが望みでございます、と言っていたっけ。

「院？」

兼子が覗き込んでいる。

「壬生はこの歌のような男だ」

そう。桜のような男。

後鳥羽はそれ以上言わず、手先で盃を探った。

「壬生殿は女官たちにも人気ですわ。なにしろあれほどの男ぶり」

「おい」

即座に乳母をさえぎった。

「壬生を狙うな」

「あら、恐いお顔」

兼子がきゅっと首を縮めた。以心伝心《いしんでんしん》のように互いにちら、ちら、と意味深長《いみしんちょう》なまなこを交ぜあった。

それから後鳥羽はしばし、天の一点をにらんだ。

「おんばよ」

と、呼びかけた。

「はい」

「そなたは先ほど、朕が歌に入れ込むのが不思議と言うたよな」

鷹の目に急に冷徹《れいてつ》な光が宿った。

「申しあげました」

「それは、和歌というものは一千年続いてきたわれら貴族の心そのものだからだ。文句垂れの定家がいつもかく熱弁をふるいおるが、それは正しい。歌詠むことは連綿たるわれら京の誇りを受け継いでいくための方途《すべ》なのだ」

兼子の糸のような双眸が、思案を含んで細まった。

「なるほど」

「これだけは、ぽっと出の東《あずま》の田舎者にはけっして真似できぬ。ゆえにこそ、きゃつらは歌道に限りない憧れを感じるであろう。これから先、和歌はむしろ重要になると朕はにらんでおる」

「そうかもしれませぬなあ」

赤い唇がにこ、とした。

兼子は提に手を伸ばし、空であることに気づくと、あるじの頭を膝からそっとはずした。

「たれかある」と、女官を求めて立ちあがった。

四

濛々《もうもう》たる湿気がたちこめている。

苔《こけ》と藻《も》と黴《かび》の入り混じった水辺のにおいがする。

目に見えない縄のようなものに四肢を縛りつけられていて、定家は身動きが取れない。あたりはまっ暗だ。

ここはどこだ。森の中か？　地の底か？　いや、海の底か。

やがて目の先にぼうっと一点の灯りが見えた。なんだ？　目を凝らした。四角い形の妙なる寝所だ。ああ、院の御帳台か。さらに目を凝らすと、二つの人影がある。見てはならぬものを見てしまいそうな、いやな予感がする。

「壬生」

と声が聞こえた。

「殊勝《しゅしょう》なり。褒美を与える」

影の一つがゆらりと動き、肩から衣がすべり落ちた。もう一つの影が低く頽《くずお》れ、対手の腰のあたりに寄り添った。ああ、いかぬ、これ以上は駄目だ、と目を覆おうとしたとき、二つの人影がからみあったまま揃ってこちらを振り向いた。

あっ、と身をすくめ——、目が覚めた。

脇息から身を起こし、定家はひたいの汗をぬぐった。

水無瀬の離宮の控えの間だった。

一つ、深く嘆息した。

几帳をよけてあたりを窺った。たれもいない。昨日まで降りつづいた大雨のため、みな山際の別殿に避難しているのだ。

元久《げんきゅう》二年（一二〇五）。近年にない荒れ模様の五月。

蔀の向こうの空を望んだ。まだ昼下がりなのに夕方のように薄暗い。雨はあがっているが、不穏な色だ。絞ればしずくが垂れそうなくらいじっとりと湿気をはらんでいる。夢の中で嗅いだのと同じ、苔と藻と黴のにおいがする。

数日来、院がここに滞在していることは知っていたが、荒天続きだからよもや呼ばれることはあるまいと油断していた。そしたら今朝早く、早馬に叩き起こされた。

田舎の道はぬかるみになっていようし、増水した川も恐ろしい。できることなら断りたかった。だが、使者はたってのお召しゆえぜひ、と譲らない。御用を聞いたら、新詠ができたので見てほしいという。院お気に入りの家隆はいま物忌《ものい》みで引きこもっている。感想を聞く相手がいなくて苛立っているのかもしれない。

ここしばらく、定家は院に対して拗《す》ねた態度を取ってきた。例の勅撰和歌集のことで揉めたのだ。

編纂開始からはや四年。五人の撰者はなにごとも主君の御意《ぎょい》に従って作業を進めてきた。なのに、主君はどんなに丹精《たんせい》してまとめても満足してくれず、提出した端からとっかえひっかえして崩してしまう。これではきりがないと異議を申し立てたら逆に癇癪《かんしゃく》を起こし、ならばこれにて終了じゃと竟宴《きょうえん》（完成の宴）をもよおした。

竟宴などとんでもない。切り継ぎはまだまだ中途だし、序文すらできていないのに。

定家も意地になり、宴も不参加を決め込んだ。この三月のことである。その後ふた月たつが、顔を合わせるたびに気まずい。しかしいつまでも不貞腐《ふてくさ》れているわけにいかぬからなにか関係修復の手を、と探りはじめたところに、このお召しがかかった。ゆえに、よい機《しお》と覚悟を決めて、悪路を押してきたのである。ところが、到着したら宮は浸水してもぬけの殻で、院もどこへ出かけたのか姿がない。こちらでお待ちくださいと留守居にこの間へ導かれ、一休みしているうちにうたた寝してしまったのだ。

のどに伝う汗をぬぐいながら、いやな夢を見た、と思った。

水無瀬へ来るたびに、この夢を見る。

指折り数えた。三年前だ。院が妙な趣向を思いつき、この宮の釣殿で歌札取りの大勝負をさせられた。そして、愛する家隆を奪われた——。

はた、はた、とかろい足音がして、

「定家の中将様」

と呼ばれた。愛らしい童がちょこんと膝をついている。

「院がお戻りでございます。釣殿へおいでくださいとのことであります」

「さようか」

烏帽子をつけ直し、立ちあがった。

つややかに揺れる童の髪を見ながら廊を歩んだ。宮殿はすべて厚い靄《もや》の中で、目指す釣殿も判然としない。

常は色あざやかな池庭もいちめん薄墨色《うすずみいろ》で、仙境《せんきょう》に入ったようである。水面《みなも》とのあわいも定かでなく、ただ濛々《もうもう》たる曇りの下から波の音だけがする。ぎい、ぎい、と、板がきしむ。ときおり、ぼおん、どおん、とぼやけた梵鐘《ぼんしょう》のような音もする。

して、院は――、と周囲を見渡した。この靄のうちの、はて、いずこに。

「あれに」

童がひざまずき、斜め左先のほうを袖先で示した。

「お待ちでございます、どうぞ」

一陣の風が吹き、釣殿の先端のあたりの靄が割れた。その切れ間から、船溜まりに浮かんでいる御座船が見えた。常の二倍ほども増水しているらしく、驚くほど高い位置に揺れている。梵鐘めいた音は、船縁《ふなべり》が釣殿の脇に当たるたびに立つ音だった。

なんと、院は船で出かけておられたか。こんな天気の中をようお遊びになること。なかばあきれつつ歩み寄ると、年老いた船頭が置物のように甲板《かんぱん》につくばっている。その後ろで物見の窓がすう、と開いた。

主君の声がした。

「中将定家」

はっ、とこうべを垂れた。

「参れ」

船頭の皺めいた手につかまり、揺らめく船に移った。院が船頭に向かって、もうよい退がれと合図する。

こけぬように注意しながら室内へ足を踏み入れ、定家は意外の感に打たれた。中には主君一人だった。白拍子の一人二人は伴っているのだろうと思い込んでいたので、どぎまぎした。

主君は脇息にもたれ、こちらを流し見た。

「よう来た」

手元にあるのは料紙と硯のみで、酒の気配もない。

切燈台《きりとうだい》に照らされ、もともと彫りの深い顔立ちがなお陰翳《いんえい》深く見えた。おなじみの衣の菊花の紋様が、ほの灯りの中でにおうように咲いている。

叩頭《こうとう》して口上を述べようとしたら、さっさと本題が始まった。

「十日ほどのちに五辻殿《いつつじどの》で詩歌合《しいかあわせ》をやる。摂政（九条良経）の企画での。朕は親経《ちかつね》と結番《けちばん》されておる。朕は幼きころ悪たれで親経にはずいぶん迷惑をかけたから、償《つぐな》いのためにもよい歌を出さねばならぬ」

藤原親経は文章博士《もんじょうはかせ》で、かつて院の侍読《じとう》をつとめていた。漢詩の名人である。詩歌合とは漢詩と和歌を組にして同じ題を詠わせ、勝ち負けを競うものである。

「で、水無瀬でせいぜい作歌に励もうとやってきたら、この雨じゃ。高台の小間《こま》に押し込められて、芋の子を洗うようで五月蠅《うるそ》うてたまらぬ。我慢ならず逃げ出してきた」

「さようでございましたか」

「これも持ってきた」

ひょいとからだをひねり、かたわらの床から文箱を取りあげた。蓋を開け、中身をつかみ出した。

定家はあっと思った。例の歌札だった。さっきの夢を思い出した。

「世話になっておる。和歌道の練達《れんたつ》は古歌に学ぶに限るでの」

ニッと笑った。

嫌味を言われたのではないらしい。

「つまらぬものをご活用いただき、幸甚《こうじん》に存じます」

主君は軽くうなずき、「そなたを呼んだのは――」と、声音を改めた。

「できた歌を見てもらいたいと思うたからだ。荒天の中だが、是非にも来てもらわねばならなんだ」

自信があるようだ。黒目が強い輝きを放っている。

「かしこまりました」

「これじゃ」

手元の料紙の中から一枚引いて、差し出された。

定家は二膝ほどにじり寄り、失礼いたします、と受け取った。続いて燈明に近づき、文字を照らした。大ぶりで肉厚な墨蹟《て》である。

思わずほう――、と見入った。

見渡せば山もとかすむ水無瀬川　夕べは秋となに思ひけむ

よい歌である。

「お題はなんでございまするか」

「水郷《すいきょう》の春望《しゅんぼう》だ」

水郷の、春望……。定家は口の中でゆっくりと味わった。

下敷きとなっているのは、言わずと知れた『枕草子《まくらのそうし》』である。清少納言《せいしょうなごん》は「春はあけぼの、秋は夕暮れ」と言った。しかし、この茫洋《ぼうよう》たる水郷の夕べの春霞《はるがすみ》を見よ。春の夕暮れのほうが、ずっとよいではないか――。

伝統的な美意識に物申す歌を、この院はしばしば好んで詠う。だが、いままではどこかちぐはぐだった。しかしこれは素晴らしい。古い言葉と新しい心がしっくりと響きあって違和がない。

なるほど……、ともう一度思ったとき、歌の文字がとつぜん黄金色に輝いた。

ハッとして顔を上げると、小窓の隙間からまばゆい光が差し込んでいる。

「晴れたな」

院が立ちあがり、表へ進み出た。定家はあとに従い、思わず凝然《ぎょうぜん》と立ち尽くした。

先ほどまで天を重く覆っていた雲の一部が横一文字に裂け、まばゆい光が降り注いでいた。

雲の色は薄墨から夕焼けの茜《あかね》、朱色《しゅいろ》、朱鷺色《ときいろ》、桃色《ももいろ》と、息を呑むほど美しい横段の諧調《かいちょう》を描き、その空の下に、同じようになだらかな線を描いて低い峰が寝そべっている。さらにその下に、青紫の池庭がある。水無瀬川の流れを引き込んだ水面は常よりずっと高く、ひたひたと大海のように満ちている。なにかこの世の終わりのような、始まりのような、あでやかにして荘厳《そうごん》な景である。

「美しゅう……ございまするな」

　思わず知らず、声が漏れた。

「いま伺《うかご》うたお歌そのもの。季節は違いますれど、要《かなめ》の心はまさにここに」

　主君が振り返り、同意の顔をした。

　定家は言葉を続けた。

「僭越《せんえつ》ではございまするが、この定家めが拝見した御製のうちで、もっともすぐれたお歌かと存じまする。なんと言いましょうか、山の高なりから国土を見渡す王者の風格のようなものを感じます。院はもとより才豊かであられますが、いよいよお達者になられました。恐れず私見を申しあげるならば、院にはぜひともこのおもむきをご自身の風《ふう》として、研鑽《けんさん》してゆかれることを願います」

　とうとうと評した。世辞ではなく、心から賞讃した。

「そうか、この風がよいか」

「はい」

　うやうやしく一礼した。

「そなたが言うなら、かく励むことにしよう」

　急にあたりの空気がぬくもった。関係の修復に来たことなど忘れ去り、おのずと素直な笑みになった。

「じつのところ――」

後鳥羽は大股に船縁に進み、ゆらりと身を持たせかけた。

「わが愛する水無瀬であるが、これまでなかなかうまく詠うことができなんだ。思いが強すぎて空まわりして、かえって言い当てることができなかったのかもしれぬ。それに、そなたの歌がある」

――われの歌？

なんであろう。

「夢の浮橋の歌だ」


春の夜の夢の浮橋とだえして　峰にわかるる横雲の空

主君は朗々と唱え、彼方を仰いだ。

「あれを見よ。あの雲と、峰と、木々と、土と、川と、水と。空の低いところに横の裾《すそ》模様《もよう》が幾重《いくえ》にも描かれる。あの景を見るたびに、そなたの歌が心に浮かんだ。それにとらわれすぎて、おのれらしい歌を詠えぬでいた。

しかし、多少満足のいく詠がようやっとできた。だから、たれよりもまずそなたに見てもらわねばならなんだ」

感激した。覚えずひざまずいた。

「もったいのうございます」

ぴーん、よろよろ、と空を一文字に切って鳶が飛んでいく。

しばし沈黙が流れた。

氷の亀裂《きれつ》のようだった雲の切れ間はいつしか大きく広がり、夕映えの空があきらかに覗いている。靄がかっていた山裾も晴れ、緑の色が濃くなった。

主君は、ああうるわしい、と景色に目を当てながらつぶやいた。

「水無瀬は、わが王朝にとって特別な場所である」

――わが王朝にとって？

急に話のおもむきが変わった気がした。

「そなたは朕がなぜにこの地を愛するか知っておるか」

問われているが、答えを求められているのではないようだった。定家は主君の横顔を見つめながら、黙って続きの言葉を待った。

「この水無瀬から交野《かたの》にかけては、平安京を開かれた桓武《かんむ》の帝が野を駆け、山を駆け、川を渡り、狩猟をお楽しみなさった土地である。かの帝はこの美しい水郷を第二の住まいとして愛された。すなわちここはこの国の帝王が遊び、羽を休める大地である。朕はわが平安王朝を誇りに思うている。ゆえにこそ桓武の帝が親わしい。そして、そのまたさらなる根源として、天智《てんじ》の帝をことのほか尊く念じている。この王朝の御祖《みおや》たるおん方だ」

夕映えの空を映して、主君の瞳が紅く染まっている。と――、見る間にその紅さに峻烈《しゅんれつ》さが増し、鷹のまなこに変容した。

「ここは帝王の地だ」

また言った。

「そなたは先ほど朕の歌を、山の高なりから国土を見渡す王者の風格と言うたな。まさにそれだ。朕は帝王になりたい。山の高なりからわが大八洲《おおやしま》を睥睨《へいげい》したい。朕はこの水無瀬の地で、そればかりを念願してきた。

この敷島のやまとの王は、天から降《ふ》り下《くだ》った神の子の子孫である。唯一無二の存在である。この国に帝王はただ一人である。それが道理である。この国の頂《いただき》はただ一つであらねばならぬ。ゆえにこそ――」

唇をぎりり、と噛んだ。

「東《あずま》のやつらが邪魔だ」

矢でも射るように、鋭いせりふが放たれた。

――えっ？

ゾッとした。話がおかしな方向に――、と震えた瞬間、稲妻《いなずま》に似た閃光《せんこう》が乱麻《らんま》を断つごとく宙を奔《はし》った。定家はあっ、とのけぞり、尻餅をついた。目を開けたときには、主君はどこへしのばせていたのか、一振りの懐剣《かいけん》をギラギラの横一文字に構えていた。

「なっ……」

なにごとでござりまするか、と言いたかったが、のどがからからで声が出ない。

「水底の兄も邪魔だ」

支離滅裂である。

さらに刃《やいば》が一閃《いっせん》した。

「あわ……、あわわ……」

凶暴な帝王は、腰を抜かした痩せ歌人を見て、不敵にニッとした。

そして、一、二歩すさると舷《ふなばた》に腰を掛け、両手を大きく広げた。夕陽の中に水干の袖が逆光となり、翼を広げた鳥になった。ぴーん、よろよろ、と、鳶の鳴き声を合図に、白刃が鋭い光を放って水中に落ちた。

続いて翼を広げた鳥も後ろに倒れ、ばっさん、と激しい水しぶきがあがった。

船が大きく傾《かし》いだ。

——院！

定家は息も止まる思いで駆け寄り、舷にすがって水面を覗いた。碧《みどり》の水の表に、傘を広げたような紋が揺れているのみである。人の姿はない。そんな、まさか、と身を乗り出して探しはじめたら、突如として鯱《しゃち》のような魚の背びれが跳ねた。キャッ、と悲鳴をあげるいとまもなく水の中へ引きずり込まれた。

衣が重く身にまとわり、身動きがとれない。もがけばもがくほど口から水が入り、逆にごぼ、ごぼ、と、泡が噴き出す。岩のような重みに押しつぶされる。ああ、これはなんのバチじゃ、わが生はここで尽きるか——と、自問しつつ、昏《くら》いところへ落ちていった。

ハッと気づくと、ゆらゆらと藻が揺れ、小魚の群れが身のまわりを泳いでいる。あたりは不思議な薄明かりに満ちていて、先ほどまでの息苦しさは消えている。おや、どうしてだろう、と思いながら目を凝らすと、岩陰に光るものがある。近寄ってみると刃である。これはさっき院が落とした——と、拾おうとして、ヒッと手を引っ込めた。刀に覆いかぶさるように小さな人影が伏している。ゆらゆらと揺らめいているのは藻ではなく、人間の髪と、ボロボロに朽ちた衣裳だった。

震えあがった横合いから先ほどの大きな鯱が割り込んできて、胴をかっさらわれ、尻を押しあげられ、ごほ、ごほ、と肺腑《はいふ》をひっくり返すほどに水を吐き、気がついたら主君と二人、御座船の甲板に大の字になっていた。

*

目を開けると、空は山の端にわずかな朱色を残してすでに暮色に染まっている。水をしこたま吐いたせいでのどが痛い。耳の底が鈍く鳴る。

「定家の中将」

と、呼ばれた。

「はい」

横になったまま顔を向けると、主君は天を見上げ、胸に先ほどの懐剣を握っていた。秀でた鼻梁《びりょう》が夕闇を切り取っている。

くるり、とこちらを向いた。

「この剣は、朕がみずから鍛えた。東のやつらに勝つためには、武の力がいるからの」

——えっ。

「しかし、そのためばかりでない。朕には剣が必要なのだ。なんとなれば、兄が宝剣を抱いたまま海の底に沈んだからだ。それゆえに朕は資格を欠いたまま位についた。朕は正統の天子ではない。出来そこないの……、寸足らずの……、帝王だ」

言葉が途切れた。懐剣を胸に抱いたまま、わなわなと激しく震えている。

主君みずからが禁忌《きんき》に触れたことに定家は仰天《ぎょうてん》した。覚えず、なにをおっしゃいます、と、跳ね起きた。

「さようなことはございませぬ。院はこの国の王者でございます。たれよりもすぐれた、まれにみる器をお持ちになった、光り輝く帝王でございます。神器のことは単なるいくさのなりゆきでございます。なんら院の御身《おんみ》に瑕瑾《きず》をつけるものではございませぬ」

両のこぶしを固く握り、熱弁をふるった。なぜ自分がこんなに興奮しているのかわからなかった。

聞いているのか、いないのか、主君はさらに続ける。

「幼きころより、目をつむるたびに水底に沈んだ兄の顔が現れた。兄は胸に草薙《くさなぎ》の剣《つるぎ》を抱えて離さぬ。そして、おまえには王の座はけっして渡さぬと睨《ね》めつける。朕は兄に勝つために水練に励んだ。宝剣も造った。これを乗り越えねば朕は真の帝王になれぬ」

いつの間にかとっぷりと暮れた稜線の端に、なにかの傷痕《きずあと》のような繊月《せんげつ》が浮かんでいた。

「わかります」

言葉に力を込めた。

「わかるものか」

「わかります」

「なぜわかる」

押し問答の末、仰臥《ぎょうが》の姿勢から帝王にギロリとにらまれた。

「そなたのような輩《やから》がもっとも理解が遠いのだ。この世の悩みを一身に引き受けたような顔をして、じつはもっとも悩みがない」

無下に決めつけられた。

「そんなことはございません」

定家は一膝主君ににじり寄り、おのれの両手を両の耳の後ろに添えた。

「はばかりあって、たれにも言うておらぬことですが、この定家、耳がちと弱うございます。日々の暮らしには障《さわ》りございませんが、天然自然の音の中にはよう聴き取れぬものがございます。微細《びさい》な虫の声、川の流れ、かすかな風の音……、世の人びとがごくごく耳を澄まして愉しむものを、定家めは同じように愉しむことができませぬ。幼きころのやまいによるものですが、歌詠みとしてはたいへんな痛手でございます。一時は死にたいほど絶望いたしましたが、あきらめませんでした。耳がだめなら目がございます」

手を耳から離し、両の目を指さした。

「この定家は歌の言葉を用いて、目に見える天の下を他《ひと》より十倍うるわしう描き出してやろう。それによって歌道の極みにのぼってみせると誓ったのでございます」

興奮して頬が熱くなり、唇が震えた。

「そうか」

からん、と音がした。

「わかった」

膝元に懐剣が転がった。

「悪かった」

あっ、と思ったときには、手首をつかんで引き寄せられていた。瞬時にして、とてつもない距離が吹っ飛んだ。目と目が合った。主君の瞳の中に、おのれの顔が映っている。

「力を貸せ、定家。そなたの持つ歌の力を。東の野蛮《やばん》のやつばらに克《か》たねばならぬ。割れた頂を一つに戻さねばならぬ。一千年の時のあいだに積もり積もったわれら貴族の誇りを教えよ」

天と地とがひっくり返った。船がぐわらぐわらと揺れた。天の月が池に落ち、池の月が天にのぼった。

――待て待て、これは。

――夢か？

手首をつかまれたまま、海老《えび》のように背をのけぞらせた。

「われは定家でござりまする。家隆ではござりませぬぞ」

ぷっ、と吹き出す音が聞こえた。

「間違えるかよ」

と、言うや、主君はわが身を抱いたまま、悠然と立ちあがった。軽々と吊《つ》りあげられ、足が宙に浮いた。そのまま船室に運び込まれ、褥《しとね》に倒れ込んだ。濡れて冷えた衣が沸騰したように熱い。

息がからみあった。

「そなたと壬生は、相愛であるよな」

返す言葉がなく、袖をばたつかせた——拍子に文机に手が当たり、歌札の箱が落下した。白い札が枕辺に散らばった。

「なぜ知っている、か？」

主君はひょい、と片手を伸ばし、一枚拾った。

「壬生はいつも、そなたの話ばかり」

ぱさり、と捨て、別の一枚を拾った。

「いつぞや札取り合戦をした。あのときも——」

また、ぱさり、と捨てた。

「このとんでもない癖字。日が傾いてからは、みなまるきり読むことができなんだ。だのに、壬生だけは障りにもなっておらなんだ。よほどそなたが好きらしい。そもそもそなたらは言葉も介さず通じあっておったよな。あれを見て、すべてわかった」

がんがんと、頭の中が鳴る。

「で、壬生を召した。そなたから奪ってやろうと思うた。しかし、いま考えたら——」

ぐい、と肩を押さえ込まれた。剛腕である。逆らえない。

「そなたと壬生と、どちらからどちらを奪おうと思ったの、かな？」

——なっ……。

片手が水干の襟に伸び、紐をするり、とほどかれた。

なにがなんだかわからなくなった。

痺《しび》れたような世界の中に、唇が降ってきた。

必死にもがきながら、後ろ手に札をつかんだ。つむった目の中で白い札が繚乱《りょうらん》と舞った。

——ああ。

いつかこれと同じようなことがあったな、と思った。

四の章　はかなき鎌倉将軍

一

「ありっ、やあっ」

威勢のよい掛け声とともに袴《はかま》の裾《すそ》がひるがえり、青空に鞠《まり》が高く上がる。

ひらり、ひらり、と若鹿《わかしか》のごとく白球を蹴りあげているのは、近ごろ飛鳥井《あすかい》の号を名乗りして、いよいよ蹴鞠名人《けまりめいじん》の名をほしいままにしている雅経《まさつね》だ。

その華麗な跳躍に小柄な相方の三名《みな》――もとい元服した定家《ていか》の子為家《ためいえ》――の足が軽やかに交差する。

「やっ、おうっ」

「ありっ、おうっ」

雅経の浅葱色《あさぎいろ》の水干《すいかん》と為家の萌黄色《もえぎいろ》の水干が紅葉した木々になじんで、はっとするほど美しい。

承元《じょうげん》三年（一二〇九）九月。

京の西郊嵯峨《さが》の、のどかな昼下がり。

小倉山《おぐらやま》のふもとの定家の山荘に、和歌所の仲間が集っている。家隆《いえたか》、有家《ありいえ》、通具《みちとも》、雅経の四人である。

　気まぐれな主君に振りまわされた勅撰集――『新古今和歌集《しんこきんわかしゅう》』と名づけられた――も、すったもんだの果てにようやく落着した。連日詰所《つめしょ》に張りつき、侃々諤々《かんかんがくがく》した日々が懐かしい。さんざん揉《も》めただけに思い出も密で、終わって数カ月たったいまもなにかと寄りあってよもやま話などする。

　きざはしに腰かけて勝負を見物していた家隆が、うまいものじゃと目を細めた。

「三名はいくつになった」

　定家が答える。

「十二だ」

「こないだ生まれたばかりのような気がするがな」

　げにげに時の流れは早い。子が育ったぶんだけ親の年も増える。おのれもはや四十八だ。

「だな。そなたのところはいくつじゃ」

「上が二十二、いちばん下が十かそこらだ」

　家隆は寂蓮《じゃくれん》の娘ののちもう一人妻をめとり、隆祐《たかすけ》、家祐《いえすけ》などいくたりかの男女をもうけている。

　世の中も変わった。この五、六年のうちに御《み》子《こ》左《ひだり》家では釈阿《しゃくあ》俊成《しゅんぜい》が九十一で大往生した。主家の九条《くじょう》家では良経《よしつね》が若きみそらで逝去し、大殿の兼実《かねざね》もみまかり、良経の子の若き道家《みちいえ》が当主の座に就いた。

関東では二代目将軍頼家《よりいえ》が北条《ほうじょう》義時《よしとき》、政子《まさこ》らの謀計にかかり、弟の実朝《さねとも》が十二歳で三代目となった。

変貌する世に取り残されてはならぬ。流れに合わせて泳ぎ方を変えていかねばならぬ。考えはじめると、気持ちが急《せ》いて落ち着かなくなる。

酒盃を片手にしたまま、有家がにこ、とした。

「ほんに驚いた。定家殿のお子がかような鞠足《まりあし》とは」

そう言われても、定家はぜんぜんうれしくない。いたずらに鞠などうまいため、為家は歌にまるきり興味を示さないのだ。すでに出仕も始まり、かの定家の子はいかなる詠み手になるかと意地悪く注目されているというのに。

「なんぼ鞠が巧みでも仕方がないわ」

憮然《ぶぜん》としてつぶやくと、横合いから通具がひょい、と割り込んだ。

「こだわらいでもよろしいわ。要は院の御輿《ごきょう》にかなうことだもの。今様《いまよう》でも田楽《でんがく》でも木登りでも、かの君のお気にさえ召せば出世の途《みち》はちゃあんと開かれる。お得なほうを取られませ」

柱にもたれて味噌豆《みそまめ》をほおばりつつうそぶく。

巨星だった父大臣《おとど》通親《みちちか》が死んでから、通具も威勢《いせい》を離れて普通の人になった。かつては雑な物言いが腹立たしくてなにかと喧嘩《けんか》になったものだが、いまはむしろおもしろい。

その言葉のとおり、わが子は鞠のおかげで後鳥羽院《ごとばいん》に気に入られ、ここのところ「為家、為家」と、お声がかかり頻々《ひんぴん》なのである。無下にやめよとも言えない。

「まあ、さようじゃな」

しぶしぶ相槌《あいづち》を打ったとき、ひときわ派手に土煙《つちけむり》が立ち、為家がぎりぎり難儀《なんぎ》な体勢で鞠を蹴りあげた。白球は彼方へ流れ、垣を越えて飛んでいく——と思いきや、雅経がタタタと奔《はし》り、前方に両手を突いたとみるやクルリと一回転して、天高く上がった鴨沓《かもぐつ》の先でみごとに行く手を阻んだ。

一瞬の早業にみな腰を浮かし、息を呑《の》んだ次の瞬間には、すでにぴたりと着地している。ワッと喝采《かっさい》が起こる。雅経はさわやかに笑うと、かたわらの為家にちと休もうぞと合図した。

定家は凱旋《がいせん》した仲間を隣席に招じ入れ、わが子には、「おまえはちと勉学せよ」と、追い払った。為家はぷっと頰をふくらませ、しかし素直に一礼して踵《きびす》を返した。拗《す》ねた顔もなかなかかわゆい。さいわいなことに母親似である。

定家はその背を見送ったのち、縁《えん》の端に控えている小女の鶴《つる》に向かって空の酒器を示した。気働きがよいので気に入って、ここ数年傍《そば》に置いている。二年前に子も一人生んだ。

あるじの合図に応え、あたりをすばやく整えて退《ひ》いていく。

「しかし、ここはよいところだなあ」

着座した雅経が首元に扇の風を送りながら、しみじみとつぶやく。

うむ、と定家は運ばれてきた酒をついでやる。

「茅屋《ぼうおく》だが、市中のようにせせこましゅうないのが取り柄だわ」

年のせいか、さいきん頭痛がしたり、歯が痛かったり、咳《せき》が止まらなかったり、不調が多い。ここへ逃げてくる回数も増えた。

いま定家は冷泉《れいぜい》の住まいを本拠としているが、治安が悪く頻繁に物騒なことが起こる。比して嵯峨はゆったりしている。ここにいると胸の空気が清々《すがすが》と入れ替わる気がする。

　後背が小倉山に連なっているため、雨が降ると水が出て困るが、それ以外にはとくだん不満はない。高台だから眺めもよく、稲田やら竹林やら、村人ののどかな営みに疲れたまなこが癒《いや》される。

　雅経が前方をちら、と指さした。

「あれが、平家《へいけ》の奥方の塚でありますか」

　正面を錦《にしき》に染めている楓《かえで》の下に、苔《こけ》むした石塔がある。

「いかにも」

　この一帯はかつて平宗盛《たいらのむねもり》の別邸だったのである。手に入れたときにはすでに茫々《ぼうぼう》の荒れ地だったが、よく見ると凝った庭石や珍しい植物が交じっている。これが存外のよろこびだった。

定家は庭いじりがひそかな趣味なのだ。

　従者らに立ち交じってよい木を選抜し、前栽《せんざい》の下草を抜いたり植えたりしてようやく好みの庭に仕上げた。市中の狭い家ではこういう楽しみは望めない。

　家隆が脇からちゃかす。

「見渡せば花も紅葉《もみぢ》もなかりけり――、なあんて歌ではすに構えておるけれど、実物の定家殿は草木を愛するやさしき男だ」

　秋もよいが、春の彩りにも意を砕いている。もともと姿のよい桜が二本あったので、これを生かして池を穿《うが》ち、華やかさを引き立てるため両脇に柳を植えた。方々を探して北山《きたやま》でようやく見つけた二株だ。

「柳桜をこきまぜて――、か」

雅経がにこりとした。

「素性法師《そせいほうし》の詠じゃな。いまから春が待ち遠しい」

有家が目を閉じて天を仰いだ。

＊

焼《や》き蛸《たこ》だの栢《かや》の実だの、運ばれてくる酒肴《しゅこう》を次々にたいらげていた通具が、やや頓狂《とんきょう》に「そうじゃ、かんじんなこと」

と、大きな声を出した。

「こんにちは将軍家の歌を拝見しとうてやってきたのだった」

「おお、それだ」

と、有家が声を合わせる。

「定家殿執筆の歌論書のほうも、ぜひ」

ふた月前、「ご高評を乞う」といって、将軍実朝《さねとも》から三十首の和歌がわが手元に届いたのである。さっそく合点《がってん》に取りかかり、あわせて、「歌はいかに詠むべきか」との問いに応え、指南書を縷々《るる》とつづった。すでに返書したから、いまごろ実朝の目にも入っているはずだ。

ではお見せするか、と鶴に写しを取りにいかせる。

「将軍家のお歌はどうです」

有家が興味しんしんの顔で問う。

「先代と違《ちご》うて、文人肌と聞くけれど」

通具も乗り出してくる。

三代目の座に就いたとき十二だった実朝も、はや十八である。兄の頼家《よりいえ》は鉄火のような猪《いのしし》武者《むしゃ》だったが、実朝は刀槍《とうそう》には目もくれず、ひたすらみやびな都の文物に熱をあげている。だが、好みこそ柔弱《にゅうじゃく》ながら、頭脳は兄より優れているというのがもっぱらの噂《うわさ》だ。

「想像するより、はるかに高い力量をお持ちとお見受けした」

定家はやや溜《た》めをもたせていらえを返した。

ほう……、と軽いどよめきが起こる。

お主《しゅう》様、と求めのものを持ちきたった鶴の手元に、いっせいにみなのまなこが注がれた。

・

定家が実朝と初めて接触を持ったのは、四年前だった。

例の『新古今和歌集』の竟宴《きょうえん》が行われたのち、在鎌倉の門弟である内藤知親《ないとうともちか》が、あるじがぜひにと所望《しょもう》しているので歌集の写しを作らせていただきたい、と申し入れてきたのだ。

関東の将軍家が歌に興味を持っている？

ギョッとした。

その直前にわが身に起こったできごとがよみがえった。水無瀬《みなせ》の御座船《ござぶね》での、主君との異様な情事。ねじ伏せられた耳元にささやかれた、燃ゆるような言葉。

——力を貸せ、定家。そなたの持つ歌の力を。

——東《あずま》の野蛮《やばん》のやつばらに克《か》たねばならぬ。

——千年の時のあいだに積もり積もったわれら貴族の誇りを教えよ。

まるでこのことを予見していたかのようではないか。

急ぎ仙洞《せんとう》に参じ、報告した。

「ほう、三代目が網にかかったか」

猛禽《もうきん》の目が、炯々《けいけい》と光った。

「わかっておろうな、中将定家」

まなじりが不敵に細められた。

「そなたも言うたように、歌道はわれらが王朝の心そのものだ。そうして、求める者を果てしなくのめり込ませる力を持っている。そなたはかの将軍の師として、ねんごろに指導せよ。引きずり込むのだ、歌の沼へ」

「かしこまってございます」

平伏《ひれふ》した。

知親にはできる限り懇切に対応し、あれこれの便宜《べんぎ》をはかった。知親は二カ月以上かけて写しを作り、感謝感激のおももちで関東へ戻っていった。

それ以後鎌倉とは折々に書のやりとりをし、激励《げきれい》を続けた。知親も上京の際には必ず立ち寄り、主君の消息を伝えた。様子を訊《き》くと、来る日も来る日も目を皿のようにして勅撰集の写しに読み耽《ふけ》っているとのことだった。

そして四年後のいま、東のその青年将軍はいよいよみずから歌詠む人となって、評価を求めてきたのである。

なかば恐いもの見たさの心地で届いた書状をひもとき、定家は少なからぬ衝撃を受けた。八割は素人《しろうと》まるだしの模倣《もほう》歌だった。詠歌のいろはも踏まえぬ、眉をひそめるようなものも多かった。しかし残りの二割は瞠目《どうもく》すべき個性にあふれていた。何万の歌に通暁《つうぎょう》しているおのれにして、本歌がわからない。それでいて底浅くない。つまり、実朝自身の内側からこんこんと湧いて出る才と考えるよりほかなかった。

これは——と、見入った。要するに斬新《ざんしん》だった。

「大らかで、平明《へいめい》で、ひねくれがない。同時に芯《しん》があって、骨太である。そんな歌です」

「ほう……」

四人のまなこが熱を帯びていっせいに光る。

定家は目印のためにしおりを挟んでおいた箇所を、いくつか読みあげた。

　ものいはぬ四方《よも》の獣《けだもの》すらだにも　あはれなるかなや親の子を思ふ

　大海《おほうみ》の磯《いそ》もとどろに寄する波　われて砕《くだ》けて裂《さ》けて散《ち》るかも

「なるほど」

「独特でありますな」

「まったく当世風ではない。だが、よい」

「東ぶりの実情歌とでも言おうか」

口々に言葉を選んで評しあう。

鎌倉は南を海原に接した雄渾《ゆうこん》な土地だという。そのゆえか、海人《あま》の歌が多い。

定家はさらに綴本《とじほん》の頁をめくり、もう一首読みあげた。

「だが、こんなのも詠う」


世の中は常にもがもななぎさ漕《こ》ぐ　海人の小舟《をぶね》の綱手《つなで》かなしも

急にしん、とした。

果てしないわたの原に小舟が一艘《いっそう》、あやうい木の葉のように揺れている。

家隆がぽつりと言った。

「このおん方は、よほど孤独なのだろうな」

雅経が「ようおわかり」と引き取った。みなが雅経を見た。五人のうちで雅経だけが実朝本人を知っているのだ。

雅経は十代のとき、父親が源　義経《みなもとのよしつね》にかかわる咎《とが》で伊豆《いず》へ流され、自身も連座して鎌倉で十年を過ごした。その折頼朝《よりとも》に厚遇され、蹴鞠の師として頼家や実朝と親しく接した。のちに許されて帰京したが、宿老の大江広元《おおえのひろもと》の娘を妻にめとったこともあって、いまもかの地と往来があるのである。

「鎌倉というはなかなかに恐ろしきところです。とかく殺伐《さつばつ》で、調和という言葉を知らぬ。邪魔者は即あやめる、揉めごとは即潰《つぶ》す。将軍家も心許せぬでありましょう」

鎌倉ではたったこの十年のあいだに、北条氏の謀略によってがらりと勢力地図が塗り替えられた。創業者頼朝を支えた功労者のうち、梶原《かじわら》が消え、比企《ひき》が消え、畠山《はたけやま》が消えた。北条の身内でも頼家が消え、時政《ときまさ》が消えた。いま気づいてみれば、ほぼ北条義時と政子の独裁状態である。彼らは実朝の実の母と叔父《おじ》だが、身を守ってくれるふところではないのだろう。

「さようだな」

夕焼けに染まった海原で、一人ぼっちの舟人が舵《かじ》を取っている。常にもがもな、常にもがもな……、平らかであってくれ。

寂しさが胸に沁《し》む。

「定家殿」

有家が控えめに手元を覗《のぞ》き込んだ。

「して、貴兄執筆の指南書のほうではなにを？」

定家はいやいや、と袖を振って謙遜《けんそん》した。

「常から言うておることを、もいちど繰り返しただけじゃ」

「詞《ことば》は古きを慕い、心は新しきを求めよ、か」

家隆が脇から合の手を入れる。

「さよう」

有家は出し惜しみする筆者に向かって、「まあよい、あとでじっくり読ませていただこう」

と、にっこりした。

じつのところ、定家はいままで数えきれぬほど弟子の指導に当たってきたが、これほど勝手のわからぬ相手は初めてなのである。端倪《たんげい》すべからざる才だと思う。理解力もすばらしい。しかし、通常とはぜんぜん手ごたえが違う。

指南書の中では懇切《こんせつ》に歌道作法を説き、秀歌の例も挙げ、言葉も尽くした。しかし、果たしてそれがどこまで有効なのか疑問である。

「かのお方は礼儀正しく、性《しょう》素直で、謙虚《けんきょ》でもあられる。しかしながら最初っから自分の世界のようなものが堅固にできておって、妙に攻めあぐねるのです。さすれば歌道の大概《たいがい》だけしっかり呑み込んでいただいて、その他の細かなことは自由としたほうが伸びるかもしれぬ——と、思うたりする」

雅経が「げにげに」と同意した。

「将軍家は幼少のころよりお弱くあられたが、なにごともやるとなったら寝食を忘れて打ち込んでしまわれる。蹴鞠も最初は女子《めのこ》のお遊戯よろしく兄君にさんざん邪魔《じゃま》者扱いされておったのに、がむしゃらに習練を重ねて、しまいには兄君が音をあげるまでになった。お歌の道でもそうかもしれませぬ。こうと決めたらなりふり構わぬ頑固者《がんこもの》であられるゆえ」

たしかにそんな感じがする。

御家人の中には主君の軟弱《なんじゃく》な京好みを非難する声が囂々《ごうごう》とあがっていると聞く。それを意にも介さぬという時点で、すでによほどの強者《つわもの》である。

それはよいことなのか悪いことなのかにわかに判断できず、定家はなんとなくため息をついた。

*

実朝の和歌をつらつらと眺めていた雅経が、

「そういえば――」

と、かろく手を打った。

興が乗ると大きなまなこがよく動く。

「数カ月前、舅《しゅうと》に用あって久方ぶりに鎌倉へ詣でたのですが、そのときちと妙なことがあり申した」

舅とは、大江広元である。

定家は鶴に合図して雅経に酒を勧めさせる。いける口の雅経は勧められるだけいくらでも盃《さかずき》を受ける。

「将軍家の御前に参じて、ちと雑談をしたのです。そしたら院の話題ばかりお出しになる。院はお元気であろうか、なんぞご不自由はなかろうか。最初はうわべのお上手《じょうず》かと思うたのですが、それにしては真心がこもっておる。将軍家は正直なお方だ。うそ偽りなく院を敬《うやも》うておられるらしい。ふんふんと聞いておったら、話がどんどんと進んで、天孫《てんそん》の神話だの、すめらみことの祖先だのに及んでいく。数年前にお会いしたときにはそんなことはなかったのに、なにごとかありけんと驚いたのです。で、ふと気づいたら、将軍家の脇に側近がぴたりと控えておる。将軍家の言に合わせて相槌を打ったり、将軍家が言いよどんだら助太刀《すけだち》したりもする。そうとう親密な感じが見えました。

　年のころは三十すぎか、四十くらいであろうか、色白でなよやかな美男子だ。そうして、異国の玻璃《はり》のような淡い色の瞳をしておる。目が合《お》うたら、なにやら吸い込まれそうになりました。

　それからしばしあって身どもは退出したのですが、あとで舅に尋ねたら、将軍家の院びいきは侍読《じとう》の影響かもしれぬと言う。さよう、その妖しい美男です。名を源仲章《みなもとのなかあきら》というて、将軍家の学問の師として、漢文やら歴史やらの講義をしておるらしい。かなりの博識だそうです」

「源の……、仲章」

「たれだっけ」

「聞いたような名だな」

　雅経がこくりとうなずいた。

「父祖の代から院の近臣であったらしいのですが、建久《けんきゅう》のころに頼朝公の御家人として許されたそうです。まあ、京で芽の出ぬ者が鎌倉に渡って出世の糸口をつかむことは珍しうない」

　大江広元などもその口である。

「で、まあ、そのときはそれぎりになったのですが、なんとのう記憶に残りまして、あとで気になって調べてみたら——、仲国《なかくに》の弟でありました」

「え」

　聞き手四人がいっせいに顔を見合わせた。

「仲国って」

「最勝《さいしょう》四《し》天王院《てんのういん》のときの」

雅経が首肯《しゅこう》した。

「あれはまた、おかしな輩《やから》であるぞ」

「異なところで糸がつながったの」

雅経がまたうなずいた。

「定家殿には、思い出しとうもない仕事かもしれぬけど」

みながくすくすと笑った。

最勝四天王院とは一昨年、左京に建立された後鳥羽院の御願寺《ごがんじ》である。その普請の際、室内の障子《しょうじ》（襖《ふすま》）を諸国の名所絵と歌とで飾りたいとの希望が院から出され、もろもろの世話役を定家がつとめたのだ。

装飾をほどこす障子は四十六枚で、諸国四十六の歌枕《うたまくら》を選び、絵師に描かせる。しかるのち、十人の歌人にそれぞれ四十六カ所の歌を詠わせ、もっともよいものを一首ずつ選ぶという計画であった。定家はまだ見ぬ寺院の図面と首っぴきで案を考えた。

ところが、院は例によっての気まぐれで、今朝よしと了承したものを夕方にはひるがえす。さんざん話しあって絵師に指示したのに、いざ描きあがってきたら違うと言う。さらに、よき歌を選べとの命に応じて選んだら、献上したとたん、まるきり変更してしまう。ならば最初から選ばせなければよい。『新古今和歌集』の悪夢の再来だ。定家がもっとも自信を持って詠んだ歌も、あえなく没にされた。あれもこれも面目まるつぶれである。

果ては、用事が済めばお払い箱とばかりに蚊帳《かや》の外に置かれ、以後の進行からは締め出されてしまった。

とはいえ、最終的にどのように仕上がったのかは気になるので、落成ののち見学にでかけていった。そしたら別当の命令で門前払いを食わされた。とりわけ名所障子を設けた部分への立ち入りはなんぴとたりとも許可できぬと言う。

なにをぬかすか。その空間の企画をしたのはこの定家であるぞ。しばらく押し問答したが、相手は頑《がん》として譲らず、結局怒り心頭《しんとう》で引き揚げたのだった。

という次第で、まるでよい印象がないのだが、そのとき内部装飾の監督をしていたのが仲国だった。色青白く、目立つほどの痩躯《そうく》で、まなこが吸い込まれるように淡く透けていた。

あとで聞いたところによると、この男は死者と交信できる異能の持ち主で、表《おもて》の仕事よりも祈禱《きとう》だとか呪術《じゅじゅつ》だとかによって後宮で重用《ちょうよう》されているそうだった。かつては後白河法皇《ごしらかわほうおう》の寵《ちょう》姫《き》丹後局《たんごのつぼね》にかわいがられ、いまは卿《きょう》の局兼子《つぼねかねこ》の近くに侍《はべ》っているという。それを知って、定家はなるほど、あの異様な風貌さもあらんと思ったのだが――、その仲国の弟が仲章で、鎌倉の実朝の侍読をしている？

なにか引っかかった。だが、なにがどうおかしいのかよくわからない。はなはだ気持ちが悪い。

「もしかして」

有家が口を開いた。

「その仲章とやらは、なんぞ院の内意でも負うているのかしらん」

家隆が引き取った。

「院からの密命を帯びて、鎌倉殿のふところに潜《もぐ》り込んだということか」

「間諜《かんちょう》というわけだな」

通具が露骨な言葉を使う。

言い出しっぺの雅経は、剣呑《けんのん》になった話題を呑み込むように、手酌で一、二杯、立てつづけに盃をあおった。

「まあ、最勝四天王院自体が妙な寺でありますもんな。あれだけ手間ひまかけたのに、人目に触れさせぬというのがわからぬ」

通具が肥えた顎《あご》で同意する。

「うむ、大いに怪しい。別当の尊長《そんちょう》がまた怪しい。胡散臭《うさんくさ》いといえば仲国や仲章より胡散臭いかもしれぬ」

尊長とは院の側近を多く輩出している一条《いちじょう》家の出身で、法勝寺《ほっしょうじ》、蓮華王院《れんげおういん》、歓喜光院《かんきこういん》などの執行《しゅぎょう》を歴任している僧侶だ。非常なる法力の持ち主で、さいきん院の傍に密に侍っている。つむりが異様に大きく、眼光鋭く、射すくめられると身動きが取れぬようになる。

「そうだな」

みな腕組みして、首をひねっている。

まあ、どれもこれもありうることじゃ——と、定家は内心思った。わが身にしてからが、実朝に対してはある意味似たような使命を帯びている。院とのあいだには秘められた関係すらある。この帝王はこれと見込んだ相手には、手段を選ばぬ一本釣りみたいなことをやる。同じような命を受けている人間は、おそらく他にもいるのだろう。

ふいに、表で百舌《もず》が高く鳴いた。

蔀《しとみ》の向こうに目をやると、傾きかけた秋の日が赤黄色《あかきいろ》の楓《かえで》の上に斜めの光線を投げている。

急に冷えびえとした空気に添うように、有家がつぶやいた。

「ぜんたい、院はお変わりになりましたよな」

たしかにそうだ。かつて水無瀬で繰り広げられていたような派手な遊興は鳴りをひそめ、まつりごとへの熱情が倍増した。取り巻きの顔ぶれも変わった。以前は遊女や芸人然とした者が多かったが、いまは政治上の参謀《さんぼう》が中心である。高倉《たかくら》、坊門《ぼうもん》といった血縁の一族のほか、葉室《はむろ》光親《みつちか》や葉室宗行《むねゆき》などはえぬきの知恵袋が目立つ。

「西面衆《さいめんしゅう》とか、御番鍛冶《ごばんかじ》のこともあるし」

「それそれ」

西面衆とは、従来から仙洞の警護団として置かれている北面《ほくめん》の武士《ぶし》に加えて院が増設した西面の武士のことで、北面との違いは在京の御家人を登用していることである。

十年二十年前の頼朝のころは、御家人が京都朝廷へ近接し、勝手に任官する無節操はかたく戒められていた。だが近年はなしくずしとなり、官位を授かり院の被官となる者が引きもきらない。いかに衣食足りても、人間の権威への憧れというものは底なしであるらしい。院はその欲望をうまく使って武力の層を厚くしているのだ。

それと軌を一にするかのように、院御所の一隅に鍛冶所《かじどころ》もできた。備中《びっちゅう》、備前《びぜん》や粟田口《あわたぐち》から刀匠《とうしょう》が集められ、盛んに太刀の製造が行われている。ときには院みずからも鎚《つち》をふるう。特別な業物《わざもの》に菊花の紋をあしらい、「菊一文字《きくいちもんじ》」と名づけたりしている。

「春華門院《しゅんかもんいん》様のこともありますよな。定家殿は姉君からお聞き及びでありましょう」

雅経が意味ありげにこちらを見た。

ああ、と定家は思った。それもある。

春華門院とは、わが姉健御前《けんごぜ》が仕えている昇子内親王《しょうしないしんのう》である。この皇女は准母《じゅんぼ》の八条女院《はちじょうにょいん》から全国二百カ所といわれる本邦最大の荘園群――八条院領と呼ばれる――を受け継いでいるのだが、後鳥羽院は昨年、最愛の皇子守成親王《もりなりしんのう》をその猶子《ゆうし》としたのだ。

それだけではない。守成親王の弟の雅成親王《まさなりしんのう》も、生まれるとすぐに全国百カ所以上もの荘園――長講堂領《ちょうこうどうりょう》といわれる――を継承している宣陽門院《せんようもんいん》（後白河院の皇女）の猶子となした。

この二つを合わせればまさに莫大な富だが、その実質的な支配権は、当然ながら幼い皇子ではなく父の後鳥羽が握る。鷹《たか》の目を持つ帝王は、財に向けるまなこもかなり鋭いらしい。

もろもろのことが、いつの間にかなんだかきな臭い。

定家の脳裡に、ふいに一首の歌が浮かんだ。

奥山《おくやま》のおどろが下も踏み分けて　道ある世ぞと人に知らせむ

昨年、住吉社《すみよしのやしろ》で歌合が行われた際、院が詠ったものだ。そのときは強い声調に注意を惹《ひ》かれつつも、さほどに深読みはしなかった。だが、いま改めて眺めると妙に意味深長《いみしんちょう》に思える。

おどろが下を踏み分けてとは、きびしき荊棘《いばら》の道を歩むこと、すなわち崇高な政治の理想を求めるの意だが、転じて、関東のほうに向けてなにやら剣呑な宣言をしているように読めなくもない。

まぶたの裏に、鋭い閃光《せんこう》が一条走った。増水して揺れる御座船の上で、帝王が青白い刃を横手に構えた。そして、乱麻《らんま》を断つ速さで宙を一文字に切り裂いた。

――東のやつらが邪魔だ。

「定家よ」

と、呼ばれてわれに返った。家隆がいぶかしげにこちらを見つめている。

「どうした」

いや、なんでもない、と定家は幻を振り払った。「酒肴をもちっともて」と鶴に向かって低く命じた。

二

四年の月日が移って、建保《けんぽう》元年（一二一三）五月。

目の下に、めらめらと火の手のあがる都市がある。東西北の三方を山に囲まれた袋のような形をしていて、中心から外へ向かって蜘蛛手《くもで》に白い筋が延びている。残る一方は荒磯《ありそ》になって波が打ち寄せ、どお……、ごおお……、と、怒濤《どとう》とも怒号《どごう》ともつかぬ響きがとどろいている。

鎌倉か――。

見知らぬ土地のはずなのに、旧知のような既視感《きしかん》がある。

首をかしげているうちに、山の手のほうからうんかのごとき軍勢が現れ、まっ赤な火の手が上がった。炎は即座に燃え広がり、黒煙が大地を覆い尽くした。

どお……、ごおお……。

灼熱《しゃくねつ》の熱風が吹きすさぶ。と見る間に、風にあおられた煙幕《えんまく》の切れ間から、裸の焦土が覗いた。

後鳥羽院はハッとした。

蜘蛛手の街道は消え、規則正しい碁盤《ごばん》の目が刻まれている。東の山裾の近くに、いっぽん大きな川がある。平行して、南北に太い大路《おおじ》。さらに目を凝らすと、その北のどんつきに崩れかけた内裏《だいり》があり、南の果てにやっぱり崩れかけた朱塗りの大門がある。

違う、これは鎌倉ではない。平安京だ。

と、思ったとたん、

「院——」

と呼ばれ、後鳥羽はぶるっとわれに返った。

青々と剃《そ》りあがったつむりと派手な橙《だいだい》色の袈裟《けさ》が目の前に伏している。罌粟《けし》のにおいがいちめんにたちこめている。

最勝四天王院《さいしょうしてんのういん》の護摩壇《ごまだん》で、尊長法印《そんちょうほういん》に修行《しゅぎょう》させていたところだった。

「御修法《みしほ》、終わりましてございます」

「さようか」

この僧の祈禱は激しいのに奇妙な静けさをともなっていて、うねるような陀羅尼《だらに》の抑揚《よくよう》を聴いていると、しばしばあらぬところへ連れていかれる。

衣の下がじっとりと汗ばんでいる。目の奥に炎がくすぶっている。そういえば、このあいだも同じような夢を見た気がする。怨敵調伏《おんてきちょうぶく》の祈りを捧げていたはずなのに、いつの間にか自分らの土地があべこべに災禍《さいか》に見舞われているというような。

——不吉な。

そんなはずはない。万事順調だ。おのれとしたことが、なにを女子《おなご》のようにくよくよと。

後鳥羽は二、三度強くまばたきし、乱暴にこぶしで額の汗をぬぐった。

表は久方ぶりの梅雨の晴れ間なのに、蔀を閉《た》てきった棟のうちは夜のように暗い。燭《しょく》の灯《あか》りに照らされて、護摩壇の向こうの障子絵がぼんやりと浮かびあがっている。三方を山、一方を海に囲まれた東の都、鎌倉。先ほど幻の中で眺めた土地である。

この御堂《みどう》は六年前、院御所の一つである白河殿《しらかわどの》に付随して建てさせた。その一部を定家らに命じて諸国四十六の名所障子で飾らせたのだが、ひそかに込めた意図は、このやまとの大八洲《おおやしま》の絵をあまねくわが手に握らんという見果てぬ夢だった。その後障子の一枚をまつろわぬ鎌倉の絵に替え、祈禱の壇を設け、国家安寧、怨敵退散の祈願の間に改造した。内々の密議にも用いる。むろん部外者は立ち入らせない。

「法印、どうじゃ、首尾は」

不安な心を撥《は》ね飛ばすように、後鳥羽はあえて僧を鋭くにらみつけた。

尊長は四角い顎《あぎと》に力瘤《ちからこぶ》をきざんで効験を請けあう。

「こんにちはことのほか火炎《ほのお》うるわしう、煙の薫《かお》りもかんばしう、御不動様にはわれらの懇請、常以上にお聞き届けいただけたと存じます」

呪文の続きのような、いんいんとした声である。

「それは祝着」

扇の先で、かたわらの円座《わろうだ》をさした。

その目の流れで小隅に目をやると、北面の武士の藤原秀康《ふじわらのひでやす》と秀澄《ひでずみ》が忠実無比の狛犬《こまいぬ》のように控えている。和歌所寄人《よりうど》の秀能《ひでよし》の兄と弟で、こちらは歌詠わぬ用心棒だ。

その後ろにいつの間にかもう一つ人影が増えていて、おや、と思ったとたん、さっと平伏した。

「仲章《なかあきら》、戻ったか」

一瞬、仲国《なかくに》かと思った。蜻蛉《かげろう》のようなたたずまいが兄とそっくりである。

「はい」

「来やれ」

音もなくにじり寄った。蠟《ろう》めいた頬にほのかな笑みを浮かべている。透きとおった瞳に吸い込まれそうになる。呪術使いの血筋である。こんにちはことさら妖しい色をしている。こういうときは必ずなにか成果がある。

「仲章、報告があるようだの」

「ようおわかりでございます。ぜひに申しあげたき儀が」

「和田《わだ》の顛末《てんまつ》なら、あらかた聞いておるぞ」

比企《ひき》、畠山《はたけやま》……と、仲を違《たが》った御家人を次々に屠《ほふ》ってきた北条氏は、この月初めに武勇随一の和田一党にいくさをしかけた。そして、鎌倉全域が猛火に包まれるほどの競《せ》りあいの果てに滅ぼし去ったのである。武家政権樹立の立役者だった和田義盛《よしもり》も、はかなく露と消えた。

仲章は神妙なおももちでまなこを伏せた。

「将軍家には、執権《しっけん》殿に説き伏せられて攻撃を容認されましたが、そもそも気の進まぬいくさでありました。ずいぶんとふさいでおられます」

執権殿とは、北条義時である。

「だろうな」

「それよりもなによりも院のご意向を気にかけておられます。院はご無事であろうか、なんぞ危難が及びはせなんだかと、それはそれはご心痛。で、先のお文《ふみ》に対するお返事かたがたこちらをお渡ししたいと望まれ、仲章めがかく参上したような次第でございます」

と、言うなり奉書包《ほうしょづつ》みをうやうやしく差し出した。

鎌倉の支配体制も盤石《ばんじゃく》ではない。将軍が代わったり騒乱が起こったりするたびに、余波が京に及ぶ。ゆえに、このたびのいくさに際して、実朝は配下に天子のまわりをねんごろに警備させ、不逞《ふてい》の輩《やから》をきつく取り締まらせた。これに対して後鳥羽が感謝の書状を与えたら、実朝は歓喜したのである。

後鳥羽は奉書を受け取り、はら、と開いた。ひねくれのない素直な手《て》蹟が現れた。

歌が三首書かれてあった。

これは――、と目を見張った。

大君《おほきみ》の勅《ちよく》をかしこみちちわくに　心はわくとも人に言はめやも
東《ひんがし》の国にわがをれば朝日さす　はこやの山の影となりにき
山は裂《さ》け海はあせなむ世なりとも　君にふた心《ごころ》わがあらめやも

思わず破顔《はがん》した。

仲章が主君の満悦《まんえつ》を下からすくいあげるように見た。

「院への赤誠《せきせい》の詠でございます」

これまでにもおのれへの思慕を示した歌は見たことがあったが、ここまで熱烈なのは初めてだ。

尊長と秀康兄弟が熱い視線を注いでいる。後鳥羽はその膝元に、「見るがよい」とむしろ無造作に料紙を放り投げた。

ここ数年、実朝からの尊崇はどんどん篤《あつ》くなっている。折に触れて機嫌伺いがある。ことあるごとに鄭重《ていちょう》な報告がある。先ごろ最愛の守成親王（順徳《じゅんとく》帝）が帝位についた際には、いちはやく内裏造営の申し出があった。将軍のそんな熱意が下々の者に伝わらぬはずがない。さいきんとみに御家人の朝臣化が進んでいるが、この様子なら流れはさらに加速するだろう。

実朝の歌を読み終えた尊長が、感に堪えぬおももちを作った。

「鎌倉は一見北条の独壇場《どくだんじょう》のようになりましたが、もっとも枢要な核である将軍家その人を、われらがこの手に握りました」

　後鳥羽は唇の端で「応」の形を示した。

　そのとおり。なにが執権じゃ、生意気な。京の摂関の向こうを張ったつもりか。そうやすやすと義時ふぜいの思いどおりにはさせぬ。そもそも北条などは関東の名族でもなんでもない。しがない伊豆の一土豪《どごう》ではないか。

　捧げ返された和歌にもいちど目をやり、護摩壇の奥の障子絵と見比べた。

「色紙にして押すかの」

　鎌倉の絵は当初の企画になかったものだから、歌が添えられていないのである。

「君にふた心わがあらめやも……、とりわけこれがよい」

　尊長が即座に、それは妙案でございますと応じ、仲章に仁王のようなまなこを向けた。

「ようやった。貴殿の教育の功は小そうない」

　仲章は、いえ、とかしこまった。

「学問などはしょせん頭の作用でございます。真に真心を動かすためには芸術の力が肝要です。これに関しては藤原定家殿の影響がはなはだしうございます。将軍家が猛烈に院をお慕いするようになられたのは、定家殿より勅撰和歌集をいただいてのちでございます。お歌を学びはじめられてから、将軍家はお変わりになりました。定家師は和歌こそが神代《かみよ》に始まるこのやまとの心であり、京のみやびの神髄《しんずい》であると繰り返しお説きになりました。将軍家はそれによって、ご自身のうちを流れる京の貴族の血に目覚められたのです」

　――定家、か。

後鳥羽の胸にちらりと複雑な思いがかすめた。

その面影をいったん脇へ措《お》き、

「はてさて、われらの宿願は、着実に実現しつつある」

太く一声を放った。

「尊長、仲章、秀康、秀澄」

薄灯りに照らされている顔の上へ、順々に視線を送った。

「頼んだぞ」

鷹のまなこを光らせ、ばさ、と立ちあがった。

*

「院、お帰りあそばせ」

高陽院《かやのいん》の御座所《ござしょ》に戻ると、兼子《かねこ》の赤い唇に嫣然《えんぜん》と迎えられた。

「いかがでございました」

女官も退《さ》がらせ、かいがいしく着替えだの手水《ちょうず》だのを手伝ってくれるのは、祈禱の首尾を聞きたいためらしい。

こんにち尊長に修行をさせたのは、仲国がなにやら気になる卦《け》が出たと言っているのでぜひお護摩をなさいませ、と兼子が主張したからであった。

「護摩よりもおもしろいことがあった。将軍家から興なる歌が届いたわ」

後鳥羽はくだんの奉書包みを乳母《めのと》に渡した。

「まあ」

「仲章が持ってきた」

兼子は巻紙を一寸《ちょっと》ひたいに押しいただき、興味しんしんの顔つきで広げた。まみえがぴくりと動き、吸い寄せられるように紙面を凝視した。

おほきみのちょくをかしこみ……、きみにふたごころわがあらめやも……と、口の中でゆっくりと唱えたのち、

「こは瑞兆《ずいちょう》でござりまするな」

もともと細い目をもっと糸のようにした。

「ああ」

「院がたゆむことなく崇高なお志《こころざし》を保ってきたからにほかなりませぬ」

後鳥羽はうなずき返しながら、こんにち仲章がはかったように現れたのは、兄の仲国となんぞ示しあわせをしていたのかもしれぬと思った。

「お祝いの御酒《ささ》をご用意しましょう」

兼子が当然みたいなおももちで言う。

だが、後鳥羽はその気が起こらぬ。なんだか疲れた。

「いや、よい」

さいきん精神が高揚したあと反動のようにうつろになり、気分が萎《な》えることがある。

「あら、よいことがあったのに、浮かないお顔」

細いまなこに下から覗き込まれた。

「根《こん》を詰めすぎなのですよ」

「そうかもしれぬ」

「薬湯《やくとう》をこしらえさせましょう」

兼子は少時思案したのち女官を呼び、黄蓮《おうれん》、黄柏《おうばく》、桔梗《ききょう》、甘草《かんぞう》……、と細かく配合を指示した。

後鳥羽はふと顔を上げ、なにかにいざなわれるように御簾《みす》をくぐり、縁に出た。

昼下がりの東の庭に、ふたもとの柳が茂っている。五月の薫風《くんぷう》を浴びてたわわな緑の糸が揺れる。

とたん、うらめしげな歌人のかおばせがまぶたに浮かんだ。

――定家。

いつの間にか背後に寄っていた兼子が、

「将軍家の歌道師範は定家殿がおつとめなのでしょう」

と言った。

ドキリとした。

ねっとりと艶《えん》なまなざしが、同じ木に向いている。

「よい風情になったこと。定家殿には重ねてのお手柄じゃ」

この柳は今年の正月、定家の嵯峨の山荘から移植したのである。ここ高陽院は水はけが悪いのか土が悪いのかなにを植えても育ちが悪く、ずっと殺伐な景観だった。が、このたびは健やかに根がついた。

兼子はこの柳を定家がみずから献上したと思っている。だが、事実はそうではない。後鳥羽が無理やり奪ってきたのだ。

無体をした。われながら悪い癖である。わかってはいるけれど、こと定家に関しては、なぜだかそういう仕打ちをしてしまう。

「そういえば、あの歌人殿のお顔を近ごろあまり見ませんわ」

兼子がぱちぱちとまばたきした。

「吾子《あこ》の歌壇に専念させておるゆえな」

後鳥羽はぶっきらぼうに答えた。

最愛の息子《むすこ》順徳には、目下帝王となるための教育をみっちりとほどこしている。ことに和歌には力を入れさせ、定家と家隆を両脇に侍らせている。

「なにやら寂しうございますな」

「朕《ちん》も多忙ゆえ、あれらはあれらで適当にすればよし」

すげなく返したが、心の中には悔恨《かいこん》がにじんでいる。

定家が顔を見せない理由はそれではない。受けた仕打ちを恨みに思って、出仕しないのだ。

赤らんだ奥目が涙交じりにこちらをにらんだ。

——あんまり、あじきのうございます。

そのとおりだ。あじきなし。抑えもきかず暴走するわが心。

微風に揺れる青柳をじっと見つめた。

それは昨年の秋、水無瀬の宮へ滞在していたときのこと。とつぜん定家が急ぎ申しあげたき儀ありと拝謁《はいえつ》を請うてきたのである。

もともと遊びが苦手な男だから、水無瀬へは強引に命じねばやってこないのに、珍しいことだった。折しも白拍子《しらびょうし》どもと御座船に乗って紅葉狩りに出かけようとしていたが、優先して招じ入れると、前のめりに報告を始めた。

いわく、昨日鎌倉の将軍家から自詠の数々を私家集としてまとめたいという相談があった。できれば明年《みょうねん》中に完成させたいそうである。集のうちには院への思慕を詠ったものも採録したいが、ご迷惑がかからぬかと懸念されている。よろしいかどうか、ご意向をお尋ね申しあげます。

ほう――、と思った。

こちらとしてはなんの不都合もない。鎌倉将軍が天子の権威に平伏しているのを世に知らしめることになるのだから、願ってもないことである。逆に、向こうの首脳こそ迷惑だろう。義時や政子などは不愉快このうえないに違いない。

後鳥羽は定家に対してつねづね、実朝への和歌の指導をねんごろに行うよう命じてきた。指導という言葉の裡《うち》には、洗脳《せんのう》だとか籠絡《ろうらく》だとか、そのたぐいの隠微《いんび》なものも含まれていた。定家はその使命をまっとうし、一つの成果をあげた。とりもなおさずよくやった。

定家自身も興奮しているようで、熱弁をふるいながら双のまなこがらんらんと輝いていた。不思議なことに、この歌人はふだんは仏頂面してじじむさいのに、ひとたび得意の舞台に立つと驚くほど若返るのである。瞳にいきいきと生気がみなぎり、たれにも似ていない個性が強烈に表れいでる。薄あばたの皮膚にも張りが出、美男子でもない面構《つらがま》えが急に魅力的になる。

前の晩からふさぎの虫に取りつかれていたのに、愉快な話題に触れているうちに気分がよくなった。なんとなく見惚《みほ》れる思いで熱心な語りに聞き入った。

そして、気づけば日は暮れて、洞窟《どうくつ》のような御座船の燈明《とうみょう》のもと、二人して波に揺られていた。いつぞやこの舷《ふなばた》から水底に沈み、細い月の下で傷心をぶちまけたことを思い出した。あのとき定家はわが心の破れ目に必死で添おうとしてくれた。その存外なけなげさが、おのれの寂しい魂に火をつけたのだった。

それと同じ心がよみがえった。人恋しさと、うつろを満たしたい欲求が爆発的にせりあがった。

鷹の本能が覚醒《かくせい》した。思わず目の前の手をつかんでぐいと引き寄せた。

獲物はギョッとしたように身を退いた。

「お戯れは、おやめくださいませ」

思いのほかの激しさだった。

抵抗されたら、逆に油を注がれた。力ずくで相手の頸根《くびね》をとらえ、押し倒した。

「戯れ？　戯れてなどおらぬ。朕はいつもまじめである。そして孤独である。朕にとってこの世に永らえることは憂いでしかない。必死で孤独に耐えておる。そなたならわかるであろう。そなたは朕の心がわかると言うたよな。わかりますと言い切ったよな」

「言いました。なれど、それとこれとは別でございます」

「なにが別か」

「…………」

ずれて歪《ゆが》んだ烏帽子《えぼし》の下から、恨みのこもったまなこがにらんだ。

「あんまり、あじきのうございます」

ぐさっと急所を突かれた。覚えず力が緩んだ。

とたん、ねじ伏せていたからだが渾身《こんしん》の力で反発し、びりっと絹の裂ける音がした。

次にわれに返ったときには、手の中に水干の袖が片方残り、痩せ歌人は小娘のように几帳《きちょう》にすがりついていた。

「院は……、院は……」

蒼白《そうはく》の唇がわなないていた。

「この定家めをなんと思うておられるのです」

なんと、無粋な問いを。

カッとした。

だがその怒りの裏に、この男に対する抜きがたい好意が潜んでいることを、われながら初めて意識した。

「なんなのです」

相手はそらさずたたみかけてくる。逆にぶち切れた。

「そなたこそなぜ拒む。あるじの情けを素直に受けぬか」

せいせいと荒い息の音が聞こえた。

少しののち、そののどから絞り出すような声がした。

「壬生《みぶ》を――」

ぎょっとした。口に出す勇気もなかろうとたかをくっていた名前が飛び出した。

「院には壬生を――、ご鍾愛《しょうあい》いただきたいのです」

と言うや、相手はざっとすさり、平伏した。剝《む》き出《だ》しの単《ひとえ》の腕がぶるぶる震えていた。

その瞬間、後鳥羽はこの風変わりな歌人の中にあるとてつもない純情を理解した。

これ以上、わが心を乱してくださるな――と、その哀れな姿は言っていた。

恋人は主君に奪われた。それでも恋人が主君にきちんと愛されるのなら耐えられる――と。

手の中に残った片身の袖を握りしめながら、後鳥羽は呆然《ぼうぜん》とした。この男の恋人への想いはそれほどに切《せつ》なのだ。

うらやましきこと。

嫉妬《しっと》とも寂寞《じゃくまく》ともつかぬ風が頰をかすった。

「定家」

と、呼びかけた。

「はっ」

ぬかずいたまま動かない。

――この定家めをなんと思うておられるのです。

なんと思うか？　言葉もない。だが答えよう。

「愛《お》しと、恨《うら》めしと」

いとしさと憎らしさの相反《そうはん》だ。

伏していた顔が上がり、眉間《みけん》に皺《しわ》が寄った――と、思う間もなく、

「失礼つかまつります」

小猿が横っ飛びするような不自然な姿勢で退いていった。

それからしばらく、後鳥羽の胸のうちにはなんともいえぬ不興がわだかまった。求めた相手に生まれて初めて拒まれた。その傷は日に日にこじれて膿《う》み、藤蔓《ふじづる》みたいに陰性に肥大していった。ほどほどに捨てておけばよいものを、なぜこれほどこだわるのか、われながら謎だった。

そんな矢先の師走《しわす》、久方ぶりに歌会を開くことになった。主君の不機嫌を心配した側近の藤原秀能が気晴らしを勧めてきたのである。

参加者は定家、家隆、雅経、秀能。それにおのれを入れて五人。勝手知ったる上手だけでささやかな年納めをして、気分を新たにしましょうぞという企画だった。

しかし、定家と家隆が揃《そろ》って間近に侍ると思うと、またしても天邪鬼《あまのじゃく》がむくむくと頭をもたげた。過日のしてやられた感じがいやおうなくよみがえり、どうしても一矢《いっし》報いてやらねば気がすまなくなった。天性の負けず嫌いである。

だが、いかにして？

しばらく考えた末、歌の宴《うたげ》なのだから、歌で意趣を返そうと思った。

春、秋、述懐《じゅっかい》の三題のうちの述懐の一首に、怨情《えんじょう》をたっぷりと込めた。そして、一人二十

首ずつの合計百首が揃ったところで定家に渡し、披講《ひこう》（読みあげ）の次第を作らせた。

当日は五人の歌を一首ずつ味わいながら、なごやかに進行した。だが、定家の顔だけあきらかに冴《さ》えなかった。当然だ。自分に向けて投げられた石つぶてが露骨に一首、紛れ込んでいるのだから。

それでもあたりさわりのないやりとりでその場は過ごされ、全百首の披露が終わろうとした——ところで、後鳥羽はおもむろに攻め手を開始した。

「定家よ」

わざと親しげに呼びかけた。

「こんにちは朕の作への言及があまりなかったのう」

見返すまなこがさっと曇った。おかしさが込みあげた。いじめてやりたい気持ちが暴走した。

「斯様《かよう》なことはございませぬ。いずれもめでたき御製《ぎょせい》と拝見いたしました」

逃げるな。

「そんなことはない。久方ぶりの作歌ゆえ手こずった。とくに述懐歌が難儀であった。いまいちどそなたの意見を聞きたい。遠慮なく申せ」

相手がうろたえるのを無視して、朗々と吟じた。

人もをし人も恨《うら》めしあぢきなく　世を思ふゆゑに物思ふ身は

目の前の顔はそそけだって青ざめ、みるみるひたいに汗が浮かんだ。

知らぬ者が鑑賞すれば、あれこれと憂き世を思い悩むため、他人への好悪の気持ちも揺れ動く――、というやや厭世《えんせい》的な一首であるだけだ。とくに目立ったところはない。なぜ主君がこだわるのかわからない。

案の定、みな怪訝《けげん》そうに、おのれら二人を見くらべている。

「答えがたいか。では自歌合《じかあわせ》としてみよう。どちらが勝《かち》か負《まけ》かで評してみよ」

後鳥羽はもう一首、別の述懐歌を読みあげた。

憂き世いとふ思ひは年ぞつもりぬる　富士の煙《けぶり》の夕暮の空

「天下の目利きの判、忌憚《きたん》なく聞かせい」

さらに挑発した。

すると、うなだれていた定家の痩せ首がようやく持ちあがった。

「しからば、申しあげます」

ふくらんだ小鼻に反抗の気味《きみ》がありありと刻まれていた。

「後のお歌のほうが憂いの心ゆかしく、心に染み入る風情《ふぜい》と存じます。先の歌はおもむき殊《しゅ》勝《しょう》なれど、思ふの詞《ことば》重なり、畏《おそ》れながらやまいに陥っておられるやにお見受けいたします。見当違いを申しあげておりましたならば、なにとぞご容赦くださいませ」

――なんじゃと。

頭に血がのぼった。生意気な。言うに事欠いて主君に向かって歌病《かびょう》（欠点）を指摘するか。

猛烈に批難した。

「あえての新しき風《ふう》を解さぬとは、そなたの目もいよよ古さびた。嵯峨などという狐狸《こり》棲《す》む田舎《いなか》へこもっておるからさようなことになるのじゃ。新《あら》しき都のただ中へ出て、もそっと清新な風に吹かれよ」

敵も即座に対抗してきた。

「お言葉ではござりまするが、用なき身でありますので、致し方がございませぬ。御命があればいくらでも華々しき場所でおつとめいたしまするが、そうではないのだから片田舎で庭師の真似事《まねごと》でもするしかなし」

どんどん本題から離れ、殺伐とした応酬になっていった。

見かねた雅経が、「憚《はばか》りながら」と割って入った。

「定家殿の小倉の山荘は、選《え》りすぐりの樹木草花を按配《あんばい》したまれなる名苑でございます。その風情はむしろ歌の言葉を研《と》ぎ澄《す》まし、洗練に寄与するようにお見受けしております。鞠を行うにも勝地でございまして、身どもも折々に訪《おとな》います」

少々からだをひねって鞠を蹴るそぶりをし、その場を明るくした。

「ふん」

後鳥羽はちらりとかたわらの家隆に目を移した。

争いを好まぬ家隆はひたすら平らかに端座《たんざ》している。相変わらず微風に吹かれる風情である。

小憎らしくなった。

どうしてくれよう。

そして、決めた。

もしこの佳《よ》い男がおのれに付くなら痩せ歌人は許してやろう。痩せ歌人のほうに付くのなら容赦せぬ。ひねくれきった心で思った。

「壬生」

と、呼びかけた。

「そなたの意見を申せ」

はっ、と白い顔が上がった。落ち着きはらって顔色も変えない。

「お歌に関しましては先の歌、後の歌、いずれもあわれにて優劣つけがたく、持《じ》と存じます。また雅経殿も申されたとおり、定家殿の嵯峨の住まいは艶にしてやさしき風情。この家隆が知る限り、和歌の心を養うに小倉山荘以上にふさわしきはなしと存じます」

いんぎんに一礼した。

——ふふん、庇《かば》いおった。

定家よ、恨むならそなたの恋人を恨め。

「さようか。そんなに見事な庭なら一度見たいものじゃ。よろしいか定家」

かたくなな敵のほうに視線を移した。

「身に余る光栄にございます」

定家のしかめた口元が、もっと歪むのが見えた。

「では、さそくに訪《と》おう。楽しみじゃ」

妙ななりゆきになった。おかしくてたまらなかった。ハハハと笑ったら、自分の声ではないような気がして、もっとけたたましくアハハと笑った。

むろん、嵯峨に御幸する気など、はなからなかった。

年が明けてすぐ検非違使《けびいし》を差し向けた。折しも高陽院の東庭の木が枯れて困っていたので、柳を根こそぎ二本奪い取らせた。

運ばれてきたのは、大型の手押し車にようやく一本ずつ収まるかというみごとなもので、枝は丈なす女の黒髪のよう、根っこは馬のたてがみのようだった。掘り返したら大地に大穴が穿《うが》たれたという。庭のあるじの定家は蒼白になってわなわな震えていたとのことだった。

それを聞いたら、おのれは未遂に終わったあの日の凌辱《りょうじょく》行為の、まさに代わりをやったのだと気がついた。

——これが、定家と柳の木の一件の顚末《てんまつ》である。

以来、こんにちまで定家はなにかと言いわけをつけて対面を避けているのだ。

「院——」

はっとした。

煎じ薬のにおいがぷん、とした。

兼子が薬湯を捧げて背後に立っていた。

「さあ召しあがって。やっぱりお顔の色が冴えませんわ」

後鳥羽は片手で碗をつかみ、一息に飲み切った。苦い思いをそのまんますりつぶしたような味だった。

兼子はにこ、として器を受け取り、ふたたびかたわらにたたずんだ。

柳の糸の青さをまなこに映しながら、

「定家殿の身上を、もすこし按配《あんばい》しておやりになるがよろしいでしょう」

と、ほほえんだ。

後鳥羽は胸の中で指折り数えた。先の除目《じもく》で従三位《じゅさんみ》にしてやったが、もう二年ほどもたつか。

「そうだな」

と、うなずいた。

もともと冷遇しているつもりはない。本人は不満かもしれぬが、歌詠みとしては妥当であろう。息子の為家にも目をかけているし、娘の因子《もとこ》（民部卿典侍《みんぶきょうのすけ》）、姪《めい》の公子《こうこ》（俊成卿女《しゅんぜいきょうのむすめ》）らも女房として取り立てている。総体としてみればむしろ優遇しているほうだ。

だが、参議《さんぎ》に進めてやろう。公卿《くぎょう》として廟堂《びょうどう》に列するのがあの男の悲願であったはずだから。

詫《わ》びのような、媚《こ》びのような、愛のような、そのいずれでもないような。

——人もをし人も恨めしあぢきなく……

御《ぎょ》しがたい心をもてあましながら、口の中でひとりごちた。

三

しと、しと、と雨が降っている。

——御所《ごしょ》様、御所様。

と、ささやく声がする。

――これをご覧ください。

透きとおった水晶の珠である。糸の先にぶら下がって、ゆら、ゆら、と揺れている。

――ほら、見えてきたでしょう。

実朝《さねとも》は目を凝らす。ああ、ほんとうだ。珠の奥に見えてきた。山の中の森だ。小屋がある。どこだろう。厩《うまや》？　炭焼き小屋か？　しとしと、したした、雨が降っている。音がだんだん強くなる。いや違う、雨じゃない、足音だ。しとしと、したたた……、分厚い落ち葉を踏んで、そっと歩み寄る足音。

わが身をかすめて黒装束がすり抜けた。なんぞ？　次々に駆けていく。疾風《はやて》のように、影のように、黒い兵たちが背を低めて小屋を目指していく。

しとしと、したたた……。

しとしと、したたた……。

茫然《ぼうぜん》としていると、小屋の周囲は見る間に黒い影で塗りつぶされ、頭領《とうりょう》らしき人物の合図とともに一気に板戸が蹴破《けやぶ》られた。

鋭い干戈《かんか》の響きとともに、ギャッ、グエッと、狂った獣《けもの》のような咆哮《ほうこう》が暗い森にこだました。

逃げ出したい。でも凍りついたように身動きならず、目をそらすこともできない。

ふいに、腕組みして背を向けていた頭領が振り返った。

あっ――と、息が止まりそうになった。

母の政子《まさこ》だった。かたわらに叔父の義時《よしとき》と祖父の時政《ときまさ》が添うている。

「おや、千幡《せんまん》」

母はいつしかマタギのような扮装《ふんそう》に変わり、茫々《ぼうぼう》の蓬髪《ほうはつ》を後ろで束ね、いかつい肩に毛皮の袖なしを羽織っている。はだけたあわせから巨大な乳房がはんぶん覗いている。

「おまえはなぜここにいるの」

その瞬間、どおおっと、ひときわ激しい喚声《かんせい》があがり、小屋の戸から得物《えもの》を手にした武者どもが噴き出してきた。みな顔も手も血まみれで、鬨《とき》の声とともに雨の天に長槍《ながやり》を高く差しあげた。ゆらりと揺れる穂先《ほさき》に首級が一個、突き刺さっている。

髻《もとどり》が切れたざんばら髪の隙間から、恨みに満ちた顔が現れた。カッと見開かれたまなこ。口からは鹿肉《しかにく》みたいな舌がぶら下がっている。人一倍ぎょろりと大きく、まなじりの吊りあがったその目は、まごうことなく兄の頼家だ。

腰が抜け、へなへなとへたり込んだ。

そして悟った。ここは修善寺《しゆぜんじ》だ。兄が押し込められていた恐ろしい場所。気の強い兄は将軍の座に就いてから独走を始め、ために母らに憎まれたのだ。母らは意のままにならぬ者を絶対に許さない。

「さ、早くかたづけておしまい」

マタギの母が命令すると、兵たちはいっせいに地面を掘りはじめ、できあがった大穴に次々になにやら放り込みはじめた。

どさり、ぐしゃり、どさり、ぐしゃり。

目を凝らし、ふたたび凍りついた。きゃしゃな手足。長い白髪。仔犬のように小さな塊。兄の妻たちか？　乳母？　もしかして赤子？

　わあっと叫び出したいが、わなわな震えて声が出ない。

　母が大きな牙《きば》を剝《む》いた。

「おまえも兄様と同じ目に遭いたいかえ、かわゆい千幡」

　逃げねば。

　と、思ったとたん金縛《かなしば》りがとけ、からくりがはぜるように飛びあがった。尻に火をつけられたごとく走りはじめた。森を抜け、尾根を伝い、こけつまろびつ走った。谷を抜け、川を渡り、しゃにむに駆けつづけたら、とつぜん目の前に海が広がった。

　助かった、と、膝をついた。わがふるさと相模《さがみ》の海。大いなる由比《ゆい》ケ浜《はま》。黄金色《こがねいろ》に輝く浄土のようなわたつうみ。なんと美しい。

　そのきらめく波間にみごとな宝船が一艘浮かんでいる。

　おお、あれだ。あれに乗ろう。あれに乗って海を渡ろう。さすればおれは救われる。

　胸いっぱいに安堵《あんど》の潮風を吸い込んだ――、ところで目が覚めた。

「御所様」

　目の前にゆら、ゆら、と水晶の珠が揺れている。

「ご覧になりましたか」

　その珠とおんなじ色の透きとおった瞳が、こちらを見つめている。

「見えたとも仲章、瑞兆《ずいちょう》を見た。黄金のわたつうみに宝船を見た。そなたの言うとおりであった。この苦しみから逃れるために、おれは船出をせねばならぬ」

「さようでございますとも」

色の淡い虹彩《こうさい》がきゅうっと縮まった。

*

しと、しと、と、小雨が大倉御所《おおくらごしょ》の庭を濡《ぬ》らしている。

芙蓉《ふよう》の花びらが薄赤く濡れ、湿った土と樹木のにおいが瘴気《しょうき》のように立ちのぼる。

建保四年（一二一六）六月。

今年は例年にない多雨で、三方を崖《がけ》に囲まれた鎌倉は陰鬱《いんうつ》な夏となっている。それでなくとも虚弱な実朝は、雨が続くと頭痛や耳鳴りがして耐えがたくなる。学問の師であり薬師《くすし》でもある仲章は、かたときも実朝の傍から離れない。

実朝が仲章の珠の中に幻視した船は、海彼《かいひ》の国宋《そう》に渡る船である。

半月ほど前、宋人で奈良東大寺《とうだいじ》の造仏にかかわった陳和卿《ちんなけい》なる僧が拝謁《はいえつ》を請うてやってきて、「あなた様の前世はわが故国医王山《いおうさん》の長老であり、おのれはその弟子でありました」と涙ながらに語った。実朝はまったく同じ夢を数年前に見たことがあったから、正夢《まさゆめ》であったかと仰天した。それ以来、憧れの気持ちやまず、熱に浮かされたようになっていたら、仲章が占《うら》を立て、「ぜひとも船を仕立てて海を渡り、かの名刹《めいさつ》に詣でたまえ」と勧めたのである。

実朝は、兄をなぶり殺しにした母や叔父たちを憎んでいる。それだけでなく、鎌倉の武家体制というものに根本的な疑いを持っている。対蹠的《たいせきてき》に、輝ける京の天子はこのうえなく尊いものだと思っている。

そもそも、いまの世の最大の誤りは、一つの天《あめ》の下に二つの頂《いただき》が存在していることである。神代に始まるこの国の歴史を仲章から教えられ、初めて理解したことだった。

その間違いを、実朝はどうにかして正したい。その情熱と海彼の聖地へ詣でることは無関係ではない。なんとなれば、いま世の中で強い潮流を巻き起こしているのは、仏の功徳《くどく》であるから。法然《ほうねん》しかり、栄西《えいさい》しかり、重源《ちょうげん》しかり。陳和卿の言うとおり、もしわが身に仏性が備わっているならば大きな有利となるだろう。民の熱狂的支持を得られるだろう。おのれは孤立無援である。よほど特殊な力を得なければ、母や叔父に勝つことはできぬ。

「わが衷心《ちゅうしん》を、京の父君はわかってくださるだろうか」

京の父とは、後鳥羽院のことである。実朝という名は、三代目に就任するとき院から授かった。すなわち名づけ親だ。実朝の院に対する思慕はものすごく強い。

「もちろんでございますとも。心よりおよろこびになるはずです」

青白いこの青年将軍の内側に過激な逆心《ぎゃくしん》がひそんでいることを、母も叔父もまだ知らない。

*

いま実朝が二十五年のわが人生を振り返るとき、記憶のいちばん底にあるのは、乳母に繰り返し聞かされたおとぎ話である。

阿波局《あわのつぼね》という名のその養育係は母の妹で、ほっそりときゃしゃな姿をしていて、声には水に沈むようなものうさがあった。

「あわ、おはなしして」

ふところに取りついてねだると、はいはい、とほほえみ、ゆっくりと髪を撫《な》でながら同じ物語を語ってくれた。

……昔むかしの遠い昔、この南なる伊豆のお山に、一人の若い旅人がやってきたことがあったのです。その若者は都の貴族だったのですが、ゆえあって敵に追われ、落ちのびてきたのです。旅人は食べ物もなく、宿もなく、あちらこちらに怪我《けが》もして、疲れ果ててついに倒れてしまいました。そうして、気がついたらどこかの家の寝床に寝かされていたのです。

あたりを見まわしたら山賤《やまがつ》の女房のような女がいて、囲炉裏《いろり》に火を熾《おこ》してお鍋をぐつぐつと炊いていました。男と見まごういかつい体に、熊の毛皮の袖なし羽織を着て、ぼうぼうの髪を一つに括《くく》っています。女は旅人が起きたことに気がつくと、椀《わん》にいっぱい汁をよそってくれました。

旅人は恐ろしい気がしましたが、おなかと背中がくっつくくらい腹ぺこでしたから、がつがつとむさぼり食いました。そしたら、なんとおいしいこと。汁にはいままでに食べたことのない肉が入っていて、ほっぺたが落ちそうでした。夢中になって何杯もお代わりしました。

おなかがいっぱいになったら、女は傷の手当てをしてくれ、汚れたからだを湯で洗い、着替えまでさせてくれました。無骨《ぶこつ》な女ではありますが、力持ちで親切で、よく見ればそこそこの愛嬌《あいきょう》もあります。旅人はすっかり気を許してしまいました。

それから幾日かすると、旅人は元気を取り戻しました。けれど、表に出ればまた危険な目に遭うかもしれません。それに、女がよくしてくれるのが心地よくて、一日、また一日と滞在を延ばし、とうとうそのまま居ついてしまいました。やがて二人は夫婦同然となり、女は玉のような男の子を生んだのです。

里人の言い伝えによりますと、伊豆のお山には大昔から山姥《やまんば》の一族が住んでいるのだそうです。山姥はとても面食いで、若く美しい旅人がやってくるとご馳走《ちそう》をふるまって引き留め、赤子を生むのだそうです。そうして一族、繁栄しているのだそうです。

では、旅人のほうはどうなったのでしょう。さあ、それはわかりません。いつの間にかいなくなって、お山から下りてくることもなかったとか……。

乳母は低く、ゆっくり、子守歌でも歌うように語り、赤子という言葉にさしかかるたびに、ことさらにぎゅう、と抱きしめてくれた。

実朝にとってこの話は首の後ろがぞわぞわするほど恐かったが、なぜか何度も聞きたくなるような、ある種の魅惑を秘めていた。

＊

源頼朝と北条政子の次男実朝は、建久《けんきゅう》三年（一一九二）八月、この世に生を享《う》けた。くしくも頼朝が征夷大将軍に任じられた直後だった。幼名を千幡《せんまん》という。

生まれ落ちたときからひよわで、兄頼家の半分ほどの柄《がら》の小ささだった。なにかというと腹を下したり熱を出したりするのでまわりははらはらのしどおしで、壊れものでも扱うように真綿にくるんで育てた。

そのせいもあってか、長じたのちも花摘みだの、人形遊びだの、かくれんぼうだの、女子《おなご》めいた遊びに一日じゅうふけっている。それでいて感性は鋭敏で、空の色、風のにおい、虫の声の一つひとつに心を震わせる賢い子であった。

そんな実朝を見るたびに、乳母の阿波局は、

「ほんに千幡君は父君にそっくり」

と、目を細めた。

乳母によると、口数少なく思慮深いところ、色白の肌、やや下ぶくれで面長な横顔なども、父の頼朝によく似ているそうだった。

やさしい乳母に比して、母の政子は恐ろしかった。

子育てなどは妹にまかせきりのくせに、気まぐれに現れてはあれせいこれせいと目を怒らせる。武家の子たるもの勇猛《ゆうもう》たれと、槍や刀を握らされる。雪の中を駆けさせられる。海や川へ引っ立てられ、突き落とされたりもした。

それよりも怖気《おぞけ》をふるったのは、一転して猛烈な愛情を示されることだった。無理やり共寝《ともね》させられ、さあ千幡、存分に甘えやいと、剝き出しの乳房のあいだに頭を抱え込まれた。大柄な母は乳も瓜《うり》のように大きく、酸っぱく汗じみていて、むかむかと吐き気がした。けれども抗《あらが》う勇気もなく、大いびきをかいて眠り込んだその巨大な谷間で、まんじりともせず夜を明かした。

しかし、さすがに十になったころ限界がきて、腕を振りほどいて拒絶した。

「千幡はもう赤子ではありませぬ、勇猛たれとのご命をくださるならば、母上もお改めください」

そしたら母はみるみる赤黒く顔色を変え、おのれを思いきり打擲《ちょうちゃく》した。

「弱虫のくせして生意気な」

母への反感が強まると、相反して、父への思慕がいやましになった。

父頼朝が落馬の事故で亡くなったのは実朝が八歳になったばかりのときだったから、あんまり記憶がない。父のことを尋ねても、母も叔父も話してくれない。けれども乳母はよろこんで教えてくれた。そして、父のことを知れば知るほど、自分の中にあった違和感がほどけていった。

「父君は貴族でいらっしゃいますから、われら東《あずま》の民とはおん血が違います。ただの貴人ではありませんよ。もとをたどれば内裏におられる天子様に連なるお方です」

――京の天子様！

それは、遠い昔の清和天皇《せいわてんのう》という帝《みかど》だそうだった。

長年の疑問が氷解した。

実朝は幼いころからわがふるさとになじむことができず、ずっと居心地が悪かった。色黒髭《ひげ》面《づら》の武士は野蛮人にしか見えなかったし、口より先に手が出る喧嘩《けんか》っ早さも嫌いだった。その嫌悪感はみな血のせいだったのだ。

「兄君は母様にそっくりなれど、千幡君は父君の血を色濃くお引きになりました。尊いことでございます。自信をお持ちなさいませ」

乳母はにこりとした。

それまでの気後れが、誇りに変わった。

しかし、やさしかったその乳母とも、やがて別れのときが来た。ある日、わが子がちっともなつかぬことに業《ごう》を煮やした母が乳母に八つ当たりし、激しい喧嘩になったのだ。

激昂《げっこう》した母は、目の前で乳母を思うさまののしった。

「わが殿を寝取ったおまえをこんにちまで大目に見てやってきたのに、その恩知らずな態度はなんぞ。逆らうならいますぐ出ていきゃっ」

――え……？

――父上を寝取った？　あわが？

愕然《がくぜん》とした。

乳母は日ごろから父を称賛し、自分が父に似ていることをことあるごとに愛《いと》おしんでくれた。

それは父を恋慕するゆえだったのか。

乳母はその日を限りに暇《いとま》をとったが、去り際に涙に濡れた目をきりりと引き締め、こちらを向いた。

「お気をつけなさいませ、千幡君。母様たちにお命を取られたは兄君だけではござりませぬ。父君もでございます。父君は落馬なんぞで亡くなられたのでは、断じてありませぬ。かまえて、油断なさりませぬよう」

――なっ……。

「母様こそ、山姥でござりまする」

幼いころから何度も聞かされてきた恐い話。京から来た旅人に馳走して子をなす山姥の話。

なるほどあれはそういう意味だったか。初めて腑《ふ》に落ちた。

山姥にかくまわれた旅人は二度と山を下りられない。取って食われるのだから。山姥の一族が繁栄するための餌《えさ》として。

「御所様」

と、呼ばれた。

「ご気分でも悪《あ》しうございまするか」

仲章が案じ顔で見つめている。

「いや、なんでもない」

「憂いがございますなら、なんでも仲章めにご相談くださらねばなりませぬぞ」

色の薄い瞳がなにかを包み込むようにすぼまった。

「うん」

孤独な実朝にとって、いまや仲章だけが心許せる相手である。宿老たちは仲章をあまりよく思っていないが、構いはしない。このほどみなを説きふせ、政所別当《まんどころべっとう》の座にも就けた。一侍読から破格の出世である。

実朝が仲章に出会ったのは十三のときだった。兄頼家の一件がかたづいたのち、そろそろ本格的に学問をさせるべしと、諸々《もろもろ》の講義が始まったのだ。

極度の人間不信に陥っていた実朝は、はじめ仲章にも心を開かなかった。どうせおのれを操り人形に仕立てるための母らの手先だろうと思っていた。しかし、そうではないことがやがてわかった。後鳥羽院の後宮経由で推薦があって、京からやってきたのだという。

　物腰は羽根のように柔らかく、色白痩身《そうしん》の美形で、まわりにいるむくつけきもののふとはまるで違った。年齢は三十路《みそじ》過ぎといったが、年齢よりずっと若く見えた。

　なによりも魅せられたのは、異国の玻璃《はり》にも似た瞳だった。ほんのりとほほえんだ目と目が合うと、澄んだ泉の底を覗いている心地になった。けっして恐ろしくはなく、むしろ柔らかい雲の寝床に横たわりながら、果てしもなく魂が吸い込まれていく感じだった。そんな快さは生まれて初めてだった。

　師としての知性は申し分なく、講義も楽しかった。やがてすっかり打ち解け、学問以外の話にも花が咲くようになったころ、「御所様」と、改めて慈愛深いまなざしを向けられた。手の中に、美しい紐《ひも》のついた水晶の珠が握られていた。

「畏れながら御所様には深いお悩みがあるようにお見受けいたします。この仲章でよろしければぜひぜひお力になりたく」

　と言うや、珠をすう、と宙にかざした。

「ご覧くださいませ」

　珠は実朝の目の前で振り子のように揺れた。なんぞ、と疑《うたぐ》る間もなく、ふわ、とどこかへ拉《らっ》し去られた。

　目の前に恐ろしい光景が次々に映し出された。どこかの山中の小屋。押し寄せる武者たち。兄の断末魔《だんまつま》の声。熊の毛皮を着た山姥。囲炉裏で煮えている大鍋。ぐつぐつとたぎる木蓋《きぶた》の隙間から突き出している人間の手足。

山姥の口がにゅっと裂け、大きな牙がずらりと覗いた。

――おまえも兄様と同じ目に遭いたいかえ、かわゆい千幡。

実朝は思わずきゃあっ、と悲鳴をあげ、気がついたら仲章の膝にすがってさめざめと泣いていた。

「仲章、助けよ。おれは恐ろしい」

長年の恐怖と鬱屈《うっくつ》が堰《せき》を切ったようにあふれ出た。

「わかります、わかります。御所様はこのお若さにして、信じられぬほどおつらき目に遭われました」

仲章は赤子でもあやすように背を撫でてくれた。そうして一時ほども泣きつづけたら、憑《っ》きものが落ちたように静穏になった。

やがて仲章が目の前にふたたび水晶をかざした。

「さあ、御所様、もいちどご覧になって」

うなずいて目を凝らすと、こんどは珠の奥にうるわしい光が見えた。それはみるみる輝度を増し、まばゆいほどになり、もはや目を開けておられぬと思ったとき、激しい稲妻となって真一文字に炸裂した。あっ、と手のひらで目を覆い、しばしのちそっとはずすと、茜色《あかねいろ》に染まった雲海《うんかい》の切れ間から、碁盤の目に広がる条里《じょうり》がはるか下方に透き見えた。その中心に、宝玉《ほうぎょく》のように美しい庭園がある。さらに近づいて目を凝らすと、まっ青な池泉《ちせん》と白砂《はくしゃ》にらんまんの桜が咲き乱れ、その奥に御簾の下がった屋形がある。胸躍る思いで凝視していると、ゆらりと御簾が動き、目を驚かす黄金の鳳凰《ほうおう》がぱあっと翼を広げて飛び立った。

　思わず、あっ、と叫んで目が覚めた。

「見えましたか」

「なんじゃ、いまのは。天から稲光りが落ちて、地には輝く邸宅があって、御簾の後ろから鳳凰がはばたいた」

　仲章は、深く二度ほどうなずいた。

「それやこの国の天子様がいます賢所《かしこどころ》でございます。鳳凰は帝の象徴でございまする」

「なんと」

　実朝は腰が抜けたようになった。

「この敷島《しきしま》のやまとの国は、天にまします神様の子が降臨《こうりん》されてできあがった国でございます。すなわち、この国の帝は光り輝く神々の裔《すえ》でございます。でありますから、やまと幾千万の民は絶対に尊きその頂の下に正しく列さねばなりません。ところがいまの世はあるべき道理が侵され、秩序が崩れかけております。許されぬことであります。それは、武門の拠点たるこの鎌《かま》倉柳営《くらりゅうえい》が本来の謙虚を忘れ、唯一無二の天子様の頂を踏みにじっているからでございます。天に向かって唾《つば》吐く所業でございます。このような不逞《ふてい》はいずれすべての民に不幸をもたらし、国家の衰亡を招きます。

　御所様ご幼少のみぎりより、この鎌倉では血で血を洗ういくさが繰り返されてまいりました。それは単なる勢力争いではございません。この乾坤《けんこん》の初めより一千年続いてきた秩序が歪められたため、神々が怒って罰をお与えになっているのでございます。

一つの国に二つの頂があるがごとき僭越《せんえつ》は、ぜひとも正されねばなりませぬ。それがおできになるのは――」

仲章の瞳が青いほど凄《すご》く冴えた。

「三代目鎌倉殿たる御所様、あなた様しかおられませぬ。逆に申しあぐれば、そのお役目を果たさぬ限り、御所様の内なるお苦しみが解決することもございません」

実朝の目からうろこが落ちた。

靄《もや》のかかっていた心が覚醒《かくせい》した瞬間だった。

＊

ゴロゴロッと雷鳴《らいめい》がとどろき、にわかに雨足が強くなった。

従者が駆けまわり、格子をあわただしく閉《た》てていく。急に薄暗くなった室内に点々と燈火《とうか》がともされる。

「そういえば――」

と、仲章が話題を転じた。

「京の定家師が私撰集をおまとめになられたそうですね」

実朝が身を乗り出す。

「うん。『拾遺愚草《しゅういぐそう》』といわれるそうな。師何十年の詠歌の集大成であるから、おれの家集などとはわけが違う。おいそれと筆写もかなわぬであろうが、なんとか拝見したいものだ」

「いかにもでござりまする。並みの集の十倍ほどもあるやもしれませぬ。さだめし重量感のある大作でございましょう」

二人して、ちらりと右手の隅の書棚のほうに目をやった。

黄色い灯りに照らされて、たくさんの歌集や歌論書が鎮まっている。

下段は『新古今和歌集』をはじめとする勅撰集。手を尽くして写した正本や異本が山をなしている。中段は三年前にまとめた自分の歌集と、参考資料のたぐい。これもまたうずたかい山。最上段は別格の宝物の定位置だ。師の定家の手になる歌道指南書や、筆写して贈ってくれた『万葉集』、そして、後鳥羽院から寄贈された「四十五番歌合」などが、たてまつるように安置されている。

「なんとか写させていただけるよう、手を尽くしてみましょう」

仲章がにこりとした。

「ぜひ頼む」

実朝は純粋な童のような顔で懇願する。

実朝と和歌との出会いは、十三のとき都から迎えた御台所《みだいどころ》信子《のぶこ》が持っていた『古今和歌集』だった。その絢爛《けんらん》たる言の葉の芸術に、実朝は一目でとりこになった。信子から取りあげるようにして、日がないちにち隅から隅まで読み耽った。

そんな実朝に、侍読となった仲章が、いままた最新の勅撰和歌集が進行中であり、選者には歌道の最高峰たる藤原定家がかかわっていることを教えた。その歌集には父頼朝の歌も選ばれているそうだった。実朝はなんとしても手に入れたいと願った。また、定家という人を師と仰ぎたいと望んだ。かくして御家人のうちに御子左の門弟が探され、内藤知親が使者として京へ差し向けられたのである。

もともと実朝は言葉に敏感な子供で、物心ついたころから身のまわりにまるきり異なる二つの言語があることを、少なからぬ興味を持って見つめていた。一つは多くの者が使う東《あずま》の言葉。角《かど》が立っていて、抑揚《よくよう》が強く、ままがなりたてるようにものを言う。これに対して、ひめやかに、まろやかに、口の中で木の実でも転がすようにしゃべる者たちがいる。一部の宿老や女官、父の頼朝もそうだった。京から来た人間たちである。この二つの言葉はときに会話が成り立たぬくらい違った。

東ぶりへの反発が強い実朝は、もの柔らかな京の言葉を好もしく思ったが、新しく出会った和歌はその憧れの言葉がさらに磨き抜かれ、最高度に洗練された世界だった。心を奪われぬはずがなかった。

五七五七七という、不思議に据わりのよい音の連なり。たった三十文字《みそもじ》余《あま》り一文字《ひともじ》の中に、この世とはまったく異なる乾坤《けんこん》が紡ぎ出される。生きづらい現実を生きている身にとっては、これ以上にない火除《ひよ》け地《ち》でもあった。

定家が唱える教えは実朝にはむつかしすぎて理解できぬことも多かったが、なによりも心に沁みたのは、和歌こそは一千年になんなんとするこの敷島のやまとの心であり、歌道は貴族のみやびの誇りである――という主張だった。繰り返し説かれるその信念を、実朝はまばゆい思いで受け取った。

そして、その言葉に心酔《しんすい》するほど、おのれもその仲間入りをしたいと願った。なぜなら自分は単なる東の武士団の長ではない。元をたどれば京の貴族だから。尊き天子様の裔《すえ》なのだから。

実朝にとって、歌は暇つぶしでも戯れでもなく、単なる教養でもなかった。心の吐露《とろ》であり、魂の叫びであった。そしてなによりもおのれの血が京に連なっていることを確認するためのよすがであった。うるわしい雅語《がご》の世界に浸れば浸るほど、自分の血統への誇りが増し、院への尊崇《そんすう》の気持ちも盛りあがった。

「それにしても――」

仲章が主君の心を読んだように、書架の私家集を手に取った。

「御所様の『君にふた心わがあらめやも』のお歌、院にはことのほかのおよろこびで、いまもって盛んに話題にお出しになると聞きます」

実朝の青白い頬がぽっと上気した。

「そうか」

われながらよく詠えたと思っている。仲章に手を伸べ、綴本《とじほん》を受け取った。

はらり、と最後の一葉をめくると、見慣れたおのれの筆跡が現れた。

山は裂け海はあせなむ世なりとも　君にふた心わがあらめやも

「母上や叔父上はちっともよろこばぬけどな」

皮肉に口の端を歪めた。

仲章がやんわりと引き取った。

「お気になさいますな。天子様を敬うのは、この国に生を享《う》けた者として当然でございます。その心がないほうが問題です」

「うん」

「ほんに、御所様はお生まれになる時と所を間違えられました」

実朝はひとさし指で歌の上を、す、す、と撫でた。

「そうだな。時を幾百年《いくももとせ》かさかのぼり、都の賢所にぬかずいて天子様をお守りする立場であったらどんなによかったろう。いまのわが身は苦痛でしかない」

唇を嚙《か》んだ。

「しかし、いかに苦痛であっても逃れることはできぬ。おれはこの鎌倉で、この家を次代へとつないでいくしかないのだ」

歌集を閉じた。かすかな風でともし火が揺れた。

「ことに近ごろは母も叔父も宿老どもも、そのことばかり言うてきおる」

そのことのところに、とりわけ苦々しい響きがこもった。

仲章がほんの少し身じろぎした。また灯りが揺れ、二人の影が長く短く交差した。

そのことがなにを指すのか、仲章は理解している。

「御台《みだい》様の、いえ、おん継嗣《けいし》様のことでございまするな」

あえて溜《た》めを持たせず、さらりと言った。いざなわれて実朝もさらりと応じた。

「御台のことは嫌いではない。だが無理なのだ。怖気が立つ」

実朝のもとに信子が嫁いできて、すでに十年以上になる。婚姻時は互いに幼かったが、もはやりっぱな大人である。だが実朝はいまだに信子を妻として抱いたことがない。

信子は後鳥羽院の母方の坊門《ぼうもん》氏の出で、院の推挙により御台所となった。信子は敬愛する院との縁戚をつなぐ存在だし、たれもが見とれるほど美しい容姿の持ち主でもある。素直で控えめで、性格も好もしい。しかし、性的な欲求がまるで起こらぬのである。

過去に何度か同衾《どうきん》もしたが、無駄だった。総身から血が引き、末端まで冷える心地がするばかり。

母も叔父も、信子がいやなら側室をいくらでも取れとしつこく迫る。だが、そういう問題ではない。信子に限らぬ。実朝は女のふくらんだ乳房を見るだけで、男を取って汁にして食う山姥の亡霊が頭をかすめて萎《な》えてしまうのである。

「わかります」

仲章がにわかに両手を膝前にぴたりとついた。

「御所様、わたくしに考えがございます」

実朝は弾《はじ》かれたように相手を見た。

「なんじゃ」

「御所様のお心を明確に世に知らしむべき秋《とき》に来ているやに、わたくしは思います」

「どうするのだ」

仲章がこくりとうなずいた。

「京の院に請うて、皇子をおん養子にいただけばよろしゅうございます」

「なんと――」

実朝は息を呑んだ。思いもよらなかった。そんな手があったか。

京の天子の子がわが子となり、四代目鎌倉殿となる。これぞまさに公武の合体。いや、合体というより京という頂の下におのれらが回帰することだ。しかも平和的に。

「かなおうか。そんなことが」

「かないますとも」

仲章がゆったりとほほえんだ。瞳が底なしに深く澄んでいる。

「おそらく院も同意なさるでしょう。院と御所様の思いはたぶん同じ」

実朝が眉をぱあっと開いた。だが次の瞬間、憂わし気にひそめられた。

「母上や叔父上は反対するだろう。それに御家人らはいかなるぞ。もはやことをわけて話のできる者はみな滅びてしまった。畠山のじいも、和田のじいも」

「もっともでございます。けれどもそれゆえにこそ、いまいろいろの手を打つべきなのです。かの大船のことも、これと無関係ではございません。わたくしがあのお話をお勧めしたのは伊達《だて》や酔狂《すいきょう》ではなく、敵と味方とを選別し、おのれらに従う者を見極めるためなのでございます。

いにしえより、為政者は大きなことを成すために遷都《せんと》ということを行ってまいりました。たとえば天智《てんじ》の帝の近江《おうみ》遷都、聖武《しょうむ》の帝の恭仁京《くにきょう》遷都、桓武《かんむ》の帝の平安《へいあん》遷都、そして平相国《へいしょうこく》の福原《ふくはら》遷都。それらはときに囂々《ごうごう》の批判を浴びましたが、わが身に従う腹心を選《え》り分ける方途《すべ》としては、たいそう有益でありました。

御所様も心をお決めくださいませ。御家人どもはみな母様や執権殿に従っておりますが、多くの者が腹の底では清く聡明《そうめい》なる御所様にお心寄せしておるに違いないのです。仲章はそう読んでおります。いまこそ志を同じうする者をお集めになり、尊き天子様の若君をふところにお抱きなさいませ」

「なるほど――」

実朝は思わず天を仰いで唸《うな》った。

そんな主君を仲章は満足の瞳で見つめ、さあ、とふたたびうながした。

白く長い指の先に、水晶の珠が揺れている。

「占《うらの》うてみましょう。きっとよき兆《きざし》が見えるはず。ご覧になって」

実朝は目を凝らし、澄んだ珠に見入った。きらりと一点光が見え、覗き込んだ先に茜色の海原と旭日《きょくじつ》がかすめた――と、思った瞬間、

「御所様」

ざくざくと二つの足音が割り込んできた。

空気が乱された。

開け放たれた妻戸の口に叔父と母が立っていた。左右に張ったいかつい肩と侍烏帽子《さむらいえぼし》から飛び出したもみあげが逆光に浮きあがり、黒々とした猟夫《さつお》のようである。後ろにいる政子もさいきんますます肥え、男の義時と体格があまり変わらない。よく似た姉弟だ。

「お邪魔でありましたかな」

義時が髭面の中でにゅっと笑った。

「いえ、何用でしょう」

実朝は木彫りの像のような硬い態度で応じた。

「あまりにもおこもりであられるから、ご無事であろうかとお見舞いに参じました」

仲章が水晶玉を袖のうちへ隠し、脇へ深く平伏《ひれふ》した。

政子がずかずかとそのかたわらへ歩を進め、

「そなたも子守りばかりにかまけておらぬと、ちっとは政所へ顔を出しやい。みごと閣僚に列したのであろうが」

胡散臭《うさんくさ》げに妖しい美男を見下ろした。

四

池の面《おもて》に濃紅《のうこう》の蓮《はちす》の花が燃えさかるように咲いている。じりじりと炙《あぶ》られるような炎天である。けれども分厚い軒の下には翳《かげ》が満ちていて、むしろひやりと肌を浸される。定家は長い渡廊を進みながら中庭を見やり、あまりに激しい色彩に眩暈《めまい》を感じて立ち止まった。数ある里内裏のうちでも、今上である順徳が御所としているここ閑院内裏《かんいんだいり》は、明と暗との対照がとりわけけざやかだ。

同じ建保四年（一二一六）の六月。

一寸《ちょっと》居ずまいを整えて女官に案内を乞うと、宮内卿《くないきょう》がおみえでございます、と言う。御前にまかりいでたら、若い帝と家隆が御簾《みす》も隔てず歓談している。こちらに気づくと笑みの残った顔が揃って振り向いた。

「おお治部卿《じぶきょう》、来たか」

定家はこの年初め、従三位の参議据え置きのまま治部卿にのぼったのである。よわい五十五。家隆も一歩遅れて同じ従三位となった。官職は宮内卿である。

「遅うなりまして失礼申しあげます。主上《おかみ》にはご機嫌うるわしう」

口上を終わらぬ前から、主君は「早《は》よ早《は》よ」と、無邪気に手招きする。

「宮内卿と来月の歌会のことを話しておった。うかっとするうちにひと月を切ってしもうた。比較的気軽な会だが、早《はよ》う委細を知らせてやらねばみなが困る。さ、これへ来《こ》」

かたわらの床をととん、と叩《たた》く。来たる閏《うるう》六月に帝の主催で歌合を行う予定なのである。低頭してにじり寄ると、歌題やら席次やら、あれこれ記した紙片が膝元に散っている。歌人は二十名。各人に十首ずつ詠ませ、百番の勝負にするという。

「治部卿、残念ながらそなたは朕《ちん》と組じゃ。お気の毒様じゃが胸を借りる」

大きなまなこを片方ぱちりと閉じた。帝と結番《けちばん》されると勝《かち》はまず望めない。ある意味貧乏くじなのだ。

「とはいうても、衆議判《しゅぎはん》じゃによって、意見は遠慮なく戦わせよ。でなければ朕も気分がようないゆえ。二人ともよいな」

ぱかっとよい歯並びを見せた。

判者を置かず、方人《かとうど》（参加者）の評議で勝敗を決めることを衆議判という。出来試合《できじあい》であっても議論の場面で称賛が得られれば、面目《めんもく》は保たれる。

「気の毒などめっそうもない。これ以上の光栄はございません。なにより詠歌のはげみとなります」

と定家が返したのは、うそではない。あえて強敵の自分を指名するところに覇気《はき》を感じるし、なによりも慕われているのがうれしい。

帝はおん年二十歳《はたち》。父の後鳥羽院譲りのりっぱな体格と、美女の母の血を受け継いだ輝くような主君である。母の重子《じゅうし》はかの卿の局兼子の姪で、たくさんの后妃《こうひ》のうちから院の寵愛《ちょうあい》をほしいままにした。その第一子として愛《め》でられつくしたせいか、性は素直で一点の翳《かげ》りもない。才気煥発《さいきかんぱつ》で意気も軒昂《けんこう》ゆえ、六年前に二つ違いの兄土御門《つちみかど》に代えて父からなかば強引に位を授けられた経緯がある。

ここ数年は歌の道にも才を発揮し、なかなかの詠み手になりつつある。父院は近ごろ政務ばかりに執心なので、いまの歌壇の中心はもっぱらここ閑院内裏である。

後鳥羽院の歌壇はどぎつい遊びがつきもので苦痛が多かったが、若い帝は清々《すがすが》と簡素で快い。家隆とともにその両翼《りょうよく》に侍り、三人水入らずの和歌談義をするのも心楽しい。

手元の料紙に熱心にばってんをつけたり、二重線を引いたりしていた主君が、「歌題は――」と、顔を上げた。

「宮内卿とも話したのだが、こたびは単純なものでいこうと思う。春夏秋冬と恋の五つじゃ。さいきんは凝りすぎの題が多ゆうて飽きてしまった」

「御意にございます」

「宮内卿はもろもろの世話をせよ。治部卿は後日判詞《はんし》を加えてまとめてくれ」

「かしこまりました」

二人揃って同意したところへ、カン、コン、カン、コンと威勢のよい槌音が響いてきた。

おや、と定家が音のかたへ顔を向けると、家隆がうなずいた。

「殿舎の改築をしておられるそうだ。去年ぼやで損傷したままであったのが、ようやく始まったとか」

「ほう」

うなずき返したのへ、主君が重ねた。

「鎌倉の三代目が、また請け負うてくれたらしい」

またのところに力が入っている。なにやら含みを感じて定家ははっとした。

そういえば、と思った。この閑院内裏はこの帝が襲位《しゅうい》した際、実朝が築造したのである。実朝は京都朝廷になにかと尽くしてくれるので院には受けがよいが、若い帝には気に入らぬことがあるのかもしれない。

主君は直情に言葉を吐き出した。

「父上は将軍家をずいぶん買っておられる。鎌倉のやつばらの中で彼だけが見どころがあるそうな。歌もよいと言う。父が東人《あずまびと》の歌を賞するなど珍しきことだから、よっぽどよいのだろう。そういえばさいきん小耳にはさんだのだが、将軍家はおのれの跡継ぎに父の皇子をもらい受けたいと望んでおるらしい。朕の弟が東の将軍になる？　どういう腹積もりだろう。なぜに血のつながったわが子をなして、四代目とせぬのだろう。にわかには解《げ》しかねる」

言葉を連ねるほど頬が紅潮し、首筋に血管が浮いてきた。若いだけに皇統《こうとう》に対する誇りも高いのだろう。

「治部卿、そなたは将軍家と親しゅうしておるのよな?」

矛先《ほこさき》がこちらに向いた。

「噂はまことか」

院が実朝に対して陰に陽に工作の限りを尽くしていることは知らぬではない。が、いえ——と、定家は平静を保ってこうべを垂れた。

「さほどに親しいということもありません。歌の道についてはねんごろにお教えしておりますが、それ以外の話に及ぶこともございません。もとよりお目にかかったことも一度もありませぬし」

「さようか」

会話がふつりと絶えた。とたん、カン、コン、カン、コン、があきらかに響きわたった。気まずい空気が宙を満たす。

すると、

「定家よ」

と、家隆に声をかけられた。

「主上がそなたの歌をたいへんお褒《ほ》めである。先ほどその話を伺《うかご》うたところだ。で、ございましたね、主上」

家隆はこういう場合のつくろいがうまい。

「うん」

素直な主君はすぐにつられる。憤《いきどお》りでまっ赤になっていた頰はもうさめている。

家隆は巧みにきっかけをすくい取り、「さ、治部卿になんでもお尋ねなさいませ」と水を向けた。主君はいざなわれて、好奇心に満ちたまなこをこちらへ向けた。

「治部卿の歌はがんらい妖艶であるが、さいきんますます磨きがかかったと朕は見ている」

「おお、もったいなきお言葉にございます」

「とりわけ恋の歌じゃ。女子《おなご》の心を治部卿はようわかっておる。なぜにかほど女子心の機微《きび》がわかるのかと、しばしば驚き入る」

女子心の機微？　うれしき誤解を頂戴《ちょうだい》した。

家隆が脇でむずがゆいような顔をする。

ふん、笑え笑え。

「ますますもったいなきお言葉にございます。まだまだおのれで満足のゆくことはございません」

定家は無難に受け流した。が、主君は真剣に議論する構えである。

「正直なところ、朕は恋歌が苦手じゃ。見よう見まねでそこそこなしてはおるが、われながら平凡でいやになる。なによりもこれぞ朕の風《ふう》、というものがない。かといってなにが足りないのかもわからぬ。

で、つらつら考えた。それは、朕がそもそも恋というものを知らぬからではなかろうか。むろん妻どもはおるけれど、いとしい気持ちもあるけれど、それは果たして恋なのか。朕はたれかにこがれたこともないし、競《きそ》い仇《がたき》と恋争いをしたこともない。想いがかなわなんだこともない。失《うしの》うたこともない。そして、この先悩むこともなさそうだ。さすれば、深い恋の歌など詠めるはずもないのではなかろうか」

　いじらしすぎる理屈である。

　畏れながら主上、と定家は反論した。

「それや正しいようで、あんまり正しうありません。余人の誹《そし》りを恐れずに申しあぐれば、そもそも歌というのは屛風《びょうぶ》に描いた絵でございます。夢幻《ゆめまぼろし》でございます。しかし、夢幻の中にこそ歌の妙があるのです。

　経験の実《じつ》を伴わぬとよい歌が詠めぬというのはまことではございませぬ。それこそ歌枕《うたまくら》を見ようとてほんとにみちのくへ出かけていった能因法師《のういんほうし》にも似た酔狂《すいきょう》。実物を見ればよいというものではございませぬ。

　何度も申しあげますが、現《うつつ》の恋を百するよりも、すぐれた恋の古歌を百学ぶほうがよほど有益――と、この定家めは考えております」

　さようか、と若き主君は安堵したような、でもいまひとつ腑《ふ》に落ちぬような顔をした。形のよい小鼻がふくらんでいる。

「されば、治部卿のさいきんの境地はなんぞ。そなたほどの達人がいまさら百の古歌に学び直してなにかを得たわけでもあるまい」

　家隆がまたくすっと笑った。

「完敗じゃのう、治部卿定家。なんぞ心境の変化でもあったかな。つつまず申しあげねばなるまいぞ」

主君も乗っかって攻めてくる。

「さようじゃ、つつまず申せ、治部卿。なんぞよき出会いでもあったか」

定家はぐぐっと詰まった。

よき出会い？　そんなものがあるわけがない。

しばし考えた。

いや……、あるか。近ごろこんなふうに家隆とむつまじく仕事をする時間が増えた。それがとても楽しい。なんともいえぬ張りである。ひそかな心境の変化といえばそれか。家隆が傍に一人いるだけで、おのれは百人の女子と会うより満ち足りるのだ。

なにやら黙り込んだ歌の師を、若き帝がじいっと見つめている。

「治部卿、もひとつ尋ねたい」

澄み切った瞳が美しい。

「なんなりと」

「そなたにとって、恋歌の極意《ごくい》はなんぞ」

純粋ゆえに直球が飛んでくる。まっすぐ、ずどんと、胸のまん中に打《ぶ》ち当たった。

恋歌の極意。おのれの歌の核《かく》。

軽い痛みを覚えながら、気がついたらほんとのことを答えていた。

「未練《みれん》でございます」

「みれん――」

大きな黒目がぱちくりした。

友は少しうつむき、横顔で聞いている。

先ほど自分は経験と歌作はかかわりなきと言った。けれども遠くの因《もと》としては、やっぱりあるのだろう。終わったはずのものがいつまでも終わってくれない。空っぽの口の中に、ずっとうす甘い蜜《みつ》の味がする。空になった器の底に落ちない朱《あか》いしみがついている。それがいちばん胸の想いをもつれた糸のようにする。

「よいことを聞いた」

「つまらぬことを申しあげました」

叩頭《こうとう》した。

ふたたびしんみりと間ができたところで、家隆が退出の機《しお》をさしはさんだ。

「では主上、わたくしはさそくに歌会の方人がたへ連絡などいたしとう存じます」

「うん」

続いてこちらにちら、と横目を流した。

「定家、おぬしも援《す》けてくれ」

ともに退こうという合図である。

主君は鷹揚《おうよう》に「頼んだ」と答え、次の瞬間、「そうじゃ、ちっと待て」と、やや頓狂《とんきょう》に叫んだ。

「古歌と言われて思い出した。ちょうど昨日、父上からこれをもらい受けたところだった」

かたわらの文箱《ふばこ》をちょいと引き寄せ、蓋《ふた》を取った。

「覚えがあろう、治部卿」

「おお……」

驚いた。

いつぞや院に献じた手作りの秀歌の札だった。

「古きよき歌をからだに叩き込むには、これ以上の術《すべ》なしと父上に勧められた」

帝は無造作に中身をつかみ、はらはらと身のまわりにばら撒《ま》いた。はらはら、はら、はら。いちどきに歌語の波が立ち、渦が巻いた。

定家自身、もう何年もこの札を使うことはなくなっていた。懐かしさに胸が沸いた。

身を傾け、散った歌札に見入った。折れ釘《くぎ》のように癖のある文字が、分身のようにそこかしこから呼びかけてくる。

「父君のおっしゃるとおりでございます。拙《つたな》きものではありますが、ぜひお手近に置かれ、古歌にお馴染《なじ》みくださいませ。必ずや作歌の益《えき》となりましょう」

おのずと手が動き、花びらを拾うように一枚、二枚、身の傍に引き寄せた。

嘆《なげ》きつつ独《ひと》り寝《ぬ》る夜《よ》の明《あ》くる間《ま》は　いかに久《ひさ》しきものとかは知る（右大将道綱母《うだいしょうみちつなのはは》）

月見れば千々《ちぢ》に物こそ悲しけれ　我が身一つの秋にはあらねど（大江千里《おおえのちさと》）

さらに一枚……、もう一枚。

かくとだにえやはいぶきのさしも草　さしも知らじな燃ゆる思ひを　（藤原《ふじわらの》　実方《さねかた》朝臣《あそん》）
白露《しらつゆ》に風の吹きしく秋の野は　貫《つらぬ》き留《と》めぬ玉《たま》ぞ散りける　（文屋朝康《ふんやのあさやす》）

何度も繰り返した頭の文字の遊び。

「な」「つ」「か」「し」。懐かし。

ふわっとよいにおいの風に撫でられたと思ったら、いつの間にか家隆がかたわらに添うていた。思わずかえりみた。目と目がからみあった。

「治部卿の申すとおりでございます。これ以上にすぐれたお歌の修練方法はありませぬ。釈阿師俊成の門下は、みなこれで励んでまいりました」

長い指が動いて、いま並べた札のうちの三枚をごくさりげなく奪った。

かくとだに……、なげきつつ……、しらつゆに……。

もいちど芳《かんば》しい袖の風が動き、新たな一枚が末尾に加わった。


山里《やまざと》は冬ぞ寂しさまさりける　人目《ひとめ》も草もかれぬと思へば　（源《みなもとの》　宗于《むねゆき》朝臣《あそん》）

家隆の膝元に四枚揃った。ぞくりとした。

「か」「な」「し」「や」。愛しや。

二人だけの符牒《ふちょう》。頭の芯が陶然《とうぜん》としびれた。

「では、主上――」

家隆の再度の暇乞《いとまご》いの声で、われに返った。

「おいとま申しあげます」

揃って叩頭した。

車寄せに至り、自分の牛車に向かおうとしたら、「定家よ」と家隆に声をかけられた。

「援けてくれるのだろ」

——え？

切れの長いまなじりが、じっとこちらを見つめている。

それは退出の方便《ほうべん》ではないのか。

「行こう」

——え？

「どこへ？」

ハハハ、と朗らかな声が立った。

「どこへでもさ」

あっけにとられているうちに、こちらの従者に向かって「主人は所用《しょよう》あるゆえ、ぬしらは先に帰っておれ」と、さっさと指示している。そしてまた振り返り、「乗れ」。

迷う間もなく背を押され、箱のうちへ押し込まれた。

「とりあえず出してくれ」

車がゴトゴトと動きだしたら、「いつぞやもこんなことがあったな」と、家隆は首を傾け、にこ、とした。

――ああ……。

遠い記憶がよみがえった。そうだった。

相方を見返した。

「やっぱり暑い日で」

「京見物でもするかと車を走らせ」

「夏越《なごし》の祓《はらえ》に」

「それだ」

頭の中に白く輝くしぶきがあがった。あてずっぽうに京の町を走りまわった果てに、神社の小川で戯れあったあの日。

家隆が「おい」と、物見の窓から牛童《うしわらべ》に呼ばわった。

「北へ向かってくれ。上賀茂《かみがも》の社《やしろ》だ」

*

傾きかけた日差しの中で、小流れがさらさらと音を立てている。そよ風が岸の柳を揺らす。おのれらの髪もかすかに乱す。

「だいぶ涼しうなった」

「ああ、風が出た」

境内で茅《ち》の輪《わ》をくぐり、楢《なら》の小川のかたわらをそぞろ歩いたのち、いつぞやと同じ社の裏手に来た。木陰に牛車を止め、柳の下に並んで座った。

光陰《こういん》は矢のごとしだ。あのころは三十そこそこだった。それから二十余年。京も東も様変わりした。しかし、目の前の神の社はまるで昔のままで、見つめていると長の年月がするすると巻き戻っていく。

「ここはちっとも変わらぬな」

「だな」

柔らかな光を浴びている友の横顔を、定家は久方ぶりにまじまじと見た。

相変わらず美しい。年なりに皺も深まり、頭髪には銀が交じり、頰の肉も落ちた。だが鼻筋は秀で、肌はなめらかに白く、どう見てもおのれより十は若い。なぜいつまでも美男のままなのか不思議の念に駆られる。昔より目尻が下がり、むしろやさしい顔になったかもしれない。

見とれていたら、わやわやっとにぎやかな声がして、社の侍童《じどう》らしき三人が木立の切れ間を抜けてきた。一人の手籠《てかご》にひらひらした白いものが入っている。

夏越の祓では祭詞《さいし》を唱え、白木綿《しらゆう》を楢の小川に流す。正式の儀式は晦日《みそか》だが、貴紳《きしん》の求めに応じて月のうちは私的な祓が適宜行われる。今日の残りを片づけたのか、あるいは明日のための夜なべ仕事を持って宿舎に引きあげるところなのか。

家隆がちら、と見やり、「童よ」と籠を持った一人を引き留めた。

「それを少しくれぬか」

籠の中を指さし、にこ、とした。

童は驚いたように家隆の顔を見つめ、ぽっと頬を赤らめた。そして、どうぞ——と、膝をついて白い細片《さいへん》を差し出した。

「ありがとう」と、家隆がつむりを撫でると、うれしそうにぴょこんとお辞儀して仲間のもとへ駆けていった。

受け取った白木綿はささらに裂けていて、家隆はおもしろそうに表返したり裏返したりする。

そして、

「さっきの話だが——」

と、おもむろに話題を変えた。

「さっきの、とは？」

「将軍家の継嗣《けいし》のことさ」

「ああ……」

「まことなのか」

若い帝を刺激せぬよう、あの場では肯定も否定もしなかったけれど、現実にそうなりそうな気配である。鎌倉と近しい義弟の公経《きんつね》や、院の皇女に仕える姉などが、ときおりその噂を運んでくる。養子縁組は実朝のたっての希望であり、院もまんざらでないらしい。

「一の候補は頼仁《よりひと》君だそうな。卿の局の手のうちにあるおん方ゆえ、高い切り札として使われるやもしれぬ」

頼仁君とは、院の母方である坊門家の息女が生み、目下兼子が養育している皇子である。

「そうか。親王将軍なんてものが誕生するのか」

家隆は遠いところにまなこを投げた。

「あれだけ京を厭《いと》うて東の果てに去っていった者らが、一転して擦《す》り寄《よ》ってくるのだから妙なものだ」

白い布きれを長い指でもてあそんだ。

「そうなったら、この天《あめ》が下はどうなるのだろうな」

ほつれ毛が一筋、唇のあたりにかかった。横顔に憂いが刷《は》かれ、急に凄惨《せいさん》な感じになった。

定家はハッとした。いままで自分はその噂を肯定的にしか受け取っていなかった。親王将軍の誕生は天子の権威が武家政権をくるみ込むことであり、主君後鳥羽が熱望してやまぬ正しき秩序への大きな一歩になると思い込んでいた。そう信じるからこそ、自分も実朝の師範として、院の思惑の一端にかかわってきたのである。

「われら京都朝廷の復権があきらかになり、往時の隆盛を取り戻すのではなかろうか」

と答えた。

友の横顔がふっと翳った。

「だったらよいけれどな」

懐疑《かいぎ》の色が宿っていた。思わず問い返した。

「では、壬生はどう考えるのだ」

友はまた白い木綿《ゆう》をひとしきりもてあそんだ。

「私に訊くなよ。政治向きのことはようわからぬ」

目尻が柔《やわ》く下がった。

会話が途切れた。急に蟬《せみ》の鳴き声がかまびすしくなった。ずっと鳴いていたのか、それとも耳鳴りなのか、よくわからなかった。

友が存外に冷めた目を持っていることが定家は意外だった。また同時に、自分よりよほど院と近しいはずなのに、そういうたぐいの話題にまったく無縁らしきことに改めて驚いた。

昔からこの相棒は無欲で、位も官職も自分からは望んだことがない。いつも生臭いことから一歩退いている。

首をかしげると、こちらの思いを察したらしく、なにかを投げ出すように大きく伸びをした。

「定家、おぬしはよう励む。私はからきしだめだ。いつも風まかせに流されて、世事《せじ》にはまるでうといよ。おぬしのように背負うものもなし、われとわが子がとりあえず路頭《ろとう》に迷わねばよいと、望みはそれだけだ」

たしかに、家隆に比すればおのれは涙ぐましいほどがむしゃらだ。院に尽くし、帝に尽くし、女院に尽くし、主家の九条家にも尽くし、鎌倉の将軍家にも尽くし、四方八方を駆けまわっている。それはひとえにわが一門の隆昌《りゅうしょう》のためである。頭の上にいるたれが勝っても負けても生き残れるよう、全方位を見渡しておかねばならぬのだ。そのためには多少二股膏薬《ふたまたこうやく》になってもしかたがない。

それだけではない。おのれはこの国の片隅に置かれている歌人というものの地位を向上させるために奮闘してきた。人麻呂《ひとまろ》赤人《あかひと》以来、歌詠みは職人同然にみなされ、不遇をかこってきた。和歌こそは貴族の伝統であり、誇りであり、心であるにもかかわらずである。歌道隆盛のこんにちにおいても、処遇はけっして高いとはいえない。

おのれが高位高官にこだわるのは、その不名誉を覆《くつがえ》すための挑戦である。一個人としての出世欲ではない。生まれてこのかたずっとその戦いをしてきた。途中で投げ出すわけにはいかぬのだ。

しかし——。

先ほど見た友の翳りを思い出した。

「壬生」

定家はもう一度問いかけた。

「なんだ」

「もしわれが言うたのと反対のことになったら……、もし東の武家の頂のほうにわれら京の頂が呑み込まれることになったら……、どうする」

友は眉間に少し皺を寄せ、まぶしいような顔をした。はた、はた、とまばたきした。

「どうもせぬよ。いよいよ世を捨て仏の道に入る覚悟ができて、好都合かもしれん」

ふいに盛大な水の音がし、わっと歓声があがった。

二人とも、声のかたを見やった。

下手の流れの先に先ほどの童らが飛び込んで、水遊びをしている。ばっしゃん、ばっしゃん。互いに引いたり押したり、倒したり倒されたり。水に転げて飛沫《ひまつ》が上がるたびに笑い声が立ち、虹色の光輝《こうき》が舞う。

遠い日、自分らもあんなふうに袴をたくしあげて川に入り、衣を引いたり、足をすくったりして戯れあった。よい大人が二人して、全身濡れねずみになって。

　ばっしゃん……、ばっしゃん……。

「禊《みそぎ》――、をしたのだったな」

　家隆が言った。

　同じことを思い出していたらしい。

「あのときおぬしは女房殿にひどくやられて、この世の終わりみたいな顔をしておった」

「そうだったな」

　顔を見合わせ、ぷっ、ぷっ、と吹き出した。笑いはじめたら無性におかしくなり、声を立てて笑った。

　やがて家隆が顔を改め、笑ってすまぬと手を合わせた。

「でも、あれが効いたよな。おかげでおぬしはよき伴侶《はんりょ》に恵まれ、よい跡取りにも恵まれ、立身の道も開けた。賀茂の明神《みょうじん》さまさまだ」

　口の脇にいつもの小さなえくぼができた。

「そうだな」

　と定家はいらえ、いや――と思い直した。

　禊など効いたろうか。

　傾きかけた日の光に、友の銀色交じりの髪と、なめらかな鼻梁《びりょう》が映えている。おのれが人生のうちでいちばん求めたもの。そして、逃したもの。

　また同じ言葉が浮かんだ。

川のほうを見やると、いつの間にか三人の童はいなくなり、やや強まった風に岸の柳だけが揺れている。

――未練。

「そういえば」

家隆が同じほうに目を投げた。

「高陽院の柳はおぬしの山荘から移植したものだそうだな」

ぎょっとした。

「たれに聞いた」

「院が言うておられた。おぬしが献上した柳だと。私はさいきんまで知らなんだ」

献上などであるものか。院はほんとのことは言わぬ。言うはずがない。

「いや違う。奪われたのだ。無理やり掘り返されたのだ。あじきなき仕打ちよ」

院ともみあいになり、生《き》娘《むすめ》のように拒んだ痛い記憶がよみがえった。

「さようか」

家隆が眉をひそめた。

もうよい、終わったことだ、と定家は笑みを返した。

「すでに代わりを植えておる。よい塩梅《あんばい》に枝を張って、元よりたわわなくらいだ」

しばし会話が途切れた。

柳の葉《は》擦《ず》れと細流の瀬音のみが高くなる。

「まあ、わからぬでもない」

　家隆がやや唐突につぶやいた。

「なにがじゃ」

「院はおぬしが好きだから」

　――え……。

「院はおぬしと似てもおる。だから反発もするのだ。わからぬか？　きっと院にも未練があるよ」

　葉裏《はうら》のそよぎのように、くすっと笑った。

　混乱した。

「なにを根拠に」

　むきになったら、まっすぐ鞠を蹴り返された。

「わかるさ。私もおぬしが好きだもの」

　まなじりがくしゃっと皺まった。目の前にぽっと銀色の花が咲いた。

「おぬしは自分が思うよりもずっと愛される男だよ」

　ふいに日の光がさえぎられ、大柄なからだがスラリと目の前に立った。袖が揺れ、よいにおいの風が吹いた。

「ぜんぶ、洗い流してしまおうか」

　と言うなり、ずんずんと歩を進め、指貫《さしぬき》の裾をたくしあげ、川の中へひょいと下りた。そしてくるりと振り返り、弾けるような笑顔で手招きした。

「定家、来い、禊じゃ」

握った白木綿が揺れている。

ほんとうだ。ぜんぶ流してしまいたい。

立ちあがった。友のあとを追って川に寄り、すべらぬように慎重に水中に踏み入った。びっしりと茂った水草がふわり、ふわり、と足の甲を撫でる。水深は足首ほどしかないが、魂が濯《すす》がれるように心地よい。

透明な水のうちに、白い布が吹き流しよろしくなびいた。結んだ家隆の指が一本、二本と開かれるたびに流れに激しく揉まれ、全部開いた瞬間、あっという間に流れ去った。一瞬のような、永遠だった。二人して息を呑んで見入り、白い色が見えなくなると、すべてが洗い清められた心地になった。

家隆が身を起こし、下りたときと同様軽やかに岸に上がった。それ、と手を伸べられ、応《おう》、とつかんで引きあげられたら、そのまま握った手が離れなかった。

牛車に戻ると、

「行こう」

と、家隆が言った。

「行こう」

と、定家も返した。

もう迷わない。

「嵯峨の山荘へ向かえ」と、牛童に命じた。

ゴトゴトと鳴る牛車の揺れに合わせて、心の薄皮が一枚ずつ剝《は》がれていった。そのたびに、内側に秘められていたものが露出《ろしゅつ》して、並んでいる相手の心とぴたりと添うた。

芳しいにおいの中で身を寄せたら、耳もとに懐かしい唇が触れた。失われていた時間が一っ飛びにつなぎあわされた。

「さだいえ」

と呼ばれた。

からだの奥にあぶくのようなものが湧き、全身に満ちた。

まぶたを閉じた。雲の上でまどろむような心地だった。

がたん、と牛車が大きく揺れて止まった。

はっとした。

表でせわしなく人が駆ける気配がして、「お主《しゅう》様、お主様」と呼ばれた。なにごとだ。

門前に家司《けいし》の忠弘が膝をついていた。忠弘は冷泉の本宅にいるはずなのに、なぜ先回りしている。

「いかがした」

「壬生様はご一緒でございますか」

いやな予感がした。

「おるが、なんぞ」

「先ほど院よりお使いがおみえになりまして、壬生様をお召しでございます。お急ぎの御用とのことでしたので、手分けしてお探ししておりました。閑院内裏にて帝とともにお待ちだそうでございます。至急お戻りくださいませ」

思わず二人顔を見合わせた。

なぜいつも、こうはかったように邪魔が入るのだろう。われらは結局そういう運命《さだめ》か。

家隆が苦笑した。

「ようわかること」

まるで天魔《てんま》の采配《さいはい》である。

「やむをえぬ」

青白い頬が一瞬伏せられ、すぐに上がった。

「定家」

切れの長いまなじりが、ふっと細められた。

「待っていてくれ。すぐ戻る」

恋しい手がこちらへ伸び、一瞬、膝の上に置かれた。胸がしくっと痛んだ。

ふらつく足で立ちあがり、車から降りた。

――ぜんぶ、洗い流してしまおうか。

先ほどの禊の川がまぶたによみがえった。

否、流せるはずがない。相手は帝王なのだ。

しがらみにひっかかり、流れもあえぬ白い布が水底でもがいている。

いとしい男が牛童に「出せ」と命じる声が、冷酷な宣告みたいに聞こえた。

＊

「定家殿、定家殿」

夢から覚めたように、定家はあたりを見まわした。

月変わって、閏六月。

帝主催の歌合の席であった。

斜め前に座した源家長がちぢかんだ姿勢で振り返り、眉間に皺を寄せている。

「いかがされた。ご気分でもお悪いか」

「いや、なんでもない」

ばつの悪さをとりつくろうため、あえてしかめ面を返した。

いつの間にか方人《かとうど》は揃い、披講《ひこう》を行う講師《こうじ》の着席を待つばかりとなっている。

渡殿《わたどの》を隔てた向こうの廂《ひさし》に玉座《ぎょくざ》があり、御簾《みす》のうちに椅子《いし》に腰かけた竜顔《りゅうがん》が透けている。

それを正中線《せいちゅうせん》として、両脇に方人の半数、こちらの廂にも半数が居並ぶ。帝から見て右側が右方の方人、左側が左方の方人である。

「そろそろですぞ。憚《はばか》りなく意見せよとの仰せでありますから、せいぜいきばって御評を言わっしゃい」

家長が構えた筆をちょい、と上げた。家長は衆議《しゅぎ》を書き留める書記の役なのである。

ひと月に足らぬ日々のうちにも秋の気配がしのび寄り、表では虫がすだくように鳴いている。

往時にくらべれば簡素になったものの、内裏の歌合はやはり華やかである。方人の列に添うて燈台《とうだい》がずらりと並び、講師の席には金銀の鶴亀《つるかめ》、松竹梅《しょうちくばい》、小禽《ことり》などをあしらった洲浜《すはま》の文《ぶん》台《だい》が飾られる。方人の女房は左方は赤系、右方は青系の装束で思いおもいに綺羅《きら》を張る。燦々《さんさん》と目の中ににじむような光と、朗々たる講師の声を聴いていると、天の川にたゆたっている気分になる。

この艶《えん》なる空気を定家はなによりも愛していて、常は幽邃《ゆうすい》な銀河にひたすら没入する。しかし、今宵は心定まらずたがはずれたようである。否、今宵はではない。昨月上賀茂へ行った日から、ずっと気もそぞろである。

こうべをめぐらせ、渡殿の斜め向こうを仰いだ。義弟の公経《きんつね》、その子実氏《さねうじ》などと並んで、左方の中ほどに家隆が見える。控えめながらすらりとした容姿がひときわ端麗である。道しるべのようにまたたく燈台の灯りにいざなわれ、ついつい目をやってしまう。

家隆の顔を見るのは、あの日以来である。

――待っていてくれ。

――すぐ戻る。

家隆はまなじりを皺めてほほえんだ。

でも、戻ってこなかった。なぜ戻らぬのか、想像するのもいやだった。

臥処《ふしど》の中で輾転《てんてん》と寝返りを打ちながら、怒りと悲しみと嫉妬がごた混ぜになった塊を、ちぎれる寸前までこねまわした。なまなかに焼けぼっくいに火がついたからいけなかった。こんな思いをするくらいなら初手からなにもないほうがよい。

もつれた情念で頭が満杯となり、のぼった血がずっと下がらない。まんじりともせず夜を過ごし、一番鶏が鳴いたとき、堪忍袋《かんにんぶくろ》の緒が切れた。小女の鶴を叩き起こし、恐怖ですくみあがっているのを常ならぬ手荒さで閨《ねや》に引き込んだ。罪のない仔猫《こねこ》を折檻《せっかん》するくらいの残酷をせねば、荒れ狂う心を鎮められなかったのである。

まわりの空気が動いた。

講師が席に着き、披講を始めんとしていた。

「一番、春」

よく通る声が響きわたった。

左

降る雪にいづれを花とわぎもこが　折る袖にほふ春の梅《うめ》が枝《え》（御製）

右

知る知らずわきてはまたず梅の花　にほふ春べはあたら夜の月（定家）

歌合では作者の名は明かされないが、みなたれの歌だか知っている。このたびの御製《ぎょせい》がおのれと結番されているのも、むろん知っている。

帝が勝《かち》となるのは基本の規定なので、定家としてはいっそ気楽である。評を求められたら左の歌殊勝《しゅしょう》とか、なにがしの言葉おかしとか、適当に言うておけばよい。そう思うと、なおのこと上《うわ》の空《そら》になる。議論は家長が書き留めてくれるので、おのれはあとでそれをもとにほどほどに判詞をまとめればよい。

さかんに交わされる衆議が背景に遠のき、二番、三番……と続く披講も靄《もや》に沈み、代わりに想念の底からゆら、ゆら、とさざ波が寄せてきた。と、思う間もなく、ばしゃん、と白いしぶきがあがり、家隆がにこりとほほえんだ。

――壬生……。

この恋しさを、自分は二十年も抑え込んできた。粘りつくような情念を濾過《ろか》して、上澄みとしての淡い友情だけを理性で保ってきた。

三十一番、夏

左

禊川《みそぎがは》夏のゆく瀬の水はやみ　影もとまらぬ水無月《みなつき》の空　（御製）

右

夏《なつ》果《は》つる禊にちかき河風《かはかぜ》に　岩波《いはなみ》高くかくる白木綿《しらゆふ》　（定家）

夏の川……。水無月の禊……。頭の中で清流がさらさらと音をたてる。

それにしても、なぜ院に知れたのだろう。まるで獣のような嗅覚《きゅうかく》だ。それほど家隆を想うているということか。

家隆がくすりと笑ってこちらを見た。

——院はおぬしが好きだから。

そうなのか？　われをなのか？

と、そのとき天の川の光がざわっと乱れ、彼方こなたをあわただしく駆けめぐる足音がした。

なんぞ——、と疑《うたぐ》るよりも早く、

「院のおなりでございます」

と、先触《さきぶ》れが告げた。

次の瞬間、治天の君の堂々たる体軀《たいく》が現れた。

一同恐懼《きょうく》して、いっせいに平伏《ひれふ》した。女嬬《にょじゅ》と侍童が走りまわって、帝の隣に緊急の御座《おまし》をこしらえる。貴《あて》なる紫色に菊花の紋を織り出したみごとな衣がひるがえる。

「邪魔するぞ」

鷹のまなこが炯《けい》、と光り、一瞬にして右方から左方の端まで睥睨《へいげい》した。そして、果てまで尽きると跳ね返ってわが身の上で止まった。

にらまれた獲物の気分で、定家は首をすくめた。

ふたたび顔を上げたときには、猛禽《もうきん》の帝王はにわか仕立ての玉座にさっさと腰を下ろし、女官に盃を満たさせていた。そのまわりだけがまばゆく輝いて見える。この院一人が交じるだけで、さざれ石の銀河に煌々《こうこう》たる月が加わったようになる。

帝王は立てつづけに三献ほど盃をあおると、講師に向かって扇を振り、「始めよ」と命じた。

講師はいんぎんに礼を返し、文台の洲浜から色紙を取りあげた。

「九十一番　恋」

定家はあっと思った。わが結番だった。

ほとんど上の空で作歌するなかで、この一首だけには真摯《しんし》な想いを込めた。家隆恋しさに七《しち》転八倒《てんばっとう》する心地を、万葉の昔の笠金村《かさのかなむら》の長歌に重ねた。

左

寄る波も及ばぬ浦《うら》の玉松《たままつ》の　根にあらはれぬ色ぞつれなき（御製）

右

来ぬ人をまつほの浦の夕凪《ゆふなぎ》に　焼くや藻《も》塩《しほ》の身もこがれつつ（定家）

一座はしん、と静まっていた。思いがけぬ主君の闖入《ちんにゅう》によって議論がせき止められ、たれも口火が切れぬようになったのである。

張りつめた空気の中で帝王はすべるように首を動かし、こちらの顔の上にぴたりと照準《しょうじゅん》を合わせた。

「治部卿定家」

ぎょっとした。

「評せ」

どくどくと脈打つ心臓を万灯《まんどう》の光輝《こうき》が炙《あぶ》った。人の気を知りながらの、この仕打ち。

定家は精いっぱいに平静を保ち、返答した。

「左の歌、波も及ばぬ玉松の詞《ことば》まことにうるわしく、感じ入りましてございます。右の歌のまつほの浦の詞は耳慣れず、わりなし。よって左の歌の勝と思《おぼ》しまする」

こうべを垂れた。

「さようか」

帝王は続いて反対にからだをねじり、「宮内卿家隆」と鋭く呼ばわった。

「許せ」

はっ、と家隆の小ぶりなこうべが平伏した。

定家はますますどくどくと心臓が脈打った。この主君はどこまで意地が悪いのだろう。

「治部卿と同じき意見でござります。左の歌、浦の玉松の風情めずらかにて、波の及ばぬつれなさ惻々《そくそく》たり。右の歌これに及び難《がた》く、よって左の勝かと存じまする」

「うむ」

また沈黙が支配した。

脂汗《あぶらあせ》がにじみ出た。痛いほど胸が苦しい。もはや限界、と思ったとき、ふたたび「治部卿」と呼ばれた。

主君の尊大な声音が響きわたった。

「そなたのさいきんの詠みぶり、ことに恋歌の艶なる風情、ここに極まれりと噂に高い」

どういう意図で言うか。疑心暗鬼《ぎしんあんき》で眩暈がする。

「恐れ入りましてございます」

試されている。あふれた汗がほとほとと床に垂れた。

「そこで、そなたに尋ねたい」

「はっ」

伏したまま次の言葉を待った。

「恋歌の極意はなんぞ」

カッと頬に血がのぼった。

なぜいまそれを訊く。その問答は若き帝と先にやりとりした。知っていてわざと蒸し返すか。であればはぐらかすまい。何度でも言うてやる。本心を言うてやる。

つい、と顔を上げた。

「未練でございます」

あたりがかすかにざわついた。

きっぱりと言い切ったら虚脱《きょだつ》した。同じ答えのはずなのに、こないだ帝に返答したときとはまるで心持ちが違っていて、百倍も情けなかった。心の中の両目から、よい年をして涙がどっと噴き出した。

暴君は黙った。

しばしののち、

「かなしや」

あるかなきかの音でつぶやいた。みなには聞こえなかったろうが、わが目には異様にゆっくりとした唇の動きが、はっきりと見えた。

それから帝王は扇を大きく広げ、ばさ、と羽ばたくように右の方人をひとあおぎした。

「右の歌、待ち人来たらずの心、切《せつ》にして優艶《ゆうえん》。いみじうあわれにて胸打たれた。よって右の勝とす」

そう言い放つとおもむろに立ちあがり、あっけにとられる衆を尻目に風のごとく去っていった。

あとには嵐にかき乱された木の葉に似た空気が残り、虫のすだきが急に大きくなった。

定家はしばし呆然とした。

——われの勝、とな。

床に手をついた姿勢から元に戻ろうとして、急に稲妻に打たれたようにひらめいた。

——かなしや？

いま去った帝王の菊花の衣がまぶたの裏で白いしぶきと変じ、一面の歌札のさざ波となった。

先月の閑院内裏の昼《ひ》の御座《おまし》。若い帝が撒いた札を用いて、家隆と二人ひそかな会話をした。

す、す、と四枚の札を引き寄せ、

——な、つ、か、し。

家隆が三枚並べ替え、もう一枚引き、

——か、な、し、や。

そうだ……、そうだった。

なぜそれを院が知っている？

せわしなく考えた。

もしかして、あの札がそのまま残っていて、帝を訪ねてきたとき心づいたのか。それで、われらの行方を追ったのか。

痺《しび》れるような頭で顔を上げたら、ともし火の銀河の向こうでやはり呆然としている家隆のまなことゆきあった。

五

建保七年（一二一九）二月二日。

霜凍《しもこお》る水無瀬宮の寝所にて。

「おや……」

ふと長押《なげし》のところに黒い影が揺れたような気がして、後鳥羽院は帳《とばり》のうちから薄暗い天を見上げた。

燈台の芯の不具合だろうか。

身を起こすと、かたわらで眠っていた兼子が寝返りを打って目をこすった。

後鳥羽は夜具を抜け、白絹をくぐって御帳台《みちょうだい》から出ようとして、反射的に進みかけていた足を引っ込めた。影と思ったものがほとりと落ち、こちらにかさかさっ、と這《は》い寄ってきたからだ。

「ひっ」

「いかがなさいました」

「ささがにじゃ。たれかある」

手を打ち鳴らした。

二寸ほどもあろう、脚の長い蜘蛛《くも》だった。

「早《はよ》うとらえよ！」

目を怒《いか》らせて叫んだときには、敵はすでにどこぞの隙間に逃げ込んで、影も形もなかった。

夜の蜘蛛は親でも殺せといわれるほど不吉の徴《しるし》である。そして、剛勇《ごうゆう》の帝王にしてただ一つ苦手なものが、この異形《いぎょう》の生物なのだ。

むきになって夜具や衣を打ち払い、どこへいった、と血眼《ちまなこ》になっていたら、どっ、どっ、と激しく渡殿を駆ける足音がして、四人の男が到着した。

「遅い！」

と叫んで見やると、北面の武士の藤原秀康、秀澄兄弟が従者を従え片膝をついている。

なんじゃ、蜘蛛の子一匹捕《とら》まえるのにわざわざこれらが来ぬでも——、といぶかしんだ瞬間、

「申しあげますっ、ただいま関東より火急の報《しら》せが入りましたっ」

絶叫に近い秀康の口上が耳朶《じだ》を打った。

ぎょっとした。違う件らしい。

二人とも石のような顔色になっている。

こは、ただならぬ——と硬直した真正面から、あってはならぬ言葉が浴びせられた。

「去る一月二十七日、源将軍実朝公、兇徒《きょうと》に襲われ落命あそばされた由《よし》にござりますっ」

秀康はのどを振り絞り、ぶるぶるこぶしを握りしめている。

「げっ……」

めりめりと音を立てて、全身がひび割れる気がした。

「なぜっ、どこでっ、いかにしてっ、たれの仕業《しわざ》かっ！」

後鳥羽は前にのめるように、立て続けに問いただした。

やや冷静な弟の秀澄が両手を床についた。

「はっ。ところは鎌倉鶴岡八幡宮《つるがおかはちまんぐう》。下手人《げしゅにん》は前将軍のおん遺児で、当宮別当たる公暁《くぎょう》君。『親の仇《かたき》』と呼ばわりながら木陰より斬りかかり、一刀のもとにお命頂戴したとのことにございます」

「な、なんと」

わななく身に、さらに強烈な追い打ちがかかった。

「将軍家に供奉《ぐぶ》されていた源仲章殿も、ともにお命落とされた由」

「なっ……」

絶句した。

目の前が無限の闇へと暗転し、なにも聞こえなくなった。

次に後鳥羽が正気に返ったときには、青ざめた乳母と二人、魂の抜けた木偶《でく》のように帳台の柱にもたれかかっていた。

火桶《ひおけ》の炭が尽きたのか、それとも血が冷えきったのか、指の先まで凍るように寒い。

おのれは長の年月、遠い敵をにらんで筆舌《ひつぜつ》に尽くしがたい努力をしてきた。その甲斐《かい》あって、ようやく実りの手ごたえを感じていた。

とりわけこの一、二年である。実朝は蜜に魅せられた蟻《あり》みたいに寄りきたり、ことごとに忠誠を示していた。あと一押しだった。さらに揺さぶりをかけるため、高位高官を立て続けに与えてやった。権大納言、左大将、内大臣、そして右大臣。もはや遠地に居ながらにして、こちらの廟堂に列したも同然だった。兼子に政子と交渉させ、わが子頼仁《よりひと》もしくは雅成《まさなり》を養子に与える約束もした。これが次期の将軍となれば、いよいよ敵はわが朝廷の下に取り込まれるはずだった。

この天の下、二つに割れた頂を一つに戻す。天子の権威を奪還し、神代《かみよ》以来定められた正しき姿を復活させる。わが人生の目的は最初からそれだった。血を吐く思いで熱望してきた。もう少しでかないそうだったのに。あと一息だったのに。

「おんば」

人形のような姿勢のまま、後鳥羽は随伴者《ずいはんしゃ》に呼びかけた。

「はい」

「覚悟を決めるときが来たようだ」

「さようでござりまするな」

やられたのが実朝だけなら、敵の内輪《うちわ》の争いかもしれぬ。だが、おのれらの間諜《かんちょう》がともに葬られた。これは明らかに敵意であり、挑発《ちょうはつ》であり、見せしめである。

下手人は頼家の遺児などではない。親の仇だと？　ふざけるな。そんなちっぽけな恨みであるものか。黒幕がいる。北条だ。北条義時、そして政子。

まだ見ぬ執権の姉弟の姿が先ほど討ち損じた生き物と重なり、頭の中で巨大な土蜘蛛にふくれあがった。

——おのれ、あずまえびす。

——成敗《せいばい》してくれる。

ぎりぎりと歯ぎしりした。

五の章　勅勘と大乱

一

承久《じょうきゅう》三年（一二二一）、五月十五日の暮れつ方。

ふと遠くに地響《じひび》きのようなものが鳴った気がして、定家《ていか》は筆の手を止めた。

表を仰ぐと嵯峨《さが》の里はいつしか薄藍《うすあい》に染まり、黒々とした小倉山《おぐらやま》が蔀《しとみ》の向こうを斜めに切っている。梅雨《つゆ》どきのじっとりとした空気が暮色《ぼしょく》に沈んでいる。

――気のせいか。

と、ふたたび顔を戻したとき、今度はあきらかに荒い獣《けもの》のいななきが聞こえた。

なんぞ、といぶかる間もなくめりめりっ、と柴垣《しばがき》が踏み倒される音がして、早馬が駆け込んできた。屋形のうちにあわただしい足音が立つ。戸外でも彼方こなたの邸《やしき》に伝令《でんれい》がめぐっているらしい。

「お主《しゅう》様っ」

常は折り目正しい家司《けいし》の忠弘《ただひろ》が、几帳《きちょう》を蹴散らさん勢いで母屋《もや》の入りはなに片手をついた。

まなじりが怒り、血の気が失《う》せている。その後ろに、道弘《みちひろ》がやはりまっ青な顔をして控えている。

「いかがした」

尋常ならざる気配に、聞かぬ前から鳥肌が立つ。

「九条《くじょう》の大殿《おおとの》道家《みちいえ》様からお報《しら》せでございますっ。本日、院より鎌倉の執権《しっけん》北条《ほうじょう》義時《よしとき》殿を討てとの宣旨《せんじ》が発せられたとのこと。五畿七道《ごきしちどう》の守護《しゅご》、御家人《ごけにん》に対して参陣せよとの御命でございます。院方の兵すでに起《た》って、京都守護伊賀光季《いがのみつすえ》殿をお攻めになり、市中は非常の事態にあると」

「なっ……、なっ……」

息が止まりそうになった。

院が決起された？　京都守護を攻めた？

京都守護とは京における鎌倉の代官のようなもので、光季のほかにもう一人任じられている大江親広《おおえのちかひろ》は、はや院に降《くだ》ったという。

狼狽《ろうばい》して腰を浮かした拍子に文机《ふづくえ》に膝《ひざ》が当たった。ごん、と鈍い音とともに硯《すずり》が落下し、墨汁があたりに飛び散った。

「帝《みかど》はどうされたっ」

「はっ、院とご一緒に高陽院《かやのいん》におありのようです」

今度は道弘がにじり出た。

「右大将《うだいしょう》家よりもお報せあり、当主公経《きんつね》様、子息実氏《さねうじ》様ともども院の兵に拉《らっ》せられたとのことでございます。執権殿に使者を発したのを咎《とが》められたとか」

「げっ」

難詰《なんきつ》するように定家は家司に詰め寄った。

「して、公経殿はどうなったのじゃ。お、お、お命は」

呂律《ろれつ》がまわらず、舌がもつれた。

「わかりませぬ。拘禁《こうきん》されただけなのか、よもやのことになられたのか、判然といたしませぬ」

なんということじゃ……。

腰が抜けたように、へなへなとへたり込んだ。

先月、突然の譲位があり、順徳帝《じゅんとくてい》が四歳の懐成親王《かねなりしんのう》（仲恭帝《ちゅうきょうてい》）に位を譲った。二十五の若さでなにゆえにといぶかしかったが、それもこれも身軽になって父院と行動をともにするためであったか。

頭の中に、怒号《どごう》と干戈《かんか》の響きがわんわんと鳴った。

いまから三十五年ほど昔を思い出した。おのれが二十代だった寿永《じゅえい》のころ、京の都は戦乱によってもみくちゃになった。あの再来となるのか。

いや、それよりも恐ろしい。あれは源氏と平家の喧嘩《けんか》だったが、このたびは公と武の真《ま》っ向《こう》対決だ。西東のどちらの頂《いただき》がどちらを食うか、天下分け目の戦いだ。その結果いかんによっては、この天《あめ》の下はよもやの大転換を迫られることになる。

それにしても、院はいつの間にこんな大計画を練ったのだろう。兵はどこから湧いて出たのだろう。

――そういえば。

びりっと雷に打たれたように思った。

昨日、伏見《ふしみ》の城南寺《せいなんじ》で院が流鏑馬揃《やぶさめぞろ》えを盛大に行ったと聞いた。おそらく武装の軍団を誤魔《ごま》化《か》すための催しだったのだろう。

――だとしたら……。

いったん落とした腰を、弾《はじ》かれたように上げた。

おのれはいまゆえあって蟄居《ちっきょ》の身だから蚊帳《かや》の外だが、主立ったる臣はみな呼ばれたのではなかろうか。計画を知らぬ者もいつものお遊びと解して参じ、そのまま与党《よとう》に組み入れられたのではあるまいか。

「忠弘っ、道弘っ」

家司に鬼のようなまなこを向けた。

蒼白《そうはく》の二つの顔が、硬く引き締まった。

「壬生《みぶ》のところへ、使いを立てよ」

いとしい友の笑顔が脳裡《のうり》に浮かんだ。いついかなるときも水のようにものごとを受け入れ、いついかなるときも裏切らない男だ。院に請われれば必ず応じるだろう。

「はっ」

「無事を確かめい。おらなんだら、ひそかに捜せ」

のどがかすれ、声が裏返った。

「うけたまわりました」

「あわせて邸の防備じゃ。全門閉ざし、訪問者うかつに入れるな。冷泉《れいぜい》にも童を走らせよ。早《はよ》う行け！」

「御意っ」

即座に引き返していく二つの背中に向かって、わなわなとこぶしを握った。

――壬生……。

いつの間にかこぼした墨を踏みしめ、指貫《さしぬき》も足の指もまっ黒になっていた。

暗雲のような不吉な染《し》みを、なかば絶望的な思いで見つめた。

二

時は一年半ほどさかのぼって――。

承久元年（一二一九）九月。

後鳥羽院《ごとばいん》はやまいの床で、戦火に蹂躙《じゅうりん》される敵地を見下ろしていた。

目の下をうんかのような兵馬《へいば》の群れが駆けている。どおっ、どおっ、と黒い塊《かたまり》が交差するたび、土煙《つちけむり》が上がり、叫喚《きょうかん》の渦が巻く。

北、西、東の三方を山に囲まれ、南は大海原が寄せる、袋のような敵地である。蜘蛛《くも》の巣のごとく中心に延びる街道を伝って、軍勢が続々と進攻する。

――行け、そこだ、その調子で踏みつぶしてしまえ！

菊一文字《きくいちもんじ》の太刀《たち》を握りしめ、天から声の限りに鼓舞《こぶ》する。

その瞬間、山の手で勃然《ぼつぜん》と火の手が上がり、みるみる黒い煤《すす》で覆われた。そして、ひときわ強い旋風が起こって煙幕《えんまく》が吹き払われたとき、あっ、と息を呑《の》んだ。

南の海は消え、蜘蛛の巣のような街道も消え、かわりに碁盤《ごばん》の目の辻《つじ》が規則正しく刻まれている。その条里を左右二つに分けるように、中央を太い大路が貫いている。

ああ、またか……。

鎌倉ではない。平安京だ。

なぜだろう。憎い敵地を攻めていたはずなのに、いつもいつの間にかわが愛するふるさとに変わっている。

ばきばきっと山が鳴るような轟音《ごうおん》がして、ひときわ激しい炎が立ちのぼった。

すわっ——、と身を乗り出すと、大路のどんつきがめらめらと燃えている。いかぬ、大内裏《だいだいり》だ。わが都の象徴《しるし》を守れ。早う消せ、食い止めよ。仁寿殿《じじゅうでん》が燃えている。宣耀殿《せんようでん》が燃えている。校書殿《きょうしょでん》が燃えている。紫宸殿《ししんでん》が燃えている。

ごおっと火の粉がはぜ、紅蓮《ぐれん》の炎が吹きあがる。はっと気がつくとわが身はいつしかほむらのただ中にあって、衣が燃える、髪が燃える、顔が燃える、手足が燃える。じりじりと肉の焦げるにおいがする。

熱い、熱い！　と叫んで、地面を転がり、かたわらの池に飛び込んだ。

ああ……、助かった。

だが、安堵《あんど》する間もなく、こんどはずんずん沈んでいく。もがいてももがいても浮かびあがれぬ。しかも、沈むほどにからだに藻《も》のようなものがからみつき、ますます身動きが取れなくなる。苦しい、息ができない。だんだん気が遠くなり、ふと目を開けると、前方の岩陰に黒いものがうごめいた。

ひっ、と、すさった。たくさんの手足が蠢動《しゅんどう》している。なんじゃ、蜘蛛か？　蟹《かに》の化け物か？

と見る間に、まっ赤なまなこをカッと見開き、じりじりと迫ってきた。

わあああっ、と叫んで抜刀し、滅多《めった》やたらに斬りつけたら、化け物はカカカと笑った。

「尊成《たかなり》」

「あ、あにうえ」

兄の安徳《あんとく》だった。八ツ足のように見えていたのはザンバラになびく長い髪で、ほの暗い海の底で酸漿《ほおずき》のような目玉を怒らせ、こちらの手元をにらみつけている。

「そんな偽物《にせもの》で敵が斬れると思うか。無理じゃ。おまえは永遠に勝利を手にすることはできぬ」

地獄の底からのような声がいんいんと響く。

「本物の宝剣はここにある。これこそが皇祖アマテラス様より賜り、悠久の時を超えて天子に受け継がれてきた草薙《くさなぎ》の剣《つるぎ》である」

化け物はすらり、と佩刀《はいとう》を抜いた。それはいままでに見たこともないほど冷たく冴えた白銀《しろがね》色《いろ》をしていて、目を射るほどにまばゆい。

地べたに伏して懇願《こんがん》した。

「お願いです、兄上、その刀をわれにください。われはどうしてもこの国を統《す》べねばならぬのです」

蟹の化け物は傲然《ごうぜん》とこちらを見下ろした。

「おまえなどにやるものか。後白河《ごしらかわ》のじじがわれらを欺《あざむ》いたとき、帝の正統も絶えたのだ。光り輝く平安京も終わった。思い知るがよい」

くるりと背を向け岩陰に消えてしまった。

「待ってください、兄上、待って……」

と、追いすがり、懇請しようとしたとたん、鼻と口から水が流れ込んだ。ごぼ、ごぼ……、苦しい、息ができぬ。ぶくぶくと泡を吹き出しながら手足を必死に掻《か》き、水面を目指し——。

ハッ、と目が覚めた。

＊

見上げる頭上に帳台《ちょうだい》の薄絹が揺れている。

「院」

と、呼ばれた。

見慣れた顔がかたわらに座している。

「壬生か」

細面の白い頬と銀交じりの鬢《びん》が光っている。切れの長いまなじりがにこ、とした。

「まだおったのか」

「だいぶうなされておいででした」

「妙な夢を見た」

相手は一刹那《いっせつな》、心配そうに眉を寄せ、黙ってこくりとうなずいた。

どうなさいました、とも、どんな夢ですか、とも訊《き》かない。家隆《いえたか》はそういう男だ。

「いまなんどきじゃ。朕《ちん》はずいぶん眠っておったか」

すでに日も落ちたらしい。蔀も閉《た》てられ、燈明《とうみょう》が揺れている。たしか家隆は未《ひつじ》の刻《こく》ごろに訪ねてきたはずだ。それから少し話をして、粥《かゆ》をすすり、薬湯《やくとう》を飲んだら急に眠気がさした。

「酉《とり》の正刻《せいこく》でございます。先ほど灯《あか》りが入ったばかり」

ならば二時《ふたとき》ほども見守ってくれたのか。律儀《りちぎ》な男だ。

目が合うと、失礼いたしますと、ひたいの麻布《あざぶ》を改め、

「お熱も先ほどよりずっと下がりました」

安堵の顔をした。

「卿二位《きょうにい》殿でもお呼びいたしましょうか」

「いらぬ。乳母《めのと》など呼ぶな」

卿《きょう》の局《つぼね》兼子《かねこ》はいまや従二位に出世して、卿二位と通称されているのである。だが、さいきんは意思の相違があって、あんまりむつまじくない。

「控えの間に伊王丸《いおうまる》もおりましたようですが」

伊王丸とは寵童《ちょうどう》あがりの北面衆で、近ごろもっとも愛玩《あいがん》している若人《わこうど》だ。正式の名は藤原能茂《よしもち》と言い、まばゆいほどの美貌だが、精力消尽しているいまは、そのまばゆさがかえって神

経に障る。

「よい。そなたがおってくれ」

かたわらを顎先《あごさき》でちょいと示した。

「少し身を起こしていたい。支えてくれ」

夜具をつかんでいざなうと、はい——と、迷いもなく臥処《ふしど》にすべり込んでくる。深いふところに身を預けたら、懐かしいにおいに包まれた。二十年なじみ親しんだ安らかさである。赤子になってゆりかごに揺られる気分になった。

おのずと弱音が口をついて出る。

「肉体の壮健《そうけん》はたれにも負けぬつもりだったが、こんなやまいに陥るとは」

ひと月前にどっと病みつき、一時は命が危ぶまれるまでに悪化した。薬師《くすし》が手を尽くし、京じゅうの寺で祈禱《きとう》が繰り広げられ、危機はなんとか脱したが、いまだに微熱が下がらず、少し動くだけで眩暈《めまい》がする。

「あれほどたいへんなことが続いたのですから、当然でございます。なにもないほうがおかしゅうございます」

わが身を抱く腕にほんの少し力がこもった。

「そうだな」

この相手にはなにを言われても腹が立たない。海綿《かいめん》に潮《うしお》が滲《し》むように、素直に言葉が耳に入る。乱れた鬢を梳《す》いてくれる指の感触が心地よい。

温かなふところに頬を寄せながら、この半年に翻弄《ほんろう》されつくした怒濤《どとう》のような出来事を思い返した。

＊

ことの始まりは、年の初めに起こった将軍実朝《さねとも》の凶変だった。

あまりのことに後鳥羽は呆然自失《ぼうぜんじしつ》となったが、問題はむしろそれ以後だった。

間髪《かんはつ》を入れず、鎌倉から使者がやってきた。

「驚天動地《きょうてんどうち》の禍事《まがごと》、天魔《てんま》の所為《しょい》かと心胆《しんたん》を寒《さむ》からしむ。かくなるうえは四代目将軍として皇子を急ぎ東下《とうか》されたし」

高飛車《たかびしゃ》な態度であった。思わずカッとなった。

自分らが実朝を殺したくせに、被害者みたいな面《つら》をして、ようも図々しう催促《さいそく》などできるものじゃ。

あきれ果てた。

たしかに昨年、おのれはわが子頼仁《よりひと》、もしくは雅成《まさなり》を彼らにやろうと約束した。だがそれは京都朝廷に絶対の忠誠を誓う実朝の養子としてこそ応じたのである。無条件に承諾したわけではない。

なんといっても実朝は若く、まだ二十八だった。在位はあと二十年はあるはずだった。それより早く退いたとしても、わが子を玉《ぎょく》として後見し、京都朝廷に有利な体制を創ってくれるはずだった。こちらはその蜜月《みつげつ》のうちにじっくりと権威復活を探ればよいはずだった。その予定がすべて狂った。実朝の庇護《ひご》もないのにわが子を渡せば、憎い執権義時の傀儡《かいらい》になるだけだ。

だが、もしかすると敵は最初からそれを狙《ねら》っていたのかもしれなかった。すなわち、親王将軍という最高の操《あやつ》り人形のあてがついたからこそ、気に入らぬ実朝をさっさと片づけた。

そうだ、そうに違いない。

許しがたいやつらじゃ。

――しかし。

後鳥羽ははたと思った。考え方によっては、これはまたとない好機ではなかろうか。危うい綱渡りをしているのは自分らではなく、鎌倉のほうなのだ。将軍の空位が長引けば求心力が落ち、必ずや政情不安となるだろう。そうなったら困るから、約束の履行《りこう》を急《せ》いてくるのだ。だったらさかしまに利用してやれ。

よし、と決めた。駆け引きじゃ。

「皇子はやらぬでもない。だが、いまではない」

交換条件を出した。愛妾《あいしょう》伊賀局《いがのつぼね》の所領である摂津《せっつ》の長江《ながえ》荘と倉橋《くらはし》荘の地頭《じとう》が悪徳だから、免職のうえ廃止せよと要求した。

鎌倉武家政権の成立によって京都朝廷が苦境に陥ることになった元凶は、全国津々浦々《つつうらうら》に置かれた地頭である。これにより地方支配と租税《そぜい》徴収の根本を押さえられてしまった。いまさら制度そのものを覆すことは難しかろうが、人事の任免《にんめん》の部分に斬り込むことができれば、牙《が》城《じょう》の一角《いっかく》は崩せる。その端緒《たんちょ》を作ろうとしたのである。

しかし、敵にとってもそこは生命線であるからぜったいに譲らない。義時の弟時房《ときふさ》が即座に一千騎の精鋭を率いて上洛し、武威《ぶい》をちらつかせながら全面拒否した。

親王将軍もならぬ。地頭改補《かいほ》もならぬ。ならばどうするか。両者一歩も退《ひ》かない膠着《こうちゃく》状態に陥ったとき、脇から意外な球が投げられた。

九条摂関家《くじょうせっかんけ》の当主道家の子、三寅《みとら》（頼経《よりつね》）を新将軍としてはどうか――。

三寅の祖父、すなわち道家の妻の父で、鎌倉方とも通じている藤原公経が双方を行き来して次善《じぜん》の策《さく》をひねり出したのだ。三寅は二歳の嬰児《えいじ》である。

摂関家の御曹司《おんぞうし》であれば、鎌倉方にとっても格としては十分だし、後鳥羽にとってもいとしいわが子を危険にさらさずにすむ。いずれも渡りに船と案に乗り、凶変から半年もたってようやく痛み分けのかたちでけりがついた。

ところが、一件落着と安堵したのもつかの間、七月にまた大事件が起こった。平安京の象徴である大内裏が兵火によって焼失したのだ。犯人は宮城《きゅうじょう》警固の任にあたっていた源頼茂《みなもとのよりもち》という男で、新将軍の座を狙って謀反《むほん》をたくらんだため、後鳥羽が追討の兵を差し向けたところ、仁寿殿《じじゅうでん》にたてこもり、死なばもろともと火を放ったのである。

しかし、この事件には裏があって、じつは頼茂の謀反は濡《ぬ》れ衣《ぎぬ》であった。頼茂は一時は源仲章《みなもとのなかあきら》とともに政所別当《まんどころべっとう》もつとめたことのある在京御家人で、後鳥羽はその立ち位置に目をつけ、仲章と同様の二重間諜《にじゅうかんちょう》として使っていたのである。ところが、実朝と仲章が暗殺されたため邪魔《じゃま》になった。万一義時の疑心が頼茂におよび、口を割られたら面倒なことになる。そこで、口封じの刺客《しかく》をさしむけたところ、予想以上に抵抗され、最悪の結果を招いてしまったのである。

内裏が火災に見舞われたことは、歴史の中でも一再ならずある。だがいくさの犠牲となったのは初めてだ。しかも、その種を作ったのは自分なのだから憤怒《ふんぬ》のやり場がない。鎌倉に修復を命じることもできない。

度重なる挫折《ざせつ》にうちのめされ、ある日突然昏倒《こんとう》した。いったん病みついたら蓄積した疲労が噴き出し、枕が上がらぬようになった。

それからひと月ほど仰臥し、いまようやく恢復《かいふく》の兆しが見えてきたのである。

――早《はよ》う奮起《ふんき》せねば。

後鳥羽は軽く身じろぎした。

こうしているあいだにも、敵は着々と力をつけていく。世も刻々と動いていく。

「お苦しうございますか」

やさしい声がした。温《ぬく》い湿気が接している肌の隙間《すきま》から立ちのぼる。

「なんでもない、もう少しこうしておれ」

胴にまわっている腕をひととき強く握った。

まずは大内裏を再建せねばならぬ。大内裏は輝ける王権の象徴であり、天子を守る甲冑《かっちゅう》だ。おのれは不幸なことに宝剣を持たない。そのうえに甲冑まで失われたら、寒風《かんぷう》に赤裸《あかはだか》をさらしているようで、恐ろしくてしかたがない。

この際、苛斂誅求《かれんちゅうきゅう》となってもやむをえぬ。わが意地にかけて復活させてみせる。

それから、鎌倉への対策だ。実朝とつながりがあったころは仲章だの頼茂だのを潜《もぐ》らせて敵情を探る方途《すべ》があったが、いまはそれも絶えた。逆に言えば、その利を手にした九条道家と公経の一派に用心せねばならない。三寅を次期将軍にと申し出があったときは地獄で仏に会ったように思えたが、よく考えたらとんでもなかった。気がつけば彼らは新将軍の父、祖父として敵と結びつき、玉虫色《たまむしいろ》の一団と化している。

思えば、九条家は兼実《かねざね》のころからずっと公武一和《こうぶいちわ》を旨としてきた。その後、脇からのしあがってきた源通親《みなもとのみちちか》に押されて沈潜《ちんせん》したが、いままた不穏な鎌首《かまくび》をもたげている。兼実の跡の良経《よしつね》は文弱《ぶんじゃく》だったけれども、その子の道家は切れ者である。つるんでいる公経も抜け目がない。さらに、兼実の弟の慈円《じえん》がまた批判的精神の塊みたいな最左翼《さいさよく》だ。

危ない危ない。敵は鎌倉だけでない。同じ京のうちにもいる。こうしてはおれぬ。作戦を練らなければ。この国のまつりごとを比類なき一つの頂に戻すために。おのれはこの敷島《しきしま》のやまとの帝王なのだ。絶対に負けられぬ。

思わず枕辺の太刀に目をやった。みずから鎚《つち》をふるい、精魂を込めた刀である。鞘《さや》に蒔絵《まきえ》した菊の紋章が燈火を吸い込んできらめいている。

とたん、先ほどの不気味な夢を思い出した。

――そんな偽物で敵が斬れると思うか。

――おまえは永遠に勝利を手にすることはできぬ。

ぶるっと身震いした。

「お寒うございますか」

背後の家隆のふところが深くなり、横鬢のあたりにそっと頬が添うた。

「いや」

後鳥羽は同じ姿勢のままつぶやいた。

「さっき、夢の中に兄が出てきた」

「おん兄君が――」

相手は続く言葉を待っている。

「壇《だん》ノ浦《うら》の海の底だ。草薙の剣を抱いて、蟹の化け物みたいに這《は》いつくばっておった。そして、朕を呪うのだ。朕の刀は偽物じゃ。朕は宝剣を持たぬ欠格《けっかく》の帝王ゆえ、この国土を統べることはできぬと言う。兄はしょっちゅう夢に現れる。そして朕の自信を叩《たた》き潰《つぶ》す」

「めったなことをおっしゃいますな」

相手のからだに初めて反発の力がこもった。

「宝剣が失われたのは、ただのいくさのなりゆきでございます。院のご即位になんら瑕瑾《きず》をつけるものではございませぬ。むしろ院は古今まれにみるご器量をお備えになった王でございます。われらにとって光り輝く治天《ちてん》の君《きみ》であることに変わりはございませぬ」

おや――、と思った。その言葉はいつか聞いたことがある。

記憶をめぐらせた。

そうだ。水無瀬《みなせ》の御座船《ござぶね》だ。昔、偏屈な歌詠み定家とともに池の底に沈んで、兄の亡霊を見た。あのときだ。

「水底の兄のことを話した相手は、いままでに一人しかおらぬ。その者もまったく同じことを言うた。神器《じんぎ》がどうあれ、朕が帝王であることには変わりないと憤《いきどお》った」

そよ風が吹くようにふっ、とほほえむ気配がした。

「民部卿《みんぶきょう》でございまするか」

　定家はいま民部卿の位置に就いているのだ。

驚いた。ようわかる。いや、そんなことはこの者らにはわかって当然なのか。

「定家は息災《そくさい》か。しばらく顔を見ぬ」

もともと扱いづらかったそのひねくれ者は、最近ますますひねくれて、見舞いにも来ない。この半年、主君がどれほど身を削り、どれほどの辛苦《しんく》にのたうちまわったか、少しは思いやれ。

「いえ、たびたびお伺いしているはずでございます。おそらく院がお休み中で、お邪魔をしてはならぬと退《さ》がっておるのでしょう。ああ見えてなかなか遠慮な男でございます。帝の歌壇で顔を合わせた折などはいつも院のお具合を切《せつ》に案じて、お噂《うわさ》ばかりしております」

　そつのない援護《えんご》をする。ちりっと癇《かん》に障《さわ》った。一本釘《くぎ》を打ち込んでやらねばすまなくなった。

「そういえば、あれは東《あずま》の入道と縁組したそうだの」

　先ごろ定家の嫡子の為家《ためいえ》が宇都宮蓮生《うつのみやれんしょう》の娘をめとったと聞いた。坂東の北辺を本拠とする大豪族だ。蓮生の妻はかの北条時政《ときまさ》の娘で、鎌倉の宿老たちからの信任も厚いらしい。

　定家は鎌倉方といろいろ親しくして、地頭の非法を解決してもらうなど、抜け目なく動いているとの噂である。

　——二股膏薬《ふたまたこうやく》め。

　家隆がまたさりげなく助太刀《すけだち》する。

「蓮生殿は歌才がおありですから、民部卿にはよい縁であったのではありますまいか。坂東の本拠のほうにも民部卿を師とする歌壇ができましたそうな」

「ふん」

少し前まで、定家とのあいだには多少の感情の行き違いがあっても実朝というかすがいがあり、隠密《おんみつ》の同志としての結束もあった。だがもはやその糸も切れた。そのうえ、気づいてみれば、いつの間にか警戒すべき存在となった九条家の側に定家はどっぷりと浸かっている。

ともに乗っていたはずの流氷が割れ、彼方とこなたへ引き離されていく。

一抹《いちまつ》の寂しみが後鳥羽の胸を刺した。

そもそもそういうめぐりあわせか。あれとは所詮《しょせん》かみあわぬ運命《さだめ》か。

「お疲れでございましょう」

しなやかな指が伸びてきた。夜具の襟元《えりもと》をそっとかけ直してくれる。

「お休みなさいませ」

後鳥羽はその手をとらえた。かすかに応じる力がこもる。心の棘《とげ》が蜜を溶かしたように柔《やわ》くなる。

「壬生」

「はい」

「そなたは、朕を恨まぬのか」

そなたはの、はに、おのずから力がこもった。

「お恨みなど――」

よどみもなく答えが返った。

「われらがするはずがござりましょうや」

われらか。この者たちの心はいつも共にあるのか。

またちくっと胸が痛んだ。

「お休みなさいませ。眠ればやまいもようなります。ゆっくり、ぐっすり、お休みなさいませ」

言われるままに目を閉じた。

――家隆。

――定家。

まぶたの裏にかすかな光が差し、桜と柳が入り乱れ、えもいわれぬ光景が現じた。その二本の木の間を蝶《ちょう》が羽ばたき、ゆらぎの軌跡《きせき》がきらきらと細い光になった。行きつ戻りつするたびに、光の糸は蜘蛛の巣のように濃密に結ばれていく。

だが、やがてごおっと嵐になり、糸はなぶられ、ぷつりと切れた。柳桜も色あせ、幻のように消えていった。

三

年明けて、承久二年（一二二〇）二月。

春とは名ばかりで、嵯峨の夕べは冷え込んでいる。沈んだ空気の中に、かすかに梅のにおいがする。

「あなた」

背後の几帳が揺れ、妻の頼子《よりこ》が顔を覗《のぞ》かせた。

「弟が来るそうです。いま使いの者が参りました。すでに向かっているそうですから、もうじき到着するかと」

弟とは公経である。

「ふん」

すでに向かっているのなら、使者をよこす意味もあるまいに――と、定家は皮肉に口の端を片方歪《ゆが》めた。公経は抜群の行動力をもってはや二位の右大将にのぼっているやり手だが、せっかちに過ぎて雑になりやすいところがある。

しかし、いまの自分には他人の批判をする資格なぞない。うかつに短気を出して、院の勘気《かんき》をこうむったばかりなのだから。義弟はその報に驚いて飛んでこようとしているのだ。

――まったくこらえ性のない……。

われながら忸怩《じくじ》たる思いである。

無口な妻とは日ごろからさしたる会話もせぬが、こういうしくじりのあとはいやに沈黙がしらじらとする。手持ち無沙汰に火桶《ひおけ》の灰を火箸《ひばし》でつつきまわしていたら、威勢のよい足音がした。

「おっ、おられましたな、義兄上《あにうえ》」

謹慎処分をくらったのだから、おるに決まっている。また心の中でへりくつをこねた。

相手は遠慮もなく姉の隣にどかりと陣取る。

改めて眺めるとずいぶんな貫禄《かんろく》である。こちらは年とともに痩せるばかりなのに、この義弟は出世するたびに肥えるらしい。いつの間にかたいそうな差がついた。

「いやはや、なかなか」

義弟は小山のような位置からこちらを見下ろし、

「菅公《かんこう》（菅原道真《すがわらのみちざね》）になぞらえたお歌で院に嫌味を言いなすったとか。すりゃお出入り禁止にもなりましょう。こんにち閑院《かんいん》の帝のところへ参じましたが、義兄上の噂でもちきりでありましたぞ」

おかしそうに腹をゆすった。

「さようか」

ずいぶんずけずけとものを言う。

けれども、腫《は》れ物《もの》に触るように扱われるより、このくらい陽性に接してもらったほうが気楽ではある。

相手の舌はお構いなしにスルスルすべる。

「まあ、お気持ちはわかります。最近の院のお取り巻きがあれじゃもの。どこの馬の骨ともわからぬやつらが大きな顔をして、こちらがちょくとでも異議を唱えようものなら仇《かたき》みたいににらみつける。なぜにわが誠意が伝わらず、この者らばかりが贔屓《ひいき》されるのかと、道真公ならずとも愚痴《ぐち》りとうなりますよな。さようありましょう」

見えぬ仙洞《せんとう》高陽院《かやのいん》の方角を仰ぎ、決めつけるようにうなずいた。

まあ、大筋はそうである。

この義弟も三寅の四代目鎌倉将軍就任を周旋してから、親幕派の領袖《りょうしゅう》みたいにみなされ、院の周辺からひどく警戒されているという。妻が源頼朝の妹の娘だから、もともと鎌倉とは近しかったが、風当たりは倍ほどもきつくなったそうだ。

「身どももこの口のせいでちょいちょい禍《わざわい》の種を作ります。人のことは言われませぬ。ということで、同病相哀《どうびょうあいあわ》れむではないが、全面的に義兄上のお味方をいたしましょう。安心して委細《いさい》を語らっしゃい」

太った胸をこちらへ傾け、さあ聞きましょう、と身構えた。

「うむ」

頼子が話の切れ間を見計らって、小女に酒肴《しゅこう》の準備を言いつける。

定家はふてくされ気味に腕組みして、院とのあいだに起こった一件について、重い口でぽつぽつと語った。

*

ひと月前の正月のことだった。

しばらく無沙汰をしていた後鳥羽院のもとへ、年賀の挨拶《あいさつ》に詣でたのである。

院とのあいだには、家隆をめぐるもつれのせいで、すでに少なからぬわだかまりができていたが、その上に将軍実朝の凶事が起こり、大内裏の火災その他の重大事件が続き、さらには院自身もやまいに倒れた。もともとあまり顔を合わせたくない主君だから、これらをよい口実としてさぼりを決め込んだ。しかし、ずるずるするうちに年が暮れ、年も明けてしまった。さすがにこれ以上の怠慢は廷臣として失格と観念して、お目通りを願ったのだ。

そしたら案の定、ご機嫌はまったくよろしくなかった。いまさらなにしに来たといわんばかりの、けんもほろろな気色《けしき》である。こんなことなら覚悟を決めてもっとまめに詣でておけばよかったと定家は後悔した。

加えて、少し見ぬ間にまわりの空気が一変していた。

気に入りの側近たちが揃い踏みして、異様なひな壇のように主君の周囲を固めている。

卿二位兼子の甥《おい》で無双の寵臣の高倉範茂《たかくらのりもち》、理論派の能吏の葉室光親《はむろみつちか》、葉室宗行《むねゆき》、御持僧《ごじそう》で仁王のような尊長法印《そんちょうほういん》、そして、対《つい》の狛犬《こまいぬ》のごとき北面衆の藤原秀康《ふじわらのひでやす》と秀澄《ひでずみ》兄弟。これらに守られた主君のかたわらには目を奪うほどの美少年がいて、しなだれかかるように酌をしている。寵童あがりの伊王丸《いおうまる》、改め藤原能茂《よしもち》である。

たじたじとなった。

いつからこんな露骨なお取り巻きができあがったのだろう。新年ゆえに特別なのか？　年賀の公家《くげ》が次々にやってくるから、束になって一人ずつ品定めしているのか？

しどろもどろになりながら、遅参の陳謝やら快気の祝辞やらを連ね終えると、主君は痩せて二倍ほどにも大きくなったまなこで、こちらをぎろりと見下ろした。

「他人行儀はやめよ、民部卿定家」

そして、急に狎《な》れた笑みに転じた。

「そなたと朕の仲ではないか」

例によっていじめが始まりそうないやな予感がした。

「そなたがいつ見舞《みも》うてくれるか、朕は心待ちにしておった。今日か、明日か、明後日《あさって》かと指折り数える閨《ねや》のさみしいこと。みな覚えておけ。朕はいつもこの定家に片思いである」

くすくすと棘《とげ》を含んだ笑いが起こった。

「そのさみしさを、この伊王が埋めてくれおる」

主君は美少年の袴《はかま》に手をすべりこませた。まろやかな若い頬がぱあっと紅潮した。定家は目のやり場に困ったが、みな見慣れているのか、平然としている。

「伊王は歌詠みの秀能《ひでよし》の養子になったほどじゃから、歌才もなかなかぞ。そなたが朕のために詠《うと》うてくれぬ代わりに、よい声でさえずってくれる」

また、くすくすと笑いが漏れた。

ぞっとした。

——われの代わりに？

——よい声でさえずる？

どういう意味だ。

まさか院はわれらのあいだにあったことを、酒の肴《さかな》としておもしろおかしく披露しているのか？　ばかな。いやありうる。この主君は思いどおりにならぬことに対しては、そういう腹いせをしかねないおん方だもの。

すう、と血が下がった。

傲岸《ごうがん》な帝王のまわりに、側近たちの勝ち誇ったようなまなこが並んでいる。なんともいえず居心地が悪い。

かつて和歌所をにぎわした寄人《よりうど》も、いまではほとんど仙洞から遠ざかっている。有家《ありいえ》は世を去り、雅経《まさつね》も鎌倉との近さから警戒されている。九条家の人びとは言うまでもない。残っているのは秀能と家隆くらいだ。

こんな空気を家隆はようも我慢しておる――と、切なくなった。家隆の口から院への批判は一度も聞いたことがない。しかし、言わぬだけで針《はり》の筵《むしろ》を辛抱《しんぼう》しているに違いないのだ。

主君は美童の袴のうちをまさぐりつづけている。家隆は毎度こんなものを見せられているのか。むらむらと不快になった。

「民部卿」

と、呼びかけられた。

「はっ」

「嵯峨の暮らしはいかがか」

問いの趣旨がわからなかった。

「用もなき老いぼれゆえ、相変わらず庭いじりなどして永らえております」

へりくだって言上すると、ふん、と荒い鼻息が返った。

「そんなことはなかろう。近ごろ頼もしき坂東の相棒ができたそうではないか。聞くならく、かの北条時政の婿殿《むこどの》とかや。さぞかし愉《たの》しき日々であろう」

あっ、と心臓が縮んだ。宇都宮蓮生のことだ。なるほどそのせいでかくも嫌味を言われるか。

たしかにそれは事実である。しかし、必ずしも政略的側面ばかりに拠《よ》ったわけではない。近隣に暮らす者同士であり、若い為家が蓮生の息女のところへ通うようになったから、自然の成り行きで結縁《けちえん》したのだ。それに、自分は長年東《あずま》の将軍の歌道師範をつとめてきた。武家の人びととの交際もおのずと増える。そもそも実朝の指導は院に命じられたのではないか。なのに、なぜにこれほど咎められねばならぬのだろう。

気まずい沈黙が続いた。

殺伐《さつばつ》とした空気の中で、主君になぶられている若人の愛らしさだけが掃溜《はきだ》めの鶴《つる》みたいに異様に際立つ。

「伊王よ」

残酷なあるじはその耳に唇を寄せ、いきなりがぶっと噛《か》みついた。

きゃっ、と美少年がのけぞったところを押さえ込むように抱きしめ、

「嵯峨の里はうるわしい花と木々に満ちておるそうな。行ってみたかろう」

さもいとおしそうに頬ずりした。

「この定家は歌人ながら草木《そうもく》の目利きであるから、小倉の山荘は京いちばんの名苑ぞ。ほれ、あれを見よ。あれなる柳も定家よりの献上じゃ」

御簾《みす》の向こうの庭を顎先《あごさき》で示した。定家は思わずつられて、ずっと見ぬようにしていたその木を見てしまった。二本の柳が初春の空の下、新芽を待ちつつしなやかな枝を揺らしている。

みたび意地の悪いくすくす笑いが起こった。

怒りでわなわなした。その話も周知なのか。いったいどこまで知られておるのか。院が真実を公言しているはずがない。どうせこちらを悪者にしたほら話を撒《ま》き散らしているのだろう。

うつむいて、衣の陰でこぶしを握った。

「そういえば――」

突然声の調子が変わった。

目を上げると、主君はいつの間にか居ずまいを正し、可憐《かれん》な雄猫《おすねこ》もぴたりと端座している。

「来月の吾子《あこ》の歌会。そなたは欠席と聞いたが」

はっとした。順徳帝から二月に歌会をやるので参加せよと命じられたが、母の美福門院加《びふくもんいんのか》賀《が》の忌日《きじつ》と重なるため辞退を申し入れていた。

「はい、忌みごとがありますゆえ――」

と弁解するのを、途中で阻まれた。

「今日こうして会《お》うたのもなにかの導きだ。題は朕が出すゆえ、必ず出席せよ。長らく無沙汰をした償《つぐな》いと思うて心して詠え。よいな」

と言うなり、すん、とそっぽを向いた。

しおどき――と、定家は一つ叩頭《こうとう》し、逃げるように御前《おまえ》を退いた。

翌日、歌題を携えた院の使者がやってきた。よろしうご査収《さしゅう》くださいと捧げられた奉書をひもとき、目を疑った。

二つの題が書きつけてあった。

一つは「春山《はるやま》の月」。もう一つは「野外《やがい》の柳」であった。

――野外の柳？

カッと頭に血がのぼった。

なんと人を馬鹿にした題だろう。唇が切れるほど嚙みしめた。柳を題とするならば、岸の柳とか、川辺の柳とか、はたまた雨の柳とか、そのあたりが常道だろう。それを野外の柳とはなんぞ。そんな趣向は聞いたことがない。蚊帳《かや》の外に押しやられ、つまはじきにされた、まるっきりおのれのことではないか。

そこまでして、この定家を貶《おとし》めたいか。

耳の中でびりっと絹の裂《さ》ける音がした。迫る主君を撥《は》ねつけ、几帳に取りすがった日のことを思い出した。ちぎれた片袖を手に、鬼の形相《ぎょうそう》をした帝王がこちらをにらんでいる。

院はあの拒絶の一件にどこまでこだわられるのか。

大きく嘆息した。ならば受けて立とう。売られた喧嘩だ、やむをえぬ。

やおら料紙をつかみ、一気に筆を走らせた。

怨恨《えんこん》を陰々《いんいん》と含んで、もともとの癖字《くせじ》がさらにひねくれた。

道《みち》の辺《べ》の野原《のはら》の柳下もえぬ　あはれなげきの煙《けぶり》くらべに

道の辺に忘れ去られた柳にも、若芽《わかめ》がちろちろと萌《も》えています。哀れな私の胸から立ちのぼる嘆きの煙とくらべてみたいものです――。

「定家の歌不遜《ふそん》なり。今後しばらく公の会に召すこと許さず」との達しが院から下されたのは、歌会の翌日だった。つまり、無期限の謹慎処分であった。

＊

「なるほど、これがそのお歌でありますか」

公経が腕組みした上半身を無暗《むやみ》にゆすりながら、膝元の料紙に熱い視線を注いだ。

「不肖《ふしょう》公経でもわかります。本歌は、『道の辺の朽木《くちき》の柳春来れば　あはれ昔としのばれぞする』でありましょう。『新古今集』にも入集《にっしゅう》した菅公《かんこう》のお歌でありますな」

公経はさほど優れた歌詠みではないが、ひとかどの教養人だし、立場上、為政者《いせいしゃ》の詠歌に強い興味を持っている。

「ようおわかりになる」

褒めたら、肥えた頬が脂でぴかぴかに光った。

「『夕されば野にも山にも立つ煙　なげきよりこそ燃えまさりけれ』という歌もありましたな」

「ご明察《めいさつ》」

ますます得意満面になった。

かたわらの頼子がご褒美《ほうび》みたいに弟に酒を足してやる。

公経はまんざらでもなさそうに盃《さかずき》をあけ、姉にお代わりを所望《しょもう》する。

「たしかに義兄上は二十年来、敷島の道で院に尽くされてきたのですから、もちっと正当に評価されてもよい」

自分で自分の考えを肯定するように、亥首《いくび》をこくこくと縦《たて》に動かす。

「一見しただけではさほど過激《かげき》なお歌ではないが、よう読めば義兄上の憤懣《ふんまん》がむやむやと立ちのぼるのを感じます。かというてこれが勘気をこうむるほど不敬《ふけい》かというたら疑問だけれど、院も感性豊かなお方であるから、ぐさりと急所を突かれるものがあったのでしょう。おのれは見る目もなき愚かな帝王か——と」

また一献、二献と、盃を空にした。

むろん、定家はこの義弟には家隆をめぐる恋の話などしていない。宇都宮家との縁組のことと、だいじにしていた柳を召しあげられたことくらいだ。しかし、本人はすっかり呑み込んだつもりである。

「まあ、あまり深刻になられますまい。それがしもおいおい手を考えます。ここは焦らず、ゆったりとしていらっしゃい。急《せ》いてはことを仕損《しそん》じます。昨日、九条の殿と長老にお目にかかったら、やっぱり同じことを言うておられた」

九条の殿とは当主の道家、長老とは先々代兼実の弟で、大僧正の慈円である。

公経は姉の手の提《ひさげ》を覗き込み、空になっているのを確認すると、膝をぽん、と打った。

「明日はわが身じゃ。公経めも気をつけましょう」

ではまた参ります、と立ちあがった。

定家が見送りに出ようとすると押し戻された。

「くれぐれも短気を起こさず願いますぞ、義兄上」

両目を消してニッとした。

来客の大きなからだが消えると、急に身のまわりが二倍も広くなった。

会話が途絶え、燈明だけが蝶の羽ばたきのように静かにまたたく。

しんなりと座っていた頼子が膝元の盃と提を揃えて退がろうとして、ふと動きを止めた。

「あなた」

細面の白い顔がちら、とこちらを向いた。

なぜだかぞくりとした。美しいと思った。昔からあまり化粧気のない女だが、そのせいなのかほとんど年を取らず、五十路《いそじ》を越えたいまでも髪に多少白いものが交じっている程度である。

「あのお歌……」

と、流し目した。

「それだけじゃございませんのでしょ？」

――え？

「女三宮《おんなさんのみや》様と柏木《かしわぎ》の君《きみ》。違いますか」

驚いた。

そのとおりであった。野外の柳の歌の下敷きにしたのは菅原道真の歌だけではない。そのさらに下に『源氏物語』の女三宮の歌をしのばせた。そして、間違いなくそれが院を激怒させたのだ。

歌など興味もないと思っていたのに、よう見抜いた。妻を急に見直した。

小さな唇がきゅっと三日月の形になった。

「亡くなった健《けん》の姉様から源氏の写本一式をいただきましたの」

たくさんの姉の中でもっとも親しかった健御前は、昨年世を去った。頼子は最後まで姉をねんごろに見舞っていたから、感謝のしるしに贈られたのだろう。

「あなたと姉様が童子《わらし》のころ夢中になったという物語。おもしろうございましたから、隅から隅までそらんずるほど読みました」

若き貴公子柏木は光源氏《ひかるげんじ》の幼な妻の三宮に横恋慕《よこれんぼ》し、強引に寝所に侵入して想いを遂げる。不貞《ふてい》の関係はやがて源氏に知られ、柏木は罪悪感からやまいにおちいるが、瀕死《ひんし》の床からもなお熱烈に三宮を求めてやまない。

いまはとて燃えむ煙《けぶり》もむすぼほれ　絶えぬ思ひのなほや残らむ

いま私は世を去ろうとしていますが、私を葬《ほうむ》る煙はくすぶって、あなたへの思いはいつまでもこの世に残るでしょう——。

一方、女三宮のほうは柏木のごり押しの恋情を迷惑至極《めいわくしごく》に思う。ゆえに、皮肉を交えてこう返す。

立《た》ち添《そ》ひて消えやしなまし憂きことを　思ひ乱るる煙くらべに

あなただけでなく、私だってこの世から消えてしまいたいですわ。本当につらいのはどっちでしょう。弔《とむら》いの煙でくらべてみたいものです——。

ところが柏木はこの歌の意味がわからず、自分らは相愛《そうあい》である、相手も共死にを望んでいると勘違いして涙にむせぶのである。

定家がこの歌を引いたのは、精一杯の抗心《こうしん》であり、悪意であった。一方的に激情をぶつけ、平和を掻き乱す主君への。相手の気持ちが読めぬ哀れな暴君への。

妻は御簾をくぐって去りかけ、いま一度立ち止まった。

「女三宮様と、柏木の君と、光源氏の三《み》つ巴《どもえ》のお話ですわね。さすれば、あなたと、院と……、もうお一方どなたかいらっしゃるのかしら」

嫣然《えんぜん》とほほえみ、音もなく踵《きびす》を返した。

四

「つうっ」

女官に髷《まげ》を結《ゆ》わせていた後鳥羽院は、大仰に悲鳴をあげ、結い手の腕をつかんで思いきり引き倒した。

櫛《くし》の歯に鬢の毛がからんで引っ張られたのだ。小隅に控えていた老女が血相を変えて駆け寄り、がば、と平伏《ひれふ》した。

「失礼をばいたしました。ひらにひらにご容赦願います」

常から髪結いだの湯殿の世話だのは、手肌の美しい若い娘につとめさせているのだが、ちょっとしたことでも神経に障るこのごろは、熟練の媼《おうな》のほうが心安かったりする。

「もうよい、代われ」

半泣きしている女官を追い払ったのち、後鳥羽は足元に落ちた櫛に目をやり、ぎょっとした。手のひらほどもあろう黒い塊《かたまり》が、細い歯にからみついていた。ごっそりと抜けたわが頭髪だった。思わず横鬢に手をやり、鏡を覗き込んだ。

ふたたびゾッとした。

豊かだった毛量は半分ほどに減り、しかも、やけにきらきら光ると思ったら、反射ではなく白髪《しらが》だった。

愕然《がくぜん》とした。

それだけでない。頬はこけ、こめかみが削《そ》げ、眼窩《がんか》もくぼみ、目玉ばかりが異様に大きく目立っている。血の気のない肌は青白いというより青黒く、濁った沼のようだ。

いつの間にこんなに老いたのだろう。いつの間にこんなに醜くなったのだろう。

後鳥羽はかねて、自分の若さと美しさに自信を持っていた。おのれは不老不死で、死に神も魔神も近寄らない。衰えなど無縁だと思っていた。なのに。

――くそっ。

がじがじと爪を嚙んだ。幼児のころの悪い癖が、いまごろになって無暗に出る。深爪しすぎてもはや嚙みしろもない。

この凄《すさ》まじい苛立《いらだ》ちの理由は、昨年七月に焼失した大内裏である。爾後《じご》間を置かずして再建の院宣を出したのに、金も人手もいっこうに集まらぬ。もたもたしているうちに年も替わり、承久二年もはや秋になってしまった。一年かかっても上棟《じょうとう》にさえこぎつけていないのだから、話にならぬ。

長い歴史をかえりみれば、大内裏が焼失したことは幾度もある。けれども、いずれも七カ月ほどで形になっている。再建がこんなに滞《とどこお》るのは初めてだ。

遅延の最たる原因は地頭である。税の徴収にあたる者どもが妨害するから、いつまでたってもはかどらぬのだ。おかげでわが権威はガタ落ちである。東の敵のみならず京の民にまで侮《あなど》られはじめている。

こんなことなら、いっそわが皇子を鎌倉にやればよかった。わが子が四代目将軍となれば、その実父としてわが威勢も高まり、普請も円滑に進んだかもしれぬのに。じっさい兼子などは親王将軍の利を強く主張したのだ。だが、おのれは実朝のむざんな死をどうしても看過できず、兼子とも仲違《なかたが》いしてしまった。

ああ、あれもこれも手詰まりだ。八方ふさがりだ。眠れば水底の兄が呪う。起きれば地上の悪夢。

のどを掻きむしりたい思いで目を上げ、鏡に映ったおのれにみたびゾッとした。

目を血走らせ、ぎりぎりと歯を食いしばった顔は、しゃれこうべに皮を張った、まるで幽鬼《ゆうき》だ。

なにかが閾値《いきち》を超え、ぶつっ、とちぎれる音がした。

限界だ。

「嫗よ」

老女に問うた。

「朕は衰えたか」

「えっ――」

「醜いか」

髪結いを終えようとしていた媼はびくっと震えて固まった。いやな空白が一瞬にして曹司《ぞうし》いっぱいに満ちた。次の瞬間、媼はまっ青になって否定した。

「めっそうもございません。ほんのすこうしお痩せになっただけでございます。やまいが癒《い》えますれば、すぐ麗しうおなりあそばします」

不自然に視線をそらしている。

こんなはしためにも明らかなほど、おのれは落ちぶれた。むらむらと言葉にならぬ憤怒が沸騰《ふっとう》し、頭の先から噴出した。

――なにもかも、駄目だ。

――駄目だ！

いったん火がついたら、もはや歯止めがきかなかった。

いったい、たれのせいじゃ。

もはや嚙みしろもない爪を食いちぎった。指先の肉が破れ、血が滴《したた》った。

決まっている。すべて関東のやつらが悪い。

そうだ、すべてやつらのせいだ。

禍《わざわい》はみなやつらがもたらした。勝手に辺土《へんど》に根城《ねじろ》を作り、天子の権威を踏みにじり、阿漕《あこぎ》な番犬を津々浦々に置いて国家の糧《かて》を横取りした。それでいて内輪揉《うちわも》めして、将軍の種が絶えれば厚かましく後釜《あとがま》を要求し、あげくに聖なる天子の府の建て直しに協力すらせぬ。

もはや堪忍《かんにん》ならぬ。やつらの悪行《あっこう》を絶たねばならぬ。そして唯一無二のわれらの頂を取り戻す。天孫《てんそん》の末裔《まつえい》たるわれらの輝ける頂を。

おそらくきゃつらは三寅が右も左もわからぬ幼な子のうちに、あれこれと利権の拡張を狙ってくるだろう。だとしたら急がねばならぬ。これ以上われらの権威をおとしめさせてたまるものか。

まだ見ぬ執権の姉弟の黒い輪郭が、まぶたの裏いっぱいに映った。

——見ておれ、あずまえびす。

——ようも朕を本気で怒らせたな。

朝餉《あさげ》の支度《したく》を童に言いつけていた老女が、主君の指先の血に気づき、鋭い悲鳴をあげた。駆け寄ってきたのを「触るな」と、撃退した。

「朝餉もいらぬ。秀康と秀澄を呼べ！」

主君のただならぬ剣幕に、嫗は顔をひきつらせて駆け去った。

＊

狛犬のようにぴたりと並んだ北面衆の兄弟を、後鳥羽院はゆっくり見下ろした。

「二人とも、待たせた」

よく似た二つの顔が揃って顔を上げた。

どちらも不審のおもちである。四角い顎《あぎと》がいっそう四角く引き締まっている。二人ともいま呼ばれて馳《は》せ参じたのに、「待たせた」の意味がわからない。

女官も侍童《じどう》も退《さ》げられた御座所《ござしょ》はしんとしてだだっ広く、秋の長雨の湿気だけが重く宙を満たしている。蔀も御簾も閉《た》てられている。

なにか隠密《おんみつ》のお召しらしい。二人はわずかに目を交わしあった。

「そなたらを、長らく待たせた」

主君の太い声が高い天井にこだました。

二度目の言葉で、兄弟は同時に悟った。濃いまみえにぱっと喜色《きしょく》が満ちた。

「では、いよいよ——」

「ご決心いただいたのでござりまするか」

言葉を半々に切って応答した。

側近のうちでも主戦派の最右翼であるこの二人は、かねて鎌倉に対してしかるべき報復《ほうふく》に出るべきと唱えつづけていたのである。

「うむ」

後鳥羽はうなずき返した。

「朕とてずっと考えておった。実朝が殺《や》られてからずっとずっと、悪夢にうなされながら考えておった。やる以上は勝たねばならぬ。ぜったいに負けられぬ。だから踏み切れなんだ。しかし、もはや限界じゃ」

痩せて凄絶《せいぜつ》さを増した鷹《たか》の目が、ギラリと光った。

「やってみしょうぞ。二人とも合力《ごうりき》せよ」

「はっ」

兄弟の二つのこうべが、床につくほど深く垂れた。

「この国に頂は二ついらぬ。われら一つでよい。かというて、東《あずま》の府をみな潰《つぶ》そうとするは賢うない。侮ってはならぬ。敵は武威《ぶい》の軍団だ。

ではどうするか。朕は思うた。諸悪の根源を絶てばよい。諸悪の根源とは執権じゃ。扇の要《かなめ》を抜くように、北条義時の首一つを取ればよい。さすれば敵の結束はおのずと崩れる。義時が実朝の首一つで源氏を終わらせたように、義時の首一つ取れば、北条を終わらせる流れができる。しかるのちに、崩れた山をわれらの頂になじむものへと作り変えていけばよい」

やおら扇を広げ、要のところをばりっとねじ切った。壊れた扇面に指の血がほとばしった。

「近年、朕は北面、西面を増強するなどして武の力を蓄えてきたが、まだまだ薄い。敵には遠く及ばぬ。しかし、こちらにはそれを上まわる宝刀がある。それは朕の命令だ。院宣じゃ。きやつらが股肱《ここう》と信じて疑わぬ諸国の御家人に、朕が執権の頭を飛び越え、直接命じてやろう。不逞《ふてい》にも摂関の御曹司たる将軍をたぶらかし、まつりごとを私する奸臣《かんしん》義時を倒せと号令してみよう。はてさて御家人どもはどちらに従うか。朕は五分五分と見る。東の府をみな崩すには足りぬかもしれぬが、扇の要を壊すだけなら勝機《しょうき》は十分にあろう」

目釘を失って砕けた扇を、床にばら、ばら、と落とした。

目の前の二人が、じりっと前へにじり出た。

「畏《おそ》れながら、院」

秀康が太い首を起こしてまなじりを決した。

「われらも長らく考えてまいりました。秘策がございます」

「なんじゃ」

六つのまなこが鋭くからみあった。

「三浦《みうら》の者をわが方に引き入れます」

「む――?」

後鳥羽も腰を浮かして乗り出した。

「つてがあるか」

「ございます」

北条氏によって鎌倉創業以来の忠臣が次々と除かれたいま、最大の実力者は三浦一族である。当主の義村《よしむら》は生き馬の目を抜く策士として知られるが、秀康はその弟の胤義《たねよし》と接触を持ちつつあるという。

義村、胤義兄弟はともに先の将軍頼家《よりいえ》の遺児の後見をしており――義村は公暁《くぎょう》、胤義は栄《えい》実《じつ》と禅暁《ぜんぎょう》――、そのいずれにも次期将軍の座がめぐってくる可能性はあった。そうなれば乳人《めのと》一族として飛躍できたかもしれぬのに、義時の策謀によって三遺児すべてが命を摘み取られた。

「執権殿に対する胤義殿のお恨みはそうとうのものがあります。院が今後の保証をなされば必ずやこちらにつくでありましょう。兄の義村殿は巧みにしっぽを隠して執権殿になびいておりますが、心中にはただならぬ野心があります。まずは弟のほうから落としていきたいと考えます」

　たしかにいまの鎌倉勢から三浦を寝返らせることができれば、勝利の目算はぐんと高くなる。

弟の秀澄が脇から口を揃える。

「われらと三浦は父方の血筋の上で縁続きにあるのです。お任せいただければ、必ずや朗報をおもちできるかと」

　いかつい眉骨《まゆぼね》の下に双のまなこがらんらんと光っている。

「よし、やれ」

　後鳥羽は勝利の太鼓を一打ちするかのように言い放った。

光明が見えてきた。

「尊長を呼べ。さっそく計画を話して祈禱と山門《さんもん》の采配《さいはい》をやらせよう。範茂と光親も呼べ。戦うには理論の武装が不可欠だ。善は急げという」

「御意」

「隠密の場所もいるのう」

　兄弟が神妙なおももちでうなずき返す。

「最勝《さいしょう》四天王院《してんのういん》を再建するか」

「おお、それはようござります」

　一時期、間諜からの報告や私的な祈禱の場所としていた御堂は、頼茂の事件のあと、あらぬ疑いをかけられぬよう解体したのである。

「いまこそ本格的な関東《かんとう》調伏《ちょうぶく》の堂《どう》としてよみがえらせよう」

帝王は大きく歯を剝《む》いてにゅっ、と笑った。

気づけば、胸の中にわだかまっていた執拗《しつよう》な黒雲は消えていた。

おのれは久方の天の神々の裔《すえ》である。必ずやこの国のあるべき姿を取り戻す。

ちら、と暗い水底にうずくまる兄の姿がかすめたが、即座に蹴散らした。おのれの運命はおのれで切り拓く。草薙《くさなぎ》の剣《つるぎ》などいらぬ。

みずから鍛えた菊一文字の太刀を胸の中でつかみ、鞘《さや》をすらりと抜き払った。

五

にゃううう……にゃううう……、と、どこかで獣が鳴いている。野良猫が喧嘩《けんか》でもしているのか、腹をすかせてうろついているのか。声音がふうう……わううっ、と高くなるたび燈明の先がかすかに共鳴し、壁に映る翳《かげ》もゆらりと揺れる。

月変わって、承久二年十月。

主家九条家から呼び出しを受け、定家は半時ほど前からあるじ道家の到来を待っている。摂関の屋敷はやたらに広く、薄暗く、静まり返った中へ一人取り残されると、なんだか背中がぞくぞくする。

今年二月に院の勅勘《ちょっかん》を受けてから、ここへは出入りをはばかってきた。久しぶりのせいもあり、なおのこと見知らぬ家へ迷い込んだような気がする。

袖のうちで腕を組みかえ、しびれはじめた左右の尻を交互に動かしながら、定家は不安なまなこであたりをうかがった。

何用であろう。自分は失態《へま》をやらかしたけれど、詫《わ》びはすでに入れてある。いまになって咎めだてされることもあるまいが。

胸騒ぎをこらえつつあれこれ詮索していたら、

「民部卿定家」

ゆらり、と几帳が揺れ、痩身の若いあるじが現れた。細く冷たいまなこが冬の三日月を思わせる。

侍女が按配《あんばい》した茵《しとね》と脇息《きょうそく》に身を据えると、退《さ》がっておれ、と蝶でも除《の》けるように手の甲で宙を払った。

「長老から使いが来て、ちと込み入った話をしておった。すまなんだの」

長老とは大僧正の慈円である。

定家は「めっそうもございませぬ」と一礼した。

幼いころより目から鼻へ抜けるように賢く、祖父兼実の膝元でじきじきに育てられた英才である。兼実の弟の慈円の薫陶《くんとう》も受けている。よわい二十八にしてすでに左大臣だが、時間の問題でもっと栄進《えいしん》するだろう。

声は低く、抑揚《よくよう》なく、唇もほとんど動かさない。聞き逃すわけにいかぬので、耳に自信のない定家は常にかぶりつき気味に伺候《しこう》するのだが、それがまた微妙な劣等感を誘う。

「無事であったか」

その一言だけで、無沙汰を非難されたかとどぎまぎする。

はっ、と定家はこうべを垂れた。

「情けなくも謹慎の身でございますので、うかつに参上すると穢《けが》れになりますかとさし控えておりました」

否——、と、道家はまた蝶を払うような手つきをした。

「責めておるのでない。あれしきの歌に激昂《げっこう》される院のほうがどうかしておられる。大方の者がそう見ておる。気にするな」

ほっとした。では、なんだろう。

と、いぶかる間もなく、「話はそれとは別のことだ」と、さっそく用件に入った。無駄な前置きなどには時を費《つい》やさぬあるじである。

「さいきん、かの院のまわりにちと気になる動きがある。長老と話しおうて、われらもそれなりの意思を固め、万が一の心の備えをしておかねばということになった。で、主立《おもだ》った者に説いておるのだが、そなたもわが一門の枢要《すうよう》な歌人ゆえ、こうして呼びたてた」

瞳の端に白い光が宿った。定家はぞわっと胸騒ぎがした。

「それというのは——」

細いひとさし指が一本立った。

「一つは、院の御願寺の最勝四天王院のことだ。昨年突然解体されたが、あれがこのほど五辻《いつつじ》殿《どの》へ移築された。あの寺のことは、そなたも知っておるな？」

むろん知っている。

「存じております。院から御命を受けまして、諸国歌枕の絵とお歌で障子を飾る計画を立てましたゆえ」

院のわがままにさんざん振りまわされたうえ、途中から締め出された。あまりよい思い出のない仕事である。

「それだ。その名所障子よ。こたびの再建にかかわった職人より極秘の報せが入ったのだが、それによると、寺のうちにひどく剣呑《けんのん》なしつらえの間があるらしい。前将軍実朝の歌と鎌倉の絵の障子がたてられてあって、通常の二倍ほどもある、とりわけ験《げん》のきつい調伏の壇がこしらえてあるそうな」

えっ――と定家は仰天した。おのれらが企画したときには、そんなものはなかった。事後に改変したのだ。

そして、はた、と気がついた。そういえば完成後に障子の見学に行ったとき、立ち入り禁止として頑《がん》と拒まれた。あの厳重な警備はもしかするとそれを秘匿《ひとく》するためだったか。

凝然《ぎょうぜん》と宙を仰いだまなこがあるじの目とゆきあった。すべてお見通しであるかのように、こくりとした。

「そしてもう一つ――」

ひとさし指に並んで中指が立った。はさみの形になった。

「その四天王院の別当でもある尊長法印な。院の気に入りのはしこい護持僧であるが、出羽《でわ》羽《は》黒山《ぐろさん》の総長吏《そうちょうり》となるそうな。奥羽《おうう》の修験《しゅげん》の元締《もとじ》めとして、力ある寺院を配下に組み入れんとしておるらしい。みちのくだけでない。京畿《けいき》にもいろいろ気配があって、叡山《えいざん》の観厳《かんげん》、熊野《くまの》の快実《かいじつ》らがなにやら蠢動《しゅんどう》しておる」

奥羽と京畿の僧が、揃って不穏な動きをしている？

もやっと浮かんだいやな感じをすくい取るように、次の言葉が発された。

「鎌倉を挟み撃ちにでもしようとしているかのう。これは四度も天台の頂点に就かれた慈円長老が拾うてこられた話ゆえ、ほぼ間違いない」

どういうことだ。

食い入るようにあるじの唇を見つめた。

「取り巻き連中もきな臭い。北面の秀康の兄弟とか、高倉の者とか、葉室の吏僚とか、院のまわりをがっちりと固めてなにやら隠微なにおいをさせておる。そなたが菅公になりかわって奸《かん》臣《しん》を誹謗《ひぼう》したこともあながち間違いではないぞ」

呵々《かか》と笑った。

ほめられたのか、くさされたのか。

「われらが長老も、院の近臣と呼ばれる者どもがこの国のまつりごとを悪うしたと断言しておられる」

思わずあたりをうかがうような言葉が連ねられていく。聞いてしまったら後戻りできぬ気がして、定家はだんだん恐ろしくなってきた。

「うかっとする間に御領《ごりょう》もずいぶんお集めになったようだし。北から南まで莫大なお持ち物じゃ。この天の下を独り占めにでもされるおつもりかしらん」

「………」

あるじはおもむろに半身をねじり、脇息の後ろに置かれた綴本《とじほん》を手に取った。

「これなるは、わが長老がこの国始まって以来のまつりごとを存分に評した書き物じゃ。さいきん精魂《せいこん》込めて取り組まれ、脱稿されたばかりのほやほやである。ちと憚《はばか》りある中身ゆえ、うかつに対外《そと》には見せられぬが、そなたにはよう話しておけとの仰せであった。それもあって、こんにちこうして呼び出した」

胸の前に掲げられた表紙に、「愚管抄《ぐかんしょう》」という題簽《だいせん》が貼られているのが見えた。

*

ふううっ……、にゃうわうっ……、とまた遠くで猫が鳴いた。

あるかなきかの幽《かす》かさで燈台《とうだい》の灯りが揺れる。

あるじの眉尻が不快げに吊《つ》り上がる。おそらく野良猫などはこの潔癖《けっぺき》な主人がもっとも唾棄《だき》する生き物だろう。いわれもなく毛嫌《けぎら》いされるはかない命に、なんとなく哀れをもよおした。

「定家よ」

急に声音が改まった。

答えに窮《きゅう》する問いが出そうな予感がした。

定家は背筋にぐっと力を入れて待ちもうけた。

「一つ訊く。そなたは院といかなる間柄か」

――え……。

妙な尋ねが出た。いかなる間柄か？　どう答えるべきか。舌が口の中に張りついて声が出ない。

二の句が継がれた。

「そなたは院と格別な契《ちぎ》りを結んでおるのか」

ますます窮した。格別な契り？　見透《みす》かされているのだろうか。それとも、そのままの質問か？

はかりかねた末、

「君臣としてあるべき赤誠《せきせい》と孝心《こうしん》とをもって、お仕え申しあげております」

平凡な回答を、やっとした。

「さようか」

さらりと流された。どぎまぎするような意味ではなかったらしい。

ほっとする間もなく、また問われた。

「ではもう一つ、道の者としてのそなたに訊きたい」

「はっ」

「そなたにとって、歌道とはなんぞ」

今度は答えやすい。何千回と力説してきたことである。

「和歌とは、神代の昔に始まる敷島のやまとの国の心そのものでございます。また京のみやびの誇りでございます。したがいまして、歌道に精進することは、一千年になんなんとするわれら京の貴族の神髄を求めることにほかなりません。父俊成《しゅんぜい》に続きわたくしも、これを追究せんと一路邁進《いちろまいしん》してまいりました」

「よい答えだ」

あるじは満足げにうなずき、「では主題にまいろう」と、冷徹なまなこを極めた。

「そなたも知ってのように、このたびわが邦《ほう》のまつりごとに重大な変革が起こった。わが子三寅が亡き将軍源実朝の跡目《あとめ》となるべく坂東《ばんどう》へ下った。まがりなりにも京の摂関の子弟が武門の棟梁《とうりょう》となる。もののなりゆきとはいえ前代未聞。奇怪といえばこれほど奇っ怪なことはない。少し前まではたれもが想像だにしなかったことが、現実のものとなった」

「まことに、さようでございます」

深く同意した。

「そもそも源氏で始まった将軍なのだから、継嗣は源氏の一党より探せばよい。頼朝の直系でのうても、兄弟姉妹の子まで含めれば候補はいくらでもおるだろう。ところがきゃつらはそれには目もくれず、わざわざ京に後釜をくれと言うてきた。

義時なんどは源氏の子を位に就かせぬため、可能性のある者はみな謀計にかけて始末したと聞く。われらの料簡では理解しがたいところであるが、結句《けっく》関東とはさような場所であって、頭一つ出ている程度では棟梁としてつとまらず、少なくとも頭五つくらい違わねば不足なのだろう。

思えば、かつて頼朝が征夷大将軍《せいいたいしょうぐん》になったころは、源氏は圧倒的な貴種《きしゅ》であった。だが、二代三代と下れば威光も薄れて地に堕《お》ちる。ゆえに、新たに抜きんでた徴《しるし》が必要となったのだろう。

しかし、結果的に親王将軍《しんのうしょうぐん》は誕生しなかった。実朝のむざんな死にざまを見て、院が怖気《おじけ》づいたからだ。かわゆいわが子をそんな蛮地《ばんち》へやれるか。しこうしてわれらにお鉢がまわってきた。まあ、これは機を見るに敏《びん》なわが舅《しゅうと》公経卿のお手柄ではあるのだが、かくしてたれもが思いもよらなかった摂家将軍《せっけしょうぐん》なるものが誕生した。

と――、経緯をなぞればそういうことになるのだが、われらが長老はちと違うまなこからこれを観《み》た」

あるじは手にした慈円の書の題箋のところをすう、すう、と撫《な》でた。

「尊き天台座主《てんだいざす》殿はわれら凡人とは発想が違うらしい。そのご高説によると、これは天照大《あまてらすおおみ》神《かみ》と八幡大菩薩《はちまんだいぼさつ》の思《おぼ》し召しであるそうな」

「ぬ……、太神宮《だいじんぐう》と八幡神《やはたのかみ》、でありまするか」

唐突な神の名が出た。

「うむ。天にまします二柱《ふたはしら》の神が地上の乱れた有様《ありさま》を憂え、民を安んじるためにかくお命じになったそうじゃ。すなわち、摂籙《せつろく》の臣（摂関）と武門とが手に手を携え、相和《あいわ》して君をお支えせよ、とな」

「ほ、ほう……」

なんと、斬新《ざんしん》な。

あるじの青白い頬に、ちらりと皮肉な笑みが浮かんだ。

「長老の言いそうなことであろう？　牽強付会《けんきょうふかい》とはこのことじゃ。しかし――」

三日月に似た細い目が、一瞬大きく見開かれた。

「そういうことにしてもよい。いや、この際そのとおりであると言い切ってしまおう。天命によって鎌倉と摂関とが手に手を携える。もっとはっきり言えば、北条家と九条家が手に手を携える。それがわが邦の今後のまつりごとの枠組みとなる。
そう――、はからずもいま、われら九条家にとって千載一遇《せんざいいちぐう》の好機が天から降ってきた。こののちこの天の下は北条と九条の世となる。そういう意味だと理解しよう」

背筋がぞわっ、と粟立《あわだ》った。

大胆である。定家は指先がぶるぶる震えた。

次の瞬間、灯心をしぼったように、あるじのまなこは沈静した。

「じつのところ、長老は院がお嫌いでのう」

「えっ……」

続けざまに、あたりを憚るような言葉が出る。

「と言うては語弊《ごへい》があろうかの。長老は院政というものに深い懐疑《かいぎ》を持っておられるのじゃ。かつてわが邦のまつりごとは、帝のかたわらに藤家《とうけ》の摂関が控え、しっかりとお支えすることにより成り立っていた。君臣一和《くんしんいちわ》によって国土は平らかに治まり、うるわしい調和が保たれていた。北家《ほっけ》の御堂関白《みどうかんぱく》（道長《みちなが》）のころまでが全盛であった。そなたも知っておるな？　ところが、上皇（院）が強くお出ましになられたころからおかしうなった。位を退いたお方が身軽な立場で世の中を掻きまわす。貪欲《どんよく》に財を蓄える。まわりに奸臣が集うて廟堂《びょうどう》の秩序を乱す。隠居すべきお方がいつまでも騒々しう現役であられるから、相対的に帝が貧相になる。おのずから帝に仕える摂関も軽視され、影が薄うなっていった。

その結果、国は荒れ、混乱が呼びさまされ、武門の台頭を許し――、挙げ句の果てにかくのごとく東西二極に天下が割れる仕儀となったのだ」

あるじはふたたび膝の書の上に目を落とし、はらっ、はらっ、と頁をめくった。

「長老はこうも言うておられる。かの壇ノ浦で三種の神器の宝剣が失われた」

――失われた宝剣。

どきりとした。それは、癒《い》えることのない院の心の傷。

「それもまた天照大神と八幡大菩薩の思し召しであるそうな。いかなる意味か？　すなわち、この国の天子から武を掌握《しょうあく》する力が失われ、東のもののふの手に移ったことを意味するのじやと。ハハハ、傑作《けっさく》であろう」

癇性《かんしょう》な笑声が立った。

定家のまぶたの裏にどん――、と暗い水底が現れた。海藻《かいそう》がゆらゆらとなびいていて、岩陰に光るものがある。宝剣だ。拾おうとして近寄り、ぎょっとして身を退いた。刀に覆いかぶさるように、小さな人影が伏している。安徳幼帝《あんとくようてい》だ。

後鳥羽院の悲痛な声が響いた。兄がどうしても宝剣を渡してくれぬ。朕は正統の資格を欠いたまま位に就いた。寸足らずの帝王だ――。

いつの日か水無瀬の御座船から見上げた傷痕みたいな繊月《せんげつ》と、目の前のあるじの細いまなこが重なった。

「一つ、長老の名言がある。それは――」

一呼吸の間があった。

「武者《むさ》の世になりにけるなり」

細い三日月にみりっと亀裂が入った。

「さよう、武者の世になった。そのとおりだ。厳然たる事実である。神剣を失った天子は悪あがきするしかない。なにをやっても蟷螂《とうろう》の斧《おの》じゃ。

では、われらはどうするか。そうなった以上はそういう世の中に沿うていくのだ。世が変わったのなら、おのれが変われ。とはいえ、ただに巻かれるのではないぞ。融和しながら、調和しながら、巧みにおのれらの威を拡げていくのだ。

なにしろわれらは切り札を得た。摂家将軍だ。わが子三寅が公武を結ぶ命綱となる。われらはこれを存分に用いて勇躍《ゆうやく》する。百年停滞していた摂関の誇りをいま取り戻す。武者の世でこそ、最高のまつりごとの優位を勝ち取るのだ。なにせい太神宮と八幡神がついておられる。憚ることはない。それを実現させるためにも——」

膝の上の書物をぴしゃりと閉じた。

「院のまつりごとには、終わっていただかねばならぬ」

あやうく浮かんでいた三日月が、ぱりん、と砕けた。

遠くの野良猫がふおおおおっ、と断末魔《だんまつま》みたいな悲鳴をあげた。

「院ご自身も、世の流れが変わったことをちゃんとわかっておられる。だから栄光を取り返そうと必死なのだ。果たしてなにをたくらんでおられるのかのう。執権を呪うておるのか、尼御《あまみ》台政子《だいまさこ》を呪うておるのか、はたまたわれらの三寅を呪うておられるのか。

いやいや悪あがきはおやめなされ。いまの趨勢《すうせい》でいけば、院の御代《みよ》には遠からず終わりが来る。じたばたせずおとなしう滅びていただきたい。それが自然の理《ことわり》だ。

そもそもわれらがお支えする玉《ぎょく》は一つでよい。帝お一人で十分じゃ。ついでに申せば、玉はへたにしゃしゃり出ず、玉として良い子に担がれておっていただきたい。定家よ、道家が僻事《ひがごと》を言うと思うなよ。これは歴史の真理である。この国のまつりごとは天照大神の昔から代理の政治なのだ。玉みずからが執政されて長続きしたためしはない」

あまりの言いように、定家はからだが揺れた。思わず後ずさりしそうになった瞬間、すかん、と退路を断たれた。

「だから先ほど、そなたは院と格別な間柄か、と確認した」

一分《いちぶ》の隙もない。

「で――、肝心のそなたへの求めだがの」

矛先《ほこさき》がこちらへ向いた。

来た、と定家は震えた。当然である。なんの用もなくこんな危険な話を明かされるはずがない。

「はっ」

なんであろう。胸がばくばくと鳴った。

恐るおそる目を合わせると、あるじの口元がかすかに緩んだ。

「簡単なことだ。そなたはからずも院から勘気をこうむった。謹慎の身で嵯峨に逼塞《ひっそく》しておる。かくなるうえは――、そのまま動かぬでもらいたい」

――え……。

意味を取りかねた。

「と、おっしゃいますと？」

「院につくか、われらにつくか、どちらか決めよと言うたら、そなたは困惑しぬくであろう。ゆえにいちばん楽な方法を教えた。

　おそらくそなたはこの半年、院の勘気が解けることばかりを切に願《ねご》うてきたであろう。その考えは捨てよ。謹慎を食ろうたことを怪我《けが》の功名《こうみょう》と思うて、院とは距離を置くのだ。沈む船の道連れとなるな」

　宝剣を呑み込んだ海が、ごうごうと渦巻いている。抗《あらが》いがたい力に拉《らっ》され、いやおうなく流されていく。

「それから、最後にそなたにとってだいじなことを言おう。

　武者の世になったればこそ、文化の優位は京にあらねばならぬ。そして、京の誇りの最たるものの一つが和歌である。この先も歌道の枢要《すうよう》は揺らぐことはない。

　われらがまつりごとの担い手となったならば、そなたには存分に活躍してもらいたい。わが九条家歌壇の中核として、そなたが主導の位置に立て。そなたはこれまで将軍実朝の師範であったが、その役も引き続きつとめよ。まずは三寅の師範となり、以後もそなたの子孫に継いでもらいたい」

　九条家歌壇——という言葉に、わずかに引っかかった。しかし、大筋は魅力的であった。貴族の退勢《たいせい》とともに歌道が廃《すた》れるのではなく、武者の世にこそ歌道が花咲く。夢と希望が湧いた。このあるじを大樹《たいじゅ》と頼みにすれば、おのれの大願も果たせそうな気がした。

　身を二つに折った。

「そなたの才は他に代えがたい。そなたはただ歌道の未来のことだけを考えればよい。以上だ」

「うけたまわりました」

くらくらと眩暈がした。

一つ叩頭してにじり下がろうとする斜め上のあたりから、もう一声降った。

「民部卿定家」

「はっ」

ぴたりと目が合った。

「たれにも明かすまいぞ。そして、院とかかわるな。院と親しい者ともかかわるな」

そよ風のような友の笑顔が脳裡に浮かんだ。

すでに重大な裏切りをした気分で、定家は切れすぎる若いあるじのもとを逃げるように退出した。

六

承久二年の同じ月。

……だあぶ、……だあぶ、……なんまんだあぶ。

……だあぶ、……だあぶ、……なんまんだあぶ。

耳を撫でる風の中に、念仏《ねんぶつ》の声が切れ切れに混じっている。

定家はふと顔を上げ、表を仰いだ。嵯峨の澄んだ空の下、庭の蔦紅葉《つたもみじ》がびっくりするような色に染まっている。

思わず手を止め、ほう、と目を見張ったのと、「あなた」と、頼子に来客を告げられたのが同時だった。

「壬生殿がおいでです」

小柄な妻の後ろから、頭一つ抜きんでた家隆の長身が覗いた。

「来たぞ、定家」

「おう」

「生きておったか」

目尻にくしゃっと皺《しわ》が刻まれる。紅葉に合わせたらしき狩衣《かりぎぬ》の蘇芳《すおう》の色が、あぶらけのない頬と銀交じりの鬢をほの赤く染める。

「座りずくめゆえ尻に根がはえて、すでに腐りかけておるわ」

無聊《ぶりょう》をかこつ身には友の来訪がなによりもうれしいのに、照れくさいのでわざとひねくれた答えをする。

家隆は常はもっと頻繁《ひんぱん》にやってくるのだが、ここふた月ほど顔を見せなかった。

「おぬしがおらぬゆえ、帝の御用も忙しうてな。無沙汰して悪かった」

かたわらに腰を下ろすと、芳《かんば》しいにおいがふわりとした。

「励んでおるな。なんだ？」

書きものの手元を覗き込む。

「『古今集』を写しておる。押し込めの身では歌詠む気も起こらぬでな」

今年二月に煙くらべの歌で勘気をこうむってから、からきし作歌の意欲がわかない。かといって無為に時を過ごすのも耐えられぬので、新たな歌論書に取り組んでみたが、目新しい論も思いつかない。気ばかり焦り、心がすさんでいく。

ならばと開き直って古歌の筆写を始めてみたら、なかなかよい。修行の僧が写経《しゃきょう》に精出すのにも似て、苛立った心が静かになる。さいきん関東の門弟が増え、教本を求める者も多いので一石二鳥である。

「なるほど、邪念《じゃねん》が落ちそうだな」

家隆が相槌《あいづち》を打つ。

小女が白湯《さゆ》の碗《わん》と菓子の高坏《たかつき》を膝元に進める。赤い塗りの盤《ばん》に干した柿の実と、餅を油で揚げたような乾菓《かんか》が中高《なかだか》に盛られている。

「為家の舅《しゅうと》殿が珍しいものを差し入れてくださいます。舶来《はくらい》の製法を真似《まね》てこしらえたものとか。お口にあいますかどうか」

頼子が説明を添える。

「おお、蓮生《れんしょう》殿からか。かたじけない」

家隆は頼子に笑みを返し、ほのかに湯気を立てている碗を一口すすった。のち、奉書の包みを取り出した。

「こんにちはちと用件があってきた」

「なんぞ」

定家も書写の手を止め、向かいあう。

「おぬしが退屈しておらぬかと帝が案じておられて、題を預かった。先の月に小さな歌会があったのだが、その趣向がお気に召したらしうて、おぬしにも詠わせよと仰せである」

若い主君の大きな瞳を思い出した。わが処分に同情を寄せ、ときどき声をかけてくれる。ついこのあいだまで傍《そば》に侍《はべ》っていたことが夢のように思える。定家、定家と慕ってくれた素直な笑顔が懐かしい。

「近ごろはろくな歌語も出ぬのだが——、いかなる題じゃ」

「待月、見月、惜月と、三つ揃えた」

家隆が奉書をするすると解いた。

「それは、おぬしの詠かや」

「うん」

白い料紙を受け取り、目を落とした。

月待つと人には言ひしいつはりの　いまやまことの夕暮の空
うらみつる日ごろながめの雲晴れて　月はこよひと秋風ぞ吹く
いかにせん夜な夜ないまは有明の　見果てぬ夢を月にさめつつ

「よい出来だ。さすがは名人じゃの」

「いや、見どころもないよ。おぬしがおらぬゆえ私も張りあいがのうて、すっかり気抜けしておる」

本人は謙遜《けんそん》するが、そう下げることもない。家隆の歌はいつも流れるように耳触りがよく、緻密《ちみつ》に作り込んでいるのにいささかも晦渋《かいじゅう》さを感じさせない。

そしてなによりも素晴らしいのは、いくつになっても歌詠む意欲が涸《か》れないことだ。花に触れ、月を見、風に吹かれ、水をすくうたびに、倦《う》まずたゆまず日々詠う。生涯に詠った数でくらべるなら、定家はこの友に遠く及ばない。

そもそも詩的な情熱というのは若いときは激しくほとばしるが、老いればたいてい枯渇する。ゆえに多くの者は四十、五十にもなれば詠者よりも評者、判者のほうに足場を転じようとする。だが家隆は現役のまま動かない。

昔から定家は歌作り、家隆は歌詠みと呼ばれてきた。もしかしたら、作る力は年とともに尽きても、詠む力は天然《てんねん》自然《しぜん》に湧きつづけるのかもしれない。家隆は天性の歌人なのだ。

「ふむ……、月三題か」

気乗りせぬまま、「考えておく」と、定家はあいまいにうなずいた。

会話が途切れたとたん、だあぶ……、だあぶ……、と称名《しょうみょう》が遠くに響いた。

「なんじゃ？　あれは」

表のほうへ目を向ける友に、定家は「念仏衆よ」と答えた。

「法然坊《ほうねんぼう》の流れを汲《く》んだ者らしうて、ときどきああやって練り歩きよる」

東山黒谷《ひがしやまくろだに》から出た法然は、南無阿弥陀仏《なむあみだぶつ》と唱えればたれでも極楽往生《ごくらくおうじょう》できると説き、民の熱狂的な支持を集めた。当然、既成の宗教からは危険視され、迫害の果てに八年前に没したが、信仰はいろいろかたちを変えながら各地でますます盛んになりつつある。

家隆はしばし目を閉じ、風の中の響きに耳を澄ました。

「真に信じられるものがあれば、きっと心強いのだろうな」

「かもしれぬな」

定家は同意して、高坏の菓子を一つ、ぽりっと噛んだ。かすかに肉桂《にっけい》のにおいが立つ。

「世の中も変わる」

「そうだな。時は移る」

なんとなく胸に憂悶《ゆうもん》の影が差したとき、家隆が、で——、と顔を向けた。

「今日はもひとつ、だいじな話があるのだ」

やさしいまなこに、空の青が紗《しゃ》をかけた。

「院のことじゃ」

定家はどくん、と胸が高鳴った。できれば避けたい話題だった。先日、九条家のあるじと交わした会話が生々しくよみがえった。顔がこわばるのが自分でもわかった。

かたわらの頼子がなにかを察したように、侍女をうながし退《ひ》いていった。

*

女たちが廊《ろう》の奥に消えるのを待ってから、定家は一声を発した。

「院はお元気か」

「うん……、いや」

家隆のまみえが曇った。

「あまりお元気とは言いがたいのだよ。むしろ疲れ果てておられると言ったほうが正しい。少なくとも私にはそう見ゆる」

「そうなのか」

家隆はもの思わし気にこくり、とうなずいた。

「院が昨年大病をわずらわれたことは、おぬしも知っておるよな。薬師やら祈禱師やらが手を尽くして、いったんはようなられた。だが、そのあとまたな。ことに最近はお気に染まぬことが多いせいか、御悩《ごのう》があきらかだ。ひどくお痩せになられて、いつも苛々《いらいら》されておる。悪い咳《せき》をなさるし、お顔の色も悪い。そのくせ御酒《ごしゅ》ばかり浴びるように召しあがる。この半年で十も年をお取りになったようだ」

「そんなにか」

「いまお目にかかったら、おぬしも驚くと思うよ」

急に心がざわざわした。

まぶたの裏に、翔《と》ぶように野を駆ける黄金色《こがねいろ》の野生馬が浮かんだ。おのれのよく知る、弾けるがごとく美しい主君だ。その上に靄《もや》がかかり、かすれ、歪んで、崩れた。衰えた姿は見たくない。

「なぜなのじゃ」

家隆は狩衣の括《くく》り緒《お》をしばしもてあそんだのち、両の腕《かいな》を組んだ。

「いろいろとあるのだが、やっぱり大内裏のことが大きかろう。なにがなんでも復活させるとものすごい意気込みであられたのだが、いっかな進展せず」

ああ……、と思った。噂には聞こえている。増税への抵抗が強く、そうとう手こずっているとか。

　家隆が顎のあたりをこすった。

「まあ、無理からぬところではあるよ。院にとっては命より大切なものであっても、東《あずま》の者らからすれば壮大な無駄であるからのう。いまや里内裏もあり院御所もある。なのに、空っぽの宮のためになぜ倍の上納《じょうのう》をせねばならぬかと納得がいかぬのだろう」

「うん」

「ということで、このたびついに断念なさることを決めたのだ。なにせいすでに一年もの時を費しておる。これ以上引き延ばすと痛手が増すばかりだ」

「なんと、中途で投げ出すのか」

　驚いた。それまた前代未聞である。

「面目が立たぬゆえ、形式的に上棟式《じょうとうしき》だけやるそうだが、諸門も殿舎も簡易の屋根と壁くらい張って放置することになろう」

「…………」

　輝かしい王権の象徴が張《は》り子《こ》の楼閣《ろうかく》と化すとは。あの負けん気の強い主君はどれほど誇りを傷つけられたろう。さんざん意地を張り喧嘩別れした間柄だが、そうと聞けば胸がふさがる。

「おかげで側近連中もいきりたって、ますます近寄りがたい雰囲気だ。みな諸悪の根源は鎌倉じゃと呪いを吐くゆえ、負の気がどんどん仙洞に満ちていく」

「そうかもしれぬな」

しばしの沈黙となった。

家隆の高い背筋が改まった。碗を拾い、一口ごくりと飲んだ。

「そこで、おぬしに相談がある」

瞳の中にことさらな色が差すのが見えた。

なにやら来るぞ、と定家は心のうちで身構えた。

「なんじゃ」

「院に陳謝《ちんしゃ》にあがらぬか、定家」

ぎょっとした。

「私がなんとか取り次いでみるゆえ。どうだろう」

そんな提案をされるとは、思ってもみなかった。

それは、無理だ。正反対の約束を九条のあるじとしたばかりだ。いまさら覆すことはできぬ。

覚えず苦い唸《うな》りが出た。

なんとかはぐらかしたい。

「われが院に謝ったところで、許されるはずもない。なにしろあれだけお怒りになったのだから」

「それは違う」

即座に押し返された。

「院はおぬしが来るのを待っておられる」

——え……。

「私にはわかる。院はただ、振りあげたこぶしを下ろすきっかけがないだけなのだ。だから、おぬしのほうから歩み寄ってほしいのだ。ひたぶるに許しを乞えば、院のお心も和《やわ》らぎ、きっとよしなになさるよ」

「………」

友は熱心に続ける。

「こんなことを頼むのも、殺伐《さつばつ》とされている院を少しでも癒《いや》してさしあげたいからだ。策略だの憎悪だのからひとときでもよいから離れ、安らかになっていただきたいのだ。

院にとっていちばんの慰めとなるのは、やっぱり歌だと私は思う。いまや和歌所も解体して、院のまわりには利《き》きたる歌人はほとんどおらぬ。だから、もいちど歌の苑《その》を復活させたいのだ。なに、華やかである必要はない。われら二人だけでよい。おぬしと私と院とでささやかな安らぎの場を作ることはできぬかと、私は真剣に考えているのだ」

ほろりとした。なんと心やさしい男だろう。それを言うためにわざわざやってきたのか。まったく違うことを考えている自分に罪悪感を覚えた。

返す言葉がなかった。

冷めきった白湯の碗に、飲むともなく口をつけた。

*

いつの間にか念仏の声は消え、蔀の向こうには閑《しず》かな山里の気配だけがある。どちらからともなく縁《えん》へ出て、きざはしに並んで腰かけた。乾いた風がそよそよと袖を吹き返す。

「思えばわれらも不思議なえにしであるよな」

家隆が庭の紅葉に目を当てたままつぶやいた。

われらとは、むろん、自分らに院を交えた三つ巴のえにしのことだろう。

「そうだな」

澄んだ空をまっすぐに横切って、鳶《とんび》が飛んでいく。

ピーン、ヨロヨロと高く鳴く。

「そういえば――」

家隆がむずがゆいような口元をした。

「ずいぶん前だが、おもしろいことがあった」

「なんじゃ」

「あるとき院からお召しがあってな。夜半《よわ》に目覚めたのだ。そしたら、私一人帳《とばり》のうちに取り残されて、院は灯りをともして熱心に文机に向かっておられた。なんだと思う」

定家は首を横に振り、次の言葉を待った。

「おぬしと二人きりの歌合を黙々とこしらえておられた。お勉強でございますかと問うたら、悪びれもせず教えてくれた。五首、いや六首だったかな、おぬしの歌にご自身のお歌を番《つが》わせて、いま判詞《はんし》をひねっておるところじゃと楽しげにのたもうた」

家隆は話しながら、くすっと思い出し笑いした。

「いちおう恋人みたいなものがかたわらにおるのに、別の男のことに胸をわくわくさせて、みじんも悪いと思うておられぬ。それが院だ」

定家もつられて吹き出した。

「いつの話じゃ」

「『新古今集』の編纂《へんさん》が始まったころだな。院は二十歳《はたち》そこそこで、それこそお歌に夢中になっておられた。院によると、おぬしに歌を見せたら六首のうちの一首だけえらく褒《ほ》めたそうだ。ゆえに、それのみは自分の勝《かち》にするとうれしそうだった。無邪気すぎて、怒る気も失せるよ」

ああ――、と記憶がよみがえった。そういえば、そんなこともあった。急に題を与えられて、提出したら、後日瀟洒《しょうしゃ》な歌合に仕上がって戻ってきた。いつも傲岸《ごうがん》な主君がなにやらはにかんでいて、ほほえましかった。

「思ひつつ経《へ》にける年の……、か？」

「そう、それだ」

つらつら、と口ずさんだ。


　思ひつつ経にける年のかひやなき　ただあらましの夕暮の空

「ただあらましの（こうあってほしい）夕暮の空という言葉がようて、賞讃した覚えがある。題は久しき恋、だったかな」

「よい歌だな」

「うん」

「定家、おぬしの歌は？」

「忘れた。たいした出来じゃなかった」

鳶がまたピーン、ヨロヨロと鳴いた。

家隆が空を仰いだ。接した袖から体温のぬくみがほのかに伝わる。

「こんな話も、いまだからできる」

「そうだな」

いまを極みと競う錦《にしき》の合間に、渋い赤茶《あかちゃ》に染まった桜が枝を広げている。桜は花ばかり愛《め》でられるが、紅葉《こうよう》も悪くない。その隣に黄色に染まった柳の枝が揺れている。柳も新緑ばかり愛でられるが、これまた黄葉《こうよう》も悪くない。

家隆がちら、と目で示した。

「あの柳は二代目だよな」

いかにも、と応じた。

「初代は高陽院にとられたからのう。このたびの勘気のもとだわ」

「ほんとだな」

家隆が右の手を伸ばし、足元に散り敷いている落ち葉を拾いあげた。愛らしい赤子の手のようなもみじ葉の軸のところをつまんでくるり、くるりとまわした。

もう一度かがみ、今度は左の手で黄葉を拾った。

「おそらく院は、おぬしと私を御身《おんみ》の両脇に置きたかったのだろう。右近《うこん》の橘《たちばな》と左近《さこん》の桜《さくら》のように。あるいは柳と桜のように、かな」

そうだろう。そして、柳と桜のどちらからも愛されぬではすまなかったのだろう。

家隆は二枚の葉をしばしもてあそび、はら、はら、と落とした。

「院はわがままなお方だ」

そのとおり。わがまま以外のなにものでもない。

「しかし――」

続く声に、少し力がこもった。

「私は院をけっして悪く思うてはおらぬのだよ。たしかに院のおかげで悩むこともあった。苦しむこともあった。けれど秤《はかり》にかければやはり感謝の念が勝るよ。私は歌を詠う以外能のない人間だ。背負う家もないし、後ろ盾もない。ここまで来られたことに正直驚いている。院のご愛顧の賜物《たまもの》だ」

家隆はこの春正三位《しょうさんみ》にのぼったのである。

「だから、院がお悩みならばお助けしたいし、お求めならば力をお貸ししたい。微力ではあるけれど」

聞いているうちに胸が詰まった。うつむいて目を閉じた。

われとて院を憎んでいるわけではない。主君として崇《あが》めもするし、敬いもする。強引な求愛に面食らいつつ、ときめきを感じたことも正直ある。しかし、家隆のような恩義は感じぬし、わが身を犠牲にしてまで尽くそうとも思わない。

そんなことよりも、おのれには成し遂げるべき大願があるのだ。使命があるのだ。それはわが身一つの問題ではない。子々孫々への責《せき》なのだ。それだけではない。おのれは長の昔から不遇をかこってきた歌人の未来を拓《ひら》いていかねばならぬのだ。これは歌道の歴史への果敢な挑戦だ。個人の義理とか恩とかにとらわれて、大きな道を誤りたくない。

「定家よ」

はっとした。友はうっすら首をかしげてこちらを見つめている。

「私とともに、もう一度院の歌壇に花を咲かせぬか」

やさしい目尻でにこっとした。

院の歌壇に花を咲かせる？　柳桜をこきまぜて？　春の錦を飾るとや？

口の中に甘い味が湧いた。心がほろほろと崩れそうになる。

駄目だ。振り払った。

ああ、なにもかも打ち明けてしまおうか。むしろ家隆をこちらの陣に引き入れるか。

「壬生」と呼びかけた瞬間、また摂家のあるじの低い声がよみがえった。

――たれにも明かすまいぞ。

――院と親しい者ともかかわるな。

なんじゃ、と答えを待つ澄んだ瞳から目をそらし、「考えておく」とだけ答えた。

無理だ。この男が院を裏切るはずがない。

「そうか」

いつの間にか日が傾き、空が淡い黄昏《たそがれ》の色に染まりはじめていた。

……だあぶ、……だあぶ、……なんまんだあぶ。

……だあぶ、……だあぶ、……なんまんだあぶ。

また念仏衆の称名が遠くに聞こえている。

極楽浄土などというものが、ほんとにあるのだろうか。

あの世へ行ってから報われることに、なんの意味があるのだろう。苦しみはいまこの目の前にあるのに。

友が彼方を仰いでつぶやいた。

　思ひつつ経にける年のかひやなき

定家はその足元に落ちている紅葉を拾いあげ、沈みかけの夕日にかざした。

　ただあらましの夕暮の空

七

「お主様！」

どっ、どっ、と泡を食ったような足音を立て、忠弘が駆け込んできた。

承久三年（一二二一）五月二十六日、深更《しんこう》。

「舅君蓮生様方より注進でございます。関東の軍勢、執権殿の息泰時《そくやすとき》殿を主将としてすでに進発し、京へ向かって進攻中とのことでございます。兵力は不明ながら五万とも十万とも、とにかく怒濤《どとう》の勢いとか」

「なにっ」

定家は弾かれたように臥処《ふしど》から飛び起きた。

なんと、早い。思っていたよりずっと早い。

しかも十万？ たいへんな数ではないか。

髪の毛がずうん、と逆立った。

後鳥羽院が反鎌倉の意思をあきらかにして、逆らう京都守護を討ち、旗をあげたのは十日ほど前の十五日のことだった。

以来、定家は固く門を閉ざし、息をひそめ、切れ切れに入ってくる情報を綜合《そうごう》して状況を探ってきた。

緒戦《しょせん》の日、義弟の公経が鎌倉へいちはやく伝令《でんれい》を飛ばした。早馬は駆け通しに駆けて四、五日だから、十九日か二十日には鎌倉へ到着する。義時らはすぐに評定を始め、作戦を練るだろう。しかるのち配下に招集をかけ、軍を組織することになるだろう。攻めるのか、守るのか、そう易々《やすやす》と結論も出まいから、態度を決するまでに少なくとも十日ぐらいはかかるだろう――、などと想像していた。だのに、もう近くまで迫っていると？

なんという早さだろう。これが訓練されたもののふというものか。

目の前が昏《くら》くなった。

それにひきかえ、院の勢はどうなっている。

院宣は五畿七道《ごきしちどう》に撒かれ、大号令がかけられたはずだ。なのに、諸国の守護や御家人のたれが駆けつけたとか、たれが合力したとかいう噂はほとんど聞こえてこない。為家の舅の宇都宮氏は命じられたが従わぬと言っている。足利義氏《あしかがよしうじ》、武田信光《たけだのぶみつ》、小山朝政《おやまともまさ》らも同様という。三浦義村の弟胤義が院に与力したそうだが、義村のほうは応じていないという。幾人集まったのか、たれが義時追討の指揮官になったのかもわからない。

最初は威勢がよかったのに思いのほか味方が増えず、まごまごしているうちに形勢逆転されてしまったのではなかろうか。

そもそも院宣を擁する以上こちらが官軍《かんぐん》であり、鎌倉側は罪に問われた朝敵《ちょうてき》である。なのに、即断即決して攻め込んでくるとは、なんと恐ろしい者たちだろう。賊軍《ぞくぐん》にされたことなど、屁《へ》とも思っておらぬらしい。

――武者の世になりにけるなり。

まさにこういうことか。

かつて源氏に逐《お》われた平家は、賊軍ながら帝と三種の神器という切り札を持っていた。だからあのような抗戦ができた。いまの北条にはそれすらない。にもかかわらず、なんと命知らずの者どもだろう。よほど自信があるのだろう。でなければ、こんな猪突猛進《ちょとつもうしん》ができるはずがない。

これは、勝てる気がせぬ。

では、負けるのか？

いや待て、天子が人臣《じんしん》に敗北するとは、いったいどういうことだろう。

――院のまつりごとには、終わっていただかねばならぬ。

――沈む船の道連れとなるな。

いつか九条家の若きあるじが言った言葉を、自分はわかったようでわかっていなかった。あくまでも象徴的な意味にとらえていた。それが文字通りの現実となるのか。

足が震え、よろけて几帳を倒した。ガラガラ、ガッシャン、と鋭い音が立った。その音で、うわずっていた心がハッと覚醒した。

わが立ち位置を見直した。

では、おのれはどうする？

どうするのだ？　藤原定家。

えいくそとこぶしを握り締め、倒れた調度を思いきり足で蹴散《けち》らした。

どうもこうもない。かかわらぬ。それだけだ。すでに妻の弟は拘禁《こうきん》されている。ここへもいつ、どこから、どのような咎《とが》で討手《うって》が来るかわからぬ。巻き込まれるな。知らぬ存ぜぬで嵐が過ぎるまでやり過ごすのだ。ただひたすらかかわるな。

「忠弘」

「はっ」

　駆け寄った家司に問いただした。

「壬生は見つからぬか」

　家隆は乱の勃発《ぼっぱつ》の直前に院に召され、そのまま行方がわかっていないのである。

「まだでございます」

　いまにも泣きだしそうな顔をしている。

「もう一度童どもを放って、手を尽くしてみます」

　まぶたの裏にその白い面影が映じた。定家よ――と、やさしく目尻を細めてこちらを見た。首を振って、掻き消した。

「もうよい」

　えっ、と家司の眉が寄った。戸惑いの色がありありと浮かんだ。

「詮索すな」

　もうじき鎌倉勢が攻め込んでくる。京は混乱の坩堝《るつぼ》になる。慎重を期さねばならぬ。ほんのちょっとの動きも命取りになりかねない。

「お家の先々を左右する局面じゃ。貝のように押し黙り、もぐらのように息をひそめ、節穴からのみ表を覗いておれ。家中みなに伝えよ。行けっ」

やけくそのように言い放つと、書架から八代和歌集を次々につかんで、文机のかたわらに投げ出した。

心の耳をふさぎ、目をふさいだ。なにも見えない、聞こえない。

どさりと腰を下ろし、筆写を始めた。癖字の行列があっという間に料紙を黒く埋めていった。

巷《ちまた》のいくさなど知ったことか。おのれは歌道の未来だけを考える。わが目指すところはもっと高く遥かなのだ。

紅旗征戎《こうきせいじゅう》わがことにあらずじゃ。

背を丸め、奥目を怒らせ、唇をへの字に結び、戸を閉てきった穴倉のような山荘で、ぎくぎく、ぎくぎく、折れ釘を打つように和歌を写しつづけた。

六の章　嵯峨山荘の障子和歌

一

文暦《ぶんりゃく》二年（一二三五）五月。

鬱々《うつうつ》と降りつづく梅雨《つゆ》の昼下がり。

目の前の父のからだが弾《はじ》かれたように宙に浮き、手から筆がこぼれて床に転がった。

「な、なんじゃと」

「還御《かんぎょ》ならぬ、とな……」

こちらへせり出した皺顔《しわがお》から血の気が失せ、双の奥目は虚空《こくう》をにらんでいる。がたがたと歯を食いしばり、いまにも卒倒《そっとう》しそうである。

そのうろたえぶりを見て、ああ、もうちと伏しておけばよかったかと為家《ためいえ》は後悔した。

文机《ふづくえ》のまわりには巻子《かんす》や草紙《そうし》のたぐいがうずたかく積まれ、手元には試行錯誤したらしき反故《ほご》が山になっている。膝元《ひざもと》には例の歌札が散っている。

この三月、隠岐《おき》の後鳥羽院《ごとばいん》と佐渡《さど》の順徳院《じゅんとくいん》の帰還の交渉が、鎌倉とのあいだで始まった。

以来、わが父定家《ていか》はここ嵯峨《さが》小倉山《おぐらやま》の山荘にこもり、秀歌選びに励んできた。舅《しゅうと》の宇都宮蓮《うつのみやれん》生入道《しょうにゅうどう》が老歌人の苦衷《くちゅう》を汲《く》み、新築の対屋《たいのや》の障子《しょうじ》を飾る色紙の揮毫《きごう》を頼んでくれたからである。

それからふた月、父はいつ訪れても書物と歌札の海に没入し、茫洋《ぼうよう》と夢見るようなまなこをしていた。久方ぶりによい仕事ができて幸いだったと、為家はほほえましく眺めていた。

ところが、こんにち主家である九条《くじょう》家に伺候《しこう》したら、溜《た》まりの間にただならぬ気配が漂っている。なんぞと同僚に問うたら両院の件が執権北条泰時《しっけんほうじょうやすとき》によって拒否されたという。

えっ、と仰天した。

ついこのあいだまで還御はほぼ本決まりとして、都じゅうに祝福の空気が満ちていた。噂《うわさ》は海を越え、後鳥羽、順徳両院もその瞬間を心待ちにしているそうだった。なのに、よもやのどんでん返しだ。

即座に父のことが脳裡《のうり》をかすめた。この件に関してたれよりも過敏になっているのは父である。そうと知ったらどれほど気落ちするだろう。

真偽《しんぎ》を確かめたかったが、主人道家《みちいえ》本人に直接尋ねるのは憚《はばか》られた。交渉は内々に進められているようで、その口から明言されたことは一度もないのだ。常に万全の策をめぐらす性格だから、交渉が成就《じょうじゅ》した暁《あかつき》に初めて公表するつもりだったのだろう。

しばし考えたのち、叔父《おじ》の公経《きんつね》を訪《と》うことにした。いま鎌倉方ともっとも親しいのは、関東《かんとう》申次《もうしつぎ》として朝幕の調整にあたっているこの人だからである。

そしたら、やはり不成功であったと告げられた。叔父は珍しく言葉を濁し、この件に関しては話題にすることも避けたほうがよいと眉をひそめた。

母頼子《よりこ》の弟であるこの人は、十四年前の承久の年、命を賭《と》して鎌倉方に通じ、その大功から内大臣《ないだいじん》、太政大臣《だいじょうだいじん》へ躍進して位人臣《くらいじんしん》を極めた。そのうえ西国《さいごく》に得た所領を活用して宋《そう》との貿易にいそしみ、巨万の富も築いた。北山《きたやま》の豪邸にもうけた寺院、西園寺《さいおんじ》にちなんで、さいきんは西園寺相国《しょうこく》とか西園寺入道とか呼ばれている。

いま幼帝四条《ようていしじょう》の外祖父兼摂政、かつ四代目鎌倉将軍の父として、いにしえの御堂関白《みどうかんぱく》よろしき栄華を誇っている九条道家と並ぶ、もう一方の雄《ゆう》だ。

ともあれ、こうして貴重な報をつかんだので、為家は矢《や》も楯《たて》もたまらず父定家の許《もと》へ駆けつけたのである。

*

「そは、たしかな筋からの話かの」

中腰の姿勢のままわなないている父親のからだを支えつつ、為家はいかにも、と応じた。

「出元は九条の大殿でございますが、念のため西園寺の相国にも確かめてまいりました」

「なんと、なんと」

老歌人はさらに膝が砕け、つぶした痩《や》せ鶏《どり》が腕からぶら下がったみたいになった。

為家はあわてて脇息《きょうそく》を引き寄せて座らせ、さよ、さよ、と侍女を呼んだ。

「気付けを持ってこい」

父はせいせいと薄い肩を上下させている。

「大丈夫でござりまするか」

背を撫《な》でようとすると、

「えい、なんでもない」

脇息にかじりつきながら、うるさそうに手を振り払う。

「横になられたほうがよろしいのでは」

「大事ないと言うておろうがっ」

大喝《だいかつ》された。

ご機嫌が悪い。

あまり逆らわぬほうがよいらしい。そうですかと身を退き、あたりを見まわしたら、おのずと文机に目が行った。

「舅殿の障子和歌のほうは、だいぶお進みになっていたのですか」

とたん、父の眉がキッと吊《つ》りあがった。しくじった。話題を変えたつもりで、かえって刺激してしまった。

「昨日ようようまとまって、染筆《せんぴつ》に取りかかろうと思うておったところじゃ」

と言うなり、文机の上の書きつけをかっさらい、両手で破り捨てようとした。

「あっ、なにをなさいます」

猪突《ちょとつ》して奪い取った。

『新勅撰和歌集《しんちょくせんわかしゅう》』の編纂《へんさん》中に後堀河院《ごほりかわいん》に死なれ、草稿を燃やしてしまったときと同じである。こらえ性のないおやじ殿は、思うようにならぬとすぐ癇癪《かんしゃく》を起こすのだ。

「こんなもの、もはや必要もない」

「いけませぬ、気の早い」

「院がお帰りにならぬのに、なんのための障子和歌ぞ」

悪餓鬼《わるがき》のように暴れる父を、為家は羽交《はが》い絞《じ》めにした。

「それはまた別のこと。これは舅殿から頼まれた仕事でござりまするぞ。父上の気分一つでうっちゃってよいことではない。冷静になられませ」

なおもじたばたするのを押さえつけていたら、だんだんおとなしくなり、力尽き、本格的にくたっと脱力した。

折しもさよが樟脳《しょうのう》と水を持ちきたったので、臥処《ふしど》に寝かせて介抱《かいほう》を任せた。

なんだか無性に哀れになった。

表を窺《うかが》うと、相変わらず長雨がしとしとと降りつづいている。不穏に澱《よど》んだ空である。父が丹精《たんせい》した木も草花も色彩はほとんどない。

父の胸中に院に対する葛藤《かっとう》がこれほどくすぶっていようとは、想像以上であった。はてさて、どうしたものか。

さよが一礼して退《さ》がっていく。寝床を見やると父は静かに仰臥《ぎょうが》していて、もはやぴくりともしない。眠りに落ちたらしい。

ふと先ほどの書きつけが気になった。選歌はすでに終わり、あとは染筆するだけと言っていた。

為家はいざなわれるように立ちあがり、父の常の座についた。

父の文机は大きなものが二つ並んでいて、右は日記をしたためる専用の机、左は選評や書きものをする机である。その左の机の上に、さっきの料紙が投げてあった。乱暴につかんだせいで端のところがぐしゃぐしゃになり、横に長い紙の真ん中あたりにも亀裂《きれつ》が入っている。そっと手に取り、傷めぬように皺を伸ばした。

ぎくぎくと折れ釘《くぎ》が行列したような癖字《くせじ》が並んでいる。しかし、見慣れている目には、とくに読みづらくもない。むしろ、わが父ほど厳密な歌学者はおらぬので、書体にさえ慣れてしまえば、これ以上安心して読めるものはないのである。

小さな文字に目を近づけ、まじまじと見入った。歌と作者がずらりと連ねてある。第一首は天智《てんじ》の帝《みかど》。第二首は子の持統《じとう》の帝である。

秋の田のかりほの庵《いほ》の苫《とま》をあらみ　我が衣手《ころもで》は露にぬれつつ　天智天皇御製《ぎょせい》

春過ぎて夏来《き》にけらし白妙《しろたへ》の　衣干すてふ天《あま》の香具山《かぐやま》　持統天皇御製

そのあと万葉《まんよう》時代の歌人が置かれ、『古今集《こきんしゅう》』『後撰集《ごせんしゅう》』『拾遺集《しゅういしゅう》』……、と勅撰集の歌が続いていく。歌の順序は出典に影響されているが、それよりも前後の並びによる見え方のほうに意を砕いているように感じられた。そして、最後は良経《よしつね》、慈円《じえん》、雅経《まさつね》、家隆《いえたか》、父など新古今時代の歌人が揃《そろ》い踏《ぶ》みし、後鳥羽、順徳の両院で締めくくられる。

いつぞや父に平安京の創始者である桓武《かんむ》の帝のそのまた御祖《みおや》は天智の帝だと教えられたことがあった。下照姫《したでるひめ》と素戔嗚尊《すさのおのみこと》とか、人麻呂《ひとまろ》と赤人《あかひと》とかではなく、この親子の帝を始まりに据えたのは、最後の両院ときれいに対比させるためだろう。おそらくこれはわが邦《ほう》のちょっとした王朝和歌史なのだ。

さらに個々の歌をながめながら、いくつかのことに気がついた。

歌才に優れながらも不遇をかこった者たちが多い。喜撰法師《きせんほうし》とか、壬生忠岑《みぶのただみね》、忠見《ただみ》親子とか、曽禰好忠《そねのよしただ》とか。父自身の共感を映してのことだろう。

我が庵は都のたつみしかぞ住む　世をうぢ山と人は言ふなり　喜撰法師

恋すてふ我が名はまだき立ちにけり　人知れずこそ思ひ初《そ》めしか　壬生忠見

由良《ゆら》の門《と》を渡る舟人梶《ふなびとかぢ》を絶え　行方《ゆくへ》も知らぬ恋の道かな　曽禰好忠

流刑や左遷、旅空での客死などの憂き目にあった歌人も目立つ。大伴家持《おおとものやかもち》、阿倍仲麻呂《あべのなかまろ》、小野篁《おののたかむら》、在原行平《ありわらのゆきひら》、在原業平《なりひら》、菅原道真《すがわらのみちざね》、藤原実方《ふじわらのさねかた》、崇徳院《すとくいん》……。痛ましき流人となった後鳥羽、順徳両院を意識してのことだろう。

天《あま》の原《はら》ふりさけ見れば春日《かすが》なる　三笠《みかさ》の山に出《い》でし月かも　安倍仲丸

わたの原八十島《やそしま》かけて漕《こ》ぎ出でぬと　人には告《つ》げよ海人《あま》の釣舟《つりぶね》　参議《さんぎ》篁

このたびは幣《ぬさ》も取りあへず手向山《たむけやま》　もみぢの錦《にしき》神のまにまに　菅家《かんけ》

歌道の研究や指導的立場にあった人は、ほぼ漏れなく採られている。紀貫之《きのつらゆき》、能因法師《のういんほうし》、藤《ふじ》原公任《わらのきんとう》、源俊頼《みなもとのとしより》、藤原顕輔《あきすけ》、藤原清輔《きよすけ》、そしてわが祖父釈阿《しゃくあ》俊成《しゅんぜい》……。父は道の先達《せんだつ》への尊崇篤《そんすうあつ》く、たとえ競争関係にある他流でも、こういう場合はきちんと立てるのである。

山桜《やまざくら》咲き初めしより久方《ひさかた》の　雲居《くもゐ》に見ゆる滝の白糸《しらいと》　源俊頼朝臣《あそん》
秋風にたなびく雲の絶《た》え間《ま》より　漏《も》り出づる月の影のさやけさ　左京大夫《さきょうのだいぶ》顕輔
長らへばまたこのごろやしのばれむ　憂しと見し世ぞ今は恋しき　藤原清輔朝臣

公任と祖父の歌は、歌道に対する崇高な誇りをあらわした詠だ。

滝《たき》の音《ね》は絶えて久しくなりぬれど　名こそ流れてなほ留《と》まりけれ　大納言公任
世の中よ道こそなけれ思ひ入る　山の奥にも鹿《しか》ぞ鳴《な》くなる　皇太后宮大夫《こうたいごうぐうのだいぶ》俊成

しかし同時に、なぜこの歌を――と、理由《わけ》のわからぬものも少なくなかった。いやむしろ、そういう歌のほうが多かった。

そもそも後鳥羽、順徳両院の歌以外はすべて勅撰集の入選歌なので、どれも名歌ではあるのだが、妙に似た歌が多く、おもむきが偏重《へんちょう》しているようにみえる。父は四季歌より恋歌が得意であるから、その比重が大きくなるのは理解できるとしても、百首という多からぬ総数を思えば、もうちと満遍《まんべん》なく拾いあげてもよかったのではなかろうか。

なんとなく解せぬ思いで臥処のほうを見やると、いつから起きていたのか、横たわったままこちらを見つめている奥目のまなことゆきあった。

「お……、お目覚めでありましたか」

盗み見していたのがばれたようで、ばつが悪かった。にわかに進退がとれずうろたえていたら、

「どうじゃ」

かえってあっさりと尋ねられた。

寝床のかたわらににじり寄り、小さな坊主頭に向かって一礼した。

「たいへんおもしろう拝見しました」

「さようか」

淡い反応が返った。

「ゆえにこそ、早まってはもったいのうございます。為家がもうちと還御の件、探ってみますので、こらえてくださりませ」

枕の上から「う」と「お」のまん中みたいな声がした。諾《だく》のときの一音である。

「かまえて短慮《たんりょ》をいたしますまいぞ、父上」

夜具の乱れを直し、為家はにこ、と笑みかけた。

二

キキ、キョキョキョキョキョ……。

思いがけず近いところで甲高《かんだか》い鳥の声がして、定家は目を覚ました。

全身じっとりと汗ばんでいる。湿った襟元をくつろげようとして、夜着ではなく袈裟《けさ》をつけたままなのに気がついた。しばし考え、ああ……と思い出した。昼間為家が悪い報《しら》せを運んできて、眩暈《めまい》がして横になったのだ。

頭が重い。石を呑《の》んだかの気分である。

あたりを見まわした。しんとしている。どのくらい寝たのだろう。いつも片隅に控えているさよの姿もない。雨はやんでいるらしい。撥《は》ねたままの半蔀《はじとみ》からぬるい微風が吹き込み、燈《とう》明《みょう》がかすかに揺れている。

頭を二、三度ゆすって起きあがった。息苦しい。表の空気を吸いたくなった。御簾《みす》をくぐって縁《えん》に出て、空を見上げた。月も星もない。湿った地面から立ちのぼる温気《うんき》の中に、昨日までしなかった橘《たちばな》のにおいがする。五月である。花が咲いたのか。
ケ、キョキョ、クク、キョキョキョキョキョ……。
時鳥《ほととぎす》だ。できそこないの耳にも鋭く突き刺さる、のどをふりしぼるような声である。正面の楓《かえで》に宿って鳴くらしい。

声のかたに目を凝《こ》らすと、暗く枝を広げた古木の下に、ぼんやりと二つ石塔が浮かんでいる。右は元からあった平家の奥方の五輪塔《ごりんとう》。左は承久《じょうきゅう》の大乱で散った人びとのために、おのれが立てた塚だ。

——還御ならず、か。

ぽそっとひとりごちた。

恐れ多くも天孫《てんそん》の裔《すえ》たるおん方が、荒海の木の葉のような場所で朽ち果てる。しかも東《あずま》のえびすどもの采配《さいはい》で。

世も末じゃの。

闇に目慣れて次第に輪郭のはっきりしてきた石塔を見つめながら、十四年前の悲劇に茫漠《ぼうばく》と思いを馳《は》せた。

むざんないくさであった。院宣《いんぜん》も官宣旨《かんせんじ》も紙切れみたいに破り捨てられ、鎧《よろい》の軍団に完膚《かんぷ》なきまでに踏みにじられた。戦後の処理も苛烈《かれつ》をきわめ、加担した者は問答無用で処刑された。藤原秀康《ふじわらのひでやす》、秀澄《ひでずみ》、高倉範茂《たかくらのりもち》、葉室光親《はむろみつちか》、葉室宗行《むねゆき》、尊長《そんちょう》……。院の脇を固めていた側近はみな逝《い》った。そのむごさはかつての保元《ほうげん》、平治《へいじ》の比ではなく、壇《だん》ノ浦《うら》合戦での平家の末路よりもむしろ悲惨だった。

莫大な院領も側近たちの所領も、むろんすべて没収された。勝ちに乗じた執権義時《よしとき》は帝位にまで容喙《ようかい》し、順徳院の嫡子の仲恭幼帝《ちゅうきょうようてい》を廃し、両院の血を引かぬ後堀河帝《ごほりかわてい》にすげ替えることまでした。

しかし、それらたくさんの敗者とは別に、ある意味でもっと哀れだったのは家隆だった。

乱のとき、家隆は挙兵の計画などは知らず、院に召されて城南寺《せいなんじ》の流鏑馬《やぶさめ》行事にまかりこした。すると、現地には不穏な軍兵がひしめいており、何事ぞと度肝《どぎも》を抜かれていたところ、知《ち》己《き》の僧侶に遭遇して即刻退かれよと諭された。そして、引きずられるようにして入った醍醐《だいご》寺の塔頭《たっちゅう》に潜伏していたのである。

ゆえに罪に問われることはなかったが、主君の悲運に心を痛め、その後も忠誠を尽くすことをやめなかった。

絶海の孤島の院にとって唯一なぐさめとなったのは和歌だったが、たれもが関わりを避けるなかで、家隆だけはねんごろに相伴《しょうばん》しつづけた。それがために公的な位置を逐《お》われ、散位《さんに》（官職を与えられぬこと）に沈まざるをえなくなった。

家隆に政治的な意図はみじんもないのはみな知っている。なのに、たれも手を貸してやろうとしなかった。鎌倉の目を恐れて遠巻きに眺めるばかりで、流人のお守りという損な役どころを家隆に押しつけた。ひどい話である。

その人でなしの最たるものが、おのれだった。

家隆とは対照的に、わが身にはかつて経験したことのない春が訪れた。大乱の勝ち札を引いた九条、西園寺という両権門《けんもん》と浅からぬえにしで結ばれていたからである。加えてもう一つ、謹慎中の身の上だったため、変事と完全に無関係だったことも大きかった。まったくなにが幸いし、なにが禍《わざわい》するかわからない。

それまでわが身上は三位《さんみ》の民部卿《みんぶきょう》で、遅々たる歩みであったが、乱ののちは従二位《じゅにい》、正二位ととんとん拍子にのぼり、権中納言《ごんちゅうなごん》の座まで手に入れた。息子《むすこ》、娘らも驚くばかりに恵まれた。為家などは三十になるやならずやで蔵人頭《くろうどのとう》、参議《さんぎ》に栄達した。鎌倉方の厚遇により、所領の経営も飛躍的に安定した。人生も終盤近くになって恵まれたこの果報《かほう》を、どうして取り逃すことができよう。いま院と関わればその幸運が揺らぐのだ。

そのために、家隆にとってはなんの頼み甲斐もない友となった。もろもろを秤《はかり》にかけたら、そうせざるをえなかった。

孤立無援《こりつむえん》となった家隆は次第に困窮《こんきゅう》し、やがて都を落ちていくことになった。五年前のことである。

闇の中の五輪塔に背を向け、文机に戻った。

歌札が雑然と散らばり、昼間のままになっている。

円座《わろうだ》に腰を据え、燈台《とうだい》を手近に引き寄せた。とたん、札の表が白く浮きあがった。

つ、と手を伸ばし、指先で一枚に触れた。まわりにゆらっと波紋が刻まれた。二枚、三枚、と動かした。ゆらゆら、ゆらゆら、波紋が次々に広がり、さざ波が立ち、懐かしい家隆の面影が現れた。

京を去りゆくその日。

ふいに邸《やしき》に現れたと思ったら、開口一番、別れの挨拶《あいさつ》をされた。

「定家よ、いとまごいに来た」

息が止まりそうになった。

そのときも、やっぱり歌の札を広げていた。新たな主君である後堀河帝に献上する一揃いを作っていたのである。

「いよいよ山家《やまが》暮らしじゃ。心静かに仏の道に入る支度をするよ」

なぜ——と、問おうとして言葉を呑み込んだ。尋ねるまでもなかった。うらぶれた姿を見ればわかる。着たきりらしき衣は色褪《いろあ》せ、擦《す》り切《き》れ、車も使えず馬で来たのだろう、足元が黒く汚れていた。髪は銀一色に染まり、健康も思わしくないのか二まわりほども痩せていた。院とのかかわりを忌まれた挙げ句に、とうとうこんなことになったのだ。

愕然《がくぜん》としていたら、「気にするな」と逆に励まされた。

「決心したら、すっきりしたよ」

目尻をくしゃっと細くたたんだ。

そして、黙って行こうとも思ったが、これを渡しておかねばならぬでな、といくつかの巻子を差し出した。遠い隠岐で院が詠んだ百首歌と、側仕《そばづか》えの者に筆写させたという口伝《くでん》の歌論書だった。

「相変わらず見事な御製であるよ。見てさしあげてくれ。御口伝はちと手厳しうおぬしを許しておるが、けっして悪口ではない。われらの間柄なればこそだ。読めばわかる。なにしろおぬしは院のいちばんの気に入りだからな」

と、おおらかに笑った。

言葉もなかった。

ふと、いつか上賀茂《かみがも》の社《やしろ》のそばで交わした会話を思い出した。あのころおのれは院の優勢を固く信じていて、家隆に向かっていずれ東《あずま》は京都朝廷の下に包摂《ほうせつ》されるであろうと言った。そしたら家隆は懐疑《かいぎ》の顔をした。

――だったらよいけれどな。

もしかしたら、家隆はいずれこうなることをどこかで予見していたのかもしれない。だからこそ、主君に殉《じゅん》じることを決めていたのかもしれない。

家隆はやさしい男だ。ただやさしいのではなく、つねに救いを求める者のほうに寄り添うのだ。そして、けっして見捨てないのだ。それが家隆特有の人生のあり方であり、風まかせに流されるどころか、これほど不撓不屈《ふとうふくつ》の男はいないのだ。

なぜだろう。なぜこんなことになったのだろう。余人をもって代えがたいのに。わが生涯でもっとも愛した友なのに。

裏切ったつもりはない。むしろ、遠い昔からいつも家隆のことを思っていた。あの乱の前も、乱のさなかも。むざんな結果に終わったあとも。寝ても、覚めても、毎日毎日。

激情が込みあげた。口を開くと嗚咽《おえつ》しそうだった。せめて「許せ」と言いたかったが、それも違う気がした。なにを言っても言いわけである。

目を伏せたら、膝元に散った歌の札が目に入った。

思わず知らず指が動いた。そこ、ここ、かしこから頭の文字が訴えかけてくる。

す、す、す、と引いた。

有馬山《ありまやま》猪名《ゐな》の笹原《ささはら》風吹けば　いでそよ人を忘れやはする　（大弐三位《だいにのさんみ》）
寂しさに宿を立ち出でながむれば　いづくも同じ秋の夕暮　（良暹法師《りようぜんほうし》）
名にし負はば逢坂山《あふさかやま》のさねかづら　人に知られでくるよしもがな　（三条右大臣《さんじょうのうだいじん》）
夕《ゆふ》されば門田《かどた》の稲葉《いなば》おとづれて　葦《あし》のまろ屋に秋風ぞ吹く　（大納言経信《だいなごんつねのぶ》）
長からむ心も知らず黒髪の　乱れてけさは物をこそ思へ　（待賢門院堀河《たいけんもんいんのほりかわ》）

「あ」「さ」「な」「ゆふ」「な」。朝な夕な。

――そなたのことを思わぬ日はない。

家隆の首が少し傾き、流れるように札を見た。目尻がふっと細まった。そして、

「案ずるな」

と、言った。

「なにがじゃ？」

思わず問い返した。

家隆は黙って身を折るようにして、す、す、す、と三枚、膝元に寄せた。

夜もすがら物思ふころは明けやらぬ　閨《ねや》のひまさへつれなかりけり　（俊恵法師《しゅんえほうし》）

夜をこめて鳥の空音《そらね》にはかるとも　よに逢坂《あふさか》の関《せき》は許さじ　（清少納言《せいしょうなごん》）

もろともにあはれと思へ山桜《やまざくら》　花よりほかに知る人もなし　（前大僧正《さきのだいそうじょう》 行尊《ぎょうそん》）

目が合った。よろこびも悲しみも超えたような色だった。

「われらは変わらぬさ。これまでも、これからも」

はっとした。それは、いままでに幾度となく聞いた言葉。

――われらはなにも変わらぬよ。

――それが男と女の恋とは違うところさ。

――だろ？

さらにす、す、と二枚。

嘆《なげ》けとて月やは物を思はする　かこち顔なる我が涙かな　（西行法師《さいぎょうほうし》）
ほととぎす鳴きつる方をながむれば　ただ有明《ありあけ》の月ぞ残れる　（後徳大寺左大臣《ごとくだいじのさだいじん》）

「よ」「よ」「も」「な」「ほ」。代々もなお。

――いつも、いつも、いつまでも。

口元に懐かしいえくぼができた。白銀色《しろがねいろ》の笑顔に慈《いつく》しみが満ちた。

「私のぶんもおぬしが励め。息災でな、さだいえ」

＊

キョ、キョキョキョキョキョキョ……。

時鳥がひときわ高く、悶《もだ》えるように鳴いた。

定家は一つ深く嘆息した。

蔀の向こうの夜闇を仰いだのち、文机の上の百首の書きつけに目をやった。

家隆との肝心《かんじん》のやりとりは、いつも歌の札だった。そのすべてを、この百首のうちに込めた。

初めて情を交わした歌会の翌朝。あたりに散らばった札の中から拾いあげた歌。


逢《あ》ひ見《み》ての後《のち》の心に比ぶれば　昔は物も思はざりけり　中納言敦忠《ちゅうなごんあつただ》

わが身になにが起こったのか、半信半疑だった。天と地がひっくり返ったようだったあの日。

風をいたみ岩打《いはう》つ波のおのれのみ　砕けて物を思ふころかな　源 重之《みなもとのしげゆき》
立《た》ち別《わか》れいなばの山の峰に生《お》ふる　まつとし聞かば今帰り来む　中納言行平《ちゅうなごんゆきひら》
忍ぶれど色に出でにけり我が恋は　物や思ふと人の問ふまで　平 兼盛《たいらのかねもり》
君がため春の野に出でて若菜《わかな》摘む　我が衣手《ころもで》に雪は降りつつ　光孝天皇《こうこうてんのう》御製

「か」「た」「し」「き」。片敷き。
――一人寝したのだよな？
おずおずと相手に尋ねた。
いとしい指が伸びてきて、三枚入れ替え、

天《あま》つ風《かぜ》雲の通《かよ》ひ路《ぢ》吹き閉ぢよ　をとめの姿しばしとどめむ　僧正遍昭《そうじょうへんじょう》
久方《ひさかた》の光のどけき春の日に　静心《しづこころ》なく花の散るらむ　紀友則《きのとものり》
御垣守《みかきもり》衛士《ゑじ》のたく火の夜は燃え　昼は消えつつ物をこそ思へ　大中臣能宣《おおなかとみのよしのぶ》朝臣《あそん》
君がため春の野に出でて若菜摘む　我が衣手に雪は降りつつ　光孝天皇御製

「あ」「ひ」「み」「き」。逢い見き。

――愛しあったじゃないか。

なんと狂おしく、また初々しいときめきであったろう。

白く長い指がまた一枚拾い、一枚新たに加え、

　小倉山《をぐらやま》峰のもみぢ葉心あらば　今一度《いまひとたび》のみゆき待たなむ　貞信公《ていしんこう》
　忍ぶれど色に出でにけり我が恋は　物や思ふと人の問ふまで　平兼盛

「を」「し」。愛し。

恋の矢でぐさっと射貫《いぬ》かれた。

目の前にすらりと立った、絵に描いたように秀麗な束帯《そくたい》姿。人生のうちであれほど人に見惚《みほ》れたことはない。

いつの間にか滂沱《ぼうだ》の涙が湧いて、ぽと、ぽと、と胸元を濡《ぬ》らしていた。

長の時を経《へ》たのちに、情念にふたたび火がついたこともあった。

なにも知らぬ若き帝を間に挟み、ひそやかな会話をした。

　嘆《なげ》きつつ独《ひと》り寝《ぬ》る夜《よ》の明《あ》くる間《ま》は　いかに久《ひさ》しきものとかは知る　右大将道綱母《うだいしょうみちつなのはは》
　月見れば千々《ちぢ》に物こそ悲しけれ　我が身一つの秋にはあらねど　大江千里《おおえのちさと》
　かくとだにえやはいぶきのさしも草　さしも知らじな燃ゆる思ひを　藤原実方《ふじわらのさねかた》朝臣《あそん》
　白露《しらつゆ》に風の吹きしく秋の野は　貫《つらぬ》き留《と》めぬ玉《たま》ぞ散りける　文屋朝康《ふんやのあさやす》

「な」「つ」「か」「し」。懐かし。
蔦《つた》の蔓《つる》がするすると伸び、互いの心を隠微にからめた。
三首の順を入れ替え、一首加え、

かくとだにえやはいぶきのさしも草　さしも知らじな燃ゆる思ひを　藤原実方朝臣
嘆きつつ独り寝る夜の明くる間は　いかに久しきものとかは知る　右大将道綱母
白露に風の吹きしく秋の野は　貫き留めぬ玉ぞ散りける　文屋朝康
山里《やまざと》は冬ぞ寂しさまさりける　人目《ひとめ》も草もかれぬと思へば　源《みなもとの》　宗于《むねゆき》朝臣《あそん》

「か」「な」「し」「や」。愛しや。
二度と帰らぬ日々だ。
ふと、先ほどこの席に座っていたわが子の顔を思い出した。
為家のやつ、腑《ふ》に落ちぬまなこをしていたな。
おかしくなった。
そうだろう。腑に落ちぬで当然だ。これはわれらにしかわからぬ選歌なのだから。
そう、われらだけの符牒《ふちょう》。
まだまだある。輝く金の真砂《まさご》のような思い出。
膝元の一枚に狙いをつけ、指先ではっ、と彼方へ払った。

耳の奥でどっと歓声があがった。

白菊の衣をまとった帝王が現れ、扇を水平に構え、朗々たる一声を放った。

「競えや、眺《なが》め桟敷《さじき》の面々」

水無瀬《みなせ》の釣殿《つりどの》いちめんに歌札の渦が巻き、六人の競い手がいっせいに身構えた。

「さあ取れ、題は――、秋の愁い」

四方八方から、色とりどりの水干《すいかん》が乱舞する。「はっ」と撥《は》ねあげ、「ほっ」と捕える。「はっ」と袖がひるがえり、「ほっ」とからだが交差する。

奥山《おくやま》にもみぢ踏み分け鳴く鹿の　声聞く時ぞ秋は悲しき　猿丸大夫《さるまるだゆう》
夕されば門田《かどた》の稲葉《いなば》おとづれて　葦《あし》のまろ屋に秋風ぞ吹く　大納言経信《だいなごんつねのぶ》
契《ちぎ》り置《お》きしさせもが露《つゆ》を命にて　あはれ今年の秋もいぬめり　藤原基俊《ふじわらのもととし》

……………


「波に寄する恋、取れ」

はっ、ほっ、はっ、ほっ……。彼方こなたに魚が跳《は》ね、獲物を狙う水鳥《みずとり》が跳躍《ちょうやく》する。

わびぬれば今はた同じ難波《なには》なる　みをつくしても逢はむとぞ思ふ　元良親王《もとよししんのう》
難波江の葦のかりねのひとよゆゑ　みをつくしてや恋ひわたるべき　皇嘉門院別当《こうかもんいんのべっとう》
住の江の岸に寄る波よるさへや　夢の通ひ路人目よくらむ　藤原敏行朝臣《ふじわらのとしゆきあそん》

……帝王の扇はやがて菊一文字の太刀《たち》に変わり、鞘《さや》を払ってギラギラの抜き身となっている。菊の水干は空飛ぶ猛禽《もうきん》の翼となり、ばさり、ばさり、と旋風《せんぷう》を起こす。

「月にかこつ」「袖の涙」……。

はっ、ほっ、はっ、ほっ……。

いつしか札の狩人《かりゅうど》はおのれと家隆だけになり、交互に獲物を弾きあう。

「さあ取れ、わりなき恋、いかに」

あらざらむこの世のほかの思ひいでに　今一度《いまひとたび》の逢ふこともがな　和泉式部《いずみしきぶ》

忘らるる身をば思はず誓《ちか》ひてし　人の命の惜しくもあるかな　右近《うこん》

今はただ思ひ絶えなむとばかりを　人づてならで言ふよしもがな　左京《さきょうの》大夫《だいぶ》道雅《みちまさ》

……

人垣《ひとがき》が揺れ、怒濤《どとう》のように沸く。

「そこまで！」

落雷《らくらい》のごとく、佩刀《はいとう》が一閃《いっせん》した。

「定家、家隆、ようやった。褒美《ほうび》をつかわす」

キキッ、キョキョキョキョキョキョ……。

時鳥が甲高く鳴き渡った。

じっとりとぬるい風が吹き、御簾の端がゆら、ゆら、と揺れている。

定家は百首の書きつけを見つめた。

折れ曲がった癖字の上を、皺だらけの指で一首ずつ撫でた。

これは、おのれがいままでに作ったどの秀歌撰とも違う。ものごとに表《おもて》と裏《うら》とか、公《こう》と私《し》とかの区別があるならば、まさに裏の百首、私の障子和歌である。

とりわけ最後の四首に、すべての想いを込めた。

九十七番。

風そよぐ楢《なら》の小川の夕暮は　禊《みそぎ》ぞ夏のしるしなりける　正三位《しょうさんみ》家隆《いえたか》

六年前、九条の大殿道家の一女竴子《しゅんし》が後堀河帝の女御になることが決まり、家隆と自分を含む七人に輿入《こしい》れの月次屏風和歌《つきなみびょうぶわか》の声がかかった。

正直、家隆には引き受けぬでほしかった。うらぶれた姿を見たくなかった。みなにも見せたくなかった。頼むからおとなしゅう引っ込んでおってくれと念願さえした。しかし家隆は端然《たんぜん》として歌会に現れ、十二カ月の歌をみごとに披露した。その「六月祓《みなつきはらえ》」の一首に触れ、心のうちで号泣した。

まぶたの裏にぱあっ、と白いしぶきが立った。遠い夏、上賀茂《かみがも》の社《やしろ》で戯れた、あの懐かしい景色。

社の裏から流れ出る小川に裸足《はだし》で浸《つ》かり、家隆がこちらへ向かって弾けるような笑顔で手招きした。

「定家、来い」

透明な水が魂を濯《すす》ぐようだった。清流に白木綿《しらゆう》をほろほろと流し、二人だけの禊をした。一瞬のような永遠を味わった。

二度と帰らない、まばゆい一日《ひとひ》の思い出。


九十八番。

来ぬ人をまつほの浦の夕凪《ゆふなぎ》に　焼くや藻塩《もしほ》の身もこがれつつ　権中納言定家《ごんちゅうなごんていか》

友として気持ちを抑え込んだつもりでも、恋情は何度も目覚め、わが身をこがした。

禊の川で戯れたときもそうだった。懐かしいにおいを嗅ぎ、息を感じあったら、眠っていた熾火《おきび》が目覚め、赤く照り映えた。

けれども、燃えあがりそうになった炎は主君の横槍に妨げられた。すぐ戻ると約束した家隆は戻ってこず、帰りを待ちわびながら、夜が白むまで寝床を輾転《てんてん》とした。

自分らの恋にはいつも鷹《たか》の目をした帝王がからみ、三《み》つ巴《どもえ》になってもつれていた。幾度恨みに思ったろう。

猛禽《もうきん》のまなこに向かって吠《ほ》えかかったこともあった。

――院は、この定家めを、なんと思うておられるのです。

そしたら、帝王は言った。

――愛《お》しと、恨《うら》めしと。


九十九番。

人もをし人も恨めしあぢきなく　世を思ふゆゑに物思ふ身は　隠岐院《おきのいん》御製

いまはその心根もわからぬではない。荒ぶる魂の中に孤独と寂しみがにじんでいる。ともに水底に沈み、甲板に横たわって月を見上げたこともあった。孤島の新島守《にいじまもり》となった帝王は、いまも同じ月を見ているだろうか。

大乱の少し前、この主君のためにささやかな歌壇を作らぬかと家隆に誘われた。そうしていればよかったのだろうか。そうしていれば、この悲劇もいくばくか変わっていたのだろうか。

いまさらなにを言うても繰り言だ。

だから、切なくいとおしい。


百番。

ももしきや古き軒端《のきば》の忍ぶにも　なほ余りある昔なりけり　佐渡院《さどのいん》御製

父院とともに、怒濤《どとう》の渦の中に身を投じた若き帝。

治部卿《じぶきょう》よ、宮内卿《くないきょう》よ、と慕ってくれたつぶらな瞳が懐かしい。

――恋歌の極意《ごくい》はなんぞ。

そんな問いをかけられたこともあった。

――未練《みれん》でございます。

たぶん、その意はわからなんだろう。

いまだったらもう少し違うことを答えるかもしれぬ。帰らぬ昔でございます――と。

しのんでも、しのんでも、なお余りある昔なりけり。

クク、キョ、キョキョキョキョキョ……。

ひときわ苦しげな鳴き声が、皐月《さつき》の闇にこだました。

＊

「父上は？」

さよに問うと、まだお休みでございますと言う。

とうに日は上がっている。まさか昨日自分が悪い報せを持ってきたせいで、本格的に具合を悪くしたとかではあるまいな――。為家はひやっとした。

赤い頬がゆるみ、いいえ、と小さく首を振った。

「昨夜は夜中にお目覚めになったようで、明け方までお仕事をされておられました。お疲れなのでございましょう」

「そうか」

もう七十代も半ばなのだから、かほどに励まずともよろしかろうに。寝所を窺うと、なるほどぐっすり眠っている。几帳《きちょう》の端にちんまい坊主頭が覗いている。

あたりを見まわし、おや、と思った。昨日まで雑然としていた文机のまわりが妙にすっきりしている。歌札は消え、冊子、草紙、巻子のたぐいは書棚に直され、硯箱《すずりばこ》も閉じている。仕事に関するものは、父はさよには触らせない。自分で片づけたのだ。

為家はそっと文机に近づいた。

昨日見た百首の書きつけが長く伸ばして置かれ、文鎮《ぶんちん》を載せてあった。さらに近づき、はっとした。大きな修正の跡が目に飛び込んできた。

胸を衝《つ》かれた。

末尾の両院の歌が二重の線で消されている。

そして、終わりから五首目、家隆の前にあった歌がぐるりと墨で囲まれ、末尾に引っ張られてあった。わが叔父西園寺公経の歌である。

花誘《はなさそ》ふ嵐の庭の雪ならで　ふりゆくものは我が身なりけり　入道前太政大臣《にゅうどうさきのだいじょうだいじん》

——なんと。

絶句した。

後鳥羽、順徳両院の帰還が拒絶されたいま、その二首をはずすことはやむなしかもしれぬ。しかし、代わりに親鎌倉の巨頭を末尾に持ってくるとは、あまりに露骨《ろこつ》に過ぎまいか。たしかに叔父はそれなりの歌人ではあるけれど、この歌を最後に据えると俗なにおいが漂い、あんまり趣味がよろしくない。

さらに、前のほうの訂正を確認した。

中盤から終盤にかけて、矢の印を用いてぽつぽつと三首、新たな歌が挿入されている。

夜もすがら契《ちぎ》りしことを忘れずは　恋ひむ涙の色ぞゆかしき　一条院皇后宮《いちじょういんのこうごうぐう》

春日野《かすがの》の下もえわたる草の上に　つれなく見ゆる春の淡雪《あはゆき》　権中納言《ごんちゅうなごん》国信《くにざね》

紀《き》の国《くに》の由良《ゆら》のみさきに拾ふてふ　たまさかにだに逢ひ見てしがな　権中納言《ごんちゅうなごん》長方《ながかた》

いずれもまあまあよい歌である。が、ことさら意味があるようでもない。次善《じぜん》の候補だった一群れの中から、前後の歌とのかねあいのよいものを選んだのだろう。

歌の入れ替えとは難しいもので、一つ変更しただけで全体が狂うことがある。こういう場合は無難なものがよいのだ。

そして、はた、と思った。三首？

なぜだろう。三首加えたら百一首になってしまう。なぜそんな半端なことを。

しばし首をひねり、そうか、と意図を理解した。

わざとなのだ。心ならずも望まぬ選歌をせざるをえなくなった。だから、本意でないことを知らしめるため、あえて締めくくりの歌を飛び出させたのだ。頑固おやじのやりそうなことだ。

肩をすくめて文鎮を元に戻そうとして、その下にもう一葉、小さな料紙が重なっているのに気がついた。なんだろう。詞書《ことばがき》か？　引っ張り出してみた。

「百人秀歌《ひゃくにんしゅうか》　嵯峨山庄色紙形《さがさんそうしきしがた》」と題されたあとに、折れ松葉みたいな小さな癖字がねちねちと続いている。

上古《じょうこ》以来の歌仙《かせん》の一首、思ひ出づるにしたがひて之《これ》を書き出《い》だす。名誉《めいよ》の人の秀逸《しゅういつ》の詠《えい》、皆之《みなこれ》を漏らす。用捨《ようしゃ》は心にあり。自他傍難《じたぼうなん》あるべからざるか。

（上古以来の歌人の歌を一首ずつ思い出すままに書き出した。名人の優れた歌はみな漏らしてしまった。選択の理由はわが心の中にある。はたから非難されるすじあいはない。）

またへそを曲げたものだ。

思わず苦笑いした。

そして、無性に気の毒になった。こういうひねくれた物言いをするとき、わが父はそうとう傷ついているのである。

このふた月の熱中ぶりを思い返した。書物の壁の虫となり、歌札のいかだの舟人となり、夢見るように瞳をうるませていた。近年になく楽しげで、十ほども若返って見えた。

なんとかしてやらねば。

片づきすぎて寂しくなった書斎を見まわしながら思った。

三

山荘のあるじを待ちつつ、定家は開け放たれた蔀の向こうへ手持ち無沙汰に目をやった。長く続いた雨があがり、久しぶりの皐月晴《さつきば》れである。いつもながら関東者の住まいはだだっ広くほの暗く、そのぶん表はいやましにまばゆい。四角く切り取られた空に松、栂《つが》、槇《まき》、杉のたぐいが黒々と太い輪郭《りんかく》を描き、明暗の対比をあからさまに際立たせる。

昨夜はまた深更《しんこう》に目覚め、いろいろ考えはじめたらもう眠れなかった。睡眠の足りないまなこに光の鋭さが痛いほど突き刺さる。

思わず目をしばたたいたとき、「明静《みょうじょう》殿」と、柔らかな声がした。邸の亭主がすべるように対面の円座に着座した。

「お待たせをばいたしました」

福々しい顎《あご》を二重にして、いんぎんに一礼する。大柄な体軀《たいく》に似合わず身ごなしがなめらかなのは、やはり訓練された武門だからだろう。

背後に童が侍《はべ》り、茶の支度をしている。この入道のもてなしはいつもぜいたくな唐来《とうらい》の飲料である。

「梅雨の時節はジメジメいたしますから、血のめぐりも気のめぐりも悪うなります。茶は格好の養いとなります。どうぞ」

童から碗《わん》を受け取り、手ずからこちらの膝元に身を乗り出した。とたん、茶の香りに混じっておがくずのようなにおいが立った。

おや――と見返すと、すぐに察したらしい。みずからの袖をちょいとかぎ、にこ、とした。

「例の普請が成りましてのう。按配《あんばい》いかがかと昨晩小間《こま》に伏したので、檜《ひのき》のにおいが移りました。沈香《じんこう》、白檀《びゃくだん》にはかないませぬが、田舎者《いなかもの》にはむしろふさわしうございましょう」

定家はどきり、とした。できたのか。

なるほどこの前まで勇ましく響いていた槌音《つちおと》も消えている。ならばもう迷っておられぬ。

「つきましては、明静殿にいくつかお話ししたき儀がございまして、ちょうどこちらからおもむこうと思うていたところです。まことにもって以心伝心ですな」

淀《よど》みもなく言葉が連ねられていくのを、「待たれ、入道」と、さえぎった。

先に言わすな。こういうことは先手必勝だ。

「お話とは、ご依頼あった障子和歌のことでありますな」

定家はばっ、と膝にこぶしをつき、痩せた胸をいっぱいに張った。

「この明静も、まさにその件について参上しました」

ひるんだような相手の膝前に、すかさずくだんの包みを進めた。

「こちらがお約束のものです。蓮生殿には並々ならぬ配慮を賜り、失った面目《めんもく》取り戻す場所をいただいた。そのお志《こころざし》に報いねばの一心で真摯《しんし》にこしらえました。しかし、矛盾《むじゅん》は重々承知で申しあげると、できればこれ、反故《ほご》にしていただきたい」

「えっ」

相手入道のまみえが八の字に寄った。

定家は勢いのままずんずん押していく。

「貴殿もすでにお聞き及びであろう。隠岐、佐渡両院の還御のこと、成就せずの次第とあいなりました。あの乱から十四カ年の月日を経てなお、北条執権らの憎しみはいささかも薄れておらぬことがはっきりした。であるとするならば、この障子和歌においても、そのこと配慮せざるをえぬ。

すでにご想像であろうが、こたびの百首の掉尾《とうび》を飾るのは隠岐の院と佐渡の院の御製とはじめから決めておりました。そのつもりで明静このふた月、えいえいと選歌に励んでまいりました。しかし、それもかなわぬ仕儀となった。致し方ない。それがまつりごとというものじゃ。ゆえをもって、慙愧《ざんき》に堪えぬながら直しを加えました。それがここにある一式です。すでに普請は成ったとのことゆえ、いまさらわれがいやじゃと言うたら、貴殿はお困りであろう。だから、どうしてもと言わるるならあきらめましょう。どうぞこれをお使いくだされ。しかし、もしこの老骨《ろうこつ》を哀れと思《おぼ》し、わが心根をお汲み取りいただけるならば、なかったことにしていただきたい。この願い聞いていただけましたならば、これ以上の幸甚《こうじん》はござらぬ」

長口舌《ちょうこうぜつ》をふるううちにからだが震え、感極まって涙がこぼれた。

目の前の亭主は哀憐《あいれん》のおももちになり、沈黙した。そして、膝前の包みに手を伸ばした。薄様《うすよう》の紙を解き、こよりで束ねられた色紙をひとときひたいに押しいただいた。のち、一枚一枚ていねいにめくって、隅から隅まで熟読した。

無言の時間が果てしなく長く感じた。

次にはっと気がついたときには、童が冷めきった茶を下げ、新たに湯気の立った二煎目を膝前に置いたところであった。

「さ。あがられませ」

そう言われて初めて、舌が口の中に張りつくほどのどが渇《かわ》いていることに気がついた。碗を取ると陶肌の温みがじんわりと掌《たなごころ》に沁《し》みた。一口飲んだ。滋味《じみ》であった。雑念がふっと消えた。ごくり、ごくり、と一気にあけた。亭主のまなことゆきあった。

「落ち着きましたでしょう。茶の効用です」

亭主は自分も一口二口のどを潤し、「さて」と言った。

「なるほど理解しました。さようなお気持ちならば、たしかにこの件、白紙に返しとうあられましょう。お察しいたします。けれども、かないますれば、いま少しだけ踏みとどまっていただきたい」

碗を置いた。そして、

「先ほども申しあげましたように、それがしのほうにもちとお話がございます。それを聞いてからお決めいただくわけにはいきますまいか」

懇請《こんせい》のこうべを深く垂れた。

むろんである。

定家は諾《だく》――、とうなずき返した。

亭主の頬が安堵でゆるまった。

「じつは先日、婿殿《むこどの》から相談を受けましてのう。隠岐の院と佐渡の院のことで明静殿がひどく気落ちされておる。ついてはもうちと詳しい様子を知ることはできまいか、と」

ほう。為家がわれのために動いたか。

「婿殿のご心配ごもっともであるし、それがし自身もいささか腑に落ちぬところがありましたので、少々探りを入れてみました。こう見えても執権殿のまわりにはそれなりの網をめぐらしております。そしたらなかなか、おだやかならぬものが引っかかり申した」

色白の温顔の中で、口髭がひくひくと虫の触角《しょっかく》のように動いた。

――なんぞ？

定家は覚えず乗り出した。

「おだやかならぬ、とは？」

亭主は「はい」と、袖のうちで数珠の玉を数えるように一つずつ繰った。

「なんと申しあげたらよろしかろうか。還御の交渉が成り立たなかったというよりも、そもそも交渉などなかった、と言うたほうが正しいようなのです」

「えっ」

意味がわからなかった。

「どういうことであろう」

「たしかに九条の摂政殿から鎌倉の執権殿に向けて交渉の使者は出されました。しかし、摂政殿も執権殿も両院を帰還させようとは、はなから思うておられなんだ。それどころか、断じて帰還させぬ腹だった」

「ん……、む……？」

ますますわからない。

しばし考えた。そして、まさか――と、黒い疑念に行き着いた。

「つまり、芝居であった、ということかの」

相手入道の肉厚な顎がこくりと上下した。

「そういうことになります」

衝撃のあまり、のどがかすれた。

「なぜに……、なぜに……、かように手の込んだ真似《まね》を」

そうですなあと、相槌《あいづち》が打たれる。

「院の息の根を完全に止めたかったのでしょう。なんだかんだと言うても、京の人びとの、とりわけ隠岐の院に対する思慕にはたいへんなものがあります。あの華やかなりし時よりもう一度と、復古への願いは根強く、消ゆることがない。しかるに五年目、十年目、そしてまもなく十五年目になるこたびと、節目《ふしめ》がくるたびに帰還の噂が立ってまいりました。執権殿はそれが気に入らなかった。そして、それと同じくらい、九条の大殿も忌々《いまいま》しう思うておられたのですな。巷《ちまた》の噂を放置すれば、いつまでも希望の火は消えぬ。むしろだんだん現実味を帯びてくる。しかし、正式に執権殿に赦免を懇請し、正式に拒まれたとなれば、うるさいコバエは一掃できる。還御などとうていありえぬと、広くあまねく世に知らしめることができます。たしかに公武一和《こうぶいちわ》がこの先しばらくまつりごとの第一義となるならば、流され島のお二人などは邪魔《じゃま》でしかござりますまい。かくして執権殿と九条の殿双方の思惑が合致し、こたびの芝居が相成った、と」

定家は絶句した。

なんということじゃ。

膝がしらがぶるぶる震えた。

三月に赦免を乞う使者が鎌倉へ放たれたとき、賢い道家がなんの成算《せいさん》もなくこのような交渉をするはずがないと蓮生が言ったのを思い出した。その予想ははずれたが、ある意味みごとに当たっていたのだ。

——はかられた。

まぶたの裏に冬の細い三日月がすう、とのぼった。研《と》ぎ澄《す》まされた鎌《かま》にも似た九条家のあるじの双眸《そうぼう》。その凍《い》てつくような天体《てんたい》の裾《すそ》に、孤島の断崖にたたずむ帝王と、山里《やまざと》の茅屋《ぼうおく》で膝を抱く友とが交互に照らし出された。

鎌の尖端《せんたん》でえぐられたような痛みが胸に走った。

——おのれ、敗者をさらに鞭打《むちう》つか。

また、そういえばと思った。ここ数年、九条家の周辺では謎の不幸が連続している。一昨年は、道家の娘で後堀河院の中宮《ちゅうぐう》の竴子が二十五の若さでみまかった。昨年は帝位を廃され道家預かりとなっていた仲恭帝が十七歳で、また後堀河院も二十三歳にして急逝した。今年は道家の嫡男の教実《のりざね》が二十五歳で頓死《とんし》した。巷ではこれらを後鳥羽院の呪詛《じゅそ》と見る噂が立っており、道家も強く疑《うたぐ》りのまなこを向けている。

ことに教実などは鎌倉との交渉を始めたのちに、不審の急死をとげたのだ。であればなおのこと、そんな憎い相手の赦免に道家が本気で励むはずがないではないか。

頭がにわかに回転しはじめた。またびりっ、と雷に打たれたように思い出した。

十四年前の大乱の直前。勘気を受けての蟄居《ちっきょ》中に、このあるじから来よと呼び出された。そして、長老慈円の『愚管抄《ぐかんしょう》』を撫でながら、恐ろしい言葉を聞かされた。

——長老は院がお嫌いでのう。

——院のまつりごとには、終わっていただかねばならぬ。

そうだった。

このあるじが目指すところは、初めっからそれであった。諸悪の根源たる院政を終わらせ、輝かしい摂関政治をよみがえらせる。否、単によみがえらせるのでない。公武一和の天《あめ》の下で天照大神《あまてらすおおみかみ》と八幡大菩薩《はちまんだいぼさつ》の加護を受けつつ、新しいまつりごとを築きあげる。このあるじはそれをこそ夢想してきた。

いや、もしかしたら夢想だけではなかったのか？　もっと踏み込んだ関与があったのか？

そういえば、院が決起してのちの、敵方のあの異常なまでの反撃の早さ。このあるじと関東とのあいだになにがしかの共謀があったとしても不思議ではない。

頭の中にあいまいに散らばっていたことが、数珠のように一筋につながった。

ならば、『新勅撰和歌集』から両院の歌をことごとくはずし去ったことも、まったく納得がいく。ただただ自分の偉業のうるわしい記念碑である勅撰集に、過去の亡霊のシミをつけたくなかった。それである。まさにその一念に尽きる。

——九条のきつねめ。

反骨《はんこつ》の気概《きがい》がむらむらと起こった。

——許しがたし。

父俊成以来、たしかにおのれらは九条家から多大な支援を賜ってきた。弱小な歌人だった自分らが永らえられたのは、その庇護《ひご》あってのことである。しかし、いまは違う。この藤原定家は念願かなって敷島《しきしま》のやまとの国の歌道の頂点に立った。それは必ずしも主家の取り立てばかりによったのではない。卑官《ひかん》に沈み不遇をかこった幾百人の歌人の悲哀を背負ってがむしゃらに突き進んできたからだ。歌道の歴史をくつがえすべく、たゆむことなき挑戦をしてきたからだ。

いつかわが友家隆が、それほどな熱情を持てるおぬしがうらやましいと言った。そして、自分のぶんも励めと言って都を落ちていった。いまその切なる願いに答えぬでどうする。われは歴《れっき》とした歌道の一家、御子《みこ》左《ひだり》家の定家である。もはや九条家歌壇の飼い犬ではないぞ。よし——、と肝が据わった。

さっきまでうじうじ悩んでいたことが、馬鹿らしくなった。おのれはなにゆえ臆病風《おくびょうかぜ》に吹かれておったか。

背と首とをまっすぐ起こし、目の前の入道を見据えた。

「蓮生殿よ」

「はい」

相手もぴたりと改まった。

「貴殿はこの障子和歌の選択、すべて定家に任せると言うてくださった。そのお気持ちに変わりはないか」

ふくよかな首が縦《たて》に動いた。

「もちろんです。ここは公の場ではありませぬ。この宇都宮蓮生の私邸であり、かつまた和歌道を愛するがゆえにほどこす室礼《しつらい》でございます。すべてお心のままに」

「さようか」

ならば憚《はばか》ることはない。

「すまぬが硯と筆と、新たな色紙を二枚ほど所望してよろしいか」

「おやすい御用です」

亭主がかたわらの童に合図した。童は兎《うさぎ》のように俊敏に命令に従う。

――反撃じゃ。

心の中の友に向かって気を送った。

――壬生《みぶ》、やるぞ。

目を膝元に落とし、色紙の束を手に取った。はらはら、とめくり、昨日最後に加えた三首の歌をはずした。続いて、末尾の公経の歌を自分と家隆の前に引き戻した。

それから新たな色紙を左手に取り、右手に筆を構えると、釘を早打ちする勢いで一首書きあげた。

後鳥羽院の「人もをし人も恨めしあぢきなく　世を思ふゆゑに物思ふ身は」の歌。

もう一枚取り、一気に筆を走らせた。

順徳院の「ももしきや古き軒端の忍ぶにも　なほ余りある昔なりけり」の歌。

墨の乾きを確認してから、二首の色紙を末尾に追加した。

そして、角をきちんと揃え、邸のあるじの前にゆっくりと進めた。

「お待たせいたしました。ここに藤原定家撰の障子和歌百首をお渡し申しあげます」

「おお……」

あるじは歓喜の色をまなこにたたえた。一刹那《いっせつな》動きを止めたのち、両の膝の上に大げさなほど肘《ひじ》を張り、深々と礼をした。

「つつしんで頂戴いたします」

そののち、こぶしをつけたままの姿勢で、下からすくいあげるようにこちらを見た。

「明静殿」

声音の中にことさらな響きがあった。

「まことに恐縮でありますが、もうちとだけお引き留めしてよろしいか」

はて、と思った。不備《ふび》でもあったかしらん。

「なんであろう」

はい——と、相手の姿勢が元に戻った。

「じつは、この色紙を押すべき障子、すでにできあがっておるのです。よろしければご覧になりませぬか」

「えっ」

仰天した。

障子がもうできておる？　どういうことだ？

選歌はおのれに一任されていたし、なんの質問も受けていない。打ち合わせもしておらぬ。

なのに、なぜ先に絵が描ける？

わけがわからず目を白黒させていると、大柄な法体《ほったい》がすっと立ちあがった。

「どうぞ」

握った扇の示す東のほうへ、ゆっくりといざなわれた。

四

五月のうららかな風が袂《たもと》を揺らし、爽快《そうかい》な檜のにおいが鼻をくすぐる。抜けるようにまぶしい青空である。

新築の対屋《たいのや》の入りはなの南廂《みなみびさし》に、定家は呆然《ぼうぜん》と立ちすくんだ。

「いかがでありましょう」

施主《せしゅ》の入道が満悦の笑みを浮かべ、こちらを窺っている。

「ない知恵を絞った果てに、これがいちばんよかろうと結論いたしまして」

仰天しすぎて声も出ない。

そもそもこの件には、似絵師《にせえし》の藤原信実《ふじわらののぶざね》が関係していた。だから、障子には当然歌仙絵《かせんえ》が描かれるものと定家は思い込んでいた。また、百人の歌仙を描くためには百枚の障子が必要なので、相当大規模な対屋が築かれるのだろうと想像していた。万一、一障子に一首が無理ならば、歌合ふうに二首ずつあてはめることもあろうから、二首ずつ番《つが》えた場合のなじみのよさもいちおう配慮した。しかし、それにしても五十枚の障子が要《い》るわけで、関東の豪族の太っ腹に内心舌を巻いていたのである。

それらはぜんぶ、みごとにはずれた。

目の前にあるのは歌仙絵ではなかった。豪壮な別棟でもなかった。通常とさして違《たが》わぬ、むしろこの入道にしてはささやかな対屋だった。梁間《はりま》は二間《けん》、桁行《けたゆき》は四間。その奥行きの深い母屋の手前を除く三面がすべて引き違いの障子で埋めつくされ、自分らが住している嵯峨の四季が続き絵のかたちでいちめんに描かれていた。

左手の裾のほうから、春らんまんの嵐山《あらしやま》、鵜飼《うか》いと筏《いかだ》の大堰川《おおいがわ》、つきあたりは夏の小暗き小倉山《おぐらやま》、右手に移って秋の枯淡《こたん》の化野仏《あだしのぼとけ》、そして、深雪《みゆき》に静まる嵯峨野の人里。合間あいまに桜、葵《あおい》、桂《かつら》、かきつばた、紅葉、尾花《おばな》などが配され、三方を目の前にしてたたずむと、わがふる里のふところに抱かれている心地になる。

「おお——」

思わず感嘆の声が出た。まさに嵯峨山荘障子だ。郷《ごう》に入っては郷《ごう》に従えとはこれを言うか。知りもせぬ諸国歌枕などを無理してごっちゃに詰め込むより、はるかに見やすく快い。

とはいえ、疑問も感じた。

絵の形式は金泥《きんでい》をふんだんに用いたやまと絵である。だが細々とした描き込みはむしろ少なく、いわゆる京風の筆致ではない。風景というより図案のようなおもむきだ。また遠目に見ると無地場《むじば》が多く、ややしらじらと感じられぬでもない。

加えて、障子の数が少ない。左手八、奥四、右手八の、計二十枚だ。百枚もの色紙をどうするつもりか。

と、頭をひねった瞬間、亭主が簀子縁《すのこえん》の隅に控えていた二人の仕丁《しちょう》を呼び、左手のいちばん端の障子を指さした。

建具《たてぐ》の職人であるらしい。白張姿《しらはりすがた》の二人はよっ、ほっ、と息を合わせて障子をはずし、そっと床に置いた。

亭主はおもむろにその前にしゃがみ込み、首をひねって考えた。そして、少しく身を乗り出すと、手にした色紙を一枚、二枚、三枚、四枚……、と散らしていった。

あっ――、と定家は思った。

瞬時にして、すべての謎が解明した。

覚えず大股《おおまた》に歩み寄り、入道のかたえに片膝をついた。

先ほどまで散漫だった画幅《がふく》が一気に引き締まっていた。野山に花びらが舞うような、装飾《そうしょく》経《きょう》の切箔《きりはく》がきらめくような、見たこともない味わいだ。

通常、色紙和歌は一障子につき一枚、多くても二枚で、必ず歌と絵の内容を合わせる。そのどちらの決まりもまるで破っている。意表《いひょう》を突かれた。

「いかがでありましょう」

亭主からまた同じ言葉が投げられた。

「興《きょう》なり！」

今度は即座に応答した。

目と目を交ぜあった。弾《はじ》け豆《まめ》が鞘《さや》からはぜるように、同時に笑い声を立てた。

「こういう趣向であったとは、思いもよらなんだ。いや正直感じ入り申した」

定家は素直に邸のあるじを称賛した。

相手の頰がうれしげに紅潮する。

「結局、信実殿には頼まなんだのです。というのも、ちと想像してごらんなさい。もしこの母屋の四方に百人の似絵がずらっと並んだら、いささか気色《きしょく》が悪うはございませぬか。客人《まろうど》も百の目にじろじろ眺められては、あんまり居心地がよろしうないでしょう、で、やめにしたのです」

「それもそうじゃな」

似絵は絵巻に描かれたものしか見たことがないけれど、たしかに小さいからよいのであって、障子には向いていないかもしれない。

「では、代わりにどんな趣向があるかと考えたとき、二つ手がかりがありました。一つは国元に歌を学んでおる知己《ちき》がおりましての。勉強熱心な輩《やから》で、これぞというお歌の上手に出会うと、色紙に揮毫《きごう》を願《ねご》うて自邸の屏風《びょうぶ》にぺたぺたと貼り込んでおるのです。最初は胡乱《うろん》に思うたけれど、あるとき見せてもろうたら思いのほかおもしろい。もとの平凡な月次《つきなみ》屏風よりよほどよいのです。本人は貼《は》り交《ま》ぜ屏風とか称しております。

もう一つは明静殿ご自身でございます。婿殿から伺《うかご》うたところによると、貴公はいにしえの名歌を手札に作って、和歌の修練に用いておられるとか。それを聞いてそれがし、歌の札がこの嵯峨の里に吹雪《ふぶき》のように舞う様《さま》を想像しました。

その二つを真似してかような趣向を試みたのです。それがし一人の考案ではありませぬ」

肉厚な首をぐるりと一周、あたりにめぐらせた。

「なるほど」

それにしても大胆である。おのれら京の人間はなにをするにも伝統の縛りを破れぬものだが、新参の輩はこういう奇抜なことをやる。関東者、侮《あなど》りがたしだ。

「それに――」

亭主が言葉を重ねた。

「歌仙絵ではありませぬゆえ、色紙のお歌の作者がたれであるかは、一見のみではわかりません。勅撰集の名歌ばかりなので心得のあるものにはすぐ知れますが、目立たぬことには変わりない。こういう状況になったいまを思えば、また幸いであったかと」

「いかにもであるな」

なにからなにまでうまいことできておる。と、改めて感嘆したとき、

「さて――」

亭主が手のうちの色紙の束をぴたりと揃え、こちらへ鄭重《ていちょう》に差し出した。

「では、お願いいたします。それがしに一任いただいてもけっこうですが、ご自身で押されたほうがよろしかろう。ここな者どもに順々に障子をはずさせますので、位置を按配くだされ。仮置きしていただいたなら、糊《のり》を用いて本押ししてまいります」

「うむ」

定家は色紙を受け取り、深くうなずいた。

＊

——おもしろいことになった。

はっ、よっ、それっ、と片端から障子をはずしていく軽妙な掛け声を片耳に聞きながら、定家は胸がわくわくした。

障子は二十枚だから、一枚当たりの色紙は五枚である。だが六枚、四枚と、多寡《たか》が出ても構わない。

絵をにらみ、手の中の色紙を端から配しはじめた。

あしひきの山鳥《やまどり》の尾のしだり尾の　長々《ながなが》し夜を独《ひと》りかも寝む　（柿本人麻呂《かきのもとのひとまろ》）
田子《たご》の浦《うら》にうちいでてみれば白妙《しろたへ》の　富士の高嶺《たかね》に雪は降りつつ　（山辺赤人《やまべのあかひと》）
かささぎの渡せる橋に置く霜《しも》の　白きを見れば夜ぞ更《ふ》けにける　（中納言家持《ちゅうなごんやかもち》）
……………

絵柄によって、余白が上にあったり下にあったり、右に、左に偏っていたりする。それにより、色紙も離したり、近寄せたりする。あるいは、もっと近づけて二、三枚並べてみたりする。

ときには歌の言葉と絵の景物とを響きあわせる。春の桜に「花の色は移りにけりないたづらに　我が身世《みよ》にふるながめせしまに」、常磐《ときわ》の松に「誰《たれ》をかも知る人にせむ高砂《たかさご》の　松も昔の友ならなくに」、山より湧き出ずる川に「みかの原分きて流るる泉川《いづみがは》　いつみきとてか恋しかるらむ」。

しかし、絵とは無関係に歌を散らすほうが、存外に味が出る。水面《みなも》の筏《いかだ》に「あはれとも言ふべき人は思ほえで　身のいたづらになりぬべきかな」、騎馬の旅路に「忘れじの行末《ゆくすゑ》までは難《かた》ければ　今日を限りの命ともがな」、小雨のあずまやに「春の夜の夢ばかりなる手枕《たまくら》に　かひなく立たむ名こそ惜しけれ」。

おのずから、選歌のときに気にかけていた歌の順序は慮外《りょがい》となった。連続していた歌はこなたと彼方に離れるし、離れていた歌が、配置の関係上近くなったりする。ときには隣の障子の歌ともっとも近接する。そのたびに歌の見え方が変わり、新たな意味が生まれる。なんともいえず興《きょう》である。

ふと気づけば、仕丁はすでに障子をすべてはずし終え、最初に戻って仮置きした色紙の糊づけにかかっている。

おのれも進めんと手元に目をやり、つと停止した。源　俊頼《みなもとのとしより》の一首だった。

歌道の指導者の歌はほぼ漏らさず採《と》っている。歌論書『俊頼髄脳《としよりずいのう》』をものした尊敬の歌人である。

山桜《やまざくら》咲き初めしより久方《ひさかた》の　雲居《くもゐ》に見ゆる滝の白糸《しらいと》

正統派の名歌だが、さほどおもしろくはない。ほんとは他に採りたい歌があったのだが、前後が重暗い詠のため、迷った末これにしたのである。しかし、いまの趣向ならばこれを選ぶ意味もない。

背後の亭主を振り返った。

「蓮生殿、申し訳ないが、もう一首だけ入れ替えてよろしいか」

もちろんです、と返る。

即座に用意された色紙と筆を構え、新たな歌を書きつけた。


憂かりける人をはつせの山おろしよ　激しかれとは祈らぬものを

峻厳な風吹く山裾に、ぽつりと置いた。うむ、このほうがずっとよい。

「おあとはよろしいか」

かいがいしい協力者にうなずき返し、ぐっと腰を伸ばした。痩せた骨身《ほねみ》がめりめりする。

目の前の障子ははや秋の化野である。紅葉の錦が石仏を染め、茫々《ぼうぼう》の尾花が風にたなびく。

乾いた虚空《こくう》に鳶《とんび》が旋回する。

瀬を早み岩にせかるる滝川《たきがは》の　われても末に逢はむとぞ思ふ（崇徳院御製《すとくいんぎょせい》）
わたの原漕ぎ出でて見れば久方《ひさかた》の　雲居《くもゐ》にまがふ沖つ白波《しらなみ》
（法性寺入道前関白太政大臣《ほっしょうじのにゅうどうさきのかんぱくだいじょうだいじん》）
思ひわびさても命はあるものを　憂きに堪《た》へぬは涙なりけり（道因法師《どういんほうし》）

…………

さむしい里に冬が来る。散らす色紙が雪となって舞いはじめる。

最後のあたりの詠者は、おのれに近しい人ばかりである。そのおおむねはすでに鬼籍《きせき》に入った。死に遅れてべんべんと永らえている自分に、羞恥《しゅうち》にも似た思いを致す。

若き日に憧れを募らせた深窓《しんそう》の皇女、式子内親王《しょくしないしんのう》。従兄《いとこ》で俊成一門の筆頭だった寂蓮《じゃくれん》、旧主にして歌壇の牽引《けんいん》役であった九条良経。寄人《よりうど》仲間で蹴鞠《けまり》の名人の飛鳥井雅経《あすかいまさつね》。そして、あの大乱の引き金となった三代将軍実朝《さねとも》。

玉《たま》の緒《を》よ絶えなば絶えね長《なが》らへば　忍ぶることの弱りもぞする　（式子内親王）
村雨《むらさめ》の露《つゆ》もまだ干《ひ》ぬまきの葉に　霧立《きりた》ち昇《のぼ》る秋の夕暮　（寂蓮法師）
きりぎりす鳴くや霜夜《しもよ》のさむしろに　衣片敷《ころもかたし》き独《ひと》りかも寝む　（後京極摂政前太政大臣《ごきょうごくせっしょうさきのだいじょうだいじん》）
み吉野《よしの》の山の秋風さ夜更けて　古里《ふるさと》寒く衣《ころも》打つなり　（参議《さんぎ》雅経）
世の中は常にもがもななぎさ漕《こ》ぐ　海人《あま》の小舟《をぶね》の綱手《つなで》かなしも　（鎌倉右大臣《かまくらのうだいじん》）

肺腑《はいふ》に沁み入るような歌ばかりだ。

そして――。

最後の障子。

しんしん、とすべてを眠らせるように、嵯峨の里の屋根屋根に深雪が降り積んでいる。

手の中の色紙をそっと撫でた。ここだけはどうしても四枚でなければならぬのである。

静かな絵をじっと眺めた。はからずものなりゆきで、おのれらの歌はあわあわとした冬景色に添えることとなった。しかし、らんまんの春よりも、綾錦《あやにしき》の秋よりも、むしろふさわしい気がする。

一つ息をつき、天に近い清浄《せいじょう》な白地に、後鳥羽院と順徳院の歌をやや高低《たかびく》をつけて並べた。

　人もをし人も恨めしあぢきなく　世を思ふゆゑに物思ふ身は　（隠岐院御製）
　ももしきや古き軒端《のきば》の忍ぶにも　なほ余りある昔なりけり　（佐渡院御製）

そして、下方の柔らかな雪をかぶった二本の木の脇に、おのれと家隆の歌を配置した。

　風そよぐ楢《なら》の小川の夕暮は　禊《みそぎ》ぞ夏のしるしなりける　（正三位家隆）
　来ぬ人をまつほの浦の夕凪《ゆふなぎ》に　焼くや藻塩《もしほ》の身もこがれつつ　（権中納言定家）

一歩退《ひ》き、画幅を眺めた。

心の中でいとしい友とひた、と寄り添った。二人してふり仰ぐ純白の天に、主君が閑《しず》かに座している。

われらはなにも変わらぬよ、と、つぶやいた。

これまでも、これからも、永遠に、ずっと。
それが男と女の恋とは違うところさ。
――だろ？

*

「明静殿」
はっとわれに返った。
あたりをかえりみた。
仕丁はすべての色紙を押し終え、施主の指示を待っているらしい。
「さらに変更なければ仕上げますが、いかに」
邸のあるじに慎重に尋ねられた。
了――と、うなずいた。
「立てよ」と、亭主が思いきりよく合図する。
仕丁が即座に動き、いっせいに障子が上がりはじめた。
はっ、よっ、やっ……。
こん、こん、かたん、こん……。
はっ、よっ、やっ……。
こん、こん、かたん、こん、こん……。

あっという間に、眼前に嵯峨の四季が立ちあがった。そして同時に、四角い色紙が花吹雪のように、波しぶきのように、雪のように、蝶のように、宙に舞いあがった。

壮観《そうかん》だった。先ほど見た景色とはまるで違う。百の歌の百の魂が絵の空隙《くうげき》をすべて埋め、息もつかせぬ密度と深さをともなって輝いている。

――おもしろや。

――嵯峨山荘のわが百首。

ただただ満足であった。

なに憚ることはない。鎌倉などくそくらえ。執権北条かかってこよ。九条の摂政なにするものぞ。

そして、また思った。おのれがこの七十四年の生涯でなした仕事は少なからぬ。それらに比すればこんなものはささやかな、しかもごく私的な遊戯《たわむれ》にすぎない。しかし、こののち幾十年《いくとせ》幾百年《いくももとせ》たったとき、もしおのれの名が忘れられていないとしたら、人びとにもっとも親しまれているのはこの障子和歌なのではなかろうか――と、ふとそんな気がした。

なぜに？

それはたぶん、心である。

真の歌の心が、ここにはあるから。

歌の心とは、この国に一千年積もり積もったみやび男《お》みやび女《め》の思いの重畳《ちょうじょう》であり、その幾千万の思いのいちばん上におのれの思いをひとひら載せて、そっと水面《みなも》に浮かべることである。逆に言えば、おのれのひとひらの思いの下に、幾千万のみやび男みやび女の思いを踏みしめることである。

おのれはこの障子の百の歌に、おのれの心を託した。

これをこそ、有心《うしん》という。

わかるかのう。これを見る者どもよ。

一面に色紙の吹雪が舞っている障子を、定家はいま一度ぐるりと見渡した。

皺深い奥目でニッとした。

附記

歌人藤原定家《ふじわらのていか》は、それから六年後の仁治《にんじ》二年（一二四一）、八十歳で世を去った。彼が晩節《ばんせつ》の心を込めた宇都宮蓮生山荘《うつのみやれんしょうさんそう》の障子《しょうじ》和歌《わか》は、まもなく知る人ぞ知る嵯峨《さが》の名物となった。が、寿命は案外に短かった。その死の二年後の寛元《かんげん》元年（一二四三）、この地方は甚大《じんだい》な水害にみまわれ、くだんの対屋《たいのや》も解体を余儀《よぎ》なくされたからである。邸《やしき》の亭主蓮生はこの際、障子から色紙を剝《は》がし、同時に成書《せいしょ》としての書き起こしも作成した。歌には詠者《えいしゃ》の名も記され、歌の順序は屏風《びょうぶ》の形式上判然としなかったので、おおむね生没年に即して並べられた。これがのちに「小倉山庄色紙和歌《おぐらさんそうしきしわか》」、俗に「百人一首《ひゃくにんいっしゅ》」と呼ばれることになるのである。

剝がされた色紙は愛好家に熱烈に求められ、散逸《さんいつ》の憂き目にあったが、真筆《しんぴつ》、模本を含めて四十首以上が現存している。

なお、この百首の前段階の、西園寺公経《さいおんじきんつね》を結びとする百一首は「百人秀歌《ひゃくにんしゅうか》」と呼ばれ、別系統で現在に伝わっている。

定家の親友かつ恋人であった藤原家隆《ふじわらのいえたか》は、難波四天王寺《なにわしてんのうじ》の近くで念仏三昧《ねんぶつざんまい》の晩年を送った末、定家に先立つ嘉禎《かてい》三年（一二三七）、八十歳で没した。死去のよわいが定家と同じだったのは、なにかのめぐりあわせであったか。

因縁《いんねん》の主君の後鳥羽院《ごとばいん》は、定家より二年早い延応《えんおう》元年（一二三九）、京への帰還かなわぬまま、隠岐《おき》で六十年の生を閉じた。

院にとって流され島での心の救いはひたすら和歌であったが、最後にものしたのは、たれよりも愛する柳と桜――定家と家隆――の二人の秀歌を紙上で番《つが》わせた五十番の歌合であった。ほかならぬ定家による嵯峨山荘の障子和歌のことを聞き知り、これを編んだのである。

84. 長らへばまたこのごろやしのばれむ　憂しと見し世ぞ今は恋しき

（藤原清輔朝臣）

85. 夜もすがら物思ふころは明けやらぬ　閨のひまさへつれなかりけり

（俊恵法師）

86. ほととぎす鳴きつる方をながむれば　ただ有明の月ぞ残れる

（後徳大寺左大臣）

87. 世の中よ道こそなけれ思ひ入る　山の奥にも鹿ぞ鳴くなる

（皇太后宮大夫俊成）

88. 嘆けとて月やは物を思はする　かこち顔なる我が涙かな　（西行法師）

89. 難波江の葦のかりねのひとよゆゑ　みをつくしてや恋ひわたるべき

（皇嘉門院別当）

90. 紀の国の由良のみさきに拾ふてふ　たまさかにだに逢ひ見てしがな

（権中納言長方）

91. 見せばやな雄島の海人の袖だにも　ぬれにぞぬれし色は変らず

（殷富門院大輔）

92. 玉の緒よ絶えなば絶えね長らへば　忍ぶることの弱りもぞする　（式子内親王）

93. 村雨の露もまだ干ぬまきの葉に　霧立ち昇る秋の夕暮　（寂蓮法師）

94. 我が袖は潮干に見えぬ沖の石の　人こそ知らね乾く間もなし　（二条院讃岐）

95. きりぎりす鳴くや霜夜のさむしろに　衣片敷き独りかも寝む

（後京極摂政前太政大臣）

96. おほけなく憂き世の民に覆ふかな　我が立つ杣に墨染の袖　（前大僧正慈円）

97. み吉野の山の秋風さ夜更けて　古里寒く衣打つなり　（参議雅経）

98. 世の中は常にもがもななぎさ漕ぐ　海人の小舟の綱手かなしも　（鎌倉右大臣）

99. 風そよぐ楢の小川の夕暮は　禊ぞ夏のしるしなりける　（正三位家隆）

100. 来ぬ人をまつほの浦の夕凪に　焼くや藻塩の身もこがれつつ

（権中納言定家）

101. 花誘ふ嵐の庭の雪ならで　ふりゆくものは我が身なりけり

（入道前太政大臣）

57. 嵐吹く三室の山のもみぢ葉は　竜田の川の錦なりけり　(能因法師)
58. 寂しさに宿を立ち出でながむれば　いづくも同じ秋の夕暮　(良暹法師)
59. 滝の音は絶えて久しくなりぬれど　名こそ流れてなほ留まりけれ
(大納言公任)
60. 夜をこめて鳥の空音にはかるとも　よに逢坂の関は許さじ　(清少納言)
61. あらざらむこの世のほかの思ひいでに　今一度の逢ふこともがな　(和泉式部)
62. 有馬山猪名の笹原風吹けば　いでそよ人を忘れやはする　(大弐三位)
63. やすらはで寝なましものをさ夜更けて　かたぶくまでの月を見しかな
(赤染右衛門)
64. 巡り逢ひて見しやそれとも分かぬ間に　雲隠れにし夜半の月かな　(紫式部)
65. いにしへの奈良の都の八重桜　けふ九重ににほひぬるかな　(伊勢大輔)
66. 大江山いく野の道の遠ければ　まだふみも見ず天の橋立　(小式部内侍)
67. 朝ぼらけ宇治の川霧絶え絶えに　現れわたる瀬々の網代木　(権中納言定頼)
68. 今はただ思ひ絶えなむとばかりを　人づてならで言ふよしもがな
(左京大夫道雅)
69. 春の夜の夢ばかりなる手枕に　かひなく立たむ名こそ惜しけれ　(周防内侍)
70. 夕されば門田の稲葉おとづれて　葦のまろ屋に秋風ぞ吹く　(大納言経信)
71. もろともにあはれと思へ山桜　花よりほかに知る人もなし　(前大僧正行尊)
72. 高砂の尾上の桜咲きにけり　外山の霞立たずもあらなむ　(前中納言匡房)
73. 春日野の下もえわたる草の上に　つれなく見ゆる春の淡雪　(権中納言国信)
74. 音に聞く高師の浜のあだ波は　かけじや袖のぬれもこそすれ
(祐子内親王家紀伊)
75. 恨みわび干さぬ袖だにあるものを　恋に朽ちなむ名こそ惜しけれ　(相模)
76. 山桜咲き初めしより久方の　雲居に見ゆる滝の白糸　(源俊頼朝臣)
77. 瀬を早み岩にせかる滝川の　われても末に逢はむとぞ思ふ　(崇徳院御製)
78. 長からむ心も知らず黒髪の　乱れてけさは物をこそ思へ　(待賢門院堀河)
79. わたの原漕ぎ出でて見れば久方の　雲居にまがふ沖つ白波
(法性寺入道前関白太政大臣)
80. 秋風にたなびく雲の絶え間より　漏り出づる月の影のさやけさ
(左京大夫顕輔)
81. 淡路島通ふ千鳥の鳴く声に　幾夜目覚めぬ須磨の関守　(源兼昌)
82. 契り置きしさせもが露を命にて　あはれ今年の秋もいぬめり　(藤原基俊)
83. 思ひわびさても命はあるものを　憂きに堪へぬは涙なりけり　(道因法師)

30. 月見れば千々に物こそ悲しけれ　我が身一つの秋にはあらねど　(大江千里)
31. 誰をかも知る人にせむ高砂の　松も昔の友ならなくに　(藤原興風)
32. 山川に風のかけたるしがらみは　流れもあへぬもみぢなりけり　(春道列樹)
33. 夏の夜はまだ宵ながら明けぬるを　雲のいづくに月宿るらむ　(清原深養父)
34. 小倉山峰のもみぢ葉心あらば　今一度のみゆき待たなむ　(貞信公)
35. 名にし負はば逢坂山のさねかづら　人に知られでくるよしもがな
(三条右大臣)
36. みかの原分きて流るる泉川　いつみきとてか恋しかるらむ　(中納言兼輔)
37. 浅茅生の小野の篠原忍ぶれど　余りてなどか人の恋しき　(参議等)
38. 白露に風の吹きしく秋の野は　貫き留めぬ玉ぞ散りける　(文屋朝康)
39. 忘らるる身をば思はず誓ひてし　人の命の惜しくもあるかな　(右近)
40. 逢ひ見ての後の心に比ぶれば　昔は物も思はざりけり　(中納言敦忠)
41. 忍ぶれど色に出でにけり我が恋は　物や思ふと人の問ふまで　(平兼盛)
42. 恋すてふ我が名はまだき立ちにけり　人知れずこそ思ひ初めしか　(壬生忠見)
43. あはれとも言ふべき人は思ほえで　身のいたづらになりぬべきかな　(謙徳公)
44. 逢ふことの絶えてしなくはなかなかに　人をも身をも恨みざらまし
(中納言朝忠)
45. 契りきなかたみに袖を絞りつつ　末の松山波越さじとは　(清原元輔)
46. 風をいたみ岩打つ波のおのれのみ　砕けて物を思ふころかな　(源重之)
47. 由良の門を渡る舟人梶を絶え　行方も知らぬ恋の道かな　(曽禰好忠)
48. 御垣守衛士のたく火の夜は燃え　昼は消えつつ物をこそ思へ
(大中臣能宣朝臣)
49. 君がため惜しからざりし命さへ　長くもがなと思ひぬるかな　(藤原義孝)
50. かくとだにえやはいぶきのさしも草　さしも知らじな燃ゆる思ひを
(藤原実方朝臣)
51. 明けぬれば暮るるものとは知りながら　なほ恨めしき朝ぼらけかな
(藤原道信朝臣)
52. 八重葎茂れる宿の寂しきに　人こそ見えね秋は来にけり　(恵慶法師)
53. 夜もすがら契りしことを忘れずは　恋ひむ涙の色ぞゆかしき　(一条院皇后宮)
54. 心にもあらで憂き世に長らへば　恋しかるべき夜半の月かな　(三条院御製)
55. 忘れじの行末までは難ければ　今日を限りの命ともがな　(儀同三司母)
56. 嘆きつつ独り寝る夜の明くる間は　いかに久しきものとかは知る
(右大将道綱母)

百人秀歌

1. 秋の田のかりほの庵の苫をあらみ　我が衣手は露にぬれつつ　（天智天皇御製）
2. 春過ぎて夏来にけらし白妙の　衣干すてふ天の香具山　（持統天皇御製）
3. あしひきの山鳥の尾のしだり尾の　長々し夜を独りかも寝む　（柿本人麻呂）
4. 田子の浦にうちいでて見れば白妙の　富士の高嶺に雪は降りつつ　（山辺赤人）
5. かささぎの渡せる橋に置く霜の　白きを見れば夜ぞ更けにける　（中納言家持）
6. 天の原ふりさけ見れば春日なる　三笠の山に出でし月かも　（安倍仲丸）
7. わたの原八十島かけて漕ぎ出でぬと　人には告げよ海人の釣舟　（参議篁）
8. 奥山にもみぢ踏み分け鳴く鹿の　声聞く時ぞ秋は悲しき　（猿丸大夫）
9. 立ち別れいなばの山の峰に生ふる　まつとし聞かば今帰り来む　（中納言行平）
10. ちはやぶる神代も聞かず竜田川　からくれなゐに水くくるとは
（在原業平朝臣）
11. 住の江の岸に寄る波よるさへや　夢の通ひ路人目よくらむ　（藤原敏行朝臣）
12. 筑波嶺の峰より落つるみなの川　恋ぞ積もりて淵となりける　（陽成院御製）
13. 花の色は移りにけりないたづらに　我が身世にふるながめせしまに
（小野小町）
14. 我が庵は都のたつみしかぞ住む　世をうぢ山と人は言ふなり　（喜撰法師）
15. 天つ風雲の通ひ路吹き閉ぢよ　をとめの姿しばしとどめむ　（僧正遍昭）
16. これやこの行くも帰るも別れつつ　知るも知らぬも逢坂の関　（蟬丸）
17. 陸奥のしのぶもぢずり誰ゆゑに　乱れむと思ふ我ならなくに　（河原左大臣）
18. 君がため春の野に出でて若菜摘む　我が衣手に雪は降りつつ　（光孝天皇御製）
19. 難波潟短き葦の節の間も　逢はでこの世を過ぐしてよとや　（伊勢）
20. わびぬれば今はた同じ難波なる　みをつくしても逢はむとぞ思ふ　（元良親王）
21. 山里は冬ぞ寂しさまさりける　人目も草もかれぬと思へば　（源宗于朝臣）
22. 今来むと言ひしばかりに長月の　有明の月を待ち出でつるかな　（素性法師）
23. このたびは幣も取りあへず手向山　もみぢの錦神のまにまに　（菅家）
24. 有明のつれなく見えし別れより　暁ばかり憂きものはなし　（壬生忠岑）
25. 心当てに折らばや折らむ初霜の　置きまどはせる白菊の花　（凡河内躬恒）
26. 久方の光のどけき春の日に　静心なく花の散るらむ　（紀友則）
27. 吹くからに秋の草木のしをるれば　むべ山風をあらしと言ふらむ　（文屋康秀）
28. 人はいさ心も知らず古里は　花ぞ昔の香ににほひける　（紀貫之）
29. 朝ぼらけ有明の月と見るまでに　吉野の里に降れる白雪　（坂上是則）

82. 思ひわびさても命はあるものを　憂きに堪へぬは涙なりけり　（道因法師）
83. 世の中よ道こそなけれ思ひ入る　山の奥にも鹿ぞ鳴くなる
（皇太后宮大夫俊成）
84. 長らへばまたこのごろやしのばれむ　憂しと見し世ぞ今は恋しき
（藤原清輔朝臣）
85. 夜もすがら物思ふころは明けやらぬ　閨のひまさへつれなかりけり
（俊恵法師）
86. 嘆けとて月やは物を思はする　かこち顔なる我が涙かな　（西行法師）
87. 村雨の露もまだ干ぬまきの葉に　霧立ち昇る秋の夕暮　（寂蓮法師）
88. 難波江の葦のかりねのひとよゆゑ　みをつくしてや恋ひわたるべき
（皇嘉門院別当）
89. 玉の緒よ絶えなば絶えね長らへば　忍ぶることの弱りもぞする　（式子内親王）
90. 見せばやな雄島の海人の袖だにも　濡れにぞ濡れし色は変らず
（殷富門院大輔）
91. きりぎりす鳴くや霜夜のさむしろに　衣片敷き独りかも寝む
（後京極摂政前太政大臣）
92. 我が袖は潮干に見えぬ沖の石の　人こそ知らね乾く間もなし　（二条院讃岐）
93. 世の中は常にもがもな渚漕ぐ　海人の小舟の綱手かなしも　（鎌倉右大臣）
94. み吉野の山の秋風さ夜更けて　古里寒く衣打つなり　（参議雅経）
95. おほけなく憂き世の民におほふかな　我が立つ杣に墨染の袖　（前大僧正慈円）
96. 花誘ふ嵐の庭の雪ならで　ふりゆくものは我が身なりけり　（入道前太政大臣）
97. 来ぬ人をまつほの浦の夕凪に　焼くや藻塩の身もこがれつつ　（権中納言定家）
98. 風そよぐ楢の小川の夕暮は　禊ぞ夏のしるしなりける　（従二位家隆）
99. 人もをし人も恨めしあぢきなく　世を思ふゆゑに物思ふ身は　（後鳥羽院）
100. ももしきや古き軒端の忍ぶにも　なほ余りある昔なりけり　（順徳院）

56. あらざらむこの世のほかの思ひ出に　今一度の逢ふこともがな　（和泉式部）
57. めぐり逢ひて見しやそれとも分かぬ間に　雲隠れにし夜半の月かな　（紫式部）
58. 有馬山猪名の笹原風吹けば　いでそよ人を忘れやはする　（大弐三位）
59. やすらはで寝なましものをさ夜更けて　かたぶくまでの月を見しかな
（赤染衛門）
60. 大江山いく野の道の遠ければ　まだふみも見ず天の橋立　（小式部内侍）
61. いにしへの奈良の都の八重桜　今日九重ににほひぬるかな　（伊勢大輔）
62. 夜をこめて鳥の空音ははかるとも　よに逢坂の関は許さじ　（清少納言）
63. 今はただ思ひ絶えなむとばかりを　人づてならで言ふよしもがな
（左京大夫道雅）
64. 朝ぼらけ宇治の川霧絶え絶えに　現れわたる瀬々の網代木　（権中納言定頼）
65. 恨みわび干さぬ袖だにあるものを　恋に朽ちなむ名こそ惜しけれ　（相模）
66. もろともにあはれと思へ山桜　花よりほかに知る人もなし　（大僧正行尊）
67. 春の夜の夢ばかりなる手枕に　かひなく立たむ名こそ惜しけれ　（周防内侍）
68. 心にもあらで憂き世に長らへば　恋しかるべき夜半の月かな　（三条院）
69. 嵐吹く三室の山のもみぢ葉は　竜田の川の錦なりけり　（能因法師）
70. 寂しさに宿を立ち出でてながむれば　いづくも同じ秋の夕暮　（良暹法師）
71. 夕されば門田の稲葉おとづれて　葦のまろ屋に秋風ぞ吹く　（大納言経信）
72. 音に聞く高師の浜のあだ波は　かけじや袖の濡れもこそすれ
（祐子内親王家紀伊）
73. 高砂の尾上の桜咲きにけり　外山の霞立たずもあらなむ　（権中納言匡房）
74. 憂かりける人をはつせの山おろしよ　激しかれとは祈らぬものを
（源俊頼朝臣）
75. 契りおきしさせもが露を命にて　あはれ今年の秋もいぬめり　（藤原基俊）
76. わたの原漕ぎ出でて見れば久方の　雲居にまがふ沖つ白波
（法性寺入道前関白太政大臣）
77. 瀬を早み岩にせかるる滝川の　われても末に逢はむとぞ思ふ　（崇徳院）
78. 淡路島通ふ千鳥の鳴く声に　幾夜寝覚めぬ須磨の関守　（源兼昌）
79. 秋風にたなびく雲の絶え間より　もれ出づる月の影のさやけさ
（左京大夫顕輔）
80. 長からむ心も知らず黒髪の　乱れて今朝は物をこそ思へ　（待賢門院堀河）
81. ほととぎす鳴きつる方をながむれば　ただ有明の月ぞ残れる
（後徳大寺左大臣）

29. 心当てに折らばや折らむ初霜の　置きまどはせる白菊の花　（凡河内躬恒）
30. 有明のつれなく見えし別れより　暁ばかり憂き物は無し　（壬生忠岑）
31. 朝ぼらけ有明の月と見るまでに　吉野の里に降れる白雪　（坂上是則）
32. 山川に風のかけたるしがらみは　流れもあへぬ紅葉なりけり　（春道列樹）
33. 久方の光のどけき春の日に　静心なく花の散るらむ　（紀友則）
34. 誰をかも知る人にせむ高砂の　松も昔の友ならなくに　（藤原興風）
35. 人はいさ心も知らず古里は　花ぞ昔の香ににほひける　（紀貫之）
36. 夏の夜はまだ宵ながら明けぬるを　雲のいづこに月宿るらむ　（清原深養父）
37. 白露に風の吹きしく秋の野は　貫きとめぬ玉ぞ散りける　（文屋朝康）
38. 忘らるる身をば思はず誓ひてし　人の命の惜しくもあるかな　（右近）
39. 浅茅生の小野の篠原忍ぶれど　余りてなどか人の恋しき　（参議等）
40. 忍ぶれど色に出でにけり我が恋は　物や思ふと人の問ふまで　（平兼盛）
41. 恋すてふ我が名はまだき立ちにけり　人知れずこそ思ひ初めしか　（壬生忠見）
42. 契りきなかたみに袖をしぼりつつ　末の松山波越さじとは　（清原元輔）
43. 逢ひ見ての後の心に比ぶれば　昔は物も思はざりけり　（権中納言敦忠）
44. 逢ふ事のたえてしなくはなかなかに　人をも身をも恨みざらまし
（中納言朝忠）
45. あはれとも言ふべき人は思ほえで　身のいたづらになりぬべきかな　（謙徳公）
46. 由良のとを渡る舟人かぢを絶え　行方も知らぬ恋の道かな　（曽禰好忠）
47. 八重葎茂れる宿の寂しきに　人こそ見えね秋は来にけり　（恵慶法師）
48. 風をいたみ岩打つ波のおのれのみ　砕けて物を思ふころかな　（源重之）
49. 御垣守衛士のたく火の夜は燃え　昼は消えつつ物をこそ思へ
（大中臣能宣朝臣）
50. 君がため惜しからざりし命さへ　長くもがなと思ひけるかな　（藤原義孝）
51. かくとだにえやはいぶきのさしも草　さしも知らじな燃ゆる思ひを
（藤原実方朝臣）
52. 明けぬれば暮るるものとは知りながら　なほ恨めしき朝ぼらけかな
（藤原道信朝臣）
53. 嘆きつつ独り寝る夜の明くる間は　いかに久しきものとかは知る
（右近大将道綱母）
54. 忘れじの行末まではかたければ　今日を限りの命ともがな　（儀同三司母）
55. 滝の音は絶えて久しくなりぬれど　名こそ流れてなほ聞こえけれ
（大納言公任）

百人一首

1. 秋の田の仮庵の庵の苫をあらみ　我が衣手は露にぬれつつ　(天智天皇)
2. 春過ぎて夏来にけらし白妙の　衣干すてふ天の香具山　(持統天皇)
3. あしひきの山鳥の尾の垂り尾の　長々し夜を独りかも寝む　(柿本人麻呂)
4. 田子の浦に打ち出でて見れば白妙の　富士の高嶺に雪は降りつつ　(山辺赤人)
5. 奥山に紅葉踏み分け鳴く鹿の　声聞く時ぞ秋は悲しき　(猿丸大夫)
6. 鵲の渡せる橋に置く霜の　白きを見れば夜ぞ更けにける　(中納言家持)
7. 天の原振りさけ見れば春日なる　三笠の山に出でし月かも　(安倍仲丸)
8. 我が庵は都のたつみしかぞ住む　世を宇治山と人は言ふなり　(喜撰法師)
9. 花の色は移りにけりないたづらに　我が身世にふるながめせしまに
(小野小町)
10. これやこの行くも帰るも別れては　知るも知らぬも逢坂の関　(蟬丸)
11. わたの原八十島かけて漕ぎ出でぬと　人には告げよ海人の釣舟　(参議篁)
12. 天つ風雲の通ひ路吹き閉ぢよ　をとめの姿しばしとどめむ　(僧正遍昭)
13. 筑波嶺の峰より落つるみなの川　恋ぞ積もりて淵となりける　(陽成院)
14. みちのくのしのぶもぢずり誰ゆゑに　乱れ初めにし我ならなくに
(河原左大臣)
15. 君がため春の野に出でて若菜摘む　我が衣手に雪は降りつつ　(光孝天皇)
16. 立ち別れいなばの山の峰に生ふる　まつとし聞かば今帰り来む　(中納言行平)
17. ちはやぶる神代も聞かず竜田川　から紅に水くくるとは　(在原業平朝臣)
18. 住の江の岸に寄る波よるさへや　夢の通ひ路人目よくらむ　(藤原敏行朝臣)
19. 難波潟短き葦のふしの間も　逢はでこの世を過ぐしてよとや　(伊勢)
20. 侘びぬれば今はた同じ難波なる　みをつくしても逢はむとぞ思ふ　(元良親王)
21. 今来むと言ひしばかりに長月の　有明の月を待ち出でつるかな　(素性法師)
22. 吹くからに秋の草木のしをるれば　むべ山風をあらしと言ふらむ　(文屋康秀)
23. 月見れば千々に物こそ悲しけれ　我が身一つの秋にはあらねど　(大江千里)
24. このたびは幣も取りあへず手向山　紅葉の錦神のまにまに　(菅家)
25. 名にし負はば逢坂山のさねかづら　人に知られでくるよしもがな
(三条右大臣)
26. 小倉山峰のもみぢ葉心あらば　今一度のみゆき待たなむ　(貞信公)
27. みかの原分きて流るる泉川　いつ見きとてか恋しかるらむ　(中納言兼輔)
28. 山里は冬ぞ寂しさまさりける　人目も草もかれぬと思へば　(源宗于朝臣)

解説

大矢博子

小倉《おぐら》百人一首。

鎌倉《かまくら》時代初期に、歌人である公家《くげ》の藤原定家《ふじわらのていか》が選んだとされる秀歌撰である。末次由紀《すえつぐゆき》の人気コミック『ちはやふる』（講談社）の影響もあり、今は競技かるたとして馴染《なじ》んでいる人の方が多いだろう。

現在、選ばれた百首はほぼ発表年順に番号が振られており、一番は七世紀の天智《てんじ》天皇。百番は承久《じょうきゅう》三年（一二二一）に佐渡《さど》に流された順徳院《じゅんとくいん》。一番と百番の間にはおよそ五百五十年もの時の流れがある。つまり百人一首を順に通読すれば、五百五十年にわたる貴族文化の変遷が見て取れる――はずなのだが。

本書の終盤、定家が選んだ百首を見て、息子《むすこ》の為家《ためいえ》が首を傾《かし》げる場面がある。

「なぜこの歌を――と、理由《わけ》のわからぬものも少なくなかった。いやむしろ、そういう歌のほうが多かった」「妙に似た歌が多く、おもむきが偏重しているようにみえる」「もうちと満遍なく拾いあげてもよかったのではなかろうか」

そしてもうひとつ、私がかねて疑問に思っていたことがある。なぜこの百首に後鳥羽院《ごとばいん》と順徳院の歌が採られているのだろう、ということだ。百人一首が完成したのは、このふたりが鎌倉幕府執権・北条義時《ほうじょうよしとき》討伐の兵をあげてしっぺ返しを食らい、それぞれ隠岐《おき》と佐渡に流されてから十数年しか経《た》っていない頃だ。過去に配流となった後に神格化された崇徳院《すとくいん》や菅原道《すがわらのみち》真《ざね》ならまだしも、いまだ幕府に睨《にら》まれているふたりの歌を入れることに問題はなかったのか。

この為家の疑問と私の疑問に、本書『身もこがれつつ　小倉山の百人一首』は見事に答えを示してくれた。そういう意味では、本書は小倉百人一首成立の謎を探る歴史ミステリと言ってもいい。

謎を解く鍵はふたつ。ひとつは彼が平安《へいあん》時代末期から鎌倉時代初期という激動の時代を生きた——言い換えれば朝廷と幕府の睨み合いから承久の乱の結末までを間近で見た人物だということ。そしてもうひとつは、定家と、彼の盟友である藤原家隆《いえたか》、そして後鳥羽院の三角関係である。

まずはあらすじから紹介しよう。

物語の始まりは文暦《ぶんりゃく》二年（一二三五）。隠岐に流された後鳥羽院が赦免になるかもしれないという噂《うわさ》を定家が聞く。定家には、勅撰和歌集の選定について承久の乱に関係した者の作は削除するよう指示された苦い経験があった。出来上がったのは幕府に阿《おもね》るような武張った歌集で、評判も芳しくない。後鳥羽院に合わせる顔がない——。そんなとき、息子の舅《しゅうと》である宇都宮《うつのみや》蓮生《れんしょう》から別邸の障子の装飾に百の選歌を頼みたいと言われる。

第二章からは回想だ。和歌に強い興味を抱き始めた後鳥羽院から歌の極意を尋ねられたこと。荒削りではあるが後鳥羽院の歌には見るべき才があったこと。後鳥羽院の遊興の場にも呼ばれるようになったこと。そして後鳥羽院の心の底には増長する鎌倉に対する怒りと、朝幕に「割れた頂を一つに戻さねばならぬ」という強い思いがあったこと。そしてそのために歌の力を利用しようとしていることなどが綴《つづ》られる。

が、後鳥羽院の野望や鎌倉とのきな臭い応酬が登場するのは物語の半ばである。それまでは「和歌とは何か」と「恋のあれこれ」が中心となる。これがとても興味深い。なぜ、和歌という文化が今もなお続いているのか、本書を読んで腑《ふ》に落ちた。

作中、「本歌取り」という言葉が何度も出てくる。先人の歌を元にして新しい歌を作る、先人の発想や語句を取り入れて別の歌を作ることだ。たとえば本書から定家の詠んだ歌の例を引くなら「駒とめて袖うちはらふかげもなし佐野《さの》のわたりの雪の夕暮」（馬を止めて袖を払うほどの物陰もないんだなあ、佐野の渡し場の雪の降る夕暮れは）がそうだ。これは万葉集《まんようしゅう》にある「苦しくも降りくる雨か神《みわ》の崎狭野《さの》の渡りに家もあらなくに」（困ったことに雨が降ってきてしまった。神の崎＝三輪《みわ》の崎の狭野＝佐野の渡りには雨宿りできるような家もないのに）を本歌としている。言われてみれば似てるでしょう？

だがこれは真似《まね》やパクリではない。先人が詠んだ、佐野の渡りで雨に降られて途方にくれる、その寂しさやるせなさ。それを定家の現在の気持ちと重ね合わせ、発展させて詠んでいる。先行作をリスペクトして引き継ぐ、と言えばいいだろうか。この本歌取りによって、読者ははるか万葉の昔の歌を再鑑賞することになる。逆に言えば、万葉集を知らなければこの歌の深みに触れることは難しい。

他のジャンルに置き換えて考えてみればいい。たとえばミステリだ。嵐の孤島で連続殺人が起きたり、予想だにしなかった意外な犯人だったりを現代の私たちは楽しんでいるが、それらはすべて、エドガー・アラン・ポーやアガサ・クリスティやエラリイ・クイーンや、あるいは江戸川乱歩《えどがわらんぽ》や横溝正史《よこみぞせいし》といった先人たちが最初に試し、それに改良を加え、積み重ねてきた結果の成果物なのだ。文化とは積み重ねていくものであり、積み重ねるためには先人の成果を知らなくてはならないという、あらゆるジャンルに通底する真理が、この「本歌取り」に込められている。

「歌の心とは、この国に一千年積もり積もったみやび男《お》みやび女《め》の思いの重畳でございます。その幾千万の思いを水底から拾いあげ、そのいちばん上におのれの思いを載せて、そっと水面に浮かべる。（略）これが有心の体の神髄でございます。ゆえにこそ本歌取りが肝要なのであり、これぞ王朝の貴族の心を脈々と受け継いでいく方法なのでございます」

この言葉を読んだとき、眼前が開けたような気がした。だから古《いにしえ》の和歌集は幅広い年代のものを集めているのだと、すとんと腹に落ちた。俵万智《たわらまち》さんの『サラダ記念日』（河出書房新社）には若山牧水《わかやまぼくすい》の「白鳥は哀しからずや空の青海のあをにも染まずただよふ」の本歌取りと思われる歌もある。一千年の歴史は二千年の歴史になり、今も続いているのだ。

そして歴史小説とは、その積み重ねの断面を見せてくれるものに他ならないのである。

――おっと、もうひとつの大事な要素を忘れてはならない。定家と家隆と後鳥羽院の三角関係である。

いや驚いたね。仲のいい友だった定家と家隆（いいオトコなんだこれが！）が第二章でそういう関係になったときには私も驚いたが定家はもっと驚いていた。だがそれは男性とそうなったこと自体への戸惑《とまど》いではない。自分は恋の歌の名手とされているのに、男色《なんしょく》はいいのか？と悩むのである。「男色の歌は幽玄妖艶たりうるか？」と考え込み、「難題だ。いっそ父上に尋ねてみるか。訊《き》けるか、そんなこと」と自分につっこむくだりでは思わず吹き出してしまった。しかもちょっと嬉《うれ》しがっている。やだ定家かわいい。

しかしまもなく家隆が後鳥羽院とも「できている」ことを知ってしまう定家。ときめきと嫉妬が渋滞する様子の、なんとピュアなことか。おっさんずラブならぬ歌人ずラブ。愛情も嫉妬も歌に込められる。後鳥羽院の遊興の場で、のちのカルタの原形とも思われる札取りのゲームが行われるが、鎬《しのぎ》を削る定家と家隆の描写はなまじのラブシーンよりも強い絆《きずな》を感じた。雅《みやび》にもほどがある。

百人一首にも採られた家隆と定家の歌をあらためて詠んでみていただきたい。会いたい人に会えない焦燥感を詠んだ定家の歌はダイレクトだが、秋の気配の中に夏のしるしを感じるという家隆の歌が、まったく違ったものとして浮かび上がることに驚くだろう。

だが雅なだけではいられない。後鳥羽院の野望。巻き込まれる定家と家隆。ただ歌を詠んでいたいだけなのに、それを時代は許さない。鎌倉幕府三代将軍源《みなもとの》実朝《さねとも》を朝廷側に引き入れるため歌が利用され定家が利用される。だが後鳥羽院の思いもまた、一千年の歴史を受け継ぐ者だからこそだ。水底の思いをすくい上げてそのいちばん上に自分の思いを載せた結果なのだ。水底に見向きもせず、むしろ（後鳥羽院の兄・安徳《あんとく》天皇の最期を思えば）歴史を水底に沈めて天下を動かそうとする鎌倉が許せないのだ。

ここで和歌の心と政治の様相が重なる。後鳥羽院と定家と家隆を友情ではなく恋愛関係にしたことも、和歌が恋を詠むものだからだ。積み重ねた歴史が、積み重ねた恋慕が、出口を探して奔流となる。それが身を焦がす。これは、そういう物語なのだ。

それらを踏まえて終章で定家が選んだ百首は、確かに為家の言うように偏っている。歌の内容も、詠んだ歌人も偏っている。だが定家がなぜそれらを選んだのか、なぜこの順番なのか、最後まで読み進めてきた読者にはその心が痛いほどわかるはずだ。ただ和歌の連なりだと思っていた、ゲームだと思っていた百人一首が、これまでとはまったく違う顔をしてここにいる。もう一度、百人一首を浚《さら》いたくなること必至である。

小倉山荘の障子絵は、今はもうない。けれど読者の目の前には、百の歌に埋め尽くされた広間の様子が浮かび上がるだろう。その中で嬉々《きき》とした、あるいは感に堪えたような定家の姿も見えるだろう。ドラマティックにして雅、エキサイティングにして幽玄。周防柳の代表作と言っていい。

本書は令和四年、優れた歴史・時代小説に贈られる中山《なかやま》義秀《ぎしゅう》文学賞を受賞した。積み重ねの断面に載せた思いを描く本書の力が認められた証左である。

（おおや・ひろこ　書評家）

単行本『身もこがれつつ』二〇二一年七月　中央公論新社刊

中公文庫

身《み》もこがれつつ
——小倉山《おぐらやま》の百人一首《ひゃくにんいっしゅ》

2024年５月25日　初版発行

著　者　周《す》 防《おう》　柳《やなぎ》

発行者　安 部 順 一

発行所　中央公論新社
〒100-8152　東京都千代田区大手町 1-7-1
電話　販売 03-5299-1730　編集 03-5299-1890
URL https://www.chuko.co.jp/

ＤＴＰ　嵐下英治
印　刷　大日本印刷
製　本　大日本印刷

Published by CHUOKORON-SHINSHA, INC.
Printed in Japan　ISBN978-4-12-207519-1 C1193